अपरिचित मन की परछाईयाँ
अन्तर्द्वन्द

लेखक
डॉ. रवीन्द्र पस्तोर

प्रकाशन विवरण
प्रकाशक: करमा सेतु संस्थान
WB 09, Sakar Building
योजना 94
इंदौर – 45201
भारत
प्रथम संस्करण: 2025
कवर डिज़ाइन: मोहिनी नागरा
वाक्यांश: डॉ.रवीद्र पस्तोर

प्राक्कथन (Preface)

अपरिचित मन की परछाईयाँ - अन्तर्द्वन्द

मनुष्य का जीवन जितना बाहर से स्पष्ट और परिभाषित दिखाई देता है, भीतर से वह उतना ही जटिल, रहस्यमय और प्रायः अनजाना होता है। हम जन्म लेते हैं, एक नाम पाते हैं, शिक्षा ग्रहण करते हैं, रिश्ते बनाते हैं और एक व्यवसाय चुनते हैं। इन तमाम बाहरी आवरणों के आधार पर हम अपनी एक पहचान निर्मित कर लेते हैं। हम एक पहचान ओढ़ते हैं, और समाज द्वारा निर्धारित सफलताओं के पीछे भागते हुए अपना पूरा जीवन व्यतीत कर देते हैं। हम गर्व से कहते हैं, "मैं यह हूँ।" लेकिन क्या वास्तव में हम स्वयं को जानते हैं? क्या उस नाम और पदवी के पीछे वह छिपा हुआ 'अस्तित्व' है, जिससे हमारी कभी जान-पहचान हुई है? क्या इस आपाधापी में हम कभी ठहरकर उस सत्ता से संवाद करते हैं, जो हमारे भीतर चौबीसों घंटे 'साँस' ले रही है? क्या हम वास्तव में स्वयं को जानते हैं, या हम केवल उस 'छवि' को जानते हैं जिसे हमने दुनिया के सामने प्रस्तुत किया है?

यही वह शाश्वत और गहन प्रश्न है - **"मैं कौन हूँ?"** जो इस उपन्यास 'अपरिचित मन की परछाईयाँ' का मूल बीज है। इस कृति के माध्यम से लेखक ने पाठकों को एक ऐसी यात्रा पर आमंत्रित किया है जो बाहर की ओर नहीं, बल्कि भीतर की ओर जाती है। यह पुस्तक किसी काल्पनिक कहानी की तरह शुरू होती है, लेकिन धीरे-धीरे यह कहानी नहीं रह जाती; यह एक दर्पण बन जाती है, जिसमें पाठक अपना ही चेहरा, अपनी ही उलझनें और अपनी ही संभावनाएँ देख सकता है।

हम अपने मन के साथ हर क्षण जीते हैं। वही हमें सोचने की शक्ति देता है, वही निर्णय लेता है, वही हमें कभी हर्ष के शिखर पर ले जाता है तो कभी विषाद की गहराइयों में धकेल देता है। इसके बावजूद, आश्चर्य की बात यह है कि हम अपने ही मन के बारे में सबसे कम जानते हैं। हम दुनिया के

भूगोल को समझ लेते हैं, ग्रहों की चाल जान लेते हैं, जटिल मशीनों के पुर्जों को पहचान लेते हैं, लेकिन जो मशीन हमारे भीतर चौबीसों घंटे चल रही है, उसके प्रति हम पूर्णतः अचेत रहते हैं।

यह उपन्यास मन को एक '**अपरिचित**' के रूप में प्रस्तुत करता है। एक ऐसा अजनबी जो हमारे ही घर (शरीर) में रहता है, हमारे ही संसाधनों का उपयोग करता है, लेकिन हम उसके कार्यों और उसकी चालों से अनभिज्ञ रहते हैं। जब मनोज, उपन्यास का मुख्य पात्र, पहली बार इस अजनबीपन को महसूस करता है, तो वह डर जाता है। यह डर ही जागृति की पहली किरण है। यह बोध कि "मैं अपने मन को नहीं जानता", वह अनिवार्य प्रस्थान बिंदु है जहाँ से सत्य की खोज शुरू होती है।

'अपरिचित मन की परछाईयाँ - अन्तर्द्वन्द' केवल मनोज नाम के एक व्यक्ति की कथा नहीं है। वह तो मात्र एक माध्यम है। मनोज कोई संत नहीं है, कोई महान दार्शनिक नहीं है और न ही उसमें कोई अलौकिक शक्तियाँ हैं। वह हमारे जैसा ही एक आम इंसान है, ऑफिस की फाइलों में उलझा हुआ, परिवार की ज़िम्मेदारियों को ढोता हुआ और भविष्य की अनिश्चितताओं से डरा हुआ। एक आंतरिक यात्रा की शुरुआत, हर मनुष्य के जीवन में एक ऐसा क्षण आता है, जब बाहरी दुनिया की चकाचौंध अचानक फीकी पड़ने लगती है और भीतर एक गहरी खामोशी जन्म लेने लगती है। यह खामोशी खालीपन नहीं होती, बल्कि एक पुकार होती है, अपने वास्तविक स्वरूप को जानने की पुकार।

यह उपन्यास उसी पुकार की कहानी है। यह कहानी किसी एक व्यक्ति की नहीं है, बल्कि हर उस इंसान की है जो जीवन के किसी मोड़ पर ठहर कर यह प्रश्न करता है, "मैं वास्तव में कौन हूँ?" हम सभी अपने जीवन में कई भूमिकाएँ निभाते है - एक कर्मचारी, एक मित्र, एक पुत्र, एक पति, एक नागरिक... इन भूमिकाओं के बीच हम इतना उलझ जाते हैं कि हम यह

भूल जाते हैं कि इन सबके पीछे एक **"द्रष्टा"** भी है, जो केवल देख रहा है, अनुभव कर रहा है, लेकिन इन सबसे अलग है।

यही वह शाश्वत, पीड़ादायक और परम-कल्याणकारी प्रश्न है, "मैं कौन हूँ?" जो इस उपन्यास 'अपरिचित मन' की रीढ़ है। यह उपन्यास केवल एक कहानी नहीं है, बल्कि यह आधुनिक मनुष्य की उस विसंगति का कच्चा चिट्ठा है, जहाँ वह चाँद पर पहुँचने की सामर्थ्य तो रखता है, लेकिन अपने ही मन के अंधेरे कोनों में कदम रखने से घबराता है। मनोज की यात्रा किसी बाहरी उपलब्धि की नहीं है। वह कोई युद्ध नहीं जीतता, न ही उसे कोई बड़ा पुरस्कार मिलता है। उसकी जीत स्वयं पर है। यह यात्रा है: भय से समझ तक की, उलझन से स्पष्टता तक की, शोर से मौन तक की, अज्ञानता से आत्म-बोध तक की।

इस उपन्यास ने बहुत ही खूबसूरती से दिखाया है कि यह रूपांतरण अचानक नहीं होता। कोई चमत्कार नहीं घटता। सत्य की प्राप्ति किसी बिजली के कौंधने जैसी नहीं, बल्कि सुबह के सूरज की तरह है जो धीरे-धीरे अंधेरे को छंटता है। एक-एक क्षण की जागरूकता, एक-एक विचार का अवलोकन और एक-एक संवेदना का अनुभव ही वह सीढ़ी है जिस पर मनोज कदम रखता है। यह उपन्यास उसी "द्रष्टा" की खोज की यात्रा है - बाहरी जीवन और आंतरिक द्वंद्व के बीच का संतुलन। आधुनिक जीवन में हम सफलता को बाहरी उपलब्धियों से मापते है - अच्छी नौकरी, प्रमोशन, आर्थिक स्थिरता, सामाजिक प्रतिष्ठा। लेकिन क्या यह सब वास्तव में हमें संतोष देता है? शायद कुछ समय के लिए हाँ... लेकिन धीरे-धीरे एक खालीपन भीतर उभरने लगता है। यह खालीपन असफलता का नहीं, बल्कि अधूरेपन का संकेत होता है।

यह उपन्यास उस सूक्ष्म द्वंद्व को उजागर करता है, जहाँ एक व्यक्ति बाहर से सफल दिखता है, लेकिन भीतर एक अनकहा संघर्ष चल रहा होता है। मन एक अद्भुत साधन है; यह सोच सकता है, कल्पना कर सकता है, निर्माण

कर सकता है। लेकिन यही मन हमें बांध भी लेता है। मन हमारा सबसे बड़ा शत्रु भी है और सबसे बड़ा मित्र भी। यह उपन्यास मन की इसी जटिलता को खोलने का प्रयास करता है। यह दिखाता है कि कैसे विचार, स्मृतियाँ, और इच्छाएँ मिलकर एक ऐसी संरचना बना देते हैं, जिसे हम "मैं" मान लेते हैं।

लेकिन क्या यह "मैं" वास्तव में वही है जो हम हैं? या यह केवल एक मानसिक संरचना है? इस कथा का एक महत्वपूर्ण तत्व है - **साक्षी भाव**। यह कोई सिद्धांत नहीं, बल्कि एक अनुभव है। जब मनुष्य अपने विचारों, भावनाओं और प्रतिक्रियाओं को बिना 'जज' किए देखना शुरू करता है, तब वह धीरे-धीरे उनसे अलग होने लगता है। यह अलगाव भागना नहीं है, बल्कि समझना है। यह उपन्यास उस सूक्ष्म परिवर्तन को दर्शाता है, जहाँ एक साधारण व्यक्ति धीरे-धीरे अपने मन का "दर्शक" बन जाता है।

योग और तांत्रिक परंपरा में कहा गया है कि मन को स्थिर करने के लिए दो चीजें आवश्यक है - **अभ्यास (निरंतर प्रयास) और वैराग्य (आसक्ति का त्याग)**। इस उपन्यास में इन दोनों का गहरा चित्रण किया गया है। अभ्यास हमें अनुशासन देता है, दिशा देता है। वैराग्य हमें हल्का करता है, मुक्त करता है। जब ये दोनों साथ आते हैं, तब एक साधक के भीतर वास्तविक परिवर्तन शुरू होता है। यह उपन्यास केवल योग की ही नहीं, बल्कि तांत्रिक दृष्टिकोण की भी झलक देता है। तंत्र हमें सिखाता है कि जीवन को त्यागना नहीं, बल्कि समझना है। हर अनुभव, चाहे वह सुख हो या दुःख, एक द्वार है, जो हमें अपने भीतर ले जा सकता है। यह दृष्टिकोण जीवन को एक साधना में बदल देता है।

इस उपन्यास की सबसे बड़ी विशेषता इसकी शैली है। लेखक ने जानबूझकर भाषा को सरल और सुबोध रखा है, ताकि पाठक बिना किसी दार्शनिक बोझ के कहानी के मर्म को पकड़ सके। लेकिन इस सरलता के पीछे मनोविज्ञान और अध्यात्म की गहरी परतें छिपी हैं। इसमें बाहरी

घटनाओं से कहीं अधिक महत्व 'आंतरिक संवाद' (Inner Monologue) को दिया गया है, क्योंकि वास्तविक संघर्ष कभी बाहर नहीं होता; युद्ध तो हमेशा हमारे भीतर के विचारों के बीच चलता है। जब मनोज अपने डर को देखता है, तो पाठक भी अनजाने में अपने ही डरों का सामना करने लगता है। मनोज के सवाल पाठक के अपने सवाल बन जाते हैं। यह पुस्तक पढ़ना एक 'प्रोसेस' से गुजरना है।

अक्सर 'ध्यान' (Meditation) को एक कठिन धार्मिक क्रिया या एकांत की साधना माना जाता है। लेकिन इस उपन्यास में ध्यान को किसी रहस्यमय पद्धति के रूप में नहीं, बल्कि 'देखने की कला' के रूप में समझाया गया है। लेखक के अनुसार, ध्यान कोई क्रिया नहीं है जिसे दिन में आधे घंटे किया जाए; ध्यान तो 'होने' की एक अवस्था है।

यह पुस्तक ध्यान को तीन स्पष्ट स्तरों पर परिभाषित करती है:

1. **शरीर (The Body):** हमारी आदतें, हमारी स्वचालित प्रतिक्रियाएँ और वे संवेदनाएँ जो हमें जीवित रखती हैं।
2. **मन (The Mind):** विचारों का वह अंतहीन ट्रैफिक, भावनाओं का उफान और स्मृतियों का जाल।
3. **साक्षी (The Self/Witness):** वह 'मैं' जो इन दोनों को देख रहा है।

मनोज की यात्रा इन्हीं तीन परतों को उधेड़ने की प्रक्रिया है। जब वह जान लेता है कि वह न शरीर है और न मन, बल्कि वह 'द्रष्टा' है जो इन दोनों का साक्षी है, तब उसके जीवन से 'अजनबी' का भय समाप्त हो जाता है। इस कथा में रात का विशेष महत्व है। रात केवल अंधकार नहीं है, यह एक ऐसा समय है जब बाहरी शोर शांत हो जाता है और भीतर की आवाज़ स्पष्ट सुनाई देती है। रात्रि के उन क्षणों में, जब मनुष्य अपने आप से मिलता है, वहीं से उसकी वास्तविक यात्रा शुरू होती है।

जैसे रात के बाद सुबह आती है, वैसे ही अज्ञान के बाद ज्ञान का उदय होता है। **ब्रह्ममुहूर्त** इस उपन्यास में एक प्रतीक है - एक नए आरंभ का, एक नई जागरूकता का। यह वह क्षण है जब मनुष्य अपने पुराने पैटर्न्स से ऊपर उठकर एक नई दिशा में कदम रखता है। 'अपरिचित मन की परछाईयाँ - अन्तर्द्वन्द' उपन्यास का निर्णायक मोड़ तब आता है जब मनोज की नींद सुबह चार बजे, ब्रह्ममुहूर्त में अचानक खुल जाती है। यह कोई साधारण जागरण नहीं है। डॉ. पास्टर ने इस क्षण का वर्णन जिस वैज्ञानिक और आध्यात्मिक सूक्ष्मता से किया है, वह हिंदी साहित्य में दुर्लभ है।

ब्रह्ममुहूर्त का अर्थ केवल 'जल्दी उठना' नहीं है। यह वह संधि-काल है जब ब्रह्मांड की ऊर्जा और मानवीय चेतना के बीच का पर्दा सबसे पतला होता है। लेखक ने यहाँ मेलाटोनिन और कोर्टिसोल जैसे हार्मोन्स के संतुलन, मस्तिष्क की अल्फा और थीटा तरंगों के नृत्य और सुषुम्ना नाड़ी के जागरण का जो विवरण दिया है, वह पाठक को यह समझने पर विवश करता है कि हमारा शरीर केवल हाड़-मांस का ढांचा नहीं, बल्कि ब्रह्मांड का एक अत्यंत संवेदनशील 'रिसीवर' है। मनोज के लिए यह भोर एक 'अनजाना प्रस्थान' बन जाती है। पहली बार उसे अपनी त्वचा पर हवा के अणुओं का दबाव महसूस होता है, पहली बार वह अपनी धमनियों में रक्त के स्पंदन को सुनता है। लेकिन यही वह बिंदु भी है, जहाँ 'जागरूकता' एक संकट बन जाती है।

यह उपन्यास केवल आध्यात्मिकता की बात नहीं करता, बल्कि जीवन की वास्तविकताओं को भी उतनी ही ईमानदारी से प्रस्तुत करता है। ऑफिस की राजनीति, रिश्तों की जटिलता, सामाजिक दबाव, इन सबके बीच एक व्यक्ति कैसे संतुलन बनाए, यह भी इस कथा का एक महत्वपूर्ण हिस्सा है। यह दिखाता है कि आध्यात्मिकता का अर्थ दुनिया से भागना नहीं, बल्कि उसी दुनिया में रहते हुए जागरूक होना है।

उपन्यास का नायक, मनोज, कोई काल्पनिक सुपरहीरो नहीं है। वह 35 वर्ष का एक सिविल इंजीनियर है, जो लोक निर्माण विभाग (PWD) की मशीनी दिनचर्या में फँसा हुआ है। मनोज हम सबका प्रतिनिधित्व करता है। वह अकेला रहता है, फाइलों और कंक्रीट के पुलों का निर्माण करता है, और समाज की नज़रों में एक 'सफल' व्यक्ति है। लेकिन लेखक यहाँ एक बहुत ही सूक्ष्म प्रश्न उठाते है - क्या कंक्रीट के पुल बनाने वाला व्यक्ति अपने भीतर की खंडित चेतना को जोड़ने का पुल बना पाया है?

मनोज की यात्रा उस '**कोल्हू के बैल**' की तरह शुरू होती है, जो रोज़ सुबह बिना किसी चेतना के जागता है, दफ्तर जाता है और 'ऑटो-पायलट' मोड पर अपनी ज़िंदगी जीता है। लेखक ने मनोज के माध्यम से उस 'मैकेनिकल हैबिट' (यांत्रिक आदत) का सजीव वर्णन किया है, जो आज के अधिकांश मनुष्यों की नियति बन चुकी है। हम जागते तो हैं, पर होश में नहीं होते। हम काम तो करते हैं, पर उपस्थित नहीं होते। इस कहानी में एक हम जैसे साधारण व्यक्ति की कहानी है। वह हममें से ही एक है, जिसे जीवन ने धीरे-धीरे बदल दिया। यह परिवर्तन अचानक नहीं आता... यह छोटे-छोटे अनुभवों, समझ और अभ्यास के माध्यम से धीरे-धीरे विकसित होता है। और एक दिन, वही साधारण व्यक्ति एक गहरे स्तर पर बदल चुका होता है।

उपन्यास का शीर्षक 'अपरिचित मन की परछाईयाँ - अन्तर्द्वन्द' स्वयं में एक बड़ा विरोधाभास समेटे हुए है। जो मन हमारा सबसे करीबी साथी होना चाहिए था, वह अचानक 'अजनबी' कैसे हो गया? यहाँ 'साक्षी भाव' (Witnessing) के उस खतरनाक लेकिन अनिवार्य पड़ाव को छुआ है, जहाँ साधक अपने ही विचारों को अपने से अलग देखने लगता है। जब मनोज पहली बार अपने विचारों के अंतहीन और बेलगाम ट्रैफिक को देखता है, तो वह डर जाता है। वह देखता है कि विचार उसकी अनुमति के

बिना आ रहे हैं और जा रहे हैं। वह देखता है कि उसका मन एक ऐसी 'पागल ट्रेन' है जिसका ड्राइवर गायब है।

यहीं से उपन्यास एक मनोवैज्ञानिक थ्रिलर का रूप ले लेता है। जिसे मनोज 'जागृति' समझ रहा था, वह उसे 'विखंडन' (Disintegration) की ओर ले जाने लगती है। लेखक यहाँ पाठकों को चेतावनी देते हैं कि बिना किसी मार्गदर्शन के किया गया आत्म-अन्वेषण कभी-कभी मानसिक स्वास्थ्य के लिए घातक हो सकता है। मनोज 'हैलुसिनेशन' (मतिभ्रम) का शिकार होने लगता है। उसे आवाज़ें सुनाई देने लगती हैं, उसे दुनिया 'नकली' (Derealization) लगने लगती है।

यह उपन्यास 'साधना' को रहस्यमयी नहीं बनाता, बल्कि उसे तार्किक धरातल पर रखता है। जब मनोज का मित्र नितिन उसे डॉक्टर के पास ले जाता है, तब लेखक 'डोपामाइन परिकल्पना' और 'पैरानॉयड स्किज़ोफ्रेनिया' जैसे चिकित्सात्मक शब्दों का प्रयोग करते हैं। यहाँ डॉ. पास्टर की लेखनी का कमाल दिखता है; वे यह सिद्ध करते हैं कि अत्यधिक अंतर्मुखी होना और वास्तविकता से कट जाना 'समाधि' नहीं, बल्कि 'साइकोसिस' भी हो सकता है। नितिन के माध्यम से लेखक यह संदेश देते हैं कि "**आध्यात्मिकता और मानसिक स्वास्थ्य के बीच एक बहुत पतली रेखा होती है।**" यदि सजगता के साथ 'संतुलन' और 'ग्राउंडिंग' न हो, तो चेतना का प्रकाश ही मस्तिष्क की वायरिंग को जला सकता है।

उपन्यास का एक और स्तंभ है - **रवि**। रवि मनोज का कॉलेज मित्र है, जो एक सफल ठेकेदार और सप्लायर है। वह बाहर से पूरी तरह भौतिकवादी दिखता है, महंगे बंगले 'शिखर' में रहता है, बड़ी गाड़ियाँ चलाता है और राजनीति में दखल रखता है। लेकिन, कहानी का सबसे बड़ा 'सस्पेंस' रवि का व्यक्तित्व है। रवि वह 'योगी' है जिसका वर्णन कौल तंत्र (Kaula Tantra) की परंपरा में मिलता है। वह संसार को छोड़ता नहीं है, बल्कि

संसार के बीच रहकर उसे 'साधता' है। रवि का पात्र यह सिद्ध करता है कि आप एक बड़े व्यापारी होकर भी एक गहरे साधक हो सकते हैं। रवि मनोज को 'अंतःकरण चतुष्टय' - मन, बुद्धि, चित्त और अहंकार के रहस्यों से परिचित कराता है। वह उसे सिखाता है कि साक्षी कैसे 'हुआ' जाता है, 'बना' नहीं जाता। रवि के माध्यम से लेखक ने 'कौल मार्ग' की उस महत्ता को पुनर्स्थापित किया है, जो भोग और योग के बीच सामंजस्य बिठाती है। रवि की सफलता उसकी 'साधना का उप-उत्पाद' है, उसकी भूख नहीं।

उपन्यास “अपरिचित मन की परछाईयाँ - अन्तर्द्वन्द’ केवल ध्यान कक्ष तक सीमित नहीं रहता। लेखक इसे PWD के उस भ्रष्ट और राजनीति से भरे दफ्तर में ले जाते हैं, जहाँ मनोज के साथ अन्याय होता है। उसे पदोन्नति (Promotion) नहीं मिलती और उसका जूनियर नितिन चापलूसी के दम पर उसका बॉस बन जाता है। एक सामान्य व्यक्ति यहाँ टूट जाता, या प्रतिशोध की अग्नि में जलता। लेकिन मनोज यहाँ **'वैराग्य' (Vairagya)** का व्यावहारिक प्रदर्शन करता है। डॉ. पास्टर ने यहाँ वैराग्य को नया अर्थ दिया है - वैराग्य का अर्थ भागना नहीं, बल्कि 'पकड़ ढीली करना' है। मनोज अपमान के बीच भी स्थिर रहता है। वह मिठाई का लड्डू खाता है और मुस्कुराता है। यह दृश्य उपन्यास का सबसे शक्तिशाली क्षण है। यह दिखाता है कि असली अध्यात्म हिमालय की गुफाओं में नहीं, बल्कि दफ्तर की उस फाइल में है जहाँ आपका नाम 'रिजेक्ट' कर दिया गया है।

मनोज के जीवन में आया सबसे व्यावहारिक बदलाव 'प्रतिक्रिया' (Reaction) और 'प्रतिसाद' (Response) के बीच का अंतर है। हम अक्सर दूसरों की बातों या परिस्थितियों पर बिना सोचे-समझे रिएक्ट करते हैं। यह हमारी मानसिक प्रोग्रामिंग का हिस्सा है। उपन्यास में एक अध्याय है - 'स्वप्नहीन रात्रि'। यहाँ लेखक ने नींद की चार अवस्थाओं - बीटा, अल्फा, थीटा और डेल्टा का जो वर्णन किया है, वह ज्ञानवर्धक भी है और शांतिदायक भी। मनोज जब एक लंबे अंतराल के बाद गहरी,

स्वप्नहीन निद्रा (Deep Sleep) लेता है, तो वह केवल शरीर का विश्राम नहीं होता, बल्कि वह आत्मा का अपने स्रोत (Source) में विलीन होना है।

जागरण के बाद मनोज जब प्रकृति को देखता है, तो वह 'अजनबी' नहीं होता। उसे पेड़ों की पत्तियों, बच्चों की हँसी और सड़कों के शोर में भी एक दिव्य संगीत सुनाई देने लगता है। यह 'समाधि' का वह रूप है जो आँखें बंद करने पर नहीं, बल्कि आँखें खुली रखने पर प्राप्त होता है। मनोज की इस यात्रा को मानवीय आधार देने के लिए लेखक ने उसके बचपन की स्मृतियों का सहारा लिया है। उसकी सहेली मीता, उसके अनुशासनप्रिय पिता और ममतामयी मां, ये पात्र मनोज के व्यक्तित्व के उन 'एंकर्स' (Anchors) की तरह हैं जो उसे पूरी तरह टूटने से बचाते हैं। मीता का चरित्र यह याद दिलाता है कि हमारे भीतर का वह 'मासूम बच्चा' अभी भी जीवित है, जो बिना किसी दार्शनिक बोझ के जीवन को जीना चाहता था। मीता वह सहजता है जिसे मनोज ने 'इंजीनियरिंग' और 'साधना' के चक्कर में कहीं पीछे छोड़ दिया था।

इस उपन्यास के माध्यम से एक बहुत बड़ा वैश्विक संदेश दिया जा रहा है। आज की दुनिया में, जहाँ लोग 'डिप्रेशन' और 'एंग्जायटी' से जूझ रहे हैं, यह पुस्तक एक मार्गदर्शिका की तरह है। लेखक का मानना है कि: **सजगता (Awareness) बिना विज्ञान के अंधी है। विज्ञान (Science) बिना सजगता के लंगड़ा है।**

उन्होंने स्पष्ट किया है कि 'ब्रह्ममुहूर्त' में जागना केवल एक परंपरा नहीं, बल्कि अपने 'हार्मोनल सिस्टम' को ब्रह्मांडीय लय के साथ जोड़ने का विज्ञान है। उन्होंने यह भी सिखाया है कि 'अजनबी मन' को दुश्मन नहीं, बल्कि एक यंत्र की तरह देखना चाहिए। 'अपरिचित मन की परछाईयाँ - अन्तर्द्वन्द' केवल मनोज की कहानी नहीं है, यह डॉ. रवीन्द्र पास्टर का वह 'अनुभव-प्रसाद' है जिसे उन्होंने बरसों के चिंतन और स्वाध्याय से अर्जित

किया है। इस उपन्यास की शैली जानबूझकर सरल रखी गई है, लेकिन इसकी गूँज बहुत गहरी है।

जब आप इस पुस्तक का अंतिम पृष्ठ पढ़ेंगे, तो मनोज का जीवन तो एक नए पड़ाव पर होगा, लेकिन पाठक के भीतर भी एक नया 'मनोज' जन्म ले चुका होगा। एक ऐसा मनोज जो अब अपने विचारों से डरेगा नहीं, जो अपमान के बीच मुस्कुरा सकेगा, और जो सुबह चार बजे जागकर अपनी धड़कनों में उस 'अनंत' का संगीत सुन पाएगा। उपन्यास के अंतिम अध्याय में दिखाते हैं कि कैसे एक जागृत व्यक्ति परिस्थितियों का गुलाम नहीं होता। वह क्रोध के उठने को देखता है और उसे विचार बनने से पहले ही शांत कर देता है। वह अपनी पत्नी की शिकायतों में छिपे दर्द को देख पाता है, ऑफिस के तनाव में भी मौन का अनुभव कर पाता है। यही वह 'असली जीवन' है जिसकी तलाश में हम सब भटक रहे हैं।

इस उपन्यास में 'मौन' केवल शब्दों का अभाव नहीं है। मौन वह ऊर्जा है जिसमें विचार विलीन हो जाते हैं। मनोज की यात्रा शोर से शुरू होकर मौन पर समाप्त होती है। लेकिन यह मौन उसे दुनिया से काटता नहीं है, बल्कि उसे दुनिया के और करीब ले आता है। वह अब अकेला है, पर तन्हा नहीं है। वह स्वयं के साथ है। लेखक का संदेश स्पष्ट है, जब तक आप बाहर शोर मचा रहे हैं, आप अपने भीतर के अजनबी से कभी नहीं मिल पाएंगे। आपको रुकना होगा, देखना होगा और सुनना होगा।

यह उपन्यास किसके लिए है? यह उन लोगों के लिए है जो जीवन में कुछ और गहराई तलाश रहे हैं। जो अपने मन को समझना चाहते हैं। जो केवल सफलता नहीं, शांति भी चाहते हैं। जो यह जानना चाहते हैं कि “मैं” वास्तव में क्या हूँ।

"साधना का मार्ग कठिन हो सकता है, लेकिन इसका अंत उस स्वतंत्रता में होता है जिसे दुनिया का कोई भी वैभव नहीं खरीद सकता। अपरिचित मन

आपको रुकने का निमंत्रण देता है। कुछ क्षण के लिए कुछ न करने का... बस 'होने' का।"

यह उपन्यास हमें एक '**खुले अंत**' की ओर ले जाता है। यह पाठक के भीतर उस प्रश्न को जीवित कर देता है जो उसे पूरी उम्र जागरूक रखेगा। क्या आप तैयार हैं अपने ही मन के उस 'अपरिचित' गलियारे में कदम रखने के लिए? क्या आप तैयार हैं कोल्हू के बैल की ज़िंदगी छोड़कर एक 'साक्षी' की तरह जीने के लिए? यदि हाँ, तो यह पुस्तक आपके लिए ही है। आइए, मनोज के साथ हम भी उस यात्रा पर निकलें जहाँ अजनबी मन अंततः एक 'मित्र' बन जाता है और 'स्व' का साक्षात्कार ही एकमात्र सत्य रह जाता है।

यह उपन्यास केवल प्रश्न उठाता है, ऐसे प्रश्न जो आपको अपने भीतर झांकने के लिए प्रेरित करें। यह एक निमंत्रण है, एक आंतरिक यात्रा पर चलने का। इस यात्रा में कोई गंतव्य नहीं है, केवल अनुभव है... केवल जागरूकता है... जब आप इस उपन्यास को पढ़ेंगे, तो हो सकता है कि आपको इसमें अपनी ही कहानी की झलक मिले। क्योंकि अंततः, हर व्यक्ति की यात्रा अलग होते हुए भी एक ही दिशा में जाती है, अपने आप की ओर। यदि यह कथा आपको एक क्षण के लिए भी ठहरने, सोचने, या अपने भीतर देखने के लिए प्रेरित करे, तो इसका उद्देश्य पूरा हो जाएगा।

“शायद सबसे बड़ी खोज बाहर नहीं, बल्कि उस भीतर की शांति को पहचानना है, जो हमेशा से हमारे साथ थी...”

इस उपन्यास का अंत वास्तव में एक शुरुआत है। यह पुस्तक कोई अंतिम उत्तर नहीं देती। यह आपको कोई 'मंत्र' नहीं थमाती जिससे रातों-रात सब बदल जाए। बल्कि जब आप अंतिम पृष्ठ पढ़कर पुस्तक बंद करेंगे, तो कहानी तो समाप्त हो जाएगी, लेकिन एक प्रश्न आपके भीतर गूँजता रहेगा - "**मैं कौन हूँ?**"

लेखक की यह कृति उन सभी के लिए है जो अपने मानसिक तनाव से मुक्ति चाहते हैं। जीवन के गहरे अर्थों की तलाश में हैं। अपने ही मन के हाथों मजबूर महसूस करते हैं। और सबसे महत्वपूर्ण, जो स्वयं से दोस्ती करना चाहते हैं। यह पुस्तक किसी धर्म या संप्रदाय का प्रचार नहीं करती। यह तो बस एक अनुभव साझा करने का प्रयास है, एक ऐसी दृष्टि जो आपके जीवन को देखने का तरीका बदल सकती है।

यदि इस पुस्तक को पढ़ते समय आप एक क्षण के लिए भी ठहरें, एक लंबी गहरी साँस लें और अपने भीतर की हलचल को एक अजनबी की तरह देख सकें, तो लेखक का श्रम और मनोज की यह यात्रा सफल मानी जाएगी। अपरिचित मन आपको रुकने का निमंत्रण देता है। कुछ क्षण के लिए कुछ 'न' करने का, बस 'होने' का। महसूस करने का। और शायद, पहली बार अपने ही 'स्व' के घर में प्रवेश करने का।

क्या आप उस अजनबी का हाथ थामने के लिए तैयार हैं?

शुभकामनाओं सहित,

"साधना का मार्ग कठिन हो सकता है, लेकिन इसका अंत उस स्वतंत्रता में होता है जिसे दुनिया का कोई भी वैभव नहीं खरीद सकता। हम सब अपने भीतर एक अजनबी के साथ रहते हैं। सवाल यह नहीं है कि वह अजनबी कौन है; सवाल यह है कि क्या हम उससे मिलने के लिए तैयार हैं?"

लेखक
डॉ. रवीन्द्र पस्तोर

भाग 1: भोर का भ्रम

अध्याय 1
वह अजीब सुबह

ब्रह्म मुहूर्तः चेतना का उदय

रात का अंतिम पहर अभी थमा हुआ था। घड़ी की सुइयों ने अभी चार का अंक भी नहीं छुआ था। बाहर सड़कों पर सन्नाटा इतना सघन था कि वह एक भौतिक भार की तरह महसूस हो रहा था। आकाश अभी पूर्णतः अंधकार से मुक्त नहीं हुआ था, परंतु कहीं क्षितिज के नीचे एक हल्की उजास की आहट जन्म लेने लगी थी।

जैसे अंधेरे ने धीरे-धीरे अपने कदम पीछे खींचने शुरू कर दिए हों। हवा में एक अजीब-सी ठंडक थी, न पूरी ठंडी, न पूरी गर्म, जैसे वह भी किसी निर्णय की अवस्था में हो। अभी सूरज पूरी तरह उगा भी नहीं था, लेकिन आकाश के किनारों पर हल्की रोशनी फैलने लगी थी। यह वही समय है जब प्रकृति श्वास लेती हुई प्रतीत होती है, धीमी, गहरी और चेतन।

सामान्यतः मनोज उन लोगों में से नहीं था जो सूरज उगने से पहले बिस्तर छोड़ देते थे। आम दिनों में मनोज देर तक सोता था। उसके लिए सुबह हमेशा एक बोझिल, भारीपन, एक अधूरी नींद की शिकायत और अलार्म से एक छोटी-सी जंग के साथ शुरू होती थी। लेकिन आज सब कुछ विपरीत था।

जैसे-जैसे समय साढ़े चार की ओर बढ़ा, मनोज को अपने शरीर के भीतर

एक सूक्ष्म कंपन महसूस हुआ। यह कंपन हड्डियों में नहीं, बल्कि उन रिक्त स्थानों में था जहाँ चेतना निवास करती है।

न कोई अलार्म बजा था, न किसी ने जगाया था। यह जागना किसी अलार्म की कर्कश आवाज़ का परिणाम नहीं था, न ही यह किसी बाहरी शोर की दस्तक थी। यह तो एक आंतरिक विस्फोट था।

तक मनोज की आँखें खुल चुकी थीं। मनोज की आँखें अचानक खुल गईं। रात और सुबह के बीच का वह सूक्ष्म क्षण, जब समय स्वयं ठहरकर अपनी धड़कनें सुनता है, उसे ही 'ब्रह्ममुहूर्त' कहा गया है।

वह बिस्तर पर जाग गया। उसकी आँखें खुली थीं, लेकिन उसे ऐसा लग रहा था जैसे वह अभी भी आधा सोया हुआ है। उसके विचार अधूरे थे, बिखरे हुए थे।

रात भर वह एक अजीब-सी स्फूर्ति से भरा रहा था। जैसे उसके भीतर कोई विद्युत धारा दौड़ रही हो। यह ऊर्जा शारीरिक रूप से कम और मानसिक रूप से अधिक थी। बिस्तर पर लेटे-लेटे ही उसे एहसास हुआ कि बाहर तो उजाला हो रहा है, लेकिन उसके भीतर की दुनिया अभी भी एक घने कोहरे में लिपटी हुई है।

उसके भीतर एक अजीब-सी ऊर्जा थी। लेकिन इस ऊर्जा के साथ एक धुंध भी थी, जैसे कोई पर्दा हो, जो सब कुछ साफ़ दिखने से रोक रहा हो। वह बिस्तर पर लेटा था। उसकी आँखें खुली थीं, लेकिन उसे ऐसा लग रहा था जैसे वह अभी भी आधा सोया हुआ है। उसके विचार अधूरे थे, बिखरे हुए थे।

उसने करवट बदली। छत के पंखे की धीमी गति को देखते हुए उसे लगा कि वह एक ऐसी अवस्था में है जहाँ सीमाओं का कोई अर्थ नहीं रहा। वह आधा सोया हुआ था और आधा जागा हुआ था। यह चेतना की वह 'संध्या'

थी जहाँ रात के बचे-खुचे डरावने या अधूरे सपने, आने वाले दिन की चिंताओं और नई योजनाओं से टकरा रहे थे।

वह कुछ क्षणों तक छत को देखता रहा। उसे समझ नहीं आया कि वह जाग गया है या अभी भी सपना देख रहा है। उसका शरीर बिस्तर पर था, लेकिन उसका मन... कहीं और भटक रहा था। "क्या मैं सच में जाग गया हूँ?"

उसने खुद से पूछा। यह सवाल उसके भीतर ऐसे गूंजा जैसे किसी खाली कमरे में आवाज़ टकराकर लौटती है।

"क्या मैं वास्तव में जाग चुका हूँ?"

उसने खुद से बुदबुदाकर पूछा। उसकी अपनी आवाज़ उसे किसी कुएँ से आती हुई प्रतीत हुई। यह पहली बार था जब मनोज ने अपनी मानसिक स्थिति का इस बारीकी से निरीक्षण किया था। इससे पहले की सुबहें तो बस एक यांत्रिक प्रक्रिया थीं, जागना, तैयार होना और दुनिया की अंधी दौड़ में शामिल हो जाना। पर आज, वह ठिठक गया था।

सरकारी सेवा की व्यस्तताओं और परिवार से दूर अकेलेपन ने उसे एक यांत्रिक दिनचर्या में ढाल दिया था, जहाँ सुबह का अर्थ केवल 'काम पर जाने की जल्दी' होता था। लेकिन आज, वह अपनी निर्धारित नींद से दो घंटे पहले ही जाग गया था।

उसका शरीर अभी भी बिस्तर पर निश्चल पड़ा था। मांसपेशियों में वही भारीपन था जो गहरी नींद के बाद आता है, लेकिन उसका मन, वह अचानक से एक धारदार चाकू की तरह तेज और सतर्क हो गया था।

मनोज ने महसूस किया कि उसके पैर की उंगलियाँ चादर के खुरदरे अहसास को गहराई से पकड़ रही हैं। कमरे की हवा में एक खास तरह की

ठंडक थी, वह ठंडक नहीं जो कांपने पर मजबूर करे, बल्कि वह जो चेतना को कुरेदती है।

उसने अपनी त्वचा के रोम-छिद्रों को सक्रिय होते महसूस किया। एक इंजीनियर के रूप में उसने हज़ारों इमारतों की दीवारों का तापमान मापा था, लेकिन आज पहली बार वह अपनी ही त्वचा पर वायुमंडल के सूक्ष्म दबाव को महसूस कर रहा था।

उसे लगा जैसे हवा के अणु उसकी त्वचा से टकरा रहे हैं और एक सूक्ष्म विद्युत तरंग पैदा कर रहे हैं। उसके हाथ जो आमतौर पर कलम या मेजरिंग टेप पकड़ने के आदी थे, आज अपनी ही हथेलियों के पसीने की नमी को एक महान घटना की तरह अनुभव कर रहे थे।

उसका शरीर अभी भी नींद की गहराई में था, मांसपेशियाँ शिथिल, साँसें धीमी और लयबद्ध। वहीं, दूसरी ओर, उसका मस्तिष्क धीरे-धीरे जागृत हो रहा था। मनोज ने इसे शब्दों में नहीं, बल्कि संवेदनाओं में महसूस किया।

मनोज का शरीर अभी भी 'विश्राम मोड' में था, लेकिन उसके भीतर एक अद्भुत रासायनिक परिवर्तन घटित हो रहा था। विज्ञान कहता है कि इस पहर में मेलाटोनिन (Melatonin) का स्तर, जो नींद के लिए जिम्मेदार है, धीरे-धीरे गिर रहा होता है और कोर्टिसोल (Cortisol) की पहली लहर रक्त में घुलने लगती है ताकि शरीर को आने वाले दिन के लिए तैयार किया जा सके।

उसे लगा कि उसके मस्तिष्क के पिछले हिस्से में एक मद्धम सी रोशनी जल गई है। उसकी 'पीनियल ग्रंथि' (Pineal Gland) ब्रह्मांड की उस सूक्ष्म ऊर्जा के प्रति प्रतिक्रिया दे रही थी जिसे 'ब्रह्म मुहूर्त' की शक्ति कहा जाता है।

उसके हृदय की धड़कन, जो गहरी नींद में धीमी और स्थिर थी, अब एक नई लय पकड़ रही थी। उसे महसूस हुआ कि उसकी धमनियों में रक्त का प्रवाह एक सुव्यवस्थित नदी की तरह नहीं, बल्कि एक जीवंत ऊर्जा के रूप में दौड़ रहा है।

यह वह समय था जब मस्तिष्क की अल्फा और थीटा तरंगें प्रमुख होती हैं, एक ऐसी अवस्था जो ध्यान और रचनात्मकता के लिए अनुकूल होती है।

कमरे में सन्नाटा था, पर मनोज के कानों के लिए वह सन्नाटा अब 'मौन' नहीं रहा था। जब उसने गहरी एकाग्रता से सुना, तो उसे अपने भीतर की मशीनरी की आवाज़ें सुनाई देने लगीं।

पहली आवाज़ उसके अपने फेफड़ों की थी। हवा नासिका छिद्रों से अंदर जाती, फेफड़ों के छोटे-छोटे कोष्ठों को फुलाती और फिर एक गर्म उच्छवास के रूप में बाहर निकलती।

उसने महसूस किया कि दाईं नासिका से चलने वाली हवा (सूर्य स्वर) और बाईं नासिका (चंद्र स्वर) के बीच एक सूक्ष्म संतुलन बन रहा है।

फिर उसने अपने पेट की हल्की गड़गड़ाहट सुनी। पाचन तंत्र की वह गुप्त क्रिया, जो रात भर चलती रही थी, अब शांत हो रही थी। उसे अपनी गर्दन की नसों में रक्त की 'टिक-टिक' सुनाई दी, जो कमरे में रखी घड़ी की आवाज़ से मेल खा रही थी।

बाहर कहीं बहुत दूर, एक कोयल ने पहली बार कूकने की कोशिश की, और उसकी आवाज़ मनोज के कान के पर्दों से टकराकर उसके मस्तिष्क में एक स्पष्ट छवि की तरह उभर गई। उसे खिड़की के बाहर लगे नीम के पेड़ की गंध महसूस हुई, गीली मिट्टी और कड़वी पत्तियों की एक मिली-जुली महक, जो केवल भोर के समय ही इतनी पवित्र होती है।

उसने अपनी याददाश्त के घोड़ों को पीछे की ओर दौड़ाया। वह याद करना चाहता था कि पिछली रात जब उसकी आँखें बंद हुई थीं, तो उसके मस्तिष्क में आखिरी विचार क्या था? पर जैसे-जैसे वह गहराई में उतरता, विचारों की एक भारी भीड़ उसे घेर लेती।

"अभी... ठीक इसी क्षण मैं क्या सोच रहा हूँ?" उसने खुद को चुनौती दी।

जैसे ही उसने एक विचार को पकड़ने के लिए अपना मानसिक हाथ बढ़ाया, वह विचार गायब हो गया और उसकी जगह किसी दूसरे विचार ने ले ली। वह विचार एक पल के लिए भी स्थिर नहीं था। यह तो किसी बहती हुई नदी जैसा था, जहाँ आप एक ही पानी को दो बार नहीं छू सकते।

उसे समझ आता गया कि उसका मन उसके नियंत्रण में नहीं है। मन अपने आप चल रहा था, जैसे कोई अजनबी मशीन हो। मनोज के माथे पर पसीने की बूंदें छलक आईं। उसके लिए यह एक नया और डरावना अनुभव था।

उसे लगा जैसे वह एक ऐसी कार में बैठा है जिसका स्टीयरिंग किसी और के हाथ में है। जिस मन को वह बचपन से अपना समझता आया था, वह आज पूरी तरह से बेलगाम और अजनबी लग रहा था।

कुछ विचार रात के बचे हुए थे...कुछ अभी-अभी जन्म ले रहे थे...दोनों आपस में टकरा रहे थे। “यह क्या हो रहा है मेरे साथ?” उसने धीरे से कहा। उसने अपने दिमाग को टटोलने की कोशिश की, जैसे कोई अंधेरे कमरे में हाथ फैलाकर चीज़ों को पहचानने की कोशिश करता है।

उसने एक प्रयोग करने का निश्चय किया। उसने अपनी याददाश्त के घोड़ों को पीछे की ओर दौड़ाया। वह याद करना चाहता था कि पिछली रात जब उसकी आँखें बंद हुई थीं, तो उसके मस्तिष्क में आखिरी विचार क्या था?

उसे याद करने की इच्छा हुई, रात को सोते समय उसका आखिरी विचार क्या था? वह पीछे लौटना चाहता था। वह अपने मन की गहराइयों में उतरने लगा।

“मैं क्या सोच रहा था...?” “आखिरी विचार क्या था...?” उसने ज़ोर लगाया।

अक्सर कहा जाता है कि सोने से ठीक पहले का विचार हमारे व्यक्तित्व का दर्पण होता है। मनोज ने पूरी शक्ति लगा दी। पर जैसे-जैसे वह गहराई में उतरता, विचारों की एक भारी भीड़ उसे घेर लेती।

उसे याद आया कि वह ऑफिस की एक फाइल के बारे में सोच रहा था, फिर अचानक किसी पुराने दोस्त का चेहरा सामने आ गया, फिर उसे भूख महसूस हुई थी... पर इनमें से 'आखिरी' कौन सा था? वह सिरा कहाँ था जहाँ से नींद शुरू हुई थी?

बहुत सारे विचार सामने आने लगे, जैसे कोई भीड़ हो, जहाँ हर कोई अपना नाम पुकार रहा हो। लेकिन कोई भी “आखिरी” नहीं था। हर बार जब उसे लगता कि उसने उस विचार को पकड़ लिया है, वही विचार उसके हाथ से फिसल जाता। जैसे पानी को मुट्ठी में पकड़ने की कोशिश करना।

उसने और ज़ोर लगाया। उसका माथा सिकुड़ गया। साँसें थोड़ी तेज़ हो गईं। लेकिन जितना वह कोशिश करता, उतना ही सब कुछ और उलझता जाता है।

वह जितना अधिक प्रयास करता है, गुत्थी उतनी ही उलझती जाती है। जैसे कोई रेत की दीवार को पकड़ने की कोशिश करें और वह उंगलियों के बीच से फिसलती जाए।

अचानक उसने कोशिश छोड़ दी। वह चुप हो गया। कमरे में सन्नाटा था। सिर्फ उसकी साँसों की आवाज़ थी।

हारकर उसने पुरानी यादें छोड़ दीं और 'वर्तमान' को पकड़ने की ठानी। उसने सोचा, “ठीक है... अगर मैं पुराने विचार नहीं पकड़ सकता... तो कम से कम यह तो देख सकता हूँ कि अभी मेरे मन में क्या चल रहा है।”

"अभी... ठीक इसी क्षण मैं क्या सोच रहा हूँ?" उसने खुद को चुनौती दी। उसने ध्यान अंदर की ओर मोड़ा। वह एक विचार को पकड़ने की कोशिश करने लगा।

जैसे ही कोई विचार आता, वह उसे देखने लगता। लेकिन उसी क्षण... वह विचार बदल जाता। एक और विचार। फिर दूसरा। फिर तीसरा। कोई भी स्थिर नहीं था। एक पल के लिए भी नहीं। “यह कैसे हो सकता है?”

उसके भीतर एक डर-सा उभरने लगा। “क्या मैं अपने ही मन को नहीं पकड़ सकता?”

उसने फिर कोशिश की। और इस बार वह पूरी तरह सचेत था। वह सिर्फ देख रहा था। लेकिन जितना वह देखता, उतना ही उसे समझ आता गया कि उसका मन... उसके नियंत्रण में नहीं है। मन अपने आप चल रहा था। जैसे कोई अजनबी मशीन हो, जो बिना रुके काम कर रही हो।

"मैं कौन हूँ?" यह सवाल एक ठंडी बिजली की तरह उसके भीतर कौंधा।

“यह मेरा मन है...या मैं इसका?” यह सवाल उसके भीतर बिजली की तरह कौंधा। वह ठिठक गया। पहली बार... उसने अपने मन को अपने से अलग महसूस किया। अब तक वह सोचता था कि वही उसका मन है। लेकिन आज...आज उसे लग रहा था कि वह और उसका मन... दो अलग-अलग चीज़ें हैं।

“अगर मन अलग है... तो मैं कौन हूँ?” यह सवाल अब और गहरा हो गया।

अगर मन उसका नहीं है, अगर विचार उसकी अनुमति के बिना आ-जा रहे हैं, तो फिर वह 'मनोज' कौन है? क्या वह सिर्फ इस शरीर का नाम है?

उसने अपने हाथों की ओर देखा। ये हाथ भी उसे अजनबी से लगने लगे। वह इन्हें हिला सकता था, लेकिन इनके भीतर की कोशिकाओं, रक्त के प्रवाह और मांसपेशियों की जटिलता के बारे में वह कितना जानता था? कुछ भी नहीं।

धीरे-धीरे अपनी उंगलियों को हिलाया। उसे महसूस हुआ कि यह शरीर भी... बस एक यंत्र की तरह है। “क्या यह शरीर भी मेरा नहीं है?” उसके भीतर एक हल्की-सी बेचैनी फैलने लगी।

एक ही शरीर के भीतर दो अजनबी रह रहे थे, एक वह जो देख रहा था, और एक वह जो चल रहा था।

एक अजीब-सी घबराहट ने उसे घेर लिया। उसे लगा कि वह एक बहुत बड़े खतरे में है। दुनिया को जानने और जीतने की इच्छा तो बहुत बाद की बात थी, वह तो खुद के ही घर में सुरक्षित नहीं था। उसे लगा जैसे वह किसी जंगल में रास्ता भटक गया है और उसके पास कोई नक्शा नहीं है।

उसका दिल थोड़ा तेज़ धड़कने लगा। कमरा अचानक थोड़ा अजनबी-सा लगने लगा। दीवारें, छत, बिस्तर...सब कुछ वही था। लेकिन उसका अनुभव बदल गया था। जैसे वह किसी और की दुनिया में आ गया हो।

उसने खिड़की की ओर देखा। खिड़की से बाहर देखा। बाहर सुबह धीरे-धीरे जाग रही थी। आज की सुबह कुछ अलग थी। सुबह की पहली किरण ने जब कमरे की खिड़की को छुआ, तब पक्षियों की आवाज़ें आने

लगी थीं। पेड़ों की पत्तियाँ हल्की हवा में हिल रही थीं। लेकिन उस सुंदर दृश्य में भी उसे शांति नहीं मिली। उसके भीतर एक अजीब बेचैनी थी।

“मैं कौन हूँ?” “यह सब क्या है?” “मैं किसके साथ रह रहा हूँ?” उसने अपनी आँखें बंद कर लीं। और अंदर झाँकने लगा।

अब वह सिर्फ एक दर्शक था। वह अपने मन को देख रहा था, जैसे कोई सड़क पर चलती भीड़ को देखता है।

विचार आ रहे थे...जा रहे थे...बिना रुके। बिना किसी क्रम के। बिना किसी नियंत्रण के। और वह...वह सिर्फ देख रहा था। लेकिन इस देखने में भी एक अजीब डर था।

“अगर मैं मन नहीं हूँ... तो मैं क्या हूँ?” यह सवाल अब उसे अंदर से हिला रहा था। उसे अचानक महसूस हुआ कि वह इतने सालों से एक अजनबी के साथ रह रहा था और उसे कभी इसका एहसास ही नहीं हुआ।

“यह मन... एक अजनबी है...” उसने धीरे से कहा। और यह स्वीकार करते ही उसके भीतर कुछ टूट-सा गया।

उसका विश्वास...उसकी पहचान...सब कुछ डगमगा गया। उसने अपने सीने पर हाथ रखा। दिल की धड़कन तेज़ थी। साँसें अस्थिर थीं। उसे डर लग रहा था। पहली बार... अपने ही अस्तित्व से।

“यह अन्तर्द्वन्द बहुत खतरनाक है...” उसने खुद से कहा।

“अजनबियों के साथ रहना... सुरक्षित नहीं होता...” कमरे में हल्की रोशनी और बढ़ गई थी।

उसने मन ही मन एक कठिन संकल्प लिया। "इससे पहले कि मैं दुनिया को समझूँ, मुझे इस शरीर, इस मन और इस 'अजनबी' को समझना होगा

जो मेरे भीतर बैठा है। मैं अजनबियों के साथ और अधिक समय तक नहीं रह सकता।"

सूरज अब पूरी तरह से उग चुका था और दुनिया अपनी सामान्य लय में लौट रही थी। लेकिन मनोज के लिए अब कुछ भी सामान्य नहीं रहने वाला था। उसने अपनी चादर एक तरफ फेंकी और फर्श पर पैर रखे। फर्श की ठंडक ने उसे एक क्षण के लिए वर्तमान में खींच लिया।

फर्श पर पैर रखते ही आने वाली उस पहली शीतलता ने उसे थोड़ी वास्तविकता का अहसास कराया, परंतु उसके भीतर के सवाल अभी भी वहीं थे, अधूरे और अनसुलझे।

वह खड़ा हो गया। कुछ कदम चला। फिर रुक गया। उसने आईने की ओर देखा। उसने आईने के सामने जाकर खुद को देखा। आईने में उसका चेहरा था। उसकी आँखों में एक नई खोज थी। और एक गहरा डर भी।

आईने में दिखने वाला वह व्यक्ति भी आज उसे कुछ सवालिया नज़रों से देख रहा था। लेकिन उसे ऐसा लगा... जैसे वह किसी और को देख रहा हो। “यह मैं हूँ...?” उसने खुद से पूछा। आईने में खड़ा वह इंसान... परिचित भी था, और अजनबी भी।

उसी क्षण...सूरज की पहली किरण खिड़की से अंदर आई। उस रोशनी ने कमरे को उजाला दिया। लेकिन मनोज के भीतर, अन्तर्द्वन्द...की अब भी धुंध थी। वह वहीं खड़ा रहा। आईने के सामने। अपने ही प्रतिबिंब को देखते हुए। और उसके भीतर वही सवाल गूंजता रहा, “मैं कौन हूँ?”

निश्चल खड़े शरीर के भीतर मनोज का मन अब सक्रिय हो चुका था। उसने अपनी पैंतीस वर्षों की यात्रा को एक संक्षिप्त फिल्म की तरह देखा। पी.डब्ल्यू.डी. के दफ्तर, कंक्रीट के मिक्सर, सड़कों के टेंडर, परिवार की यादें, बच्चों की हँसी, ये सब उसे एक 'अजनबी' की कहानी लगने लगे।

उसे महसूस हुआ कि जिसे वह 'मनोज' कहता है, वह तो बस एक सामाजिक ढांचा है।

"क्या मैं वास्तव में जाग चुका हूँ?" उसने खुद से बुदबुदाकर पूछा।

उसे अहसास हुआ कि वह इतने सालों से एक अजनबी के साथ रह रहा था और उसे कभी इसका अहसास ही नहीं हुआ। यह मन, जो उसकी अनुमति के बिना विचार पैदा कर रहा था, आज पहली बार पूरी नग्नता में उसके सामने खड़ा था। उसने एक प्रयोग करने का निश्चय किया।

पैंतीस वर्ष के मनोज के लिए, जो एक सिविल इंजीनियर के रूप में फाइलों, नक्शों और कंक्रीट के जंजाल में अपनी उम्र बिता रहा था, यह अनुभव बिल्कुल नया था।

ब्रह्ममुहूर्त के उस एकांत में, मनोज ने महसूस किया कि अजनबियों के साथ रहना सुरक्षित नहीं होता। उसने आईने के सामने जाकर खुद को देखा। आईने में दिखने वाला वह व्यक्ति भी आज उसे कुछ सवालिया नज़रों से देख रहा था। उसे ऐसा लगा जैसे वह किसी और को देख रहा हो। "यह मैं हूँ...?" उसने खुद से पूछा। आईने में खड़ा वह इंसान परिचित भी था और अजनबी भी।

सूरज की किरणों ने जब कमरे को उजाले से भर दिया, तब तक मनोज ने मन ही मन एक कठिन संकल्प ले लिया था।

"इससे पहले कि मैं दुनिया को समझूँ, मुझे इस शरीर, इस मन और इस 'अजनबी' को समझना होगा जो मेरे भीतर बैठा है। मैं अजनबियों के साथ और अधिक समय तक नहीं रह सकता।"

बाहर पक्षियों का चहचहाना अब स्पष्ट हो गया था। मनोज उठकर खिड़की के पास गया। ठंडी हवा ने उसके चेहरे को छुआ, जिसमें रात की थकान

मिटाने और नई ऊर्जा भरने की शक्ति थी। उसने महसूस किया कि यह समय, यह ब्रह्म मुहूर्त, केवल दिन का एक भाग नहीं है, बल्कि चेतना का एक द्वार है।

यह उसकी अपनी 'स्व' की खोज की पहली सुबह थी। एक इंजीनियर ने आज कंक्रीट की दीवारों से नहीं, बल्कि सत्य की ईंटों से अपने 'स्व' के घर का निर्माण शुरू कर दिया था।

मनोज ने अपनी आँखों में झाँका और पहली बार उसे लगा कि यह यात्रा बहुत लंबी और साहसी होने वाली है। यह उसकी अपनी 'स्व' की खोज की पहली सुबह थी।

अध्याय 2
विचारों का तूफ़ान

पकड़ से बाहर विचार

सुबह पूरी तरह जाग चुकी थी। सूरज अब आसमान में ऊपर चढ़ रहा था और क्षितिज से ऊपर चढ़ आया था। उसकी रोशनी कमरे के हर कोने को छू रही थी। अब कमरे की दीवारों पर सुनहरी रोशनी के टुकड़े नाच रहे थे।

बाहर की दुनिया अपनी चिर-परिचित लय में लौट चुकी थी। बाहर जीवन अपनी गति पकड़ चुका था, लोग अपने-अपने कामों में लग गए थे, सड़कें धीरे-धीरे शोर से भर रही थीं।

दूधवाले की साइकिल की घंटी, सड़कों पर गाड़ियों का बढ़ता शोर और चिड़ियों का चहचहाना, सब कुछ यह गवाही दे रहा था कि एक नया दिन शुरू हो गया है। लेकिन मनोज के लिए, समय जैसे उस रहस्यमयी भोर में ही ठहर गया था।

लेकिन मनोज के भीतर अन्तर्द्वन्द...अब भी एक अजीब-सा शोर था। वह कुर्सी पर बैठा था, खिड़की के पास। उसकी आँखें बाहर थीं, लेकिन ध्यान अंदर। वह अभी भी उसी प्रश्न में उलझा हुआ था, "मैं कौन हूँ?" उसने गहरी साँस ली।

वह अपनी खिड़की के पास रखी लकड़ी की पुरानी कुर्सी पर बैठा था। उसकी नज़रें बाहर लगे नीम के पेड़ पर टिकी थीं, जिसकी पत्तियाँ मंद हवा में धीरे-धीरे हिल रही थीं। पर उसका ध्यान बाहर नहीं, बल्कि अपने भीतर चल रहे उस कोलाहल पर था, जिसे उसने आज से पहले कभी सुना ही नहीं था।

"मैं कौन हूँ?"

यह सवाल अब उसके सीने में एक भारी पत्थर की तरह बैठ गया था। उसने गहरी साँस ली और खुद से कहा, "ठीक है, अगर मुझे इस अजनबी (मन) को समझना है, तो मुझे इसे पकड़ना होगा। मुझे देखना होगा कि यह आखिर काम कैसे करता है।"

“ठीक है...” उसने मन ही मन कहा,

“अगर मैं अपने मन को समझना चाहता हूँ... तो मुझे इसे देखना होगा... पकड़ना होगा...” उसने अपनी आँखें बंद कर लीं। कुछ क्षणों तक सब शांत लगा।

उसने सोचा था कि आँखें बंद करते ही एक अंधेरा और शांति मिलेगी, लेकिन वहाँ तो एक पूरा का पूरा बाज़ार सजा था। जैसे ही उसने ध्यान अंदर की ओर मोड़ा, एक विचार बिजली की तरह कौंधा, *"आज ऑफिस की मीटिंग में क्या पहनना चाहिए?"*

फिर...एक विचार आया। “आज क्या करना है...” उसने तुरंत उस विचार को पकड़ने की कोशिश की। “रुको... यही है... इसे देखता हूँ...” लेकिन जैसे ही उसने उसे देखने की कोशिश की, वह बदल गया।

“नाश्ते में क्या खाऊँ...”

“नहीं... यह नहीं था...” फिर एक और विचार।

“कल की बात...” फिर तुरंत दूसरा।

“फोन करना है...” फिर तीसरा।

“मैं क्या कर रहा हूँ...”

विचारों की एक धारा बहने लगी। तेज़...बिना रुके...बिना किसी क्रम के...मनोज ने उन्हें पकड़ने की कोशिश की। हर बार। हर बार वही हुआ। जैसे ही वह किसी विचार को पकड़ता, वह बदल जाता। जैसे हवा में उड़ते पत्ते... जिन्हें पकड़ने के लिए हाथ बढ़ाओ, और वे दिशा बदल लें।

मनोज ने तुरंत उस विचार को पकड़ने की कोशिश की। "रुको! यही है वह विचार। इसे देखते हैं..." लेकिन जैसे ही उसने उस पर ध्यान केंद्रित करना चाहा, वह विचार कपूर की तरह उड़ गया और उसकी जगह एक नई आवाज़ ने ले ली, *"शायद नीली कमीज ठीक रहेगी... पर वह तो अभी धुली नहीं है।"*

वह फिर उस नए विचार के पीछे भागा, पर वह भी फिसल गया। *"कल रात पापा का फोन आया था, मैंने उठाया क्यों नहीं?"*

उसने आँखें खोल दीं। उसके चेहरे पर हल्की बेचैनी थी। “यह इतना मुश्किल क्यों है?” उसने धीरे से कहा। उसने फिर कोशिश करने का निश्चय किया। इस बार वह और सावधान था। उसने खुद से कहा, “मैं सिर्फ देखूँगा... कोई ज़ोर नहीं डालूँगा...” उसने फिर आँखें बंद कीं।

फिर तुरंत, *"नाश्ते में क्या बना होगा? भूख लग रही है।"*

फिर एक और *"यह खिड़की से आती रोशनी कितनी तीखी है।"*

एक विचार आया, “पानी पीना है...” उसने उसे देखा। शांत रहकर। लेकिन अगले ही क्षण, “यह क्यों हो रहा है...” फिर, “मैं पागल तो नहीं हो रहा...” फिर, “नहीं... नहीं... ध्यान रखो...” वह चौंक गया।

“यह क्या था...?” वह एक विचार को देखने निकला था...और अचानक तीन-चार विचार आ गए। “मैं एक को भी क्यों नहीं पकड़ पा रहा?” उसके भीतर अब घबराहट बढ़ने लगी थी। उसने अपने माथे को पकड़ लिया।

विचारों का एक अंतहीन रेला था। तेज़, अनियंत्रित और बेतरतीब। मनोज ने पूरी मानसिक शक्ति लगा दी कि वह कम से कम एक विचार को कुछ सेकंड के लिए रोक सके, उसे देख सके, उसका विश्लेषण कर सके। लेकिन वह जितना अधिक प्रयास करता है, विचार उतनी ही तेज़ी से दिशा बदलते हैं।

यह बिल्कुल वैसा ही था जैसे हवा में उड़ते हुए सूखे पत्तों को पकड़ने की कोशिश करना। आप एक की ओर हाथ बढ़ाते हैं, और आपकी ही हरकत से पैदा हुई हवा उसे दूर धकेल देती है।

उसने अपनी आँखें खोल दीं। उसके माथे पर पसीने की बारीक बूंदें उभर आई थीं। उसका चेहरा लाल हो गया था और साँसें फूल रही थीं।

"यह इतना मुश्किल क्यों है?" उसने अपने कांपते हाथों को देखा। "मेरा अपना मन... मेरा अपना हिस्सा... और मैं उसे एक पल के लिए भी रोक नहीं सकता?"

उसके भीतर एक गहरी असुरक्षा और बेचैनी ने जन्म लिया। अब तक वह मानता आया था कि वह अपने जीवन का स्वामी है। “क्या मेरा मन... मेरे नियंत्रण में नहीं है?” यह सवाल धीरे-धीरे उसके भीतर गहराने लगा।

वह सोचता था कि वह वही सोचता है जो वह चाहता है। लेकिन आज की इस छोटी-सी कोशिश ने उस भ्रम को चकनाचूर कर दिया था। उसे एहसास हुआ कि वह तो बस एक यात्री है, और यह मन एक ऐसी पागल ट्रेन है जिसका ड्राइवर गायब है।

उसने फिर से कोशिश की। इस बार उसने खुद को समझाया, "शांत रहो, मनोज। कोई ज़ोर मत लगाओ। बस एक दर्शक की तरह देखो।"

उसने फिर आँखें बंद कीं। एक विचार आया, *"पानी पीना है।"* उसने उसे

देखा। बिना किसी प्रतिक्रिया के। लेकिन अगले ही पल एक और विचार बिजली की तरह आया, *"क्या मैं पागल हो रहा हूँ? लोग क्या कहेंगे अगर उन्हें पता चला कि मैं सुबह-सुबह बैठकर अपने विचारों को पकड़ने का खेल खेल रहा हूँ?"*

"नहीं, नहीं... शांत!" उसने खुद को टोका।

पर टोकने वाला भी तो एक विचार ही था! वह अचानक ठिठक गया। उसे समझ आया कि 'पकड़ने की कोशिश', 'देखने की कोशिश' और 'खुद को टोकना', यह सब भी तो मन के ही खेल हैं। वह एक जाल में फँसा था जहाँ हर रास्ता उसे वापस उसी भूलभुलैया में ले आता था।

उसने फिर कोशिश की। इस बार उसने खुद से कहा, “ठीक है... एक विचार आएगा... मैं उसे पकड़ लूँगा...” कुछ क्षणों का मौन। फिर, “शांत रहो...” उसने तुरंत उसे पकड़ा। “हाँ... यही है...” लेकिन उसी पल, “क्या यह सही तरीका है...” “नहीं... यह भी एक विचार है...” “तो असली कौन-सा है...” वह अचानक रुक गया।

घबराहट अब डर में बदलने लगी थी। उसका दिल ज़ोर-ज़ोर से धड़कने लगा। कमरे की शांति उसे अब डराने लगी थी। उसे लगा जैसे उसका मन उसके खिलाफ विद्रोह कर रहा है।

"अगर मैं अपने विचारों को नियंत्रित नहीं कर सकता, तो मैं क्या नियंत्रित कर सकता हूँ? मेरी पसंद, मेरी नफरत, मेरे फैसले... क्या ये सब भी बस ऐसे ही अचानक आने वाले विचार हैं जिन्हें मैं 'अपना' मान लेता हूँ?"

उसने आँखें खोल दीं। उसका दिल तेज़ धड़क रहा था। साँसें थोड़ी भारी हो गई थीं। कमरे में सब कुछ वैसा ही था...लेकिन उसके भीतर सब बदल रहा था।

यह सवाल उसे अंदर तक हिला गया। वह उठकर आईने के सामने खड़ा हो गया। आईने में दिख रहे इंसान की आँखों में आज एक अजीब-सा सूनापन था। उसे लगा जैसे वह किसी दूसरे व्यक्ति के शरीर में कैद हो गया है।

तभी एक नया विचार आया, जो पिछले सभी विचारों से अलग था, *"या शायद... मैं यह मन हूँ ही नहीं।"*

यह विचार डरावना था, पर इसमें एक अजीब-सी राहत भी थी। अगर वह मन नहीं है, तो वह उस तूफ़ान से बाहर खड़ा होकर उसे देख सकता है। जैसे कोई खिड़की के पीछे खड़ा होकर बाहर की बारिश को देखता है, भीगता नहीं, बस देखता है।

इस विचार ने उसके भीतर एक नन्ही-सी जिज्ञासा को जन्म दिया। डर अभी भी मौजूद था, पर अब उसके साथ एक खोजी का उत्साह भी जुड़ गया था। उसे महसूस हुआ कि यह बेचैनी केवल अंत नहीं, बल्कि एक नई शुरुआत की आहट है।

उसने धीरे से अपनी आँखें बंद कीं और इस बार... उसने कुछ नहीं किया। उसने न तो किसी विचार को पकड़ा, न रोका और न ही दिशा बदलने की कोशिश की। उसने बस उस शोर को अपने भीतर गूंजने दिया।

धीरे-धीरे, उस तूफ़ान के बीच उसे एक बारीक-सी दूरी महसूस होने लगी। एक तरफ वह अंतहीन शोर था, और दूसरी तरफ वह 'कुछ' था जो उस शोर को जान रहा था।

"मन मेरे नियंत्रण में नहीं है..." उसने स्वीकार किया। और इस कड़वी सच्चाई को स्वीकार करते ही उसके भीतर एक अजीब-सा मौन उतरने लगा। उसे लगा कि वह एक बहुत बड़े रहस्य के द्वार पर खड़ा है।

बाहर सूरज की रोशनी अब सुनहरी से सफेद हो गई थी। हवा ने नीम के पेड़ को एक बार फिर हिलाया। मनोज वहीं खड़ा रहा, एक अजनबी मन के साथ, लेकिन एक नई उम्मीद की किरण के साथ।

वह धीरे-धीरे उठकर खिड़की के पास गया। बाहर देखा। एक पेड़ था। उसकी पत्तियाँ हवा में हिल रही थीं। वह उन्हें देखने लगा। कुछ क्षणों के लिए उसे शांति महसूस हुई। लेकिन तभी, उसका मन फिर सक्रिय हो गया। "यह पेड़ कितना पुराना होगा..." "किसने लगाया होगा..." "मुझे क्यों फर्क पड़ रहा है..." "मैं फिर सोचने लगा..." वह चौंक गया।

"मैं रुक क्यों नहीं सकता?" उसने खिड़की से हटकर दीवार के सहारे खड़ा हो गया। उसके भीतर अब एक अजीब डर था। "अगर मैं अपने विचारों को नियंत्रित नहीं कर सकता... तो मैं क्या नियंत्रित कर सकता हूँ?" उसने खुद से पूछा। कोई जवाब नहीं आया।

सिर्फ विचार...और विचार...और विचार...एक अंतहीन सिलसिला। उसे ऐसा लगने लगा जैसे उसका मन एक तूफ़ान में बदल गया है।

विचार हवा की तरह नहीं थे अब...वे तेज़ आँधी की तरह थे। अव्यवस्थित। अनियंत्रित। वह उन्हें रोकना चाहता था। लेकिन वह सिर्फ एक दर्शक बन गया था।

"यह मेरा मन है... फिर भी मैं इसे रोक नहीं सकता..." उसकी आँखों में हल्की नमी आ गई।

"तो क्या मैं इतना कमजोर हूँ...?" उसने खुद से पूछा। फिर एक और विचार आया।

"या शायद... मैं ही यह मन नहीं हूँ..." वह ठहर गया। यह विचार नया था। गहरा था। और थोड़ा डरावना भी।

“अगर मैं मन नहीं हूँ...” “तो मैं कौन हूँ?” वह फिर उसी अन्तर्द्वन्द के सवाल पर आ गया था।

लेकिन इस बार...उस सवाल के साथ एक नई भावना थी - जिज्ञासा। डर अभी भी था। लेकिन उसके साथ एक खिंचाव भी था। जैसे कोई अज्ञात चीज़ उसे अपनी ओर बुला रही हो। वह फिर से कुर्सी पर बैठ गया। इस बार उसने कोई कोशिश नहीं की। न पकड़ने की...न रोकने की...सिर्फ देखने की। विचार आते रहे। जाते रहे। वह बस देखता रहा।

धीरे-धीरे...उसके भीतर एक छोटी-सी दूरी बनने लगी। वह और उसके विचार। पहली बार...उसे लगा कि वह विचारों से अलग खड़ा है।

“शायद... मैं देखने वाला हूँ...” उसने मन ही मन कहा। लेकिन जैसे ही यह विचार आया, एक और विचार ने उसे बदल दिया। “या यह भी एक विचार है...” वह हल्का-सा मुस्कुराया। “तो क्या सच में कुछ भी स्थिर नहीं है?” कमरे में अब हल्की शांति थी। बाहर का शोर भी अब उतना तीखा नहीं लग रहा था। लेकिन उसके भीतर...एक नई यात्रा शुरू हो चुकी थी।

वह अब डर और जिज्ञासा के बीच खड़ा था। एक तरफ अंधेरा था, जहाँ सब कुछ अनजान था। दूसरी तरफ...एक हल्की-सी रोशनी, जो उसे आगे बढ़ने के लिए बुला रही थी। उसने धीरे से आँखें बंद कीं।और इस बार...उसने कुछ नहीं किया। न सोचा...न रोका...न पकड़ा...सिर्फ देखा। और उसी देखने में...उसे पहली बार एहसास हुआ, “मन मेरे नियंत्रण में नहीं है...” यह एक डरावनी सच्चाई थी।

लेकिन शायद...यही उसकी खोज की शुरुआत भी थी। बाहर हवा थोड़ी तेज़ हो गई थी। पेड़ों की पत्तियाँ अब ज़्यादा ज़ोर से हिल रही थीं।

जैसे प्रकृति भी उसी तूफ़ान को दर्शा रही हो...जो उसके भीतर चल रहा था। और उस तूफ़ान के बीच, मनोज चुप बैठा था। एक दर्शक की तरह।

एक खोजी की तरह। और उसके भीतर फिर वही सवाल गूंजा, “मैं कौन हूँ?”

कुछ ही क्षणों में वह अनुभव जैसे धीरे-धीरे धुंधला पड़ने लगा। जैसे ही चेतना की वह पहली लहर शांत हुई, ब्रह्म मुहूर्त की उस अद्भुत अनुभूति के बाद भी मनोज के भीतर कुछ ऐसा था जो वर्षों की आदतों से बंधा हुआ था। मनोज की बरसों पुरानी आदतें उस पर हावी होने लगीं।

जैसे कोई गहरा संस्कार, जो एक बार जगने के बाद भी तुरंत मुक्त नहीं होता। भीतर कहीं शांति थी, पर बाहर का जीवन अपनी पुरानी गति से चलने को तैयार खड़ा था।

यद्यपि उसका मन आज कुछ अलग देख रहा था, किंतु उसका शरीर एक सधे हुए 'कोल्हू के बैल' की तरह व्यवहार करने लगा।

मनोज अचानक उठ खड़ा हुआ और भारी कदमों से बाथरूम की ओर बढ़ा। यह कोई जागरूक क्रिया नहीं थी, बल्कि एक ऐसी यांत्रिक आदत थी जिसे उसने पिछले वर्षों में विकसित किया था।

उसकी चाल में एक अजीब-सी कठोरता थी, जैसे कोई सांड अपने रास्ते पर बढ़ता है, बिना इधर-उधर देखे, बिना रुके। वह सीधे बाथरूम की ओर बढ़ा। उसके कदमों में कोई सजगता नहीं थी, कोई ठहराव नहीं, बस एक यांत्रिक गति।

ब्रह्ममुहूर्त की उस दिव्य ऊर्जा के बीच भी, उसका शरीर बिल्कुल उसी ढर्रे पर चल रहा था। यांत्रिक दिनचर्या का चक्र, नल खोला। पानी की तेज धार बहने लगी। उसने बुरा महसूस किए हाथ धोए, चेहरे पर पानी डाला। ठंडे पानी की वह ताजगी, जो कुछ देर पहले उसे भीतर तक स्पर्श कर रही थी, अब केवल एक प्रक्रिया बनकर रह गई थी।

उसने शीशे में खुद को देखा, पर वास्तव में देखा नहीं। बस एक झलक, जैसे कोई औपचारिकता पूरी कर रहा हो। दाँत ब्रश करना, स्नान करना, कपड़े पहनना, हर क्रिया इतनी व्यवस्थित, इतनी अभ्यस्त कि उसमें किसी प्रकार का विचार नहीं था।

शरीर अपने आप चल रहा था, जैसे किसी अदृश्य प्रोग्राम के अनुसार। उसके भीतर का वह जाग्रत मन, जो कुछ देर पहले अपने अस्तित्व को महसूस कर रहा था, अब फिर से पृष्ठभूमि में चला गया। अब वह केवल 'कर' रहा था, 'हो' नहीं रहा था।

नल खोलना, ब्रश करना, नहाना, इन सब क्रियाओं में उसका कोई 'होश' नहीं था। वह एक प्रशिक्षित रोबोट की तरह तैयार हो रहा था।

उसने आईने में खुद को देखा, पर चेहरा देखने के बजाय वह केवल यह सुनिश्चित कर रहा था कि उसकी शेविंग ठीक से हुई है या नहीं। समाज और सेवा की माँग ने उसे एक ऐसी मशीन में बदल दिया था जिसे अपनी आत्मा की आवाज़ सुनने के लिए समय ही नहीं था।

तैयार होने के बाद, कपड़े पहनकर वह बाहर निकला। वह अपनी पुरानी मोटरसाइकिल पर सवार हुआ। सड़कों पर अभी भी भोर का धुंधलका था, पक्षी चहचहा रहे थे और हवा में मिट्टी की सोंधी महक थी, लेकिन मनोज के लिए ये सब गौण थे।

सड़क पर हल्की हलचल शुरू हो चुकी थी। कुछ लोग चाय की दुकानों पर खड़े थे, कुछ अखबार पढ़ रहे थे, कहीं-कहीं से धुएँ की पतली रेखाएँ उठ रही थीं। पर मनोज के लिए यह सब दृश्य केवल गुजरते हुए फ्रेम थे। उसकी आँखें देख रही थीं, पर ध्यान नहीं था।

एक बाइक उसके पास से तेज़ी से गुजरी; उसने ध्यान नहीं दिया। एक बूढ़ा व्यक्ति सड़क पार कर रहा था। मनोज ने बस अपने कदम थोड़ा मोड़ लिए,

बिना सचेत हुए। एक बच्चा स्कूल की बस का इंतजार कर रहा था; उसकी मुस्कान भी मनोज के भीतर कोई हलचल नहीं ला सकी।

वह 'ऑटो-पायलट' मोड पर था। उसे नहीं पता चला कि उसने कब गियर बदले, कब मोड़ काटे और कब वह अपने दफ्तर की पार्किंग में खड़ा हो गया। रास्ते की सुंदरता, पेड़ों का हिलना या उगते सूरज की लालिमा, उसने कुछ भी नोटिस नहीं किया। उसका शरीर दफ्तर पहुँच गया था, जबकि उसका मन अभी भी उस 'अजनबी' के सवाल में उलझा था।

वह बस चल रहा था। जैसे कोई स्वचालित यंत्र। ऑफिस पहुँचने तक उसे याद भी नहीं रहा कि रास्ते में उसने क्या देखा, किससे मिला, या क्या महसूस किया।

कार्यालय का गेट। गार्ड ने सलाम किया, "नमस्ते साहब!"

मनोज ने हल्के से सिर हिलाया। आवाज़ नहीं निकली। यह भी एक आदत थी, उत्तर देना, बिना जुड़ाव के। दफ्तर की सीढ़ियाँ चढ़ते हुए उसने अपनी पुरानी दिनचर्या को ओढ़ लिया।

वह अपने केबिन में पहुँचा। जैसे ही वह अपनी मेज पर बैठा, फाइलें और नक्शे उसके सामने आ गए। टेबल पर फाइलों का ढेर था। नक्शे, रिपोर्ट्स, नोटशीट्स, सब कुछ व्यवस्थित अव्यवस्था में फैला हुआ। उसने कुर्सी खींची और बैठ गया।कंप्यूटर को ऑन किया। स्क्रीन की नीली रोशनी उसके चेहरे पर पड़ी। उसकी आँखें उस रोशनी में स्थिर हो गईं।

अब वह पूरी तरह 'ऑटो मोड' में था। एक-एक करके फाइलें खोलना, नोट्स लिखना, साइन करना - उसके हाथ तेजी से चल रहे थे। दिमाग गणना कर रहा था, निर्णय ले रहा था, पर उसमें कोई भावनात्मक संलग्नता नहीं थी। जैसे वह खुद नहीं, बल्कि उसका कोई संस्करण काम कर रहा हो।

खन्ना साहब की डाँट, पेंडिंग टेंडर्स और साइट विजिट की योजनाएं, उसने यंत्रवत काम शुरू कर दिया। सुबह चार बजे जो चेतना जागी थी, वह दफ्तर के कागजों के नीचे दबने लगी थी। वह फाइलों पर हस्ताक्षर कर रहा था, निर्देश दे रहा था, लेकिन यह सब एक निर्जीव प्रक्रिया थी।

भले ही वह दफ्तर की फाइलों में डूबा था, पर भीतर कहीं वह सवाल अभी भी गूँज रहा था, "क्या यह काम मैं कर रहा हूँ, या यह सब अपने आप हो रहा है?"

दफ्तर की वह यांत्रिक शांति अब उसे डराने लगी थी। उसे महसूस हुआ कि वह केवल एक कर्मचारी नहीं है, बल्कि एक अत्यंत संवेदनशील रिसीवर (Receiver) है जो ब्रह्मांड के हर सूक्ष्म कंपन को पकड़ रहा है, पर फाइलों के शोर में उसे अनसुना कर रहा है।

कुछ देर बाद दरवाज़ा खुला।

“अरे मनोज!” आवाज़ आई।

यह नितिन था, उसका सहकर्मी और एकमात्र ऐसा व्यक्ति जिससे वह थोड़ा खुलकर बात कर लेता था।

“आज बड़े जल्दी आ गए?” नितिन ने मुस्कुराते हुए पूछा।

मनोज ने स्क्रीन से नज़र हटाए बिना कहा, “हाँ... बस नींद खुल गई थी।”

“नींद खुल गई थी या कुछ खास?” नितिन ने कुर्सी खींचते हुए कहा, “चेहरे पर कुछ अलग लग रहा है।”

मनोज ने एक क्षण के लिए उसकी ओर देखा। जैसे वह कुछ कहना चाहता हो, पर शब्द नहीं मिल रहे हों।

"कुछ नहीं... बस यूँ ही," उसने फिर से स्क्रीन की ओर देखते हुए कहा।

नितिन ने हल्की हँसी के साथ कहा, "तुम कभी 'बस यूँ ही' नहीं होते। कुछ तो चलता रहता है अंदर।"

मनोज चुप रहा। कुछ सेकंड का मौन।

फिर उसने अचानक कहा, "नितिन... कभी ऐसा लगता है कि हम जो कर रहे हैं, वो हम कर ही नहीं रहे?"

नितिन ने भौहें उठाईं, "मतलब?"

"मतलब... जैसे सब अपने आप हो रहा है। हम बस देख रहे हैं... या शायद देख भी नहीं रहे।"

नितिन कुछ देर तक उसे देखता रहा। "तुम ठीक तो हो?" उसने थोड़ा गंभीर होकर पूछा।

मनोज ने हल्की मुस्कान दी, "हाँ... ठीक हूँ।"

"देखो," नितिन ने कहा, "अगर तुम फिलॉसफी में जाने लगे, तो ये फाइलें खुद नहीं निपटेंगी।"

दोनों हल्के से हँस पड़े। पर मनोज के भीतर का प्रश्न वहीं था। थोड़ी देर बाद बॉस का बुलावा आया। मनोज फाइल लेकर उनके केबिन में गया।

"आइए मनोज जी," बॉस ने चश्मा ठीक करते हुए कहा, "ये जो नया प्रोजेक्ट है, उसकी प्रगति रिपोर्ट कहाँ तक पहुँची?"

मनोज ने तुरंत फाइल खोली, "सर, लगभग 70% काम पूरा हो चुका है। अगले हफ्ते तक फाइनल ड्राफ्ट तैयार हो जाएगा।"

"अच्छा," बॉस ने सिर हिलाया, "और साइट विजिट?"

"कल कर लेंगे, सर।"

"ठीक है," बॉस ने थोड़ी देर रुक कर कहा, "पर ध्यान रखिए, इस बार कोई गलती नहीं होनी चाहिए। ऊपर से बहुत दबाव है।"

"जी सर।"

संवाद छोटा था, पर उसमें एक स्पष्टता थी:

काम, लक्ष्य, दबाव। भावनाओं के लिए कोई स्थान नहीं।

बॉस ने अचानक पूछा, "आप ठीक तो हैं? थोड़े अलग लग रहे हैं आज।"

मनोज एक क्षण के लिए चौंका।

"जी... सब ठीक है।"

"ठीक है," बॉस ने कहा, "काम पर ध्यान रखिए।"

मनोज बाहर आ गया। फिर वही टेबल, वही फाइलें, वही स्क्रीन। समय धीरे-धीरे बीतता गया। लंच ब्रेक हुआ।

नितिन फिर आया, "चलो, खाना खाते हैं।"

दोनों कैंटीन में गए।

थाली सामने थी, पर मनोज का ध्यान कहीं और था।

"क्या सोच रहे हो?" नितिन ने पूछा।

मनोज ने धीरे से कहा, "आज सुबह... मैं चार बजे उठ गया था।"

“ओहो! फिर?” नितिन ने उत्सुकता से पूछा।

“कुछ अजीब था... सब कुछ अलग लग रहा था। जैसे... जैसे मैं पहली बार खुद को महसूस कर रहा था।”

नितिन चुप हो गया।

“और अब?” उसने पूछा।

मनोज ने थाली की ओर देखते हुए कहा, “अब... सब वैसा ही है। जैसे कुछ हुआ ही नहीं।”

नितिन ने गहरी साँस ली, “शायद वो असली था... और ये आदत है।”

मनोज ने उसकी ओर देखा। यह वाक्य सीधे उसके भीतर उतर गया।

अध्याय 3
अजनबी का एहसास

शरीर, मन और 'मैं' एक ही घर के तीन अजनबी

दिन धीरे-धीरे ढलने लगा था। सुबह की वह तीखी सुनहरी चमक अब मद्धम पड़कर नारंगी और फिर धुंधले सलेटी रंग में बदल रही थी। सूरज पश्चिम की ओर झुक रहा था, और उसकी किरणें अब तेज़ नहीं, बल्कि हल्की और थकी हुई-सी लग रही थीं। सूरज पश्चिम की पहाड़ियों के पीछे छिपने की तैयारी में था, और उसकी अंतिम किरणें थकी हुई-सी कमरे के फर्श पर रेंग रही थीं।

शाम होने लगी। ऑफिस का काम खत्म होने को था। मनोज ने आखिरी फाइल बंद की। कुर्सी पर पीछे झुक गया। पूरा दिन बीत गया था, काम, बातचीत, निर्णय, सब कुछ। पर भीतर कहीं एक खालीपन था। जैसे उसने बहुत कुछ किया, पर वास्तव में कुछ भी नहीं जिया। उसे सुबह का वह क्षण याद आया। वह शांति, वह जागरूकता।और फिर उसने खुद से एक प्रश्न किया: "क्या वह जीवन जी रहा है, या केवल निभा रहा है?"

उसने आँखें बंद कर लीं। कुछ क्षणों के लिए फिर वही शांति लौट आई। पर यह क्षणिक थी। उसे एहसास हुआ कि यह कोई एक बार का अनुभव नहीं, बल्कि एक अभ्यास है। एक चयन। वह धीरे-धीरे उठा। ऑफिस से बाहर निकला। सड़क पर फिर वही भीड़ थी, वही शोर। पर इस बार उसने थोड़ा रुक कर देखा। शायद, बहुत हल्के से ही सही, पर कुछ बदल रहा था।

शाम ढलते-ढलते, जब वह वापस अपने क्वार्टर पहुँचा, तो वह बुरी तरह

थक चुका था। दफ्तर की उस यांत्रिक दिनचर्या ने उसकी सारी ऊर्जा निचोड़ ली थी। उसने फिर से आईने के सामने जाकर खुद को देखा। आईने में खड़ा वह इंसान परिचित भी था और अजनबी भी।

सूरज की अंतिम किरणें जब कमरे से विदा ले रही थीं, तब तक मनोज ने मन ही मन एक कठिन संकल्प ले लिया था। "इससे पहले कि मैं दुनिया के नक्शों को समझूँ, मुझे इस शरीर और मन की इंजीनियरिंग को समझना होगा। मैं इस तरह 'कोल्हू का बैल' बनकर और अधिक समय तक नहीं जी सकता।"

उसने महसूस किया कि यह सुबह केवल एक नए दिन की शुरुआत नहीं थी, बल्कि उसके अपने 'पुनर्जन्म' का क्षण था। एक इंजीनियर ने आज कंक्रीट की दीवारों से नहीं, बल्कि चेतना की ईंटों से अपने 'स्व' के घर का निर्माण शुरू कर दिया था।

कमरे में एक अजीब-सी शांति थी, बाहर का शोर भी जैसे धीमा पड़ गया था।बाहर की दुनिया में पक्षी अपने घोंसलों की ओर लौट रहे थे, पर मनोज के भीतर का कोलाहल शांत होने का नाम नहीं ले रहा था।

लेकिन मनोज के भीतर...अब भी एक हलचल थी। वह बिस्तर के किनारे बैठा था, उसके दोनों हाथ उसके घोंटों पर थमे हुए थे। उसकी आँखें सामने की दीवार पर टिकी थीं, लेकिन उसे वहाँ कुछ दिखाई नहीं दे रहा था। लेकिन उसका ध्यान कहीं भीतर गहराई में डूबा हुआ था। उसका पूरा ध्यान उसके अस्तित्व की परतों को उधेड़ने में लगा था।

सुबह से अब तक वह लगातार अपने मन को देख रहा था। विचारों को आते-जाते देखना...उन्हें पकड़ने की कोशिश करना...और हर बार असफल होना...अब यह सब उसके लिए एक नई सच्चाई बन चुकी थी।

उस के अनुभव ने, उसे हिलाकर रख दिया था। लेकिन अब एक और सवाल उसके सामने खड़ा था, उसने जान लिया था कि विचार उसके वश में नहीं हैं।

लेकिन अब एक नया और उससे भी अधिक डरावना प्रश्न उसके सामने खड़ा था, *"अगर मैं अपने विचार नहीं हूँ, तो क्या मैं यह शरीर हूँ?"*

उसने धीरे से अपने दाहिने हाथ को उठाया और उसे गौर से देखने लगा। त्वचा की रेखाएं, उंगलियों के जोड़, नाखूनों का रंग... सब कुछ परिचित था, पर आज उनमें एक परायापन था। उसने अपनी उंगलियों को हिलाया।

उसने धीरे-धीरे अपने हाथों को देखा। उंगलियाँ हिलाईं। त्वचा पर हल्की-सी हरकत महसूस हुई।

“यह शरीर... मैं इसे चला रहा हूँ...” उसने सोचा।

लेकिन अगले ही क्षण, एक और विचार आया, “या यह अपने आप चल रहा है...?”

वह ठहर गया। उसने अपने हाथ को ऊपर उठाया। फिर नीचे किया।

“मैंने इसे उठाया...” उसने खुद से कहा।

लेकिन भीतर कहीं एक हल्की-सी आवाज़ आई, “क्या सच में?”

वह चौंक गया। “अगर मैं इसे चला रहा हूँ... तो यह सवाल क्यों उठ रहा है?”

"मैंने इन्हें हिलाया," उसने खुद से कहा। लेकिन तुरंत ही उसके भीतर एक संदेह उठा, "क्या सच में मैंने हिलाया? या मेरे भीतर किसी सूक्ष्म निर्देश ने इसे अंजाम दिया और मैंने बस उसका श्रेय ले लिया?" इस विचार ने उसे

स्तब्ध कर दिया। उसका ध्यान अब और गहरा हो गया। उसने अपने शरीर को ध्यान से महसूस करना शुरू किया।

उसने अपना ध्यान अपनी साँसों पर केंद्रित किया। हवा फेफड़ों के भीतर जा रही थी और बाहर निकल रही थी। उसने महसूस किया कि उसे साँस लेने के लिए कोई प्रयास नहीं करना पड़ रहा था। यह तो अपने आप हो रहा था। यहाँ तक कि उसका हृदय, जो इस वक्त ज़रा तेज़ धड़क रहा था, उसकी अनुमति के बिना धड़क रहा था।

"यह शरीर... यह तो एक स्वचालित मशीन की तरह है," उसने सोचा और उसके शरीर में एक सिहरन दौड़ गई। "मैं तो इस मशीन का सिर्फ एक ऑपरेटर भी नहीं हूँ। मैं तो शायद सिर्फ इसमें बैठा एक यात्री हूँ जिसे भ्रम है कि वह गाड़ी चला रहा है।"

दिल की धड़कन...साँसों का आना-जाना...पेट का हल्का उठना-गिरना...यह सब अपने आप हो रहा था।

"मैं तो इन्हें नियंत्रित भी नहीं कर रहा..." उसके भीतर एक सिहरन-सी दौड़ गई।

"तो क्या यह शरीर भी अपने आप चल रहा है...?" वह धीरे-धीरे खड़ा हुआ। कमरे में टहलने लगा। हर कदम को महसूस करने लगा।

पैर जमीन को छू रहे थे...शरीर आगे बढ़ रहा था...लेकिन भीतर एक अजीब-सा खालीपन था।

"क्या मैं सच में चल रहा हूँ...?" उसने खुद से पूछा।

या..."यह शरीर खुद चल रहा है... और मैं सिर्फ देख रहा हूँ...?" बेचैनी अब एक गहरे भय में बदलने लगी थी। वह रुक गया। उसका गला सूख गया

था। उसे प्यास महसूस हुई। उसने मेज पर रखे गिलास से पानी पिया। पानी का स्वाद महसूस किया। पानी का ठंडा अहसास गले से उतरते हुए उसने महसूस किया।

लेकिन उस अनुभव में भी एक दूरी थी। जैसे कोई और शरीर पानी पी रहा हो...मन उस स्वाद का विश्लेषण कर रहा हो, और वह बस खड़ा होकर इन दोनों को देख रहा हो। अब उसके भीतर एक गहरी बेचैनी पैदा होने लगी थी।

वह खड़ा हुआ और कमरे में टहलने लगा। उसने हर कदम के साथ जमीन के स्पर्श को महसूस करने की कोशिश की। पैर जमीन पर पड़ते हैं, संतुलन बनता है, मांसपेशियाँ खिंचती हैं और शरीर आगे बढ़ जाता है। यह सब इतना सटीक और इतना तेज था कि वह चकित रह गया।

"अगर मैं एक पल के लिए भी सो जाऊँ, तब भी यह शरीर चलता रहेगा। साँसें चलती रहेंगी, दिल धड़कता रहेगा। तो फिर मेरा यहाँ क्या काम है?"

उसने अपने सीने पर हाथ रखा। दिल की धड़कन तेज़ थी। “यह सब क्या हो रहा है मेरे साथ?” उसने लगभग फुसफुसाते हुए कहा। कमरे में सन्नाटा था। सिर्फ उसकी साँसें। और उसके भीतर उठते सवाल।

वह फिर से कुर्सी पर बैठ गया। इस बार उसने अपनी आँखें बंद कर लीं। और अपने भीतर देखने लगा। पहले विचार दिखे, तेज़, बिखरे हुए, अस्थिर। फिर शरीर का एहसास, भारी, ठोस, लेकिन अपने आप चलता हुआ। और फिर...एक तीसरी चीज़। कुछ ऐसा...जो न विचार था...न शरीर...बल्कि वह जो देख रहा था, और इस बार एक साथ तीनों को देखने की कोशिश की।

पहली परत: शरीर। भारी, भौतिक, और जैविक नियमों से बंधा हुआ।

दूसरी परतः मन। विचारों का वह अंतहीन बाज़ार, जहाँ हर पल हज़ारों सौदे हो रहे थे।

और तीसरी परतः वह स्वयं। जो इन दोनों को देख रहा था।

"एक ही घर में तीन अजनबी..." उसने कांपती आवाज़ में कहा। "एक शरीर जो अपनी मर्जी से चलता है, एक मन जो अपनी मर्जी से सोचता है, और एक 'मैं' जिसे इन दोनों का कोई पता नहीं है।"

“यह... कौन है?” उसने धीरे से पूछा। कुछ क्षणों के लिए...सब कुछ रुक-सा गया। विचार थोड़े धीमे हो गए। शरीर स्थिर हो गया। और वह “देखने वाला”...और स्पष्ट हो गया। “क्या यही ‘मैं’ हूँ?” उसने सोचा।

लेकिन जैसे ही उसने इसे पकड़ने की कोशिश की, वह एहसास भी धुंधला हो गया। फिर विचार आ गए। फिर शरीर का एहसास। और वह “मैं”...फिर छुप गया। उसने आँखें खोल दीं। उसके चेहरे पर अब स्पष्ट डर था।

उसे लगा जैसे वह किसी भूलभुलैया में कैद हो गया है। उसे अपनी ही पहचान पर संदेह होने लगा। अगर वह इन दोनों से अलग है, तो उसकी अपनी स्वतंत्र सत्ता क्या है? बिना शरीर और बिना मन के वह क्या है? सिर्फ एक शून्य? या एक साक्षी?

कमरे में अब अंधेरा बढ़ने लगा था। अब अंधेरा गहरा चुका था। सूरज लगभग ढल चुका था। खिड़की से आती रोशनी अब धुंधली हो गई थी। और उस धुंधलके में...मनोज का डर और गहरा हो गया। उसे ऐसा लगा जैसे अंधेरा सिर्फ बाहर नहीं...बल्कि उसके भीतर भी फैल रहा है।

कमरे में बिजली के स्विच तक जाने की उसकी हिम्मत नहीं हो रही थी।

उस अंधेरे में उसे अपने ही अस्तित्व का बोझ महसूस हो रहा था। उसे डर लग रहा था कि कहीं वह इन दोनों अजनबियों के बीच खो न जाए।

“मेरे अंदर... तीन चीज़ें हैं...” उसने खुद से कहा। “शरीर...” “मन...” “और... मैं...” वह चुप हो गया। यह विचार उसके भीतर गहराई तक उतर गया।

“तीन... अजनबी...” “एक ही घर में...” उसने अपने चारों ओर देखा। कमरा अब पहले जैसा नहीं लग रहा था। जैसे वह किसी और की जगह पर बैठा हो।

“अगर यह शरीर मेरा नहीं...” “अगर यह मन मेरा नहीं...” “तो मैं कौन हूँ...?” उसका दिल ज़ोर से धड़कने लगा। साँसें तेज़ हो गईं। उसने अपने सिर को दोनों हाथों से पकड़ लिया। “यह बहुत खतरनाक है...” उसकी आवाज़ काँप रही थी।

“मैं किसके साथ रह रहा हूँ...?” उसे ऐसा लगा जैसे वह अकेला नहीं है। जैसे उसके भीतर कोई और भी है। कोई जो सोच रहा है...कोई जो चला रहा है...और कोई जो देख रहा है...तीन अलग-अलग अस्तित्व। और वह...उनके बीच फँसा हुआ।

“अगर मैं इन्हें नहीं जानता... तो मैं सुरक्षित कैसे हूँ...?” उसने खुद से पूछा। उसकी आँखों में डर साफ़ दिखाई दे रहा था।

"यह बहुत खतरनाक है," उसने अपने सिर को दोनों हाथों से पकड़ लिया। "मैं उन लोगों के साथ रह रहा हूँ जिन्हें मैं जानता तक नहीं। मेरा शरीर और मेरा मन मेरे सबसे करीबी दोस्त होने चाहिए थे, पर वे तो सबसे बड़े अजनबी निकले।"

वह अचानक उठ खड़ा हुआ। कमरे में इधर-उधर चलने लगा। तेज़ कदमों से।

“नहीं... नहीं... यह सब गलत है...” “मैं पागल नहीं हो सकता...” उसके विचार अब तेज़ हो गए थे। लेकिन इस बार...वह उन्हें रोकने की कोशिश नहीं कर रहा था।

वह उनसे भाग रहा था।

उसने आईने की ओर देखा। उसका चेहरा...उसकी आँखें...लेकिन अब उसमें एक अजीब-सी दूरी थी। “यह मैं नहीं हूँ...” उसने धीरे से कहा। उसके शब्दों में डर था। और एक अजीब-सी सच्चाई भी। उसने आईने से नज़र हटा ली।

आईने में उसकी परछाईं अब धुंधली दिख रही थी। उसे लगा जैसे आईने के भीतर खड़ा व्यक्ति उसे चुनौती दे रहा हो। क्या वह सच में मनोज है? या मनोज सिर्फ एक लेबल है जो इस शरीर और मन के जोड़ पर चिपका दिया गया है?

उसकी साँसें तेज़ हो गईं और उसे एक 'पैनिक अटैक' जैसा महसूस होने लगा। वह वापस बिस्तर पर बैठ गया। घबराहट में वह बिस्तर पर गिर सा गया। उसे लगा कि वह अपनी पकड़ खो रहा है।

सिर झुका लिया। कुछ देर तक कुछ नहीं बोला। फिर धीरे से, एक सवाल उसके भीतर उठा, पहले से भी गहरा...पहले से भी भारी...“मैं कौन हूँ?”

इस बार यह सवाल सिर्फ जिज्ञासा नहीं था। यह एक पुकार थी। एक बेचैनी। एक डर। और शायद...एक शुरुआत भी। कमरे में अब पूरा अंधेरा हो चुका था। बाहर कहीं दूर से कुत्तों के भौंकने की आवाज़ आ रही थी।

हवा थोड़ी ठंडी हो गई थी। और उस ठंडी हवा में...मनोज अपने ही भीतर सिमट गया।

वह अब समझ चुका था, यह सिर्फ विचारों का खेल नहीं है। यह उसकी पूरी पहचान का सवाल है। उसका अस्तित्व।

उसका "मैं"। और उस "मैं" की तलाश...अब शुरू हो चुकी थी।

"मैं कौन हूँ?" यह पुकार अब उसके रोम-रोम से निकल रही थी। यह अब कोई दार्शनिक प्रश्न नहीं था, यह एक अस्तित्व की रक्षा की पुकार थी।

उसे एहसास हुआ कि उसकी पूरी पिछली जिंदगी एक गहरी नींद में गुजरी थी। वह एक अजनबी के घर में रह रहा था और उसे अपना मान बैठा था। अब जब नींद खुली थी, तो सच्चाई बहुत डरावनी थी।

अंधेरे कमरे में, ठंडी हवा के झोंकों के बीच, मनोज अपनी पहचान की इस नई और खतरनाक ढलान पर खड़ा था। उसे नहीं पता था कि आगे क्या होगा, पर वह यह जान चुका था कि अब पीछे मुड़ना असंभव है। अजनबियों के साथ रहने का वह दौर खत्म हो चुका था; अब या तो दोस्ती होनी थी या फिर पूर्ण विनाश।

लेकिन यह रास्ता आसान नहीं था। क्योंकि इस रास्ते पर...उसे अपने ही भीतर रहने वाले अजनबियों का सामना करना था।

शरीर...मन...और वह स्वयं...तीनों एक ही घर में रहते हुए भी, एक-दूसरे से अनजान। और इस अनजानपन में...एक गहरा डर छुपा था।

लेकिन शायद...इसी डर के पार...कोई सच्चाई भी थी। मनोज ने धीरे से आँखें बंद कीं। और अंधेरे में...वह फिर से उस सवाल के साथ अकेला रह गया, "मैं कौन हूँ?"

दिन का कोलाहल जब धीरे-धीरे अपने ही भार से थककर बैठने लगता है, तब रात्रि अपनी मृदुल चादर फैलाने लगती है। आठ से दस बजे के बीच का समय, न पूरी तरह रात, न ही दिन का अवशेष, एक संक्रमण है। बाहरी संसार की गति मंद पड़ती है, पर भीतर का संसार कई बार इसी समय सबसे अधिक मुखर हो उठता है।

PWD के उस धूल भरे दफ्तर से लौटकर जब मनोज अपने सरकारी क्वार्टर के भीतर कदम रखता है, तो घड़ी की सुइयाँ आठ के अंक को छू रही होती हैं। बाहर शहर अभी भी अपने कोलाहल में डूबा हुआ है, वाहनों का शोर, दूर कहीं बजता लाउडस्पीकर और महानगरीय आपाधापी। लेकिन इस क्वार्टर के भीतर, सन्नाटा अपनी जड़ें जमाना शुरू कर चुका है।

पैंतीस वर्षीय मनोज, जो दिन भर सीमेंट, कंक्रीट और कोलतार के नक्शों में खुद को खोया हुआ पाता था, अब अपनी जूतों की डोर खोलते हुए पहली बार एक अजीब से भारीपन को महसूस करता है। यह थकान केवल मांसपेशियों की नहीं है; यह उस 'ऑटो-मोड' की थकान है जिसमें वह सुबह से एक रोबोट की तरह घूम रहा था।

ऑफिस से लौटते समय की भीड़, हॉर्न, धूल, और लोगों की आवाज़ें जैसे अभी भी उसके भीतर गूँज रही थीं, पर दरवाज़ा बंद करते ही सब कुछ एकदम बदल गया। कमरा स्थिर था, दीवारें, मेज़, कुर्सी, बिस्तर, सब अपनी जगह पर, जैसे समय यहाँ कुछ धीमा बहता हो।

मनोज आज फिर अपने क्वार्टर में अकेला था। उसने जूते उतारे। पैरों के तलवों को ज़मीन का स्पर्श मिला, हल्की ठंडक, एक ठहराव। यह स्पर्श साधारण था, पर आज उसमें एक गहराई थी। जैसे शरीर दिन भर की दौड़ के बाद पहली बार धरती से संवाद कर रहा हो।

उसने हल्का-सा स्ट्रेच किया। मांसपेशियाँ तनकर फिर ढीली हुईं। एक

खिंचाव, फिर एक राहत।

रसोई में गया। गैस जलाई। बर्तन की खनक ने कमरे की निस्तब्धता को हल्का-सा भंग किया। उसने चाय बनाई, धीरे-धीरे उबलते पानी की आवाज़, चाय पत्ती की सुगंध, अदरक की हल्की तीक्ष्णता, यह सब मिलकर एक संवेदनात्मक अनुभव बना रहे थे।

उसने कप उठाया। पहला घूंट, गरमाहट ने जीभ को छुआ, फिर गले से उतरते हुए पूरे शरीर में फैल गई। यह स्वाद केवल स्वाद नहीं था, यह एक प्रकार का सुकून था।

बाहर झाँका। आकाश अब गहरा नीला हो चुका था, जिसमें कालेपन की छाया बढ़ती जा रही थी। कुछ तारे झिलमिलाने लगे थे। दूर कहीं से कुत्तों के भौंकने की आवाज़ आ रही थी। पास की गली में बच्चों का खेल अब समाप्त हो चुका था, उनकी जगह अब बड़ों की धीमी बातचीत ने ले ली थी।

यह वह समय था जब बाहरी गतिविधियाँ कम हो रही थीं, परंतु भीतर की गतिविधियाँ जागृत होने लगी थीं।

मनोज कुर्सी पर बैठ गया। चाय का कप हाथ में था, पर उसका ध्यान अब भीतर की ओर जा रहा था।

उसका शरीर धीरे-धीरे विश्राम की ओर बढ़ रहा था। दिन भर की गतिविधियों के बाद मांसपेशियाँ शिथिल हो रही थीं। पाचन तंत्र सक्रिय हो चुका था। शरीर ऊर्जा को पुनर्संगठित कर रहा था।

यह समय शरीर के भीतर एक बड़े प्रशासनिक परिवर्तन का होता है। परंतु उसके मस्तिष्क में एक अलग ही प्रक्रिया चल रही थी। दिन भर जिस 'कोर्टिसोल' (Cortisol) ने उसे सजग और तनावपूर्ण रखा था, अब उसका

साम्राज्य ढह रहा है। एड्रिनल ग्रंथियां अब शांत होने की ओर हैं। मनोज के मस्तिष्क में पीनियल ग्रंथि धीरे-धीरे सक्रिय हो रही है, जो अंधेरे के आभास के साथ 'मेलाटोनिन' (Melatonin) के सूक्ष्म कणों को रक्त में घोलने की तैयारी कर रही है। वह हार्मोन जो नींद की तैयारी करता है।

यह हार्मोन उसे नींद की ओर धकेलना चाहता है, लेकिन आज मनोज का मन कुछ और ही ठान चुका है। वह सुबह के उस चार बजे के 'विस्फोट' को भूल नहीं पाया है। इस संक्रमण काल में एक विचित्र स्थिति उत्पन्न होती है, शरीर विश्राम की ओर जाता है, पर मन कई बार अधिक जाग्रत हो उठता है।

मनोज ने इसे पहली बार इतने स्पष्ट रूप में महसूस किया। उसकी आँखें खुली थीं, पर दृष्टि स्थिर थी। वह बाहर देख रहा था, पर भीतर सोच रहा था।

विचारों की लहरें उठने लगीं। पहले दिन की घटनाएँ, ऑफिस, फाइलें, बातचीत। फिर धीरे-धीरे वे विचार गहरे होने लगे, जीवन, उद्देश्य, अकेलापन।

उसने खुद से पूछा, "क्या मैं संतुष्ट हूँ?"

यह प्रश्न सरल था, पर उत्तर जटिल था। उसके भीतर एक हलचल हुई।

हृदय की धड़कन थोड़ी तेज़ हुई। साँसें गहरी हो गईं। यह केवल भावनात्मक प्रतिक्रिया नहीं थी, यह शरीर और मन का समन्वय था। जब मन किसी गहरे प्रश्न से टकराता है, तो शरीर भी उसकी प्रतिक्रिया देता है।

उसने अपनी हथेली को सीने पर रखा। धड़कनें स्पष्ट थीं। हर धड़कन जैसे कोई उत्तर खोज रही हो। उसने आँखें बंद कर लीं। अब उसकी अन्य इंद्रियाँ अधिक सक्रिय हो गईं।

पंखे की घूमती हुई आवाज़, बाहर से आती किसी वाहन की दूरस्थ गूँज, किसी की धीमी हँसी। रसोई से आती हल्की चाय की शेष सुगंध, कमरे की दीवारों में बसी पुरानी गंध। कुर्सी का सहारा, हवा की हल्की ठंडक, कपड़ों का शरीर से लगना। और फिर, मन।

विचार अब तरंगों की तरह उठने लगे। एक विचार आता, फिर दूसरा उसे काटता, फिर तीसरा उसे जोड़ता।

यह वही अवस्था थी जहाँ मस्तिष्क की अल्फा तरंगें सक्रिय होती हैं, जाग्रत और विश्राम के बीच का क्षेत्र। यह रचनात्मकता और आत्मचिंतन का समय होता है।

मनोज को लगा जैसे उसके भीतर कोई नदी बह रही हो। वह नदी शांत नहीं थी, पर उग्र भी नहीं। उसमें एक लय थी।

उसने अपने जीवन के दृश्यों को देखा, जैसे कोई फिल्म चल रही हो। बचपन, कॉलेज, नौकरी, पहला पोस्टिंग, परिवार से दूरी। हर दृश्य के साथ एक भावना जुड़ी हुई थी।

कभी खुशी, कभी पछतावा, कभी गर्व, कभी खालीपन। उसने महसूस किया कि ये भावनाएँ केवल मानसिक नहीं हैं, ये शरीर में भी बसती हैं। पछतावे के साथ छाती में भारीपन, खुशी के साथ हल्कापन, चिंता के साथ पेट में कसाव।

यह “इनर बॉडी” की गतिविधि थी, जिसे वह पहले कभी इस स्पष्टता से नहीं देख पाया था। समय धीरे-धीरे आगे बढ़ रहा था।

घड़ी ने नौ बजाए। रात अब और गहरी हो गई थी।

मनोज ने रात का साधारण भोजन, दो रोटियाँ और दाल, यंत्रवत नहीं खा

लिया है। मनोज ने खाना खाया, पर आज उसने जल्दी नहीं की। हर कौर को महसूस किया। स्वाद, बनावट, तापमान, सब कुछ। यह एक नया अनुभव था। जैसे वह पहली बार खा रहा हो।

अब वह अपने कमरे की बालकनी के पास रखी उस पुरानी आरामकुर्सी पर जाकर बैठ जाता है। उसने कमरे की मुख्य लाइट बंद कर दी है; केवल एक कोना लैंप मद्धम पीली रोशनी बिखेर रहा है।

कुर्सी के हत्थों पर रखे, उसके हाथ पहली बार उस लकड़ी के ठंडे और खुरदरे अहसास को पहचान रहे हैं। उसे महसूस होता है कि उसके पैरों के तलवे फर्श की शीतलता के प्रति कितने संवेदनशील हैं।

शरीर का तापमान (Core Body Temperature) अब धीरे-धीरे गिरना शुरू हो गया है, यह प्रकृति का तरीका है शरीर को विश्राम की अवस्था में ले जाने का। मनोज को अपनी त्वचा के रोम-छिद्रों में एक खिंचाव महसूस होता है, जैसे शरीर के भीतर की गर्मी बाहर निकलने का रास्ता खोज रही हो।

हवा में एक विशिष्ट गंध है, पुरानी फाइलों की धूल, अपनी ही कमीज से आती पसीने की मद्धम गंध और बाहर चमेली के फूलों की तीखी महक, जो रात के बढ़ने के साथ और गहरी होती जा रही है। पहले वह इन गंधों को कभी नहीं पहचानता था, लेकिन आज उसकी घ्राणेंद्रिय जैसे किसी सूक्ष्म प्रशिक्षण से गुजर रही है।

उसका शरीर अब और अधिक विश्राम में जा रहा था। मांसपेशियाँ ढीली, साँसें धीमी। मेलाटोनिन का स्तर बढ़ रहा था, शरीर नींद के लिए तैयार हो रहा था।

परंतु उसका मन, अब भी जाग्रत था। और शायद पहले से अधिक। उसने अपने भीतर की धड़कनों को सुना। अपने विचारों की गति को देखा। यह

एक साक्षी भाव था, वह अब विचारों में डूब नहीं रहा था, बल्कि उन्हें देख रहा था।

यह परिवर्तन सूक्ष्म था, पर महत्वपूर्ण। उसने महसूस किया कि वह अपने विचार नहीं है, वह उनका दर्शक है। यह अनुभूति नई थी। और थोड़ी डरावनी भी।

क्योंकि इसका अर्थ था, अब वह अपने पुराने ढाँचे से बाहर आ रहा था। उसने गहरी साँस ली। फिर छोड़ी।

यह श्वास अब केवल एक जैविक क्रिया नहीं थी, यह एक पुल थी, शरीर और मन के बीच। धीरे-धीरे उसकी आँखें भारी होने लगीं। पर मन अभी भी सक्रिय था।

नौ बजते-बजते मनोज का शरीर पूर्ण विश्राम की स्थिति में पहुँच चुका है। उसकी पीठ कुर्सी से चिपकी हुई है, गर्दन पीछे की ओर झुकी है, और आँखें आधी बंद हैं। लेकिन, यहाँ एक विरोधाभास जन्म लेता है, शरीर जितना शांत हो रहा है, मन उतना ही प्रखर और सतर्क होता जा रहा है।

बाहर का शोर अब एक 'बैकग्राउंड स्कोर' बन गया है। मनोज का ध्यान अब अपने शरीर के भीतर मुड़ता है। उसे सुनाई देता है उसके हृदय का धड़कना। यह धड़कन अब केवल एक जैविक क्रिया नहीं, बल्कि एक लयबद्ध संगीत है।

उसे सुनाई देती है उसकी साँस जो नासिका छिद्रों से होकर फेफड़ों के गुब्बारों को फुला रही है। वह सुन पाता है 'पेरिस्टाल्सिस' (Peristalsis) की सूक्ष्म ध्वनि उसका पाचन तंत्र भोजन को ऊर्जा में बदलने के लिए किस प्रकार संकुचन कर रहा है।

उसे महसूस होता है कि उसकी नसों में रक्त का प्रवाह एक शांत नदी की

तरह नहीं, बल्कि एक निरंतर बहने वाली ऊर्जा की धारा की तरह है। कान के पर्दों के पीछे एक बारीक 'सीं-सीं' की आवाज़ गूँज रही है, मस्तिष्क की विद्युत तरंगों का वह शोर जो केवल गहन शांति में ही पकड़ा जा सकता है।

मस्तिष्क अब 'बीटा तरंगों' (Beta Waves), जो तर्क और बाहरी दुनिया के काम-काज की तरंगें हैं, को छोड़कर 'अल्फा' (Alpha) और 'थीटा' (Theta) तरंगों की ओर बढ़ रहा है। मनोज इस समय एक अर्ध-चेतन (Hypnagogic) अवस्था में है।

विचार अभी भी आ रहे हैं। दफ्तर की फाइलें, खन्ना साहब का चेहरा, कंक्रीट की गुणवत्ता, परिवार की यादें... लेकिन अब वह इन विचारों में बह नहीं रहा है। वह देख रहा है कि विचार कहाँ से उठ रहे हैं। वह देख रहा है कि एक विचार दूसरे विचार के कंधे पर पैर रखकर कैसे चढ़ जाता है।

"मैं यह सब देख पा रहा हूँ," उसने मन ही मन सोचा। "इसका अर्थ है कि मैं यह विचार नहीं हूँ। मैं तो वह हूँ जो इन विचारों को आते और जाते देख रहा है।"

उसके भीतर एक 'साक्षी' (The Witness) खड़ा हो गया है। पैंतीस साल का एक इंजीनियर, जिसने आज तक केवल भौतिक वस्तुओं की मजबूती मापी थी, आज अपने अस्तित्व की तरलता को माप रहा है। वह महसूस कर रहा है कि उसके भीतर एक 'अजनबी' है जो जाग गया है। वह अजनबी मन, जो दिन भर कोल्हू के बैल की तरह काम कर रहा था, अब अपनी पूरी नग्नता में उसके सामने है।

घड़ी की सुइयों ने दस का अंक छुआ। शरीर अब पूरी तरह भारी हो चुका है, जैसे वह पत्थर का बन गया हो। हाथ-पैर हिलाने की इच्छा समाप्त हो गई है। लेकिन मनोज का मस्तिष्क इस समय प्रकाश के एक स्तंभ की तरह जागृत है।

उसे महसूस होता है कि उसके शरीर के भीतर के अंग आपस में संवाद कर रहे हैं। उसे अपने यकृत (Liver), वृक्क (Kidney) और तिल्ली (Spleen) की मौजूदगी का आभास होने लगा है, एक जीवित मानचित्र की तरह।

वह देख पा रहा है कि कैसे ऑक्सीजन रक्त के साथ मिलकर हर कोशिका को पोषण दे रही है। रात का यह पहर उसे एक भयावह लेकिन सुंदर सत्य की ओर ले जा रहा है। "अगर अभी इसी क्षण यह शरीर काम करना बंद कर दे, तो क्या बचेगा?"

उसे अहसास होता है कि वह PWD का इंजीनियर नहीं है। वह किसी का पिता या बेटा भी केवल सामाजिक परिभाषाओं में है। वह तो केवल यह 'जागरूकता' है जो इस शांत क्वार्टर में, रात के इस अंधेरे में, अपनी ही धड़कनों को सुन रही है।

मेलाटोनिन अब अपने चरमोत्कर्ष पर है, शरीर को नींद की गहराई में ले जाने के लिए मजबूर कर रहा है। लेकिन मनोज की चेतना ने उस हार्मोनल दबाव को एक 'वस्तु' की तरह देख लिया है। वह नींद को भी देख रहा है जैसे वह खिड़की से बाहर की रात को देखता है।

भाग 2: अलगाव और द्वंद्व

अध्याय 4
निर्णय - आत्म यात्रा की शुरुआत

बदलता व्यवहार

मनोज कुर्सी से उठता है। उसके हिलने-डुलने में अब वह मशीनी झटकन नहीं है। वह धीरे-धीरे बिस्तर की ओर बढ़ता है। उसे पता है कि चार घंटे बाद वह फिर से उसी 'ब्रह्ममुहूर्त' में जागेगा।

आज की रात उसके लिए केवल विश्राम की रात नहीं है; यह एक 'अजनबी' के साथ बिताई गई पहली सचेत रात है। उसने जान लिया है कि उसके भीतर एक ऐसा घर है जहाँ वह कभी नहीं गया था, वह घर जो कंक्रीट का नहीं, बल्कि मौन और चेतना का बना है।

वह बिस्तर पर लेट गया। कमरे की लाइट बंद कर दी। अब केवल अंधकार था, पर वह अंधकार खाली नहीं था। उसमें विचार थे। उसमें अनुभव थे। उसमें वह स्वयं था।

उसने अपनी आँखें बंद कीं। बाहर शहर सो गया था, दफ्तर की फाइलें शांत थीं, और मनोज अपने भीतर के उस 'अपरिचित मन' का हाथ थामे हुए, एक गहरी लेकिन जाग्रत निद्रा की ओर बढ़ गया।

विचार अब धीमे हो रहे थे, पर पूरी तरह समाप्त नहीं। यह वही अवस्था थी जिसे "हाइप्नोगॉगिक स्टेट" कहा जा सकता है, जाग्रत और स्वप्न के बीच का क्षेत्र।

इस अवस्था में कई बार रचनात्मक विचार, अंतर्दृष्टि, और गहरी अनुभूतियाँ उत्पन्न होती हैं। मनोज ने इस अवस्था को महसूस किया। उसे लगा जैसे वह दो दुनियाओं के बीच है।

एक बाहरी, जहाँ शरीर है। एक भीतरी, जहाँ चेतना है। और वह दोनों के बीच पुल बनकर लेटा है। रात के इस समय में, जब बाहर सब शांत है, तब भीतर का संसार सबसे अधिक मुखर हो सकता है।

इसमें जागरूकता की एक हल्की छाया थी। जैसे भीतर कोई अब भी देख रहा हो। जैसे कोई साक्षी अब भी उपस्थित हो। और शायद, यही साक्षी उसका नया मार्गदर्शक बनने वाला था।

रात की कालिमा अब और गहरी हो गई थी। खिड़की के बाहर अंधेरा पूरी तरह फैल गया था। खिड़की के बाहर का सन्नाटा इतना सघन था कि कमरे में रखी मेज पर टिक-टिक करती घड़ी की आवाज़ भी किसी हथौड़े की चोट जैसी लग रही थी। दूर कहीं किसी कुत्ते के भौंकने की आवाज़ बीच-बीच में उस सन्नाटे को तोड़ रही थी।

कमरे की लाइट बंद थी। सिर्फ बाहर की हल्की चाँदनी अंदर आ रही थी। मनोज बिस्तर पर लेटा था, लेकिन उसकी आँखें बंद होने का नाम नहीं ले रही थीं। बाहर से आने वाली हल्की चाँदनी ने कमरे की दीवारों पर अजीब-सी आकृतियाँ उकेर दी थीं।

मनोज बिस्तर पर लेटा था। आँखें खुली हुई। लेकिन वह बाहर नहीं... भीतर देख रहा था। दिन भर की घटनाएँ उसके सामने जैसे किसी फिल्म की तरह चल रही थीं।सुबह का वह अजीब अनुभव...विचारों का तूफ़ान...और फिर, शरीर, मन और 'मैं' के बीच की दूरी।

उसने करवट बदली। "यह सब यूँ ही नहीं हो सकता..." उसने धीरे से सोचा। उसके भीतर अब एक नया भाव जन्म ले चुका था, निर्णय का।

“अगर यह सब मेरे सामने आ रहा है... तो इसका कोई मतलब होगा...”
“शायद... मुझे इसे समझना चाहिए...”

मनोज के भीतर एक युद्ध चल रहा था। पिछले कुछ दिनों के अनुभवों ने उसे एक ऐसी दहलीज पर लाकर खड़ा कर दिया था जहाँ से पीछे मुड़ना नामुमकिन था। उसने जान लिया था कि वह जिसे अपना 'घर' समझता था, वहाँ वह अकेला नहीं है। शरीर और मन के रूप में दो अजनबी उसके साथ रह रहे हैं।

"अगर मैं इन्हें नहीं जान पाया, तो मैं पूरी उम्र एक भ्रम में बिता दूँगा," उसने अंधेरे में अपनी छत को ताकते हुए सोचा। "मैं कौन हूँ? यह सवाल मुझे तब तक चैन से नहीं बैठने देगा जब तक मुझे इसका सिरा नहीं मिल जाता।"

कुछ क्षणों तक वह चुप रहा। फिर उसके भीतर से एक स्पष्ट आवाज़ उठी, “मुझे खुद को जानना होगा।” यह पहली बार था...जब उसने इस विचार को सिर्फ सोचा नहीं...बल्कि स्वीकार किया। उसने धीरे से आँखें बंद कर लीं। और उसी अंधेरे में, उसने एक संकल्प लिया।

“मैं भागूँगा नहीं...” “मैं समझूँगा...” कमरे में सन्नाटा था। उसी रात, उस ठंडी खामोशी के बीच मनोज ने एक दृढ़ संकल्प लिया। यह कोई साधारण संकल्प नहीं था; यह स्वयं के विरुद्ध युद्ध की घोषणा थी। उसने तय किया कि वह अब अपनी हर क्रिया, हर विचार और हर हलचल के प्रति जागरूक रहेगी। वह अब 'यांत्रिक' जीवन नहीं जिएगा। उस सन्नाटे के भीतर, एक यात्रा शुरू हो चुकी थी।

यह वही समय है जहाँ व्यक्ति स्वयं से मिल सकता है, यदि वह रुक सके, यदि वह देख सके, यदि वह सुन सके। मनोज आज यह सब पहली बार अनुभव कर रहा था। और यह केवल शुरुआत थी। धीरे-धीरे उसकी साँसें

और गहरी हो गईं। विचारों की गति कम हो गई। और अंततः, वह नींद में चला गया। पर इस बार यह नींद अलग थी।

अगली सुबह। सूरज की पहली किरणें कमरे में आईं। लेकिन आज की सुबह अलग थी। कल की तरह अजीब नहीं...बल्कि एक उद्देश्य के साथ। मनोज एक नए उद्देश्य के साथ उठा। मनोज उठकर बैठ गया। उसने गहरी साँस ली। "आज से..." "मैं हर चीज़ को ध्यान से देखूँगा..."

उसने बिस्तर से उठते ही उसने अपने पैरों को नीचे रखा। अपने पैरों के तलवों को फर्श की ठंडक महसूस करते हुए देखा। "पैर जमीन को छू रहे हैं... वजन एक तरफ से दूसरी तरफ जा रहा है... मैं चल रहा हूँ," वह मन ही मन अपनी हर हरकत का अनुवाद कर रहा था।

धीरे-धीरे खड़ा हुआ। और पहली बार, उसने अपने चलने पर ध्यान दिया। पैर जमीन को छू रहे थे...शरीर आगे बढ़ रहा था...हर कदम एक अनुभव था। "मैं चल रहा हूँ..." "या चलना अपने आप हो रहा है..." उसने यह अंतर महसूस करने की कोशिश की। वह बाथरूम की ओर गया। बाथरूम की ओर बढ़ते हुए उसने महसूस किया कि उसका चलना कितना स्वचालित है।

नल खोला। पानी हाथों पर गिरा। ठंडक महसूस हुई। लेकिन इस बार, वह सिर्फ महसूस नहीं कर रहा था...वह देख भी रहा था। "पानी ठंडा है..." "यह स्पर्श कैसा है..." "मैं इसे महसूस कर रहा हूँ..."

उसने नल खोला और गिरते हुए पानी की आवाज़ को सुना। जैसे ही पानी उसके हाथों पर गिरा, उसने उस स्पर्श, उस ठंडक और पानी की फिसलन को पूरी गहराई से महसूस किया। पहले यह सब बस 'हो जाता था', लेकिन आज वह हर चीज़ को 'होते हुए देख' रहा था।

शुरुआत में यह उसे एक रोमांचक खेल जैसा लगा। उसे लगा कि वह आखिरकार जाग रहा है। लेकिन जैसे-जैसे दिन चढ़े, यह जागरूकता एक भारी बोझ बनने लगी।

हर छोटी क्रिया, अब एक प्रयोग बन चुकी थी। लेकिन यह उतना आसान नहीं था...जितना उसने सोचा था। कुछ ही मिनटों में, उसका मन फिर भटकने लगा।

“आज ऑफिस जाना है...” “कल क्या हुआ था...” “यह सही तरीका है या नहीं...” वह चौंक गया।

“मैं फिर खो गया...” उसने तुरंत खुद को रोका।

“नहीं... वापस आओ...” उसने फिर से ध्यान शरीर पर लाया।

दफ्तर जाने के लिए तैयार होते समय जब उसने कमीज के बटन बंद किए, तो वह एक-एक बटन को छेद में डालने की प्रक्रिया को देखने लगा।

इस अति-सजगता के कारण वह धीमा हो गया। उसका मन बार-बार भटकता कभी पुरानी यादों में, कभी आने वाली मीटिंग में। जैसे ही उसे याद आता कि उसे 'जागरूक' रहना है, वह खुद को झटककर वापस वर्तमान में लाता है।

"वापस आओ, मनोज। अभी तुम जूता पहन रहे हो... ध्यान दो," उसने खुद को टोका।

दफ्तर पहुँचते-पहुँचते मनोज मानसिक रूप से थक चुका था। जिसे उसने 'साधना' समझा था, वह अब एक निरंतर तनाव में बदल रही थी।

लेकिन अब एक नई समस्या थी: वह हर छोटी चीज़ को लेकर अत्यधिक सतर्क हो गया था।

चलना...बैठना...बोलना...सब कुछ। जैसे वह खुद को हर पल जाँच रहा हो।

“मैं सही कर रहा हूँ या नहीं...” “मैं जागरूक हूँ या नहीं...” यह लगातार चलने लगा। और धीरे-धीरे, यह जागरूकता एक दबाव में बदलने लगी।

दफ्तर में सहकर्मियों से बात करना अब उसके लिए चुनौतीपूर्ण हो गया। पहले वह बिना सोचे-समझे हँसता था, मजाक करता था और काम की बातें करता था। अब, जैसे ही वह कुछ बोलना चाहता है, उसके भीतर का 'साक्षी' जाग जाता है।

"मैं यह शब्द क्यों बोल रहा हूँ? क्या यह अहंकार से आ रहा है? या यह सिर्फ एक आदत है?"

इन सवालों के कारण वह बोलते-बोलते रुक जाता। उसके वाक्यों में अजीब-सा ठहराव आने लगा। उसके सहकर्मी उसे हैरानी से देखते हैं।

"मनोज, क्या हुआ? तुम्हारी तबीयत तो ठीक है?" उसके बगल वाली डेस्क पर बैठे दोस्त नितिन ने पूछा।

मनोज ने नितिन की ओर देखा। उसे नितिन का चेहरा, उसकी आवाज़ और उसके पीछे का शोर सब कुछ एक फिल्म की तरह लग रहा था। वह कुछ कहना चाहता था, लेकिन उसके भीतर विचारों का ऐसा ट्रैफिक था कि वह एक शब्द भी नहीं चुन पाया।

"हाँ... ठीक हूँ," उसने बड़ी मुश्किल से कहा और अपनी नजरें स्क्रीन पर गड़ा दीं।

जैसे-जैसे दिन बीतते गए। मनोज ने अपनी इस प्रक्रिया को जारी रखा। लेकिन इसके साथ, उसका व्यवहार बदलने लगा। पहले जहाँ वह सहज

था...अब वह हर चीज़ को सोच-समझकर करने लगा। किसी से बात करते समय, वह अपने शब्दों को देखने लगता।

"मैं क्या बोल रहा हूँ..." "यह क्यों बोल रहा हूँ..." कभी-कभी, वह बोलते-बोलते रुक जाता। लोग उसे अजीब नज़रों से देखने लगे।

उसे लगने लगा कि बातचीत करना एक व्यर्थ की ऊर्जा की बर्बादी है। लोग उसे 'अजीब' और 'उदासीन' समझने लगे। उसने सामाजिक कार्यक्रमों से दूरी बनाना शुरू कर दिया।

शाम के पांच बजे: कार्य और उत्सव का संधि-काल - शुक्रवार की वह शाम पी.डब्ल्यू.डी. के दफ्तर में एक अजीब सी उत्तेजना लेकर आई थी। शुक्रवार की शाम का अपना एक अलग ही स्वभाव होता है। पूरे सप्ताह का संचित तनाव जैसे धीरे-धीरे ढीला पड़ने लगता है, और कार्यालय की दीवारों में भी एक हल्की-सी राहत महसूस होने लगती है। उस दिन मनोज के दफ्तर में भी कुछ ऐसा ही वातावरण था, परंतु आज उसमें एक अतिरिक्त हलचल थी।

फाइलों के ढेर अभी भी मेजों पर सजे थे, लेकिन कर्मचारियों की उंगलियों की गति बदल चुकी थी। अब वह 'काम' की गति नहीं थी, बल्कि 'काम से छुटकारे' की व्याकुलता थी। खिड़की के बाहर सूरज ढल रहा था और आसमान में धूल और धुएं के बीच एक मटमैली लालिमा फैली हुई थी।

नितिन उसके पास आया।

"आज तो जल्दी मत भाग जाना," उसने मुस्कुराते हुए कहा, "पार्टी है साहब!"

मनोज ने हल्के से सिर हिलाया, "हाँ... देखा है। यहीं रहूँगा।"

“अरे वाह! आज तो कुछ अलग ही मूड है,” नितिन ने चुटकी ली। मनोज ने कोई उत्तर नहीं दिया, पर उसके भीतर एक हल्की-सी जिज्ञासा थी: यह अनुभव कैसा होगा?

कुछ ही देर में कॉन्फ्रेंस रूम को तैयार कर दिया गया। मेज़ पर समोसे, कचौरी, मिठाई और कुछ नमकीन सजाए गए थे। प्लास्टिक के गिलासों में कोल्ड ड्रिंक भरी जा रही थी। कमरे में हल्की-सी ताज़े तले हुए पकवानों की खुशबू फैल गई थी।

आज एक छोटी-सी पार्टी रखी गई थी। कारण बड़ा नहीं था, बस एक प्रोजेक्ट का सफल समापन। यह एक छोटी-सी पार्टी थी, किसी का स्थानांतरण हुआ था या शायद किसी प्रोजेक्ट की मंजूरी मिली थी, कारण जो भी हो, माहौल में एक 'मजबूरन उल्लास' (Forced Joy) भरा हुआ था।

पर सरकारी दफ्तरों में ऐसे छोटे अवसर भी एक उत्सव का रूप ले लेते हैं, क्योंकि वही दिनचर्या के बीच एक विराम बनते हैं।शाम के लगभग छह बज रहे थे, जब काम धीरे-धीरे समेटा जाने लगा। फाइलें बंद हो रही थीं, कंप्यूटर शटडाउन हो रहे थे, और कुर्सियों की आवाज़ों के बीच एक अनौपचारिक ऊर्जा फैल रही थी।

मनोज अपनी सीट पर बैठा था, पर आज उसकी गति सामान्य दिनों जैसी यांत्रिक नहीं थी। वह देख रहा था, लोगों को, उनकी गतिविधियों को, उनके चेहरों को।

दफ्तर के बड़े हॉल के एक कोने में, जहाँ आमतौर पर कनिष्ठ अभियंता (Junior Engineers) नक्शों पर बहस करते थे, वहां आज समोसे, चटनी और चाय के डिस्पोजेबल कप सजे हुए थे।

मनोज अपनी मेज से उठा और उस भीड़ की ओर बढ़ा। कुछ हफ्ते पहले तक, वह भी इस भीड़ का एक सक्रिय हिस्सा होता। वह भी उसी तरह ठहाके लगाता, वही दफ्तर की राजनीति पर गपशप करता और खन्ना साहब की पीठ पीछे बुराई करता। लेकिन आज, वह उस भीड़ में घुसते हुए खुद को एक 'विदेशी' महसूस कर रहा था।

जैसे ही वह पार्टी के घेरे में पहुँचा, उसे गंधों का एक तीखा मिश्रण महसूस हुआ, ताज़ा तले हुए समोसों की महक, चाय की उबलती खुशबू, पुरानी फाइलों की सीलन और लोगों के पसीने व सस्ते परफ्यूम की मिली-जुली गंध। पहले वह इन गंधों के प्रति अचेत था, लेकिन आज उसकी घ्राणेंद्रिय (Sense of smell) इतनी सतर्क थी कि वह हर गंध को अलग-अलग पहचान पा रहा था।

कानों में शोर का एक ज्वार उमड़ रहा था। कोई जोर से हँस रहा था, तो कोई कोने में फुसफुसा रहा था। मनोज ने गौर किया कि हर व्यक्ति के चेहरे पर एक नकाब था। हँसी के पीछे थकान थी, तारीफों के पीछे ईर्ष्या थी और बातचीत के पीछे केवल 'स्वयं' को बड़ा दिखाने की एक अंधी दौड़ थी।

लाइट्स सामान्य से थोड़ी उजली कर दी गईं। पंखे तेज़ चल रहे थे, जिससे हवा में हल्की ठंडक और खाने की महक एक साथ घूम रही थी। सब लोग धीरे-धीरे इकट्ठा होने लगे।

कोई हँसते हुए आया, कोई फोन पर बात करता हुआ, कोई सीधे खाने की ओर बढ़ा। औपचारिकता और अनौपचारिकता का एक मिश्रण था, जैसे सब अपने-अपने ढंग से इस समय को जीना चाहते हों। मनोज कमरे के एक कोने में खड़ा था।

उसकी आँखें सब कुछ देख रही थीं, लोगों के चेहरे, उनकी हँसी, उनके

हाव-भाव। उसे लगा जैसे वह एक दर्शक है, जो इस पूरे दृश्य को देख रहा है, पर उसमें पूरी तरह शामिल नहीं है।

बॉस भी आ गए।

"अच्छा काम किया है आप सबने," उन्होंने हल्की-सी औपचारिक मुस्कान के साथ कहा, "इसलिए सोचा, थोड़ा साथ में समय बिताया जाए।"

तालियाँ बजीं। नितिन ने धीरे से मनोज के कान में कहा, "अब शुरू होगा भाषण।" दोनों हल्का मुस्कुरा दिए।

बॉस ने कुछ और बातें कीं: प्रोजेक्ट, टीमवर्क, भविष्य की योजनाएँ। शब्द औपचारिक थे, पर माहौल अब हल्का हो चुका था।

"अब आप लोग एंजॉय कीजिए," उन्होंने अंत में कहा। और जैसे ही यह वाक्य समाप्त हुआ, कमरे का स्वरूप बदल गया।

लोग खुलने लगे। कोई समोसे की प्लेट लेकर खड़ा था, कोई मिठाई बाँट रहा था, कोई पुराने किस्से सुना रहा था। हँसी की आवाज़ें अब खुलकर गूँजने लगीं।

मनोज ने एक प्लेट उठाई। उसने समोसा लिया। गर्म था। हाथ में उसकी गर्माहट स्पष्ट महसूस हुई। उसने एक छोटा-सा कौर लिया, मसालेदार आलू, कुरकुरी परत, और साथ में चटनी का स्वाद। यह अनुभव साधारण था, पर आज वह उसे ध्यान से महसूस कर रहा था। नितिन फिर उसके पास आया।

"तो, क्या चल रहा है दिमाग में?" उसने पूछा।

मनोज ने थोड़ी देर सोचकर कहा, "सब कुछ... और कुछ भी नहीं।"

“ये तो बड़ा खतरनाक जवाब है,” नितिन हँसते हुए बोला।

मनोज ने धीरे से कहा, “तुम्हें कभी ऐसा लगता है कि हम सब यहाँ बस... भूमिका निभा रहे हैं?”

नितिन ने उसकी ओर देखा, “तुम फिर शुरू हो गए।”

“नहीं, सच में,” मनोज ने कहा, “देखो न, हर कोई हँस रहा है, बात कर रहा है... पर अंदर क्या चल रहा है, कोई नहीं जानता।”

नितिन कुछ पल चुप रहा। “शायद यही तो जिंदगी है,” उसने कहा, “बाहर कुछ, अंदर कुछ।”

मनोज ने सिर हिलाया, पर उसके भीतर यह उत्तर अधूरा था। उसी समय एक और सहकर्मी, अजय, उनके पास आया।

“अरे मनोज जी, आज तो आप बड़े शांत हैं,” उसने कहा, “कोई जोक सुनाइए!”

मनोज हल्का मुस्कुराया, “मैं सुनता ज्यादा हूँ।”

“तो आज सुनने की छुट्टी,” अजय ने हँसते हुए कहा, “आज बोलिए।” सब हँस पड़े।

यह हल्का-फुल्का माहौल था, पर मनोज के भीतर एक अलग ही प्रक्रिया चल रही थी। उसने देखा, लोगों की हँसी, उनके चेहरे, उनकी आँखें। कुछ हँसी सच्ची थी, कुछ औपचारिक।

कुछ बातचीत में ऊर्जा थी, कुछ में केवल शब्द। यह अवलोकन उसे भीतर से अलग कर रहा था, पर साथ ही जोड़ भी रहा था। उसने महसूस किया कि उसका शरीर अब आराम में है।

दिन भर का तनाव कम हो चुका था। मांसपेशियाँ ढीली थीं। कॉर्टिसोल का स्तर धीरे-धीरे घट रहा था, और डोपामिन तथा सेरोटोनिन जैसे "फील-गुड" हार्मोन इस सामाजिक वातावरण में सक्रिय हो रहे थे।

लोगों के बीच रहना, हँसना, साझा करना, ये सब शरीर और मन दोनों को प्रभावित करते हैं। मनोज ने इसे पहली बार इतने स्पष्ट रूप में महसूस किया। उसने कोल्ड ड्रिंक का एक घूंट लिया। ठंडक गले से उतरकर भीतर तक गई। एक क्षणिक ताजगी।

बॉस अब थोड़ा अनौपचारिक हो चुके थे।

"मनोज जी," उन्होंने पास आकर कहा, "आपका काम इस बार बहुत अच्छा रहा।"

"धन्यवाद, सर," मनोज ने विनम्रता से कहा।

"ऐसे ही लगे रहिए," बॉस ने कहा, "आपमें क्षमता है।" यह साधारण प्रशंसा थी, पर मनोज ने इसे भीतर महसूस किया। उसके सीने में हल्का-सा विस्तार हुआ, एक स्वीकृति का भाव। पर साथ ही एक प्रश्न भी उठा, "क्या यही पर्याप्त है?"

पार्टी धीरे-धीरे अपने चरम पर पहुँच रही थी। हँसी, बातचीत, खाने की महक, पंखों की आवाज़, सब मिलकर एक जीवंत दृश्य बना रहे थे। पर इस पूरे दृश्य के बीच मनोज एक द्वंद्व में था।

एक ओर वह इस क्षण को महसूस कर रहा था, हर ध्वनि, हर स्पर्श, हर स्वाद। दूसरी ओर वह इसे देख भी रहा था, जैसे यह सब एक दृश्य है, और वह उसका साक्षी। यह दोहरी चेतना उसे नई लग रही थी।

मनोज के भीतर का वह 'अजनबी मन' फिर से सक्रिय हुआ।

"देखो, नितिन कैसे चापलूसी कर रहा है... क्या तुम्हें भी ऐसा नहीं करना चाहिए? खन्ना साहब तुम्हें देख रहे हैं, जाओ और उनसे बात करो।"

मनोज ने इस विचार को अपने भीतर उठते देखा। उसने महसूस किया कि उसका दिल थोड़ा तेज़ धड़का और हाथ की हथेलियों में हल्की-सी झनझनाहट हुई। यह 'सामाजिक असुरक्षा' की पुरानी शारीरिक प्रतिक्रिया थी।

लेकिन इस बार, मनोज ने उस विचार का हाथ नहीं थामा। उसने मन ही मन मुस्कुराकर कहा, "एक विचार आया है कि मुझे चापलूसी करनी चाहिए। ठीक है। मैं इस विचार को देख रहा हूँ।" जैसे ही उसने 'देखना' शुरू किया, वह मानसिक दबाव कपूर की तरह उड़ गया।

तभी खन्ना साहब हाथ में चाय का कप लिए मनोज की ओर बढ़े। उनके चेहरे पर वही पुराना अधिकारवादी भाव था।

"क्यों मनोज! आजकल तुम बहुत शांत रहने लगे हो? कहीं कोई दूसरी नौकरी तो नहीं मिल गई? या फिर शादी-ब्याह का कोई चक्कर है?"

आसपास खड़े लोग ठहाका मारकर हँस पड़े। पुराना मनोज इस टिप्पणी पर या तो झेंप जाता, या फिर एक रक्षात्मक (Defensive) सफाई देने लगता। उसका चेहरा लाल हो जाता और वह भी एक बनावटी हँसी हँसता।

लेकिन आज, मनोज ने खन्ना साहब की आँखों में झांका। उसने देखा कि इस कटाक्ष के पीछे खन्ना साहब का अपना अकेलापन और असुरक्षा छिपी थी। उसने एक गहरी साँस ली। उसने उस क्षण को 'महसूस' किया।

"नहीं, सर," मनोज ने बहुत शांत और स्थिर आवाज़ में कहा। "बस अब

थोड़ा कम बोलना और ज़्यादा सुनना सीख रहा हूँ। दफ्तर के शोर में अक्सर हम काम की बातें भूल जाते हैं।"

उसकी आवाज़ में एक ऐसी गहराई और गरिमा थी कि खन्ना साहब का अगला मजाक उनके गले में ही अटक गया। वे कुछ पल ठिठके, फिर चुपचाप चाय का घूँट भरकर आगे बढ़ गए। मनोज ने महसूस किया कि उसने 'रिएक्ट' नहीं किया, बल्कि 'रिस्पोंड' किया।

भीड़ के बीच खड़े होकर भी मनोज का शरीर पूर्ण विश्राम में था। जहाँ बाकी लोगों का एड्रेनालिन (Adrenaline) शोर और हंसी के कारण बढ़ा हुआ था, वहीं मनोज का नर्वस सिस्टम 'पैरा-सिम्पैथेटिक' मोड में था। उसके शरीर में ऑक्सीटोसिन और सेरोटोनिन का एक शांत प्रवाह था। उसे अपनी धड़कनें महसूस हो रही थीं, धैर्यवान और लयबद्ध।

उसे महसूस हुआ कि उसके पैरों का वजन फर्श पर बिल्कुल बराबर बंटा हुआ है। उसने समोसे का एक छोटा टुकड़ा तोड़ा। पहले वह बिना देखे तीन-चार समोसे खा जाता था। आज उसने उस एक टुकड़े के खुरदरे अहसास, मसाले की तीक्ष्णता और आलू की गर्माहट को अपनी जीभ की हर कोशिका पर महसूस किया।

जैसे-जैसे शाम ढली, लोग एक-एक करके विदा होने लगे। समय बीतता गया। करीब आठ बजने को थे। लोग धीरे-धीरे जाने लगे। मेजों पर जूठे कप और चटनी के दाग रह गए थे। मनोज जब अपने केबिन की ओर वापस मुड़ा, तो उसे लगा कि वह एक युद्ध जीतकर लौट रहा है। यह युद्ध किसी और से नहीं, बल्कि अपनी 'अचेतन आदतों' से था।

“चलो भाई, सोमवार को मिलते हैं,” कोई कह रहा था।

“घर पहुँचकर मैसेज करना,” कोई और।

नितिन ने मनोज से कहा, "चलो, निकलते हैं?"

मनोज ने सिर हिलाया। दोनों बाहर आए। दफ्तर की रोशनी पीछे छूट गई। बाहर की हवा थोड़ी ठंडी थी। कुछ क्षण दोनों चुप रहे।

फिर नितिन ने कहा, "आज तुम अलग थे।"

"कैसे?" मनोज ने पूछा।

"जैसे... तुम यहाँ थे भी, और नहीं भी," नितिन ने कहा।

मनोज ने हल्की मुस्कान दी, "शायद मैं खुद को देख रहा था।"

नितिन ने उसकी ओर देखा, "और क्या देखा?"

मनोज ने धीरे से कहा, "कि मैं बहुत कुछ करता हूँ... पर बहुत कम महसूस करता हूँ।"

नितिन कुछ नहीं बोला।

उसने दफ्तर की लाइट बंद की। सन्नाटे में उसे फिर से वही 'ब्रह्ममुहूर्त' वाला मौन महसूस हुआ। उसने जाना कि मौन पहाड़ों की कंदराओं में नहीं है; मौन तो दफ्तर की इस पार्टी के शोर के बीच भी उसके अपने भीतर ही मौजूद था।

उसने अपना बैग उठाया और बाहर की ओर बढ़ गया। दोनों अपने-अपने रास्ते चल पड़े। मनोज के कदम आज धीमे थे। अब वह कोल्हू का बैल नहीं था; अब वह एक 'पथिक' था जो अपनी ही चेतना की सड़कों का निर्माण कर रहा था।

वह हर चीज़ को थोड़ा अधिक महसूस कर रहा था: सड़क की ठंडक, हवा

की हल्की गति, दूर की आवाज़ें। शुक्रवार की यह छोटी-सी पार्टी केवल एक सामाजिक आयोजन नहीं थी; यह उसके लिए एक दर्पण बन गई थी। जिसमें उसने न केवल दूसरों को, बल्कि स्वयं को भी देखा। और शायद पहली बार सच में देखा।

शुक्रवार की उस छोटी-सी पार्टी के बाद, जब मनोज अपने क्वार्टर की ओर लौट रहा था, उसके भीतर कुछ बदल चुका था, बहुत सूक्ष्म, परंतु स्थायी। जैसे किसी शांत जल में एक कंकड़ गिरा हो, और उसकी लहरें अब धीरे-धीरे फैल रही हों। रात सामान्य रूप से बीती, पर वह सामान्य नहीं थी।

शनिवार की सुबह, कोई अलार्म नहीं, कोई बाध्यता नहीं, कोई कार्यालय नहीं। फिर भी, मनोज की आँखें अपेक्षाकृत जल्दी खुल गईं। घड़ी ने सात बजाए थे। यह उसके लिए असामान्य था। आम तौर पर सप्ताहांत पर वह देर तक सोता रहता था, जैसे पूरे सप्ताह की थकान को एक ही दिन में उतार देना चाहता हो। पर आज शरीर हल्का था, और मन... जागृत।

वह कुछ देर बिस्तर पर ही लेटा रहा। छत को देखता हुआ। साँसों की गति को महसूस करता हुआ। अब उसे स्पष्ट रूप से अपने भीतर की गतिविधियाँ सुनाई देने लगी थीं, हृदय की धड़कन, पेट की हल्की हरकत, साँसों का उठना-गिरना। यह वही "इनर बॉडी" थी, जिसकी ओर उसका ध्यान पहली बार जा रहा था। वह धीरे-धीरे उठकर बैठ गया। कमरे में एक अलग-सी शांति थी।

सप्ताह के अन्य दिनों की तुलना में यह शांति गहरी थी, क्योंकि उसमें कोई जल्दबाज़ी नहीं थी। उसने खिड़की खोली। सुबह की हवा भीतर आई, हल्की, ठंडी, और ताज़गी से भरी। उसने गहरी साँस ली।

और इस बार, वह केवल साँस नहीं ले रहा था, वह उसे महसूस कर रहा

था। नासिका से भीतर जाती हुई हवा, फेफड़ों का फैलना, फिर धीरे-धीरे साँस का बाहर आना। उसने अपने भीतर एक निर्णय महसूस किया, आज वह कुछ अलग करेगा।

कोई बड़ा निर्णय नहीं। बस एक छोटा-सा प्रयोग, सजग होकर जीना। वह फर्श पर बैठ गया। कोई औपचारिक ध्यान मुद्रा नहीं, कोई विशेष तकनीक नहीं। बस बैठना।और देखना। पहले कुछ क्षणों में विचारों की भीड़ उमड़ पड़ी।

"आज क्या करना है..." "कपड़े धोने हैं..." "घर फोन करना है..." पर इस बार उसने उन विचारों के पीछे नहीं भागा।

वह बस उन्हें देखता रहा। जैसे कोई आकाश में बादलों को देखता है, आते हुए, जाते हुए। धीरे-धीरे, विचारों की गति कम होने लगी। उनके बीच अंतराल बढ़ने लगा। और उन अंतरालों में, एक शांति थी। एक गहराई। एक उपस्थिति। मनोज ने पहली बार उस "खालीपन" को महसूस किया, जो वास्तव में खाली नहीं था, बल्कि पूर्ण था।

कुछ देर बाद वह उठा। रसोई में गया। आज उसने चाय बनाई, पर इस बार वह हर क्रिया को देख रहा था। पानी उबालना। चायपत्ती डालना। दूध मिलाना। उबलते हुए मिश्रण की आवाज़, "छन्न... छन्न..." जैसे कोई लय हो। उसने कप में चाय डाली। और धीरे-धीरे उसे पीने लगा। हर घूंट, एक अनुभव। एक जागरूकता। शनिवार का पूरा दिन उसने इसी तरह बिताने का प्रयास किया।

कभी वह सफल हुआ, कभी नहीं। कभी वह पूरी तरह वर्तमान में होता, और कभी अचानक पुराने विचार उसे घेर लेते। पर अब अंतर यह था, वह इस बदलाव को देख पा रहा था। दोपहर में उसने घर पर फोन किया। माँ की आवाज़ सुनकर उसके भीतर एक कोमलता आई।

"कैसे हो बेटा?" माँ ने पूछा।

"ठीक हूँ," उसने कहा, "आप लोग कैसे हैं?"

सामान्य बातचीत थी, पर आज वह उसे अधिक महसूस कर रहा था। माँ की आवाज़ में छिपी चिंता। पिता की पृष्ठभूमि में आती खाँसी। घर की दूरस्थ आहट। यह सब उसके भीतर एक भावनात्मक तरंग उत्पन्न कर रहा था। पर इस बार वह उस तरंग में बह नहीं रहा था; वह उसे देख रहा था। शाम होने लगी। आकाश में हल्का सुनहरा रंग फैल गया।

मनोज बाहर टहलने निकला। सड़क पर लोग थे, कोई सब्जी खरीद रहा था, कोई बच्चों के साथ चल रहा था, कोई फोन पर बात कर रहा था। यह वही दृश्य था, जिसे वह रोज़ देखता था।

पर आज, वह उसे नए दृष्टिकोण से देख रहा था। हर व्यक्ति अपने-अपने विचारों में डूबा हुआ। हर चेहरा एक कहानी। हर कदम एक दिशा। और वह, उन सबके बीच, एक साक्षी।

रविवार, यह दिन और भी गहरा था। अब उसका मन थोड़ा स्थिर होने लगा था। सुबह वह फिर जल्दी उठा। इस बार बिना प्रयास के। जैसे शरीर खुद इस लय को स्वीकार कर रहा हो। उसने कुछ देर ध्यान किया। फिर डायरी निकाली। और लिखना शुरू किया।

"मैं कौन हूँ?" यह पहला वाक्य था। फिर उसने अपने विचार लिखे, अपनी भावनाएँ, अपने डर, अपनी इच्छाएँ, यह लेखन कोई साहित्यिक प्रयास नहीं था, यह एक आत्मसंवाद था। जैसे वह पहली बार खुद से मिल रहा हो। दोपहर में वह कुछ देर लेटा। आँखें बंद कीं।

और अपने भीतर की गतिविधियों को महसूस करने लगा। अब उसे स्पष्ट रूप से अपने शरीर के विभिन्न हिस्सों में ऊर्जा का प्रवाह महसूस होने लगा,

हथेलियों में झुनझुनी। पैरों में हल्की धड़कन। सीने में एक विस्तार। यह अनुभव नया था और थोड़ा रहस्यमय भी।

पर अब वह डर नहीं रहा था। वह इसे स्वीकार कर रहा था। शाम तक, उसे एक बात स्पष्ट हो गई: यह कोई त्वरित परिवर्तन नहीं है। यह एक यात्रा है। धीमी, पर गहरी। रात को सोते समय, उसने खुद से कहा, “मैं कल फिर से प्रयास करूँगा।”

और यह वाक्य, कोई दबाव नहीं था, बल्कि एक सहज संकल्प था। सोमवार आने वाला था, फिर वही दफ्तर, वही काम, वही लोग। पर इस बार, मनोज वही व्यक्ति नहीं था। कुछ बदल चुका था। शायद बहुत छोटा, परंतु वास्तविक।

अब प्रश्न यह था कि क्या वह इस जागरूकता को अपने दैनिक जीवन में बनाए रख पाएगा? या फिर, वह फिर से पुराने यांत्रिक चक्र में खो जाएगा? यह संघर्ष अब शुरू होने वाला था, बाहर की दुनिया और भीतर की चेतना के बीच। और शायद, यही उसका वास्तविक जीवन-पथ बनने वाला था।

सोमवार की सुबह, अलार्म ने ठीक 6:30 पर अपनी तेज़, कर्कश ध्वनि के साथ नींद को तोड़ा। मनोज की आँखें खुलीं। कुछ क्षणों के लिए वह स्थिर पड़ा रहा। शनिवार और रविवार की शांति अभी भी उसके भीतर हल्के से मौजूद थी, जैसे कोई धीमी गूँज। पर अलार्म की आवाज़, समय का दबाव, और “दफ्तर” का विचार धीरे-धीरे उस शांति को किनारे करने लगे।

उसने गहरी साँस ली। और खुद से कहा, “आज देखता हूँ... क्या मैं जागरूक रह सकता हूँ?”

वह उठा। बाथरूम की ओर चला। नल खोला। पानी की ठंडक हाथों से होते हुए पूरे शरीर में एक झटका-सा दे गई।

पर आज, उसने उस ठंडक को महसूस किया। पूरी तरह। चेहरे पर पानी डाला। आँखें बंद कीं। कुछ क्षणों के लिए वह केवल उस स्पर्श में था।

पर तभी, एक विचार आया, "लेट हो जाऊँगा।"

और बस, यहीं से यांत्रिकता ने धीरे-धीरे प्रवेश करना शुरू किया। दाँत ब्रश करना। नहाना। कपड़े पहनना। सब कुछ तेज़, क्रमबद्ध, और लगभग बिना जागरूकता के होने लगा। जैसे शरीर ने नियंत्रण ले लिया हो और मन पीछे छूट गया हो।

वह तैयार होकर बाहर निकला। सड़क पर वही भीड़, ऑटो, बाइक, हॉर्न, धूल, भागते लोग। वह चलता गया। पर अब वह यह देख पा रहा था कि वह चल नहीं रहा, चलाया जा रहा है। उसके कदम खुद-ब-खुद पड़ रहे थे। दिमाग में रास्ते का नक्शा पहले से ही था।कोई विशेष ध्यान नहीं, कोई विशेष अनुभव नहीं, सिर्फ आदत।

ऑफिस पहुँच गया। गेट के अंदर कदम रखते ही, जैसे एक स्विच ऑन हो गया। फाइलें। डेस्क। कंप्यूटर। सब कुछ अपनी जगह पर। वह कुर्सी पर बैठा। बैग रखा।कंप्यूटर ऑन किया। स्क्रीन चमकी।

और उसी के साथ, उसका "ऑफिस मोड" सक्रिय हो गया। पहली फाइल खोली।आँखें पढ़ रही थीं। हाथ नोट्स बना रहे थे।पर मन कहीं और था। या शायद कहीं भी नहीं। यह एक अजीब स्थिति थी, पूरी तरह कार्यरत, पर पूरी तरह अनुपस्थित। करीब एक घंटे बाद, नितिन आया।

"गुड मॉर्निंग!" उसने कहा।

"गुड मॉर्निंग," मनोज ने बिना ऊपर देखे उत्तर दिया।

नितिन कुछ क्षण उसे देखता रहा।

“वापस आ गए?” उसने मुस्कुराकर कहा।

मनोज ने सिर उठाया।

“कहाँ से?” उसने पूछा।

“वही... जहाँ तुम वीकेंड में चले गए थे,” नितिन ने चुटकी ली।

मनोज हल्का-सा मुस्कुराया।

“शायद अभी भी वहीं हूँ... थोड़ा-थोड़ा,” उसने कहा। नितिन ने कुर्सी खींचकर पास बैठते हुए कहा,

“तो बताओ, क्या नया ज्ञान मिला?”

मनोज कुछ क्षण चुप रहा। फिर धीरे-धीरे बोला, “मैंने देखा... कि हम बहुत कुछ ऑटोमेटिक करते हैं।”

“जैसे?” नितिन ने पूछा।

“जैसे अभी... मैं काम कर रहा हूँ,” मनोज ने फाइल की ओर इशारा किया, “पर अगर सच में देखूँ, तो मैं यहाँ पूरी तरह नहीं हूँ।”

नितिन ने भौहें चढ़ाईं, “मतलब?”

“मतलब... शरीर यहाँ है, काम कर रहा है। पर मन... या तो भटक रहा है, या खाली है,” मनोज ने कहा।

“तो क्या दिक्कत है? काम तो हो रहा है न?” नितिन ने सहजता से कहा।

मनोज ने गहरी साँस ली। “दिक्कत शायद यही है... कि मैं ‘हो’ नहीं रहा, बस ‘कर’ रहा हूँ।”

नितिन कुछ क्षण चुप रहा। फिर बोला, “तुम बहुत सोचने लगे हो।”

“पहले शायद कम सोचता था... या बिना देखे सोचता था,” मनोज ने उत्तर दिया।

तभी, बॉस के केबिन से आवाज़ आई, “मनोज जी, ज़रा आइए।”

मनोज उठा। केबिन में गया।

“जी सर?”

बॉस ने फाइल की ओर इशारा किया।

“यह रिपोर्ट आपने बनाई है?”

“जी, सर।”

“अच्छी है, पर इसमें कुछ डिटेल्स मिसिंग हैं,” बॉस ने कहा, “यहाँ और यहाँ सुधार कीजिए।”

मनोज ने ध्यान से देखा।

“जी, ठीक है,” उसने कहा।

“और हाँ,” बॉस ने थोड़ा रुककर कहा, “आज आपको साइट विज़िट भी करनी है। दोपहर तक निकल जाइए।”

“जी सर।”

वह वापस अपनी सीट पर आया। फाइल खोली। और काम में लग गया। पर इस बार, उसने एक छोटा-सा प्रयोग किया। उसने खुद से कहा, “मैं सिर्फ पाँच मिनट... पूरी तरह जागरूक होकर काम करूँगा।”

उसने स्क्रीन को देखा। शब्दों को पढ़ा। हर लाइन पर ध्यान दिया। हाथ की हर हरकत को महसूस किया, कीबोर्ड पर उँगलियों का दबाव, माउस का हल्का-सा सरकना।

और अचानक, कुछ बदल गया। काम वही था, पर अनुभव अलग था। अब उसमें एक उपस्थिति थी। एक स्पष्टता। पाँच मिनट बाद, वह फिर सामान्य हो गया। पर अब उसे अंतर पता था।

नितिन ने पूछा, “क्या हुआ?”

मनोज ने कहा, “कुछ नहीं... बस थोड़ा ‘यहाँ’ था।”

नितिन हँस पड़ा, “तुम्हारा ‘यहाँ’ और ‘वहाँ’ समझना पड़ेगा।”

दोपहर, मनोज साइट के लिए निकला। सड़क पर धूप तेज़ थी। हवा में गर्माहट। उसने हेलमेट पहना। बाइक स्टार्ट की। और चल पड़ा। पहले कुछ मिनट, वह फिर ऑटोमैटिक मोड में था। पर फिर, उसे याद आया। उसने अपनी पकड़ को महसूस किया, हैंडल पर हाथ, पैरों का दबाव, हवा का चेहरा छूना। अब वह केवल जा नहीं रहा था; वह यात्रा को महसूस कर रहा था।

साइट पर पहुँचा। मज़दूर काम कर रहे थे। सीमेंट की गंध, लोहे की खनक, मशीनों की आवाज़। यह एक जीवंत, कठोर और वास्तविक दुनिया थी। उसने निरीक्षण शुरू किया। नाप-तोल। निर्देश। बातचीत। पर इस बार, वह हर चीज़ को अधिक स्पष्टता से देख रहा था। जैसे उसकी इंद्रियाँ अधिक तीव्र हो गई हों।

एक मज़दूर ने पूछा,

“साहब, यहाँ कितना लेवल रखना है?”

मनोज ने झुककर देखा। माप लिया। और शांत स्वर में समझाया। उसके भीतर कोई जल्दबाज़ी नहीं थी। एक स्थिरता थी।

शाम, वह वापस ऑफिस लौटा। थकान थी, पर एक अलग प्रकार की। शारीरिक थकान, पर मानसिक स्पष्टता।

नितिन ने पूछा, “आज कैसा रहा?”

मनोज ने कहा, “काम वही था... पर मैं थोड़ा अलग था।”

“मतलब?” नितिन ने फिर पूछा।

“मतलब... मैं बीच-बीच में जाग रहा था,” मनोज ने कहा।

नितिन ने सिर हिलाया, “ठीक है गुरु, धीरे-धीरे हमें भी सिखाना।”

मनोज मुस्कुरा दिया। दिन समाप्त हुआ। वह घर लौटा। थका हुआ, पर संतुष्ट। आज उसने देखा कि जागरूकता और यांत्रिकता दोनों साथ-साथ चल सकते हैं। यह कोई स्थायी अवस्था नहीं, यह एक अभ्यास है। एक याद दिलाना, बार-बार। रात को सोते समय, उसने खुद से कहा, “आज थोड़ा-सा हुआ... कल थोड़ा और होगा।” और यही उसकी यात्रा का अगला कदम था।

अध्याय 5
जटिलता का जाल

परिवार की चिंता

सुबह का समय था। रसोई से इलायची वाली चाय की हल्की खुशबू पूरे घर में फैल रही थी। बर्तनों के टकराने की आवाज़, गैस की नीली धीमी आँच की फुसफुसाहट और खिड़की से छनकर आती गुनगुनी धूप, सब कुछ सामान्य था। सब कुछ वैसा ही था जैसा पिछले कई वर्षों से होता आया था। घर की यह लय सुरक्षित थी, परिचित थी।

लेकिन इस सामान्यता के बीच...कुछ असामान्य भी था। लेकिन इस सामान्यता के बीच, मनोज एक गहरी असामान्यता का केंद्र बना खाने की मेज बैठा था। उसके सामने चाय का कप रखा था। जिससे भाप के महीन रेशे धीरे-धीरे ऊपर उठ रहे थे। वह उस भाप को देख रहा था। बहुत ध्यान से। इतने ध्यान से कि जैसे वह उन वाष्प कणों के नृत्य में ब्रह्मांड का कोई छिपा हो और वह छुपा हुआ रहस्य पढ़ रहा हो।

उसकी माँ, सुमित्रा जी, ने रसोई की चौखट से उसे देखा। उनके हाथ में पराठों की प्लेट थी, पर उनके कदम वहीं रुक गए। कुछ क्षण तक वे चुपचाप अपने बेटे को निहारती रहीं। मनोज की आँखों में वह चमक नहीं थी जो पहले हुआ करती थी; वहाँ अब एक शून्य था, एक ऐसी तलाश थी जो थका देने वाली लग रही थी।

"मनोज... चाय ठंडी हो जाएगी, बेटा," उन्होंने आवाज़ दी। उनकी आवाज़ में ममता और चिंता का एक अजीब मिश्रण था।

मनोज ने धीरे से अपनी गर्दन घुमाई और उनकी ओर देखा। लेकिन उस नज़र में वह पुराना अपनापन, वह सहज बेटा गायब था। उसकी आँखों में ऐसा भाव था जैसे वह अपनी माँ को नहीं, बल्कि किसी दूर देश से आए यात्री को देख रहा हो।

जैसे वह सुन तो रहा हो...लेकिन कहीं और खोया हुआ हो। "हाँ..." उसने बहुत धीरे से कहा।

उसने कप उठाया। जैसे ही कप के गरम स्पर्श ने उसकी उंगलियों को छुआ, उसके भीतर सजगता का एक नया चक्र शुरू हो गया। घूंट लिया। और उसी क्षण, उसका ध्यान फिर भीतर चला गया।

"यह स्वाद कैसा है..."

"मैं इसे कैसे महसूस कर रहा हूँ..."

"क्या मैं पी रहा हूँ... या शरीर खुद पी रहा है..."

'हाथ की मांसपेशियों ने कप को पकड़ा... नसें ऊष्मा को मस्तिष्क तक ले गईं... क्या यह स्पर्श 'सुखद' है या सिर्फ एक 'संवेदना'? उसने एक घूँट लिया। और उसी क्षण, उसका ध्यान फिर से शरीर की आंतरिक क्रियाओं में जा फँसा। 'चाय गले से नीचे उतरी... घूँट की आवाज़ हुई... क्या मैं पी रहा हूँ, या यह शरीर अपनी प्यास बुझा रहा है? स्वाद की पहचान मन ने की या जीभ की कोशिकाओं ने?'

सुमित्रा जी वहीं बैठ गईं। उनके चेहरे पर चिंता की लकीरें गहरी हो गईं। वह उसे देखती रही। उनके चेहरे पर अब चिंता साफ़ दिखाई दे रही थी। कुछ दिनों से...यह सब बदल गया था। पहले मनोज हँसता था...मजाक करता था...घर में हलचल रहती थी।

अब...वह चुप रहता था। अक्सर अपने कमरे में। और जब बाहर आता भी, तो जैसे किसी और दुनिया में हो।

"मनोज, कुछ दिनों से तुम बहुत खोए-खोए रहते हो। दफ्तर जाने के नाम पर भी बस बैठे रहते हो। क्या बात है? नितिन का भी फोन आया था, वह कह रहा था कि तुम फोन नहीं उठा रहे।" माँ ने कहा।

मनोज ने कोई जवाब नहीं दिया। वह फिर से कप में बची हुई चाय की लहरों को देखने लगा। सुमित्रा जी ने गहरी ठंडी साँस ली और उठकर चली गईं। उनके लिए उनका बेटा अब एक पहेली बन गया था।

उस दिन दोपहर को, मनोज के पिता ऑफिस से लौटे। उन्होंने बैग रखा। और सीधे मनोज के कमरे की ओर गए। दरवाज़ा आधा खुला था। उन्होंने अंदर झाँका। मनोज कुर्सी पर बैठा था। आँखें बंद। पूरी तरह स्थिर। जैसे कोई मूर्ति हो।

“मनोज...” उन्होंने आवाज़ दी। कोई प्रतिक्रिया नहीं।

“मनोज!” इस बार आवाज़ थोड़ी तेज़ थी। मनोज ने धीरे-धीरे आँखें खोलीं। उनकी ओर देखा।

“हाँ... पापा...” उसकी आवाज़ धीमी थी। थकी हुई। पिता उसके पास आए। कुछ क्षण उसे देखते रहे।

फिर बोले, “क्या कर रहे हो, बेटा?”

मनोज कुछ पल चुप रहा। जैसे शब्द खोज रहा हो। “बस... देख रहा हूँ...”

“क्या देख रहे हो?”

मनोज ने उनकी आँखों में देखा। फिर धीरे से कहा, “अपने आप को...”

पिता चौंक गए।

“क्या मतलब?”

मनोज ने जवाब नहीं दिया। वह फिर कहीं खो गया। पिता ने गहरी साँस ली। उनके चेहरे पर चिंता और उलझन दोनों थीं।

कुछ दिन बाद एक शाम को जब मनोज के पिता, जो हाल ही में, सरकारी सेवा से सेवानिवृत्त हुए थे, सैर से लौटे तो उन्होंने सीधे मनोज के कमरे का रुख किया। दरवाज़ा आधा खुला था। मनोज कुर्सी पर बैठा था, पूरी तरह स्थिर, आँखें बंद, गर्दन थोड़ी झुकी हुई। वह किसी सजीव प्रतिमा की तरह लग रहा था।

"मनोज!" पिता ने आवाज़ दी।

मनोज ने बहुत धीरे-धीरे अपनी आँखें खोलीं। जैसे किसी गहरी समाधि से लौट रहा हो। "जी पापा।"

"बेटा, यह क्या हो रहा है? तुम्हारी माँ कह रही थी कि तुमने दोपहर का खाना भी ठीक से नहीं खाया। तुम घंटों ऐसे ही बैठे रहते हो। अगर कोई परेशानी है, कोई मानसिक तनाव है, तो बताओ। हम डॉक्टर से बात कर सकते हैं।"

मनोज के होठों पर एक फीकी मुस्कान आई। "पापा, मैं बीमार नहीं हूँ। मैं तो बस... देख रहा हूँ।"

"क्या देख रहे हो?" पिता ने उलझन में पूछा।

"अपने आप को। इस मन को। इस शरीर को। पापा, हम पूरी जिंदगी गुज़ार देते हैं लेकिन हमें पता ही नहीं चलता कि हमारे भीतर क्या चल रहा है। विचार कितनी तेज़ी से बदलते हैं, भावनाएँ कैसे जन्म लेती है, मैं बस उस प्रक्रिया को पकड़ने की कोशिश कर रहा हूँ।"

पिता के चेहरे पर अब चिंता के साथ-साथ एक डर भी था। उन्हें लगा कि शायद उनके बेटे का मानसिक संतुलन बिगड़ रहा है।

"बेटा, यह सब दार्शनिक बातें सुनने में अच्छी लगती हैं, पर जीवन ऐसे नहीं चलता। तुम्हें समाज में रहना है, नौकरी करनी है, परिवार देखना है। तुम इस तरह खुद को काट नहीं सकते।"

मनोज चुप रहा। वह उन्हें कैसे समझाता कि वह खुद को 'काट' नहीं रहा था, बल्कि पहली बार खुद से 'जुड़ने' की कोशिश कर रहा था। लेकिन यह जुड़ाव उसे एक ऐसे जाल में ले जा रहा था जहाँ हर चीज़ जटिल होती जा रही थी।

एक ओर शाम को, पूरा परिवार एक साथ बैठा था। माँ, पिता, और मनोज। लेकिन उस "साथ" में भी दूरी थी।

माँ ने धीरे से बात शुरू की, "मनोज... कुछ दिनों से तुम बहुत बदल गए हो..."

मनोज चुप रहा। पिता ने भी कहा, "हाँ बेटा, हम देख रहे हैं... तुम ठीक तो हो न?"

कुछ क्षणों का मौन। फिर मनोज ने धीरे से कहा, "मैं ठीक हूँ..."

"लेकिन..." माँ ने कहा, "तुम पहले जैसे नहीं हो..."

मनोज ने उनकी ओर देखा।

उसकी आँखों में एक अजीब-सी गहराई थी।

"शायद... मैं पहले कभी था ही नहीं..." माँ और पिता दोनों चौंक गए।

“क्या मतलब है तुम्हारा?” पिता ने थोड़ा गंभीर होकर पूछा।

मनोज कुछ क्षण चुप रहा। फिर बोला, “मैं समझने की कोशिश कर रहा हूँ... कि मैं कौन हूँ...”

कमरे में सन्नाटा छा गया। माँ ने एक-दूसरे की ओर देखा।

पिता ने धीरे से पूछा, “और यह सब समझने के लिए... तुम खुद को हमसे दूर कर रहे हो?”

मनोज ने सिर झुका लिया।

“मैं दूर नहीं जा रहा...” “बस... अंदर जा रहा हूँ...”

माँ की आँखों में हल्की नमी आ गई। “लेकिन बेटा... हमें भी तो समझाओ... हम तुम्हारे अपने हैं...”

मनोज ने उनकी ओर देखा। कुछ कहना चाहा...लेकिन शब्द नहीं मिले। क्योंकि वह खुद नहीं समझ पा रहा था। तो उन्हें क्या समझाता?

रात को जब घर के बाकी सदस्य सो गए, मनोज अपने बिस्तर पर बैठा रहा। उसने लाइट बंद कर दी थी। बाहर चाँद की हल्की रोशनी खिड़की से अंदर आ रही थी।

उस रात, मनोज अपने कमरे में अकेला था। लाइट बंद। कमरे में हल्का अंधेरा। वह बिस्तर पर बैठा था। सिर दोनों हाथों में। उसका मन बहुत तेज़ चल रहा था।

विचार...भावनाएँ...शरीर की संवेदनाएँ...सब कुछ एक साथ।

“मैं हर चीज़ को क्यों देख रहा हूँ...?” “मैं क्यों रुक नहीं पा रहा...?” उसने

आँखें बंद कीं। लेकिन भीतर...और तेज़ हो गया। जैसे कोई मशीन पूरी गति से चल रही हो।

“यह बहुत जटिल है...” उसने महसूस किया।

“मैं इसे समझ नहीं पा रहा...” उसका शरीर थक गया था। मन थक गया था। लेकिन प्रक्रिया रुक नहीं रही थी।

“क्या मैं गलत रास्ते पर हूँ...?” एक डर उसके भीतर फिर उभरा।

“पहले सब आसान था...” “अब सब इतना कठिन क्यों हो गया...” उसकी साँसें तेज़ हो गईं। दिल ज़ोर से धड़कने लगा। उसे लगा जैसे वह इस जाल में फँस गया है।जटिलता का जाल। जहाँ हर चीज़ को देखने की कोशिश उसे और उलझा रही थी।

उसने फिर से वही प्रयोग शुरू किया, सजग रहने का प्रयोग। लेकिन आज उसे महसूस हुआ कि यह प्रक्रिया कितनी 'असंभव' है। उसके मन की गति प्रकाश की गति से भी तेज़ थी। एक विचार आता, और उससे पहले कि वह उसे पहचान पाता, दस और विचार उसके पीछे दौड़ पड़ते हैं।

'मैं जाग रहा हूँ... यह विचार आया... पर यह विचार किसने पैदा किया? क्या 'मैं' ने? पर 'मैं' कौन हूँ? शरीर थक रहा है... पीठ में हल्का दर्द है... क्या दर्द को देखा जा सकता है?'

अचानक उसे एक तीव्र असफलता का अनुभव हुआ। वह जितना अधिक सजग होने की कोशिश करता है, उसका मन उतना ही अधिक जटिल जाल बुनता है। वह एक ऐसे चक्रव्यूह में फँस गया था जहाँ हर द्वार उसे वापस केंद्र पर ले आता था।

उसे अपना पिछला जीवन याद आया। वह कितना सरल था! तब वह बिना सोचे चलता था, बिना सोचे बोलता था, बिना सोचे सो जाता था। तब वह

खुश था, क्योंकि वह अज्ञानी था। अब, जागरूकता ने उसकी सरलता छीन ली थी।

वह हर शब्द बोलने से पहले डरता था, हर कदम उठाने से पहले हिचकिचाता था। उसे लगने लगा था कि वह एक मशीन है जिसके पुर्ज़ों को वह ठीक करने की कोशिश कर रहा है, लेकिन पुर्ज़े उसकी समझ से कहीं अधिक जटिल हैं।

"यह संभव नहीं है..." उसने अंधेरे में फुसफुसाते हुए कहा। उसकी आवाज़ में एक गहरा दर्द और थकान थी।

उसे लगा कि उसका मन और शरीर उसकी पहुँच से बाहर की चीज़ें हैं। वह उन्हें समझने की जितनी कोशिश करता है, वे उतने ही अजनबी होते जाते हैं। उसे अपनी पुरानी 'सरल' जिंदगी की याद आई, और उसकी आँखों से एक आँसू लुढ़कर गाल पर आ गया।

क्या वह वापस लौट सकता था? क्या वह फिर से वही लापरवाह मनोज बन सकता था?

उसे पता था कि अब वापसी का कोई रास्ता नहीं है। उसने उस अजनबी (मन) का चेहरा देख लिया था, और अब वह पूरी उम्र उस अजनबी के साथ उसी घर में रहने को अभिशप्त था।

वह अचानक उठ खड़ा हुआ। कमरे में टहलने लगा। तेज़ कदमों से।

“नहीं... यह सही नहीं है...” “मैं खुद को खो रहा हूँ...” उसने आईने में देखा। चेहरा थका हुआ था। आँखें भारी। लेकिन उनमें एक बेचैनी थी।

“मैं कौन हूँ...?” उसने फिर पूछा।

इस बार...इस सवाल में डर ज़्यादा था। समझ कम। बाहर रात गहरी हो चुकी थी। हवा ठंडी थी। पेड़ों की पत्तियाँ धीरे-धीरे हिल रही थीं। जैसे प्रकृति शांत हो रही हो।

लेकिन मनोज के भीतर, तूफ़ान अब भी जारी था। वह फिर बिस्तर पर बैठ गया। आँखें बंद कीं। और इस बार, उसने कुछ करने की कोशिश नहीं की। बस बैठा रहा।थका हुआ। चुप। विचार आते रहे...जाते रहे...वह अब उन्हें पकड़ नहीं रहा था। न ही समझने की कोशिश कर रहा था।

सिर्फ...उनके बीच बैठा था। जैसे कोई जाल में फँसा हुआ हो...और धीरे-धीरे थककर स्थिर हो जाए।

कुछ देर बाद, उसे हल्की-सी शांति महसूस हुई। बहुत गहरी नहीं...लेकिन एक विराम। एक छोटा-सा ठहराव। उसने गहरी साँस ली। और धीरे से खुद से कहा, "शायद... मुझे जल्दी नहीं करनी चाहिए..."

लेकिन फिर, एक विचार आया, "या शायद... मैं भाग रहा हूँ..." वह फिर उसी द्वंद्व में फँस गया। घर में सब सो चुके थे। लेकिन मनोज जाग रहा था। अपने भीतर। अपने सवालों के साथ। अपने डर के साथ। और उस जाल के साथ...जिसे वह खुद समझना चाहता था...लेकिन जिसमें वह उलझता जा रहा था। उसने आखिरी बार उस रात खुद से पूछा, "मैं कौन हूँ?"

और इस बार, यह सवाल एक थकी हुई आवाज़ में था। जैसे कोई बहुत दूर तक चल चुका हो...और अब रुककर साँस ले रहा हो।

उस रात मनोज देर तक जागता रहा। वह सजग होने की कोशिश नहीं कर रहा था, वह बस अपनी 'हार' को देख रहा था। जटिलता का वह जाल उसे चारों ओर से कस रहा था, और वह अकेला, थका हुआ और भ्रमित उस जाल के बीचों-बीच पड़ा था।

शुक्रवार की शाम को उसके दफ्तर में एक छोटी-सी पार्टी थी। पहले मनोज ऐसी पार्टियों की जान होता था, लेकिन अगले शुक्रवार को नितिन ने उसे जब ऑफिस पार्टी के लिए आमंत्रित किया तो उसने इस बार उसने जाने से साफ मना कर दिया।

"नहीं यार, मुझे कुछ काम है," उसने बहाना बनाया।

असल में, उसे डर लग रहा था। उसे डर था कि भीड़ में वह खुद को खो देगा। उसे डर था कि लोगों के बीच उसकी यह 'जागरूकता की डोर' टूट जाएगी। वह अब इतना संवेदनशील हो गया था कि दूसरों की आवाज़ें, उनकी हँसी और उनका शोर उसे अपने भीतर के शोर से भी ज्यादा डरावना लगने लगा था।

वह घर लौट आया और अंधेरे कमरे में चुपचाप बैठ गया।

"क्या मैं सच में जाग रहा हूँ, या मैं एक नए तरह के पागलपन में गिर रहा हूँ?" उसने खुद से पूछा।

एक दिन ऑफिस में, उसका एक सहकर्मी उससे बोला, “मनोज, सब ठीक है न?” वह कुछ क्षण चुप रहा। फिर हल्के से मुस्कुराया, “हाँ... सब ठीक है...” लेकिन भीतर, कुछ भी ठीक नहीं था।

धीरे-धीरे, उसने लोगों से दूरी बनानी शुरू कर दी। पार्टियों में जाना बंद...दोस्तों के फोन कम उठाना...बातचीत सीमित करना...क्योंकि हर बातचीत, अब उसके लिए एक “निरीक्षण” बन जाती थी। और वह थक जाता था। “मैं इतना क्यों सोच रहा हूँ...?” “पहले सब कितना आसान था...”

उसका परिवार भी अब चिंतित था। उसकी पत्नी और बच्चों के लिए वह अब एक पहेली बन गया था। वह घर में होता था, लेकिन जैसे वहाँ होकर

भी नहीं था। वह घंटों खिड़की के बाहर देखता रहता है या बस चुपचाप बैठा रहता है।

"मनोज, तुम इतने चुप क्यों रहने लगे हो? हमसे कोई गलती हुई है क्या?" उसकी पत्नी ने एक शाम बड़े दर्द के साथ पूछा।

मनोज उसे बताना चाहता था कि वह किस अग्निपरीक्षा से गुजर रहा है। वह बताना चाहता था कि वह अपने ही भीतर के अजनबियों को पहचानने की कोशिश कर रहा है। लेकिन शब्द कम पड़ रहे थे। वह बस उसका हाथ पकड़कर चुप रह गया।

उसने महसूस किया कि उसकी संवेदनाएँ अब इतनी तीक्ष्ण हो गई हैं कि उसे छोटी-सी बात भी चुभने लगी थी। किसी की ऊँची आवाज़ में बोलना या सड़क पर गाड़ी का हॉर्न बजना उसे विचलित कर देता है। वह एक ऐसे कांच के घर में कैद हो गया था जहाँ से वह बाहर की दुनिया को देख तो सकता था, लेकिन उसमें शामिल नहीं हो सकता था।

उस रात, उसने फिर से अपनी आँखें बंद कीं। उसने एक दिन खुद से कहा। उसे अपने पुराने दिन याद आए, जहाँ वह बिना सोचे हँसता था...बिना सोचे बोलता था...बिना सोचे जीता था...अब, हर चीज़ में एक "देखने वाला" आ गया था। और वह देखने वाला, उसे चैन नहीं लेने दे रहा था।

"मैं कौन हूँ? क्या मैं वह मनोज हूँ जो पहले खुश रहता था? या मैं यह डरा हुआ अजनबी हूँ जो खुद को खोजने निकला है?"

उसे अहसास हुआ कि उसने एक ऐसी यात्रा शुरू कर दी है जहाँ पुरानी पहचान मिट रही थी, लेकिन नई पहचान का अभी जन्म नहीं हुआ था। वह एक शून्य में लटका हुआ था।

बाहर की हवा थोड़ी तेज़ हो गई थी। पेड़ की पत्तियाँ आपस में टकरा रही

थीं। मनोज उस सन्नाटे में अपनी धड़कन सुन रहा था। उसे समझ आ गया था कि यह 'अलगाव' इस यात्रा का एक अनिवार्य हिस्सा है, लेकिन यह कितना अकेला कर देने वाला है, इसका उसे अंदाजा नहीं था।

शाम का समय था। सूरज ढल रहा था। आसमान में हल्का नारंगी रंग फैल गया था। मनोज खिड़की के पास खड़ा था। वह उस डूबते सूरज को देख रहा था। “क्या मैं भी ऐसे ही ढल रहा हूँ...?” उसने सोचा। उसके भीतर एक गहरी थकान थी। और एक डर भी।

“अगर मैं ऐसे ही चलता रहा...” “तो क्या मैं सामान्य रह पाऊँगा...?” उसने अपनी आँखें बंद कर लीं। विचार फिर आने लगे।

तेज़...अनियंत्रित...लेकिन इस बार, वह उनसे लड़ नहीं रहा था। बस देख रहा था।

थोड़ा थका हुआ...थोड़ा डरा हुआ...लेकिन फिर भी...देख रहा था।

वह अब एक ऐसे मुकाम पर था जहाँ समाज की भीड़ उसे डराती थी और एकांत उसे निगलने को तैयार था। और इन सबके बीच, वह सवाल अब भी खड़ा था -

"मैं कौन हूँ?"

रात को, वह बिस्तर पर बैठा। इस बार उसने जानबूझकर आँखें बंद कीं। “ठीक है...” “आज मैं सिर्फ देखूँगा...” शरीर स्थिर था। साँसें धीमी। विचार आते रहे...जाते रहे...वह बस देखता रहा। कुछ समय बाद, उसे एक हल्की-सी शांति महसूस हुई। बहुत गहरी नहीं...लेकिन एक झलक।

“शायद... यही रास्ता है...” उसने धीरे से सोचा। लेकिन उसी क्षण, एक डर फिर उभरा, “या मैं खुद को खो रहा हूँ...?” वह फिर उसी द्वंद्व में फँस गया,

डर और समझ के बीच। दिनों के इस संघर्ष में, मनोज अब बदल चुका था। बाहर से नहीं...अंदर से। उसके भीतर अब दो हिस्से थे, एक जो जीना चाहता था...और एक जो समझना चाहता था...और दोनों के बीच, लगातार संघर्ष चल रहा था। अन्तर्द्वन्द।

वह खिड़की के पास खड़ा था। रात गहरी हो चुकी थी। आसमान में तारे दिखाई दे रहे थे। हवा ठंडी थी। उसने गहरी साँस ली। और धीरे से खुद से कहा, “मैं कौन हूँ?” इस बार, यह सवाल सिर्फ एक विचार नहीं था। यह उसकी पूरी यात्रा का केंद्र बन चुका था। और वह जानता था, अब वह वापस नहीं जा सकता। क्योंकि उसने देख लिया था, कि उसके भीतर...कुछ अजनबी रह रहे हैं। और जब तक वह उन्हें जान नहीं लेता, उसे शांति नहीं मिलेगी।

अध्याय 6
काम और एकाग्रता

बदलता हुआ व्यवहार - काम और एकाग्रता

सुबह की भागदौड़ शुरू हो चुकी थी। सड़क पर गाड़ियों की आवाज़, लोगों की जल्दी, बसों का शोर, सब कुछ अपनी रफ्तार में था। शहर की सुबह हमेशा की तरह शोर-शराबे से भरी थी। सड़कों पर गाड़ियों का रेला, ऑफिस पहुँचने की आपाधापी में भागते लोग और हर चेहरे पर एक अनजानी जल्दी।

हर कोई कहीं पहुँचने की जल्दी में था। और उन्हीं लोगों के बीच मनोज भी इसी भीड़ का हिस्सा था। हाथ में बैग लिए, वह ऑफिस की ओर बढ़ रहा था। लेकिन आज उसकी चाल में वह 'ऑटो-पायलट' मोड गायब था। उसकी चाल में वह पुरानी सहजता नहीं थी। हर कदम...जैसे सोच-समझकर रखा जा रहा हो।

वह अपने हर कदम को जमीन पर पड़ता हुआ महसूस कर रहा था। उसके लिए अब सड़क पार करना भी एक जटिल प्रक्रिया बन गई थी, दायां पैर, फिर बायां पैर, शरीर का संतुलन और आँखों का ट्रैफिक को देखना।

“मैं चल रहा हूँ...” “या चलना अपने आप हो रहा है...” उसका ध्यान फिर उसी जगह लौट आया।

उसने सिर हिलाया। “नहीं... अभी नहीं...” वह खुद को बाहर लाना चाहता था। लेकिन उसका मन...हर बार उसे भीतर खींच लेता था।ऑफिस की बिल्डिंग सामने थी।

जब वह अपनी ऑफिस की बिल्डिंग के सामने खड़ा हुआ, तो उसे वह इमारत एक विशाल कंक्रीट के पिंजरे जैसी लगी। लिफ्ट में चढ़ते समय उसने अपने साथ खड़े लोगों के चेहरों को देखा। सब शांत थे, शायद अपने मन में दिन भर की योजनाएं बना रहे थे।

'क्या ये सब भी अजनबियों के साथ रह रहे हैं?' मनोज ने सोचा। *'क्या इन्हें पता है कि इनका दिल इनकी मर्जी के बिना धड़क रहा है?'*

वह अंदर गया। लोग अपने-अपने डेस्क पर बैठे थे।

कंप्यूटर ऑन...फाइलें खुली हुई...बातचीत, हँसी, काम, सब सामान्य।

सिर्फ मनोज...असामान्य था। उसने अपनी कुर्सी पर बैठकर बैग रखा। कंप्यूटर ऑन किया। स्क्रीन पर फाइलें खुलीं। लेकिन उसकी नजर...उन पर टिक नहीं पा रही थी।

वह एक फाइल खोलता। कुछ पढ़ता। फिर अचानक, विचार आ जाते।

"मैं क्या कर रहा हूँ...?"

"यह काम क्यों कर रहा हूँ..."

"इसका मतलब क्या है..." वह रुक जाता। स्क्रीन को देखता रहता। शब्द सामने थे...लेकिन अर्थ कहीं खो गया था।

उसने खुद को समझाने की कोशिश की, "ध्यान दो... काम पर ध्यान दो..." उसने फिर पढ़ना शुरू किया। लेकिन कुछ सेकंड बाद, फिर वही। विचारों का तूफ़ान।

"यह फाइल... किसके लिए है..."

"मैं यह क्यों कर रहा हूँ..."

“क्या यह सच में जरूरी है...”

“और अगर मैं ही नहीं समझ पा रहा कि मैं कौन हूँ... तो यह सब क्या है...” उसने गहरी साँस ली। कुर्सी पर पीछे टिक गया।

“मैं काम पर ध्यान क्यों नहीं दे पा रहा...?” उसने खुद से पूछा।

वह अपनी डेस्क पर बैठा। कंप्यूटर ऑन था। नीली स्क्रीन की रोशनी उसकी आँखों में चुभ रही थी। उसके सामने एक एक्सेल शीट खुली थी, जिसमें हजारों आँकड़े भरे थे। पहले वह इन आंकड़ों को बड़ी फुर्ती से जोड़ता-घटाता था, लेकिन आज वे उसे सिर्फ काले धब्बे लग रहे थे।

उसने एक फाइल खोली। शीर्षक था, 'त्रैमासिक प्रगति रिपोर्ट'।

उसने पहला वाक्य पढ़ा। लेकिन जैसे ही उसने 'प्रगति' शब्द को देखा, वह रुक गया। *'प्रगति? किसकी प्रगति? इस कंपनी की? या मेरी? और अगर 'मैं' ही एक रहस्य हूँ, तो मेरी प्रगति का क्या अर्थ है?'*

वह एक ही वाक्य पर अटक गया। उसके मन ने शब्दों के पीछे छिपे अर्थों की खाल उतारनी शुरू कर दी थी। वह एकाग्र होने की जितनी कोशिश करता है, उसका मन उतना ही बिखर जाता है। एकाग्रता के लिए जिस 'कर्ता' (Doer) की जरूरत होती है, वह कर्ता तो खुद ही अपनी पहचान ढूंढ रहा था।

पास ही उसका एक सहकर्मी बैठा था। उसने देखा, मनोज काफी देर से स्क्रीन को देख रहा है।

“क्या हुआ यार?” वह बोला, “कुछ समझ नहीं आ रहा क्या?”

मनोज चौंक गया। “नहीं... ऐसा कुछ नहीं...” उसने हल्की मुस्कान दी। लेकिन वह मुस्कान बनावटी थी।

कुछ देर बाद, उसका बॉस उसके पास आया। “मनोज, यह रिपोर्ट आज ही चाहिए...”

मनोज ने सिर हिलाया, “जी, सर...” लेकिन भीतर, वह खुद से ही जूझ रहा था। उसने फिर से काम शुरू किया। इस बार उसने पूरी कोशिश की, सिर्फ फाइल पर ध्यान देने की। वह हर शब्द पढ़ रहा था। ध्यान से। जागरूक होकर। लेकिन यही उसकी समस्या बन गई। अब वह हर चीज़ को “देख” रहा था।

शब्द...वाक्य...सोच...अपनी प्रतिक्रिया...“मैं यह पढ़ रहा हूँ...” “मैं समझने की कोशिश कर रहा हूँ...” “मैं ध्यान दे रहा हूँ...”

यह “देखना” इतना अधिक हो गया कि काम रुक गया। वह सोचने लगा, “क्या मैं सही तरीके से ध्यान दे रहा हूँ...?” “क्या यह जागरूकता है... या कुछ और...” उसका सिर भारी होने लगा। आँखें थक गईं।

"मनोज, वह प्रोजेक्ट फाइल कहाँ है?" उसके सीनियर मैनेजर, खन्ना साहब ने पास आकर पूछा।

मनोज चौंक गया। उसे खन्ना साहब की आवाज़ ऐसी लगी जैसे किसी ने सन्नाटे में पत्थर फेंका हो। उसने अपनी डेस्क पर बिखरी फाइलों को देखा। उसे याद ही नहीं आ रहा था कि उसने वह फाइल कहाँ रखी है।

"मैं... मैं अभी ढूंढता हूँ सर," मनोज ने धीमी आवाज़ में कहा।

खन्ना साहब ने उसे गौर से देखा। "सब ठीक तो है न? तुम आजकल बहुत उखड़े-उखड़े लग रहे हो। काम में गलतियाँ भी बढ़ गई हैं। अगर ब्रेक चाहिए तो ले लो, लेकिन यह लापरवाही ठीक नहीं है।"

मनोज ने सिर्फ सिर हिला दिया। वह क्या कहता है? कि वह लापरवाही

नहीं कर रहा, बल्कि 'अति-सावधानी' के जाल में फँस गया है? वह तो फाइल के पन्नों को छूते समय कागज के खुरदरे अहसास में इतना खो जाता था कि उसके भीतर लिखा मजमून पीछे छूट जाता था।

दोपहर का समय हुआ। सब लोग लंच के लिए उठे। मनोज भी उठा। कैंटीन में गया।

लोग हँस रहे थे...बातें कर रहे थे...खाना खा रहे थे...वह भी बैठ गया। थाली सामने थी। उसने पहला कौर लिया। लेकिन फिर, वही प्रक्रिया।

"यह स्वाद कैसा है..."

"मैं इसे कैसे महसूस कर रहा हूँ..."

"क्या मैं खा रहा हूँ... या शरीर खा रहा है..." वह रुक गया। चम्मच हवा में ही ठहर गया।

सामने बैठे दोस्त ने कहा, "अरे खाओ न... क्या सोच रहे हो?"

मनोज ने उसकी ओर देखा। कुछ कहना चाहा...लेकिन नहीं कहा। क्योंकि वह खुद नहीं समझ पा रहा था।

कैंटीन में मनोज अकेला बैठा था। चारों ओर हंसी-मजाक और गपशप का शोर था। उसका मित्र नितिन उसकी मेज पर आकर बैठ गया।

"भाई, तू क्या किसी दूसरे ग्रह से आया है आजकल?" नितिन ने मजाक में कहा। "न कोई बात, न कोई चर्चा। बॉस भी तेरे बारे में पूछ रहे थे। क्या बात है? कहीं दूसरी नौकरी तो नहीं ढूंढ ली?"

मनोज ने नितिन की आँखों में झाँका। उसे नितिन का चेहरा एक मास्क की

तरह लगा। "नितिन, क्या तुम्हें कभी ऐसा लगता है कि तुम जो काम कर रहे हो, वह तुम नहीं बल्कि कोई और कर रहा है?"

नितिन की हँसी वहीं रुक गई। "क्या? भाई, ज्यादा दर्शन मत झाड़। लंच कर ले, वरना सब्जी ठंडी हो जाएगी।"

मनोज ने अपनी थाली की ओर देखा। दाल, चावल, सब्जी। उसने एक निवाला उठाया। उसके मन ने तुरंत विश्लेषण शुरू कर दिया, *'हाथ मुड़ा... निवाला मुँह में गया... दांतों ने चबाना शुरू किया... स्वाद की संवेदना मस्तिष्क तक पहुँची...'*

वह रुक गया। उसने महसूस किया कि वह भोजन का आनंद नहीं ले पा रहा था, वह सिर्फ भोजन की 'प्रक्रिया' का साक्षी बन रहा था। यह जागरूकता उसे आनंद से दूर ले जा रही थी। वह जितना अधिक 'होश' में रहने की कोशिश करता, उसका जीवन उतना ही बेस्वाद होता जा रहा है।

ऑफिस का दूसरा हिस्सा और भी बोझिल था। उसे एक प्रेजेंटेशन तैयार करनी थी। उसने कीबोर्ड पर उंगलियाँ रखीं। हर की (Key) दबने की आवाज़ उसे अपने भीतर गूंजती सुनाई दे रही थी।

'मैं टाइप कर रहा हूँ... ये विचार कहाँ से आ रहे हैं? क्या ये शब्द पहले से ही कहीं स्टोर थे? या ये अभी जन्म ले रहे हैं?'

इन दार्शनिक सवालों ने उसकी व्यावसायिक एकाग्रता की कमर तोड़ दी थी। शाम के पाँच बजते-बजते वह पूरी तरह खाली हो चुका था। उसकी डेस्क पर काम का अंबार लगा था, लेकिन उसके भीतर एक गहरा सन्नाटा था।

धीरे-धीरे, उसने लोगों से बात करना कम कर दिया। क्योंकि हर बातचीत अब एक "विश्लेषण" बन जाती थी। वह हर शब्द को देखने लगता। हर भाव को समझने की कोशिश करता। और यह उसे थका देता।

“मैं इतना क्यों सोच रहा हूँ...?” उसने खुद से पूछा।

शाम तक, वह पूरी तरह थक चुका था। रिपोर्ट अधूरी थी। काम अधूरा था। और मन और भी उलझा हुआ। बॉस ने उसे बुलाया।

“मनोज, यह क्या हो रहा है?”

उसने सिर झुका लिया।

“सॉरी सर... आज ध्यान नहीं लगा...”

“तुम पहले बहुत फोकस्ड थे...”

“अब क्या हो गया है?”

मनोज चुप रहा।

क्या जवाब देता? कि वह खुद को खोज रहा है? कि वह अपने ही मन को समझ नहीं पा रहा?

वह ऑफिस से बाहर निकला। ऑफिस से निकलते समय, सूरज ढल रहा था। आसमान में हल्का अंधेरा फैल रहा था। शाम की धुंधलकी रोशनी में शहर की बत्तियाँ जलने लगी थीं।

लोग अपने-अपने घर जा रहे थे। लोग फिर से उसी जल्दी में थे, घर लौटने की जल्दी। लेकिन मनोज धीरे-धीरे चल रहा था। हर कदम को महसूस करते हुए। लेकिन अब उसमें एक थकान थी। एक हार का एहसास। उसे लगा कि वह एक ऐसी पटरी पर चल रहा है जो कहीं नहीं जाती।

मनोज के भीतर, अब भी सवाल थे।“मैं न काम कर पा रहा हूँ...” “न खुद को समझ पा रहा हूँ...” उसने सोचा।

घर पहुँचकर, वह सीधे अपने कमरे में चला गया। बैग रखा। और बिस्तर पर बैठ गया। आँखें बंद कर लीं। विचार फिर आने लगे।

तेज़...अनियंत्रित...लेकिन अब, वह उनसे लड़ नहीं रहा था। सिर्फ देख रहा था। थका हुआ। चुप।

कुछ देर बाद, उसने धीरे से खुद से पूछा, “मैं कौन हूँ?”

इस बार, यह सवाल एक गहरी थकान से निकला था।

जैसे कोई बहुत दूर भटक चुका हो...और अब रुककर रास्ता पूछ रहा हो।

बाहर रात हो चुकी थी। आसमान में चाँद था। शांत...स्थिर...और उसके नीचे, मनोज का मन अब भी अस्थिर था। वह खिड़की के पास गया। चाँद को देखा। कुछ देर तक।

फिर धीरे से बोला, “तुम इतने शांत कैसे हो...?”

कोई जवाब नहीं आया। सिर्फ मौन।

और उसी मौन में, मनोज को पहली बार एहसास हुआ कि शायद...जवाब बाहर नहीं...अंदर है।

लेकिन अंदर जाने का रास्ता उसे और उलझा रहा था। वह वापस बिस्तर पर बैठ गया। आँखें बंद कीं। और इस बार, सिर्फ एक बात कही, धीरे से...लगभग फुसफुसाते हुए, “मैं कौन हूँ...”

उसने अपनी डायरी निकाली और सिर्फ एक वाक्य लिखा: *"आज मैंने जाना कि दुनिया के सबसे व्यस्त कमरे (दफ्तर) में भी इंसान सबसे ज्यादा अकेला हो सकता है, अगर वह खुद को ढूंढने निकल पड़े।"*

उस रात उसे नींद नहीं आई। उसे फाइलों के पीछे छिपे आंकड़े नहीं, बल्कि

अपनी आँखों के पीछे छिपा वह 'अजनबी' दिखाई दे रहा था जो उससे सवाल कर रहा था, "क्या तुम वही हो जो सुबह दफ्तर जाता है? या तुम वह हो जो अभी इस अंधेरे में जाग रहा है?"

मनोज के पास कोई जवाब नहीं था। उसकी एकाग्रता अब काम पर नहीं, बल्कि अपने अस्तित्व के उस बड़े प्रश्न चिह्न पर टिक गई थी।

मन का धुंधलका और ढलान - वास्तविकता का विखंडन

वह सुबह, जो कभी 'ब्रह्ममुहूर्त' के पवित्र अहसास से शुरू हुई थी, अब मनोज के लिए एक भयावह दुःस्वप्न बन चुकी थी। पैंतीस वर्ष का वह सशक्त सिविल इंजीनियर, जो कंक्रीट के पुलों को स्थिरता देता था, आज स्वयं के भीतर के धंसते हुए धरातल को देख रहा था। जिसे उसने 'स्व' की खोज समझा था, वह अब उसके व्यक्तित्व का 'विखंडन' (Disintegration) बन चुका था।

समय के साथ जो परिवर्तन धीरे-धीरे मनोज के भीतर जागरूकता के रूप में प्रारम्भ हुआ था, वही अब एक विचित्र दिशा लेने लगा। शुरुआत सूक्ष्म थी।

वह अपने भीतर की गतिविधियों को देखने लगा था, साँस, धड़कन, विचार, भावनाएँ। यह एक स्वस्थ आत्म-जागरूकता की प्रक्रिया थी। परंतु धीरे-धीरे यह सजगता एक असंतुलित "अति-आत्मनिरीक्षण" (hyper-introspection) में बदलने लगी।

मनोज अब हर क्षण अपने विचारों को देखता था। हर भावना का विश्लेषण करता था। हर प्रतिक्रिया को पकड़ने की कोशिश करता था।और यहीं से समस्या शुरू हुई।

मतिभ्रम (Hallucination) और विभ्रम की शुरुआत, PWD के दफ्तर में

दोपहर के दो बज रहे थे। खिड़की से आती धूप मेज पर रखे नक्शों पर पड़ रही थी।

अचानक, मनोज को लगा कि नक्शे पर बनी नीली रेखाएं रेंगने लगी हैं। वे रेखाएं धीरे-धीरे कागज़ से बाहर निकलकर उसकी मेज पर फैलने लगीं। उसने अपनी आँखें मलीं, पर वह दृश्य गायब नहीं हुआ। उसे सुनाई दी, एक फुसफुसाहट।

"ये नक्शे झूठे हैं, मनोज... तुम्हारा वजूद इन रेखाओं के नीचे दब रहा है।" वह चौंककर पीछे हटा। कमरे में कोई नहीं था। यह 'ऑडिटरी हैलुसिनेशन' (Auditory Hallucination) की पहली स्पष्ट दस्तक थी।

उसके मस्तिष्क के 'टेम्पोरल लोब' (Temporal Lobe) में सक्रियता इतनी बढ़ गई थी कि वह बाहरी ध्वनियों और आंतरिक कल्पनाओं के बीच का अंतर भूल चुका था। जिसे वह 'साक्षी भाव' समझकर देख रहा था, वे अब स्वतंत्र 'हस्तियाँ' बन चुकी थीं जो उससे संवाद कर रही थीं।

मनोज जिस अवस्था में पहुँच रहा था, उसे चिकित्सकीय दृष्टि से "ध्यान का विखंडन" (Attentional Fragmentation) कहा जा सकता है। उसका ध्यान अब किसी एक कार्य पर टिक नहीं पा रहा था। वह एक ही समय में कई स्तरों पर जागरूक रहने की कोशिश करता, बाहरी कार्य (ऑफिस, बातचीत), आंतरिक गतिविधियाँ (साँस, धड़कन) और विचारों का निरीक्षण।

परंतु मानव मस्तिष्क की एक सीमा होती है। अत्यधिक जागरूकता का प्रयास "संज्ञानात्मक अधिभार" (Cognitive Overload) उत्पन्न करता है। और यही मनोज के साथ हो रहा था। वह अब "फोकस" खोने लगा था। फाइल पढ़ते समय, वह अचानक अपनी साँसों पर ध्यान देने लगता।

बातचीत के बीच, वह अपने विचारों को देखने लगता। परिणाम, काम अधूरा। बातचीत असंगत। और व्यवहार में विचलन।

दफ्तर में उसकी एकाग्रता (Focus) शून्य हो चुकी थी। फाइलों पर हस्ताक्षर करते समय उसे डर लगता कि कलम कहीं उसके हाथ को ही न निगल जाए। उसने काम में दिलचस्पी खो दी थी (Anhedonia)। वह घंटों एक ही दीवार को ताकता रहता, जिसे वह 'ध्यान' कहता था, पर चिकित्सा विज्ञान की दृष्टि में वह 'कैटाटोनिक स्तब्धता' (Catatonic Stupor) के शुरुआती लक्षण थे।

मनोज का यह बदला हुआ व्यवहार अब उसके परिवार के लिए असहनीय होता जा रहा था। उसकी पत्नी, जो शहर के दूसरे कोने में बच्चों के साथ रहती थी, जब उसे फोन करती, तो मनोज घंटों चुप रहता।

पत्नी से बातचीत

“तुम ठीक हो?” पत्नी ने फोन पर पूछा।

“हाँ...” मनोज ने कहा।

पर उसकी आवाज़ में भाव नहीं था।

पत्नी ने महसूस किया, कुछ बदल गया है।

"मनोज, क्या तुम सुन रहे हो? मुन्नू का स्कूल प्रोजेक्ट है, उसे तुम्हारी मदद चाहिए," उसकी पत्नी ने व्याकुलता से पूछा।

मनोज ने जवाब दिया, "मुन्नू... कौन मुन्नू? क्या यह शरीर मुन्नू का पिता है? या वह विचार जो अभी मेरे भीतर उठा?"

उसकी पत्नी रो पड़ी। मनोज के लिए अब रिश्ते केवल 'तार्किक

अवधारणाएं' (Logical Concepts) बनकर रह गए थे। वह 'सिनाप्रैस्टिक' (Synophrastic) स्थिति की ओर बढ़ रहा था, जहाँ वाक्यों का गठन तो व्याकरण के अनुसार सही होता है, लेकिन उनका अर्थ पूरी तरह से निरर्थक या संदर्भ-हीन (Context-free) हो जाता है। उसने अपने बच्चों की आवाज़ में मिठास ढूँढना बंद कर दिया था; उसे केवल 'ध्वनि तरंगें' सुनाई देती थीं।

बच्चों के साथ, जब वह घर जाता, बच्चे उससे बात करते। पर वह केवल सुनता। प्रतिक्रिया नहीं देता। जैसे वह उपस्थित होकर भी अनुपस्थित हो। माँ की चिंता बढ़ने लगी।

"बेटा, तुम पहले जैसे नहीं रहे," माँ ने कहा। मनोज चुप रहा। उसे उत्तर नहीं मिला।

धीरे-धीरे मनोज ने एक और परिवर्तन महसूस किया; उसे चीज़ों में रुचि कम होने लगी। यह अवस्था चिकित्सा भाषा में "अनहेडोनिया" (Anhedonia) कहलाती है, अर्थात् सुख अनुभव करने की क्षमता का कम होना।

पहले, चाय का स्वाद उसे अच्छा लगता था, सहकर्मियों की हँसी उसे हल्का करती थी, परिवार से बात करने पर भावनाएँ जागती थीं

अब, सब कुछ सपाट था। न खुशी, न दुख। बस एक तटस्थता। जैसे जीवन का रंग फीका पड़ गया हो।

एक दिन, जब वह दर्पण में खुद को देख रहा था, उसे एक अजीब अनुभूति हुई। जैसे वह स्वयं को "देख" रहा है, पर "महसूस" नहीं कर रहा। यह अनुभव "Depersonalization" कहलाता है। इसमें व्यक्ति को लगता है, वह अपने शरीर से अलग है, उसकी क्रियाएँ स्वतः हो रही हैं, वह स्वयं एक दर्शक बन गया है।

मनोज अब बार-बार यह अनुभव करने लगा।

ऑफिस में बैठा हुआ, उसे लगता, “यह मैं नहीं... कोई और काम कर रहा है।”

बात करते समय, उसे लगता, “शब्द अपने आप निकल रहे हैं।”

इसके साथ ही, बाहरी दुनिया भी उसे कुछ “असली” नहीं लगने लगी।

यह “Derealization” की अवस्था थी। सड़क कृत्रिम लगती, लोग अभिनय करते हुए प्रतीत होते, घटनाएँ जैसे किसी फिल्म का दृश्य हों

यह अनुभव भयावह हो सकता है, पर मनोज के भीतर यह धीरे-धीरे सामान्य होने लगा।

मनोज की स्थिति को एक समेकित रूप में “सिनोफ्रास्टिक अवस्था” कहा जा सकता है, जहाँ व्यक्ति के विचार, भावनाएँ और अनुभव आपस में असंगत हो जाते हैं।विचार अलग दिशा में, भावना शून्य और व्यवहार यांत्रिक। यह पूर्णतः मनोविकृति (psychosis) नहीं थी, परंतु उसकी सीमा के निकट एक अवस्था थी।

अब इसका प्रभाव उसके जीवन के हर क्षेत्र में दिखने लगा।

नितिन, जो मनोज का पुराना और गहरा मित्र था, ने यह सब बढ़ते हुए देखा। एक शाम वह मनोज के क्वार्टर पहुँचा। कमरा अस्त-व्यस्त था। मनोज एक कोने में फर्श पर बैठा था, उसकी आँखें लाल थीं और वह हवा में कुछ पकड़ने की कोशिश कर रहा था।

"मनोज! यह क्या हाल बना रखा है?" नितिन ने उसे झकझोरते हुए पूछा।

मनोज ने खाली नज़रों से उसे देखा। "नितिन... तुम अभी आए हो या तुम

हमेशा से यहाँ थे? मेरे भीतर के अजनबी कह रहे हैं कि तुम एक 'सिमुलेशन' हो।"

मनोज ने मनोचिकित्सक का नंबर डायल किया। समय ले कर नितिन डॉक्टर से मिला।

डॉक्टर: मनोज, आपने जो लक्षण बताए हैं, वे सामान्य आध्यात्मिक अनुभव नहीं हैं। यह मामला अब दार्शनिक नहीं, बल्कि न्यूरोलॉजिकल लगता है।

मनोज: डॉक्टर, वह कह रहा है कि उसे हर चीज़ का असली रूप दिखने लगा है, जैसे कोई पर्दा हट गया हो।

डॉक्टर: देखिए, यह "जागरूकता" नहीं है, बल्कि मस्तिष्क के प्री-फ्रंटल कॉर्टेक्स और डोपामाइन के असंतुलन का संकेत हो सकता है।

संभवतः वह स्किज़ोफ्रेनिया या स्किज़ो-अफेक्टिव डिसऑर्डर की स्थिति में है।

मनोज (चिंतित होकर): क्या यह गंभीर है?

डॉक्टर: हाँ, लेकिन घबराने की ज़रूरत नहीं है। सही इलाज से इसे नियंत्रित किया जा सकता है। उसे मतिभ्रम और भ्रम हो रहे हैं, जो डोपामाइन हाइपोथेसिस के कारण होते हैं।

मनोज: तो हमें क्या करना चाहिए?

डॉक्टर: तुरंत एंटी-साइकोटिक दवाएं शुरू करनी होंगी, जैसे ओलंज़ापाइन या रिसपेरीडोन। साथ ही CBT (Cognitive Behavioral Therapy) भी ज़रूरी है।

मनोज: ठीक है डॉक्टर, मैं समझने की कोशिश करता हूँ।

नितिन के लिए पिछले कुछ दिन किसी भयावह दुःस्वप्न से कम नहीं थे। उसने अपने सबसे होनहार दोस्त को धीरे-धीरे अपनी ही आँखों के सामने बिखरते देखा था। जिस मनोज की मेधा की मिसाल दी जाती थी, वह अब निरर्थक वाक्यों और हवा में तैरते सायों का कैदी बन चुका था। नितिन समझ गया था कि अब दार्शनिक तर्कों का समय समाप्त हो चुका है; अब समय विज्ञान के हस्तक्षेप का है।

उसने अगली सुबह मनोवैज्ञानिक से मिलने का निर्णय लिया। उसने फोन उठाया। और एक मनोचिकित्सक का नंबर डायल किया। शहर के प्रसिद्ध 'माइंड केयर क्लिनिक' के भीतर एक शांत और सफेद रोशनी वाला कमरा था। डॉक्टर मिश्रा, जो एक अनुभवी न्यूरो-साइकियाट्रिस्ट (Neuro-psychiatrist) थे, मनोज की केस हिस्ट्री का अध्ययन कर रहे थे। नितिन उनके सामने वाली कुर्सी पर बेचैनी से बैठा था।

नितिन: "डॉक्टर साहब, वह खुद को 'साक्षी' कहता है। उसे लगता है कि वह जाग रहा है, जबकि वह अपनी बुनियादी सुध-बुध खो चुका है। वह घंटों दीवारों से बातें करता है और कहता है कि उसके हाथ अब उसके नहीं रहे। क्या यह सच में अध्यात्म है या कुछ और?"

डॉक्टर मिश्रा: (चश्मा उतारते हुए) "नितिन, अध्यात्म और पागलपन के बीच की लकीर एक बाल जितनी पतली होती है। मनोज के मामले में, यह आध्यात्मिक जागृति नहीं, बल्कि एक गंभीर 'न्यूरोलॉजिकल डिस्फंक्शन' (Neurological Dysfunction) है। इसे चिकित्सा विज्ञान की भाषा में 'पैरानॉयड स्किज़ोफ्रेनिया' (Paranoid Schizophrenia) की शुरुआती अवस्था कहते हैं।"

नितिन: "लेकिन उसे तो कोई नशा नहीं है, न ही उसकी कोई ऐसी हिस्ट्री रही है। अचानक ऐसा क्यों?"

डॉक्टर मिश्रा: "इसे समझने के लिए हमें मनोज के मस्तिष्क के रसायन विज्ञान को समझना होगा। हमारे दिमाग में एक 'मेसोलिम्बिक पाथवे' (Mesolimbic Pathway) होता है। मनोज के मामले में, यहाँ 'डोपामाइन' (Dopamine) नाम के न्यूरोट्रांसमीटर का स्तर असामान्य रूप से बढ़ गया है। जब डोपामाइन बहुत ज्यादा हो जाता है, तो मस्तिष्क बाहरी वास्तविकता और आंतरिक कल्पना के बीच का फिल्टर खो देता है।"

नितिन: "यही कारण है कि उसे आवाज़ें सुनाई देती हैं?"

डॉक्टर मिश्रा: "बिल्कुल। इसे 'ऑडिटरी हैलुसिनेशन' कहते हैं। उसका 'प्री-फ्रंटल कॉर्टेक्स' (Pre-frontal Cortex), जो तर्क और निर्णय लेने का केंद्र है, अब 'हाइपर-एक्टिव' हो गया है। वह जिस 'सजगता' का दावा कर रहा है, वह असल में उसके मस्तिष्क की 'शॉर्ट-सर्किट' वाली वायरिंग है। वह 'डीपर्सनलाइज़ेशन' (Depersonalization) का शिकार है, जहाँ उसे अपना शरीर ही पराया लगने लगता है।"

नितिन: "वह कभी-कभी बहुत अजीब तरह से बोलता है। शब्द सही होते हैं, पर मतलब गायब होता है।"

डॉक्टर मिश्रा: "इसे 'सिनाप्रैस्टिक' (Synophrastic) व्यवहार कहते हैं। यह संज्ञानात्मक विघटन (Cognitive Disorganization) का लक्षण है। उसे तत्काल 'एंटी-साइकोटिक' दवाओं की ज़रूरत है। हम उसे 'ओलंज़ापाइन' (Olanzapine) शुरू करेंगे ताकि डोपामाइन रिसेप्टर्स को ब्लॉक किया जा सके। साथ ही, उसे CBT (Cognitive Behavioral Therapy) की ज़रूरत होगी ताकि वह फिर से वास्तविकता को पहचान सके।"

रात गहरा चुकी थी। मनोज अपने कमरे के फर्श पर बैठा शून्य को ताक

रहा था। नितिन हाथ में दवाइयां और डॉक्टर की रिपोर्ट लिए अंदर आया। उसने लाइट जलाई, जो मनोज की आँखों में चुभी।

नितिन: मनोज, इधर बैठो। मुझे तुमसे एक ज़रूरी बात करनी है।

मनोज (धीमे स्वर में): तुम समझ नहीं पाओगे, नितिन... मैं अब सब कुछ साफ देख रहा हूँ। यह दुनिया असली नहीं लगती।

नितिन (शांत लेकिन दृढ़): मैं समझने की कोशिश कर रहा हूँ। लेकिन जो तुम "दिव्य दृष्टि" समझ रहे हो, वह दरअसल एक मेडिकल कंडीशन हो सकती है।

मनोज: क्या मतलब?

नितिन: तुम्हारे दिमाग में डोपामाइन का स्तर बढ़ गया है। इससे मतिभ्रम और विभ्रम हो रहे हैं। इसे चिकित्सा में पैरानॉयड स्किज़ोफ्रेनिया या साइकोटिक ब्रेकडाउन कहा जाता है।

मनोज (हैरान): तो जो मैं महसूस कर रहा हूँ, वह सच नहीं है?

नितिन: तुम्हारे लिए वह वास्तविक लगता है, लेकिन वह मस्तिष्क का भ्रम है। तुम्हारे विचारों का क्रम टूट रहा है, और तुम खुद को और दुनिया को अलग महसूस कर रहे हो, इसे डीपर्सनलाइज़ेशन कहते हैं।

मनोज (थोड़ा घबराकर): तो मैं ठीक कैसे होऊँगा?

नितिन: इलाज है और प्रभावी है। तुम्हें दवाइयाँ लेनी होंगी जो दिमाग के इस असंतुलन को ठीक करेंगी। और एक मनोवैज्ञानिक के साथ CBT थेरेपी भी करनी होगी।

मनोज: और मेरी साधना?

नितिन (गंभीरता से): अभी के लिए उसे रोकना होगा। जब मन पहले से अस्थिर हो, तो ध्यान और आत्म-अन्वेषण तुम्हें और गहरे भ्रम में ले जा सकता हैं।

मनोज (चुप होकर): मुझे डर लग रहा है...

नितिन (सहानुभूति से): डरने की ज़रूरत नहीं है। मैं तुम्हारे साथ हूँ। परिवार भी तुम्हारे साथ है। हम मिलकर इसे ठीक करेंगे।

मनोज: क्या मैं फिर से सामान्य हो पाऊँगा?

नितिन (मुस्कुराते हुए): बिल्कुल। लेकिन तुम्हें मदद स्वीकार करनी होगी। थोड़ा रुककर नितिन आगे कहता है। मनोज, आध्यात्मिकता और मानसिक स्वास्थ्य के बीच बहुत पतली रेखा होती है। अगर संतुलन न हो, तो सजगता भी विघटन बन सकती है।

मनोज (धीरे से): शायद... तुम सही कह रहे हो।

नितिन: तुम हर समय अपने भीतर झाँक रहे हो, यही संतुलन बिगाड़ रहा है। अब हमें तुम्हें "वास्तविकता" में वापस लाना है।

मनोज: (धीमी आवाज़ में) "नितिन, प्रकाश की तरंगें बहुत शोर कर रही हैं... क्या तुम देख पा रहे हो कि दीवारें कैसे साँस ले रही हैं?"

नितिन: (पास बैठकर, मनोज का कंधा पकड़ते हुए) "मनोज! रुक जाओ। दीवारें साँस नहीं ले रही हैं, तुम्हारा दिमाग थक गया है। मैंने आज डॉक्टर से बात की है। यह कोई 'दिव्य दृष्टि' नहीं है भाई, यह एक बीमारी है।"

मनोज: "बीमारी? तुम उस अज्ञानी समाज की तरह बात कर रहे हो जो सत्य को सहन नहीं कर सकता। मैं साक्षी बन रहा हूँ, नितिन!"

नितिन: "नहीं, मनोज, तुम 'साक्षी' नहीं, तुम 'विखंडित' (Disintegrated) हो रहे हो। तुम जिसे सजगता कह रहे हो, वह डॉक्टर की भाषा में 'स्किज़ोफ्रेनिया' है। तुम्हारे दिमाग में डोपामाइन नाम का रसायन बढ़ गया है, जो तुम्हें ये भ्रम दिखा रहा है। जिसे तुम अजनबी मन कह रहे थे, वह तुम्हारे न्यूरॉन्स का असंतुलन है।"

मनोज: (हैरानी से) "डोपामाइन? क्या तुम कहना चाहते हो कि मेरा 'मौन' सिर्फ एक केमिकल लोचा है?"

नितिन: "हाँ, मनोज। देखो तुम्हारी क्या हालत हो गई है। तुम ऑफिस नहीं जा रहे, तुम अपनी पत्नी और बच्चों को भूल चुके हो। 'स्व' को खोजने का मतलब संसार से कटना नहीं होता। डॉक्टर ने कहा है कि तुम 'साइकोटिक ब्रेकडाउन' की स्थिति में हो। ये आवाज़ें जो तुम्हें सुनाई देती हैं, वे किसी अदृश्य लोक की नहीं, तुम्हारे अपने मस्तिष्क की विद्युत गड़बड़ियाँ हैं।"

मनोज: (कांपते हाथों से अपना सिर पकड़ते हुए) "लेकिन मुझे यह सब इतना सच क्यों लगता है?"

नितिन: "क्योंकि तुम्हारा 'प्री-फ्रंटल कॉर्टेक्स' काम नहीं कर रहा है। वह 'अजनबी' जिसे तुम देख रहे हो, वह असल में तुम्हारा भ्रम है। तुम्हें दवाओं की ज़रूरत है। ये लो 'ओलंज़ापाइन'... यह तुम्हारे दिमाग के तूफ़ान को शांत करेगी। और सुनो, अब से हर तरह की 'साधना' और 'मौन' का अभ्यास बंद। तुम्हें शून्य की नहीं, ठोस हकीकत की ज़रूरत है।"

मनोज: "अगर मैंने ये दवाएं लीं, तो क्या मेरा वह मौन खो जाएगा?"

नितिन: "मनोज, वह मौन नहीं, वह मौत है। आध्यात्मिकता और मानसिक स्वास्थ्य के बीच एक बहुत पतली रेखा होती है। यदि तुम्हारे भीतर संतुलन नहीं है, तो तुम्हारी सजगता ही तुम्हारा विनाश बन जाएगी। तुम हर समय अपने भीतर झाँक रहे हो, यह संतुलन बिगाड़ रहा है। बाहर आओ! नंगे पैर

घास पर चलो, लोगों से मिलो, काम पर वापस जाओ। तुम्हें वापस ग्राउंडेड (Grounded) होना होगा।"

मनोज: (लंबे मौन के बाद) "नितिन... मुझे डर लग रहा है। क्या मैं फिर से सामान्य हो पाऊँगा? क्या मैं फिर से वही इंजीनियर बन पाऊँगा जो पुल बनाता था?"

नितिन: "बिल्कुल बनोगे। लेकिन पहले तुम्हें स्वीकार करना होगा कि तुम्हारा 'अपरिचित मन' तुम्हारा मित्र नहीं, तुम्हारा रोग बन चुका है। हमें इस अजनबी को हराना नहीं, इसे इलाज से ठीक करना है।"

मनोज ने नितिन की बात सुनी। पहली बार उसे अहसास हुआ कि उसके 'स्व' की खोज उसे 'स्व' के विनाश की ओर ले गई थी। उसने स्वीकार किया कि वह बीमार है।

"नितिन, क्या मैं फिर से वही पुराना मनोज बन पाऊँगा? जो पुल बनाता था, जो बच्चों के साथ हँसता था?" उसने रुआंसे स्वर में पूछा। नितिन ने उसका हाथ थाम लिया। "हाँ मनोज। विज्ञान और दवाएं तुम्हारे मस्तिष्क को स्थिरता देंगी, और तुम्हारा परिवार तुम्हें प्रेम देगा। लेकिन पहले, तुम्हें उस 'अजनबी' का पीछा छोड़कर इस दुनिया में वापस आना होगा।"

मनोज ने नितिन के हाथ से दवा की गोली ली और उसे पानी के साथ निगल लिया। यह उसके जीवन का सबसे बड़ा आत्म-समर्पण था, भ्रम के प्रति नहीं, बल्कि सत्य और विज्ञान के प्रति। उसे अहसास हुआ कि जब मन खुद ही खंडित हो, तो वह सत्य का दर्शन नहीं कर सकता। जागृति के लिए पहले स्वस्थ होना अनिवार्य है।

मनोज उस रात अपने क्वार्टर की खिड़की के पास खड़ा रहा। बाहर चाँदनी थी, पर अब वह उसे 'दिव्य प्रकाश' नहीं, बल्कि 'परावर्तित सूर्य किरणें'

लग रही थीं। यह उसकी 'अध्यात्म' से 'विज्ञान' की ओर, और 'भ्रम' से 'सत्य' की ओर एक नई और कठिन यात्रा की शुरुआत थी।

रात के साढ़े दस बज रहे थे। मनोज अपने बिस्तर पर लेटा था। आज उसके भीतर कोई प्रतिरोध नहीं था। नितिन की दी हुई 'एंटी-साइकोटिक' दवा ने उसके मस्तिष्क के उस डोपामाइन के तूफ़ान को शांत कर दिया था, जो उसे सता रहा था। आज पहली बार, मनोज 'साक्षी' बनने की ज़िद नहीं कर रहा था, बल्कि वह प्रकृति के हाथों में खुद को सौंप चुका था।

जैसे ही मनोज ने आँखें मूँदीं, उसके मस्तिष्क की विद्युत तरंगों ने अपना स्वरूप बदलना शुरू किया। दिन भर की सतर्क 'बीटा तरंगें' (13-30 Hz) अब धीरे-धीरे मद्धम पड़ रही थीं। शरीर के भीतर 'पीनियल ग्रंथि' (Pineal Gland) से मेलाटोनिन का स्राव अपने चरमोत्कर्ष पर था, जो हर कोशिका को संदेश भेज रहा था, "समय आ गया है, अब रुक जाओ।"

मनोज ने महसूस किया कि उसकी मांसपेशियों का तनाव (Muscle Tone) ढीला हो रहा है। हृदय की गति, जो अक्सर चिंताओं के कारण बढ़ी रहती थी, अब एक शांत नदी की तरह धीमी पड़ गई थी। मस्तिष्क अब 'अल्फा तरंगों' (8-12 Hz) के शांत वातावरण से गुजरते हुए 'थीटा तरंगों' (4-7 Hz) में प्रवेश कर रहा था। यह वह धुंधलका था जहाँ विचार धुंधले पड़ जाते हैं और तर्क की पकड़ ढीली हो जाती है।

रात के करीब बारह बजे, मनोज का अस्तित्व एक ऐसे स्तर पर पहुँच गया जहाँ 'मनोज' नाम की कोई पहचान शेष नहीं थी। यह 'डेल्टा निद्रा' (0.5-4 Hz) थी। चिकित्सा विज्ञान में इसे 'स्लो वेव स्लीप' (Slow Wave Sleep) कहते हैं। यहाँ कोई स्वप्न नहीं थे, क्योंकि 'रेम निद्रा' (REM Sleep) का दौर अभी शुरू नहीं हुआ था।

अंतःस्रावी तंत्र (Endocrine System) में परिवर्तन: इस प्रगाढ़ शांति के

दौरान, मनोज की 'पिट्यूटरी ग्रंथि' (Pituitary Gland) सक्रिय हो गई। उसने 'ग्रोथ हार्मोन' (HGH) का स्राव किया, जो दिन भर की टूट-फूट की मरम्मत कर रहा था। उसकी प्रतिरक्षा प्रणाली (Immune System) 'साइटोकिन्स' का निर्माण कर रही थी। इंसुलिन का स्तर स्थिर था और शरीर का तापमान अपने न्यूनतम स्तर पर पहुँच चुका था।

मनोज का मन इस समय एक 'अंधेरे लेकिन परम सुखद' कुएँ की तली में बैठा था। यहाँ न रवि का वैभव था, न दफ्तर की फाइलें, न ही 'अजनबी मन' का डर। यह एक पूर्ण विस्मृति थी, एक ऐसी शून्यता जो मृत्यु के समान थी, पर जीवन से भरी हुई थी।

नितिन उस रात वहीं रहा। उसने मनोज को उन दार्शनिक अंधेरों से बाहर निकाला और विज्ञान की उस ठोस रोशनी में खड़ा किया जहाँ से एक नई शुरुआत संभव थी। 'अपरिचित मन' अब रहस्यमयी नहीं रहा था; वह अब एक ऐसा हिस्सा था जिसका उपचार शुरू हो चुका था।

उस रात, मनोज अकेला नहीं था। पर इस बार, वह केवल देख नहीं रहा था। वह समझ रहा था। यह छोटा-सा कदम उसकी वापसी की शुरुआत था।

यह कहानी केवल मनोज की नहीं है, यह उन सभी की है जो भीतर की यात्रा पर निकलते हैं, पर मार्गदर्शन के बिना भटक जाते हैं। सजगता आवश्यक है पर संतुलन उससे भी अधिक।

भाग 3: पुरानी यादें और पुनर्मिलन

अध्याय 7
अतीत की गलियाँ

यादों का उजाला और वर्तमान का साया

सुबह के साढ़े तीन बज रहे थे। प्रकृति ने अपना करवट बदलना शुरू किया। मनोज के भीतर की 'सिरकैडियन रिदम' (Circadian Rhythm) ने संकेत दिया कि विश्राम का समय समाप्त हो रहा है। मेलाटोनिन का स्तर अब तेज़ी से गिरने लगा और एड्रिनल ग्रंथियों ने 'कोर्टिसोल' (Cortisol) की सूक्ष्म मात्रा रक्त में छोड़नी शुरू की।

इसे 'कोर्टिसोल अवेकनिंग रिस्पॉन्स' कहा जाता है। यह वह जैविक अलार्म है जो शरीर को शर्करा (Glucose) उपलब्ध कराता है ताकि मांसपेशियाँ फिर से सक्रिय हो सकें। रक्तचाप (Blood Pressure) धीरे-धीरे बढ़ने लगा और शरीर का तापमान 0.5 डिग्री सेल्सियस ऊपर चढ़ गया।

मनोज की आँखें अभी बंद थीं, लेकिन आज उसका 'साक्षी भाव' एक रोग की तरह नहीं, बल्कि एक वरदान की तरह जागा। वह इस जागरण को 'भीतर से बाहर' की ओर क्रमिक रूप से घटित होते देख पा रहा था।

उसने महसूस किया कि उसके फेफड़ों ने गहरी साँस लेनी शुरू की है। उसे अपने पेट के भीतर एक सूक्ष्म हलचल महसूस हुई, पाचन तंत्र का 'ऑटो-पायलट' मोड फिर से सक्रिय हो रहा था। उसे अपनी धमनियों में

रक्त का स्पंदन महसूस हुआ, जैसे किसी बंद कारखाने में मशीनें एक-एक करके शुरू हो रही हों।

उसे चादर का भार महसूस हुआ। उसे खिड़की से आती ठंडी हवा का स्पर्श अपनी नाक की नोक पर महसूस हुआ। उसे अपने शरीर की भारीपन का अहसास हुआ, जो धीरे-धीरे हल्का हो रहा था।

अब उसे बाहर की दुनिया सुनाई देने लगी। दूर कहीं एक रेलगाड़ी की सीटी, जो सन्नाटे को चीर रही थी। पास के पेड़ पर एक पक्षी की हल्की फड़फड़ाहट। हवा का पत्तों के बीच से सरसराना।

मनोज ने महसूस किया कि आज वह 'विचार' नहीं कर रहा है, वह सिर्फ 'अनुभव' कर रहा है। आज उसके और दुनिया के बीच कोई 'अजनबी मन' दीवार बनकर नहीं खड़ा था।

जैसे ही मनोज ने धीरे से अपनी आँखें खोलीं, उसने देखा कि रात का गहरा काला रंग अब एक मखमली नीले (Indigo) में बदल चुका था। यह वह समय था जब प्रकृति अपना श्रृंगार कर रही थी। खिड़की के बाहर नीम के पेड़ की पत्तियाँ ओस की बूंदों से लदी थीं।

उन बूंदों में तारों की अंतिम चमक कैद थी। हवा में एक ऐसी ताज़गी थी जो केवल तब होती है जब पूरी दुनिया सो रही हो। मनोज ने खिड़की के बाहर देखा, क्षैतिज रेखा पर एक बहुत बारीक, केसरिया रंग की लकीर उभर रही थी। सूरज अभी बहुत नीचे था, लेकिन उसकी आहट ने अंधकार के साम्राज्य को हिला दिया था।

उसने महसूस किया कि आज का यह जागरण पहले जैसा 'मशीनी' नहीं था। वह PWD का इंजीनियर नहीं था, वह रवि का प्रतिद्वंद्वी नहीं था। वह तो केवल इस महान ब्रह्मांडीय नाटक का एक छोटा सा हिस्सा था।

मनोज बिस्तर से उठा। आज उसके पैर जमीन पर पड़े, तो उसे कोई 'पागलपन' महसूस नहीं हुआ। उसे मिट्टी की सोंधी महक आई। उसने एक गहरी साँस ली और मुस्कुराया। हजारों शब्दों के कोलाहल के बाद, आज उसके भीतर केवल एक शब्द था, 'शांति'।

उसने जान लिया था कि गहरी स्वप्नहीन निद्रा वह औषधि है जो आत्मा को फिर से नया कर देती है। और उस निद्रा के बाद का यह जागरण, जिसमें चेतना और शरीर का पूर्ण सामंजस्य (Harmony) है, यही असली 'ब्रह्ममुहूर्त' है।

आज की सुबह मनोज अजनबी नहीं था। आज वह अपने 'घर' में था। भीतर के घर में भी, और बाहर की दुनिया में भी। प्रकृति ने उसे अपनी बाहों में समेट लिया था, और मनोज ने पहली बार बिना किसी डर के उस आलिंगन को स्वीकार किया था।

दिन भर की भागदौड़ के बाद शाम को मनोज घर समय पर आ गया था। ढलते - ढलते, शाम धीरे-धीरे शहर के क्षितिज पर अपना रंग बिखेर रही थी। आसमान में नारंगी और बैंगनी रंगों की एक अनूठी मिलावट थी, जैसे दिन और रात एक-दूसरे में विलीन होने की संधि कर रहे हों और सूरज धीरे-धीरे क्षितिज के पीछे छुप रहा था। हवा में एक ठहराव था, जैसे दिन ने अपनी सारी हलचल समेट ली हो।

मनोज अपनी खिड़की के पास खड़ा था, उसकी नज़रें कहीं धुंधलके में खोई हुई थी और दूर कहीं टिक गई थीं। लेकिन वह बाहर की शाम नहीं देख रहा था...वह भीतर जा रहा था। धीरे-धीरे...यादों की गलियों में। वह अपने भीतर की उन गलियों में भटक रहा था जहाँ अब धूल जम चुकी थी।

"क्या मैं हमेशा से ऐसा ही था?" उसने खुद से पूछा।

उसकी वर्तमान स्थिति, जहाँ हर विचार एक बोझ था और हर हरकत एक विश्लेषण, उसकी उस छवि से कोसों दूर थी जो उसके अतीत में कहीं सुरक्षित थी।

मनोज के जीवन में आए वर्तमान के इस सघन अंधेरे और मानसिक उथल-पुथल के पीछे कहीं न कहीं वह उजला बचपन छिपा था, जो अब केवल स्मृतियों के कोहरे में टिमटिमाता दिखाई देता था। जब भी वह अपनी आँखें बंद करता और आज के 'अजनबी मन' से थक जाता, तो उसका अवचेतन उसे उन गलियों में ले जाता जहाँ 'मैं कौन हूँ' का सवाल नहीं था, बल्कि 'मैं क्या खेलूँ' का उल्लास था।

मनोज का जन्म एक प्रतिष्ठित और सुसंस्कृत परिवार में हुआ था। उसके पिता, श्री दीनानाथ जी, लोक निर्माण विभाग (PWD) में ही उच्च पदस्थ अधिकारी, एक सरकारी कर्मचारी थे। वे अनुशासन और ईमानदारी की प्रतिमूर्ति थे। सफेद कड़क इस्तरी की हुई शर्ट और माथे पर गर्व की लकीरें, पिता का यही स्वरूप मनोज के मन में अंकित था। वे चाहते थे कि मनोज केवल एक इंजीनियर ही न बने, बल्कि वह समाज में एक मिसाल कायम करे। उनके लिए शिक्षा का अर्थ केवल डिग्रियाँ नहीं, बल्कि जीवन की श्रेष्ठता (Excellence) थी।

उनका स्वभाव अनुशासनप्रिय और जिम्मेदार था। वे अपने काम को पूरी निष्ठा और ईमानदारी से करते थे, और यही गुण वे अपने बेटे में भी देखना चाहते थे। उनके लिए शिक्षा बहुत महत्वपूर्ण थी। वे अक्सर मनोज से कहते, “बेटा, पढ़ाई ही तुम्हारा सबसे बड़ा हथियार है, इससे तुम अपने जीवन को बेहतर बना सकते हो।” वे चाहते थे कि मनोज पढ़ाई में उत्कृष्ट प्रदर्शन करे और एक सफल इंसान बने।

हालाँकि, पिता का स्वभाव थोड़ा सख्त था, लेकिन उनके दिल में अपने बेटे के लिए अपार प्रेम था। वे रोज शाम को ऑफिस से लौटकर मनोज के

साथ बैठते, उसकी पढ़ाई के बारे में पूछते और जहाँ जरूरत होती, उसे समझाते भी थे। कभी-कभी वे उसे गणित या विज्ञान के कठिन सवालों को हल करना सिखाते, जिससे मनोज की समझ और भी मजबूत होती गई।

"मनोज, याद रखना, पुल केवल सीमेंट और सरियों से नहीं बनते, वे भरोसे और सही गणित से बनते हैं। जीवन भी वैसा ही है," पिता अक्सर शाम को टहलते हुए उसे समझाते थे। उनकी आवाज़ में वह वजन था जो बिना कहे ही मनोज को और मेहनत करने के लिए प्रेरित करता था।

वहीं, उसकी माँ, करुणा जी, ममता का एक अतल सागर थीं। यदि पिता अनुशासन का सूर्य थे, तो माँ शीतलता प्रदान करने वाली चाँदनी थीं। पिता की डाँट के बाद माँ का वह हाथ जो मनोज के सिर पर फिरता था, उसकी सारी थकान और डर को सोख लेता था।

मनोज की माँ एक अत्यंत ममतामयी और धैर्यशील महिला थीं। वे हर दिन मनोज के लिए स्वादिष्ट खाना बनातीं, उसकी छोटी-छोटी जरूरतों का ख्याल रखतीं और उसे हर परिस्थिति में सही रास्ता दिखाने की कोशिश करतीं। जब भी मनोज उदास होता, उसकी माँ उसे अपने पास बिठाकर कहानियाँ सुनातीं, ऐसी कहानियाँ जिनमें नैतिक शिक्षा छुपी होती थी।

माँ उसे कहानियाँ सुनाती थीं, ऐसी कहानियाँ जहाँ नायक अपनी बुद्धि से जीतता था। उन्हीं कहानियों ने मनोज के भीतर अच्छाई, ईमानदारी और दया जैसे गुणों को मजबूत किया। मनोज का बचपन इन्हीं दो ध्रुवों के बीच एक सुरक्षित लय में बीत रहा था।

मनोज का बचपन प्रेम, अनुशासन और मासूमियत का एक बेहतरीन संगम था। उसके माता-पिता का प्यार निस्वार्थ था, पर पिता की 'श्रेष्ठ' होने की आकांक्षा ने अनजाने में मनोज के भीतर उस 'अजनबी मन' के बीज बो दिए

थे, जो हमेशा पूर्णता (Perfection) की तलाश में खुद को भूलता गया। मीता वह हिस्सा थी जो उसे उसकी वास्तविकता से जोड़ती थी, और आज उसी हिस्से की कमी उसे सबसे ज्यादा खल रही थी।

मनोज का बचपन एक छोटे से शांत और सादगी भरे शहर में बीता, जहाँ हर सुबह पक्षियों की चहचहाहट और हल्की धूप के साथ शुरू होती थी। उसका घर भले ही बहुत बड़ा नहीं था, लेकिन उसमें प्यार, अपनापन और संस्कारों की कोई कमी नहीं थी। उसके माता-पिता दोनों ही बहुत स्नेही और समझदार थे, जिन्होंने मनोज को बचपन से ही अच्छे संस्कार और जीवन के महत्वपूर्ण मूल्यों की सीख दी।

मनोज का बचपन सिर्फ घर तक ही सीमित नहीं था। उसके जीवन में उसकी एक खास दोस्त भी थी, मीता। मनोज के बचपन का सबसे सुंदर अध्याय उसकी पड़ोसी और सहपाठी थी। मीता और मनोज का रिश्ता केवल दोस्ती का नहीं था, बल्कि वह दो परिवारों के जुड़ाव की एक कड़ी थी।

दिलचस्प बात यह थी कि मीता और मनोज के पिता भी एक-दूसरे के अच्छे मित्र थे। यह मित्रता इतनी घनी थी कि शाम के समय दोनों परिवारों का आंगन एक हो जाता था।

वे अक्सर एक-दूसरे के घर आते-जाते रहते थे और कभी-कभी शाम को साथ बैठकर चाय पीते हुए बातें करते। इस तरह दोनों परिवारों के बीच भी एक मजबूत रिश्ता बन गया था। जब मनोज के पिता और मीता के पिता साथ होते, तो मनोज और मीता को खेलने की और भी ज्यादा आज़ादी मिल जाती। वे आंगन में या पास के पार्क में घंटों खेलते रहते।

कई बार ऐसा होता कि मनोज के पिता अपने मित्र के साथ बैठकर जीवन के अनुभव साझा करते और बच्चों के भविष्य के बारे में चर्चा करते। वे

दोनों इस बात पर सहमत थे कि बच्चों को न सिर्फ पढ़ाई में अच्छा होना चाहिए, बल्कि उन्हें अच्छे संस्कार और नैतिकता भी सीखनी चाहिए। यही कारण था कि मनोज और मीता दोनों को अपने-अपने घरों में अनुशासन और संस्कारों का विशेष ध्यान रखा जाता था।

मीता का स्वभाव बहुत हंसमुख और मिलनसार था। वह हमेशा मनोज को हँसाने की कोशिश करती और जब भी मनोज किसी बात से परेशान होता, मीता उसे दिलासा देती। उनकी दोस्ती में कोई स्वार्थ नहीं था, बस एक सच्चा अपनापन था, जो समय के साथ और भी गहरा होता गया।

मीता एक चंचल और बुद्धिमान लड़की थी। उसकी आँखों में एक ऐसी चमक थी जो मनोज की गंभीर प्रकृति को भी खिलखिलाने पर मजबूर कर देती थी। मीता के पिता और मनोज के पिता अक्सर दफ्तर के बाद साथ बैठते, चाय पीते और घंटों गपशप करते। कभी-कभी वे पुरानी यादों के साथ 'कैरम' या 'शतरंज' खेलते, और उनके बगल में ही मनोज और मीता अपनी छोटी सी दुनिया में खोए रहते थे।

PWD के उस बड़े से सरकारी क्वार्टर के पीछे एक पुराना बरगद का पेड़ था। वह पेड़ मनोज और मीता के लिए एक रहस्यमयी किला था। वहाँ वे 'घर-घर' खेलते, 'छुपन-छुपाई' खेलते और कभी-कभी नक्शे बनाने का नाटक करते और लगभग हर दिन साथ खेलते थे। कभी वे गिल्ली-डंडा खेलते, तो कभी-कभी तो बस यूँ ही बैठकर बातें करते रहते।

मीता अक्सर कहती, "मनोज, तुम बड़े होकर असली पुल बनाना, और मैं उन पर चित्रकारी करूँगी। हम दुनिया का सबसे सुंदर शहर बनाएंगे।"

मनोज अपनी आँखों में सपने लिए उसे देखता रहता। मीता की उपस्थिति उसके लिए एक ऐसी सुरक्षा कवच की तरह थी जहाँ उसे कुछ भी 'साबित' नहीं करना पड़ता था। वह जैसा था, वैसा ही मीता को प्रिय था। वहाँ कोई

'प्रतियोगिता' नहीं थी, बस एक 'सहज होना' था। उन दिनों मनोज को कभी नहीं लगा कि उसका मन उसके लिए 'अजनबी' है। तब मन और शरीर के बीच कोई फासला नहीं था; वह जो सोचता था, वही करता था और वही महसूस करता था।

मनोज का दिन आमतौर पर बहुत व्यवस्थित होता था। सुबह जल्दी उठना, स्कूल जाना, वापस आकर होमवर्क करना और फिर शाम को थोड़ी देर खेलने जाना, यह उसकी दिनचर्या का हिस्सा था। उसके पिता हमेशा इस बात का ध्यान रखते कि वह अपने समय का सही उपयोग करे। वे उसे समय की कीमत समझाते और कहते कि "जो समय को समझता है, वही जीवन में आगे बढ़ता है।"

मीता भी पढ़ाई में अच्छी थी, और कई बार वे दोनों साथ बैठकर पढ़ाई करते। जब किसी विषय में मनोज को कठिनाई होती, तो मीता उसकी मदद करती और जब मीता को कुछ समझ नहीं आता, तो मनोज उसे समझाने की कोशिश करता। इस तरह दोनों एक-दूसरे के सहायक बन गए थे।

उनके बचपन की सबसे खूबसूरत बात यह थी कि उसमें सादगी थी, लेकिन साथ ही गहराई भी थी। न कोई आधुनिक उपकरणों का शोर था, न ही किसी प्रकार की होड, बस सच्ची दोस्ती, परिवार का प्यार और सीखने की ललक थी।

समय के साथ मनोज ने अपने पिता की बातों को गंभीरता से लेना शुरू किया। उसने पढ़ाई में और अधिक ध्यान देना शुरू किया, ताकि वह अपने पिता के सपनों को पूरा कर सके। वहीं मीता हमेशा उसकी प्रेरणा बनी रही, जो उसे आगे बढ़ने के लिए प्रोत्साहित करती रही।

जैसे-जैसे मनोज बड़ा हुआ, पिता की उम्मीदों का बोझ भी बढ़ने लगा।

दीनानाथ जी चाहते थे कि मनोज प्रतियोगी परीक्षाओं में अव्वल आए। शाम की उन खेल की महफिलों की जगह अब मोटी-मोटी किताबों और कोचिंग क्लासेस ने ले ली थी।

"मनोज, मीता के साथ खेलना ठीक है, पर तुम्हारा भविष्य तुम्हारी एकाग्रता पर निर्भर है," पिता की यह नसीहत धीरे-धीरे मनोज के अवचेतन में घर कर गई।

मीता का साथ तो बना रहा, पर वह सहजता खोने लगी। अब जब वे मिलते, तो मीता अक्सर उसे अपनी किताबों में डूबा पाती। वह उसे छेड़ती, "इतने भी बड़े अफसर मत बन जाना मनोज कि अपने बचपन को ही भूल जाओ।" मीता की यह बात आज पच्चीस साल बाद मनोज के कानों में किसी चेतावनी की तरह गूंजती थी। उसने सच में खुद को खो दिया था।

मनोज का बचपन वास्तव में एक सुंदर अध्याय था, जिसमें परिवार का प्यार, दोस्ती की मिठास और जीवन के महत्वपूर्ण सबक शामिल थे। यह वही नींव थी, जिसने आगे चलकर उसके व्यक्तित्व को मजबूत और संतुलित बनाया।

कॉलेज के बाद, जब मनोज अपनी इंजीनियरिंग की पढ़ाई के लिए दूसरे शहर चला गया और मीता ने अपनी कला (Fine Arts) की पढ़ाई के लिए दिल्ली का रुख किया, तब उनके बीच की वह भौतिक डोर टूट गई। पत्रों का दौर कुछ समय तक चला, लेकिन समय की धूल ने उन यादों को धुंधला कर दिया।

मनोज को याद है वह आखिरी मुलाकात, जब मीता ने उसे एक छोटी सी डायरी भेंट की थी और कहा था, "जब कभी भी तुम्हें लगे कि दुनिया बहुत जटिल हो गई है, तो बस एक बार पीछे मुड़कर देखना। हमारा वह बरगद का पेड़ अभी भी वहीं है।"

आज, पैंतीस साल की उम्र में, जब मनोज अपने कमरे के फर्श पर बैठकर अपनी मानसिक व्याधियों से जूझ रहा था, उसे मीता की वह आवाज़ सुनाई दी। उसे लगा कि वह अपनी वर्तमान पीड़ा से बचने के लिए उसी बचपन की ओर भागना चाहता है। वह चाहता है कि काश! एक बार फिर पिता उसे पुलों की कहानियाँ सुनाएँ और माँ उसे अपने आँचल में छुपा ले। वह चाहता है कि मीता आए और उसे उस 'शून्य' से खींचकर फिर से 'छुपन-छुपाई' के खेल में ले जाए।

स्मृतियों का यह झरोखा उसे पल भर के लिए सुकून तो देता था, पर जैसे ही वह आँखें खोलता, उसके सामने फिर वही सफेद दीवारें और 'अपरिचित मन' खड़ा होता। उसे एहसास हुआ कि अजनबी वह मन नहीं था, अजनबी तो वह खुद हो गया था जिसने अपने भीतर के उस मासूम बच्चे (मनोज) को कहीं बहुत पीछे छोड़ दिया था।

और उसी क्षण, उसके भीतर एक दरवाज़ा खुला। अतीत का दरवाज़ा। वह समय...जब जीवन इतना जटिल नहीं था। जब “मैं कौन हूँ” का सवाल नहीं था...सिर्फ “मैं हूँ” का अनुभव था। कॉलेज का पहला दिन। भीड़, हलचल, नए चेहरे, नई जगह।

उसी क्षण, मनोज के मन के किसी कोने में एक चेहरा उभरा, उसका सबसे प्रिय मित्र, उसका सहपाठी। वह मित्र जो इस कहानी के आगे का सूत्रधार भी है।

मनोज थोड़ा असहज था। वह हमेशा से थोड़ा शांत स्वभाव का था। नए लोगों से घुलने में समय लेता था। उसी दिन, एक छोटी-सी घटना ने सब बदल दिया। कॉलेज के मैदान में, कुछ सीनियर छात्रों ने नए छात्रों को घेर रखा था। हल्की-फुल्की रैगिंग चल रही थी। मनोज भी वहाँ खड़ा था। थोड़ा डरा हुआ...थोड़ा असहज...

तभी, एक आवाज़ आई, "बस करो यार, अब बहुत हो गया..." यह था, रवि।

उस समय...उस भीड़ में एक ऐसा चेहरा, जो बिना डरे खड़ा हो गया। रवि ने मनोज़ की ओर देखा, वह रवि की ओर देख रहा था। उस नजर में, कृतज्ञता थी। और एक अनकहा रिश्ता भी। उस दिन के बाद, रवि और मनोज दोनों करीब आ गए। धीरे-धीरे...दोस्ती गहरी होती गई। इतनी गहरी, कि लोग उन्हें अलग नहीं देख पाते थे।

रवि ने मनोज की दोस्ती कॉलेज के उन गलियारों में शुरू हुई थी जहाँ हवा में आज़ादी और सपनों की महक होती थी। वह सिर्फ मित्र नहीं थे; लोग उन्हें 'एक जान और दो जिस्म' कहते थे। उनका रिश्ता उस दौर का था जब दोनों बिना सोचे बोलते थे और बिना डरे हँसते थे।

हॉस्टल के दिन...वे दिन कुछ और ही थे। आज की तरह नहीं, जहाँ हर पल सोचने में बीतता है। तब, हर पल जीने में बीतता था। रात के 2 बजे तक बातें करना...बिना किसी कारण हँसना...छत पर लेटकर तारों को देखना...और जिंदगी के सपने बुनना..."यार, जिंदगी में कुछ बड़ा करना है..." रवि अक्सर कहता था।

मनोज मुस्कुराता, "हाँ, लेकिन पहले ये एग्जाम पास कर लें..." और फिर दोनों हँस पड़ते। दोनों में बहुत अंतर था।

रवि थोड़ा बेफिक्र था...खुला हुआ...लोगों से जल्दी घुलने वाला...और मनोज, शांत, गहरा, सोचने वाला...लेकिन शायद यही अंतर, उनकी दोस्ती की ताकत थी।

NCC के दिन...परेड, अनुशासन, सुबह जल्दी उठना...और फिर, कैंटीन में चाय।

मनोज को याद है हॉस्टल की वे रातें। कमरे में जलती एक मध्यम-सी लाइट और घंटों चलने वाली बातें। मनोज तब कितना अलग था! वह एक बेहतरीन वक्ता था, वाद-विवाद प्रतियोगिताओं (Debates) का राजा।

जब वह स्टेज पर खड़ा होता था, तो उसकी आवाज़ में एक ऐसा आत्मविश्वास होता था जो पूरे हॉल को खामोश कर देता था। आज का मनोज, जो अपने ही विचारों से डरता है, उस पुराने मनोज का साया भी नहीं लगता।

"यार, तू इतना सोचता कैसे है?" रवि अक्सर उससे पूछता था जब वह किसी विषय पर घंटों बहस करता था। "सोचता नहीं हूँ, भाई, बस जो आता है बोल देता हूँ," वह हँसकर जवाब देता है।

मनोज को मुझे याद है फुटबॉल का वह मैदान। शाम के समय जब धूल उडती और सूरज ढल रहा होता, रवि मैदान के बीचों-बीच बॉल को ड्रिबल करते हुए भागता था। मनोज अक्सर बाउंड्री लाइन पर खड़ा होकर रवि को चीयर करता। मनोज फुटबॉल में उतना माहिर नहीं था, लेकिन उसकी मौजूदगी ही रवि के लिए जीत का हौसला बन जाती थी।

फुटबॉल का मैदान...मनोज रवि का ऊर्जा केंद्र था। रवि टीम में फॉरवर्ड खेलता था। और मनोज, हालाँकि वह उतना अच्छा खिलाड़ी नहीं था, लेकिन हर मैच में मौजूद रहता।

चिल्लाता...हौसला बढ़ाता...और हारने पर सबसे पहले रवि को संभालता।

“हार गए तो क्या हुआ...” मनोज कहता, “कल फिर खेलेंगे...” मनोज की यह सादगी...यह सहजता...आज के मनोज से बिल्कुल अलग थी। और फिर, उनका बैंड।

कॉलेज का छोटा-सा म्यूजिक ग्रुप। रवि गिटार बजाता था...और मनोज

गाता था। उसकी आवाज़ में एक सादगी थी। कोई दिखावा नहीं...कोई बनावट नहीं...बस एक सच्चाई। एक बार, कॉलेज फेस्ट में उन्होंने परफॉर्म किया। पूरा हॉल भरा हुआ था।

रवि गिटार पर अपनी उंगलियाँ चलाता और मनोज जब माइक थामकर गाना शुरू करता, तो लगता था जैसे समय थम गया हो। उसकी आवाज़ में एक रूहानियत थी। वह गाते समय कभी यह नहीं सोचता था कि 'मैं गा रहा हूँ' या 'मेरी आवाज़ कैसी लग रही है'। वह बस संगीत बन जाता था।

लाइट्स, शोर, तालियाँ...और उस सब के बीच, मनोज। माइक के सामने। आँखें बंद। और गाना शुरू किया। उसकी आवाज़ में उस दिन कुछ अलग था। जैसे वह सिर्फ गा नहीं रहा...बल्कि जी रहा था। जब वह गाता, तो लगता था...वह खुद को भूल गया है। पूरी तरह उस पल में है।

परफॉर्मेंस के बाद, रवि ने उससे पूछा, “यार, आज तू कुछ अलग था...”

मनोज मुस्कुराया, “पता नहीं... बस अच्छा लग रहा था...”

आज, उसी मनोज को याद करते हुए, एक सवाल उठता है, “क्या वह सच में वही था...?”

या...“वह भी एक भूमिका थी...?” यादें आगे बढ़ती गईं।

“यार, ये जिंदगी कितनी आसान है...” रवि ने एक दिन कहा था।

मनोज ने सिर हिलाया, “हाँ... बस ऐसे ही चलती रहे...”

लेकिन जिंदगी...कभी एक जैसी नहीं रहती।

यही वह 'सहजता' थी जिसे मनोज ने आज खो दिया था। तब विचार मनोज के गुलाम थे; आज मनोज विचारों का गुलाम बन गया था।

हॉस्टल के उस छोटे से कमरे में उनके कोई रहस्य नहीं थे। मनोज के पिता सरकारी अधिकारी थे और उनके तबादलों के कारण मनोज को बार-बार शहर बदलने पड़ते थे, लेकिन इस कॉलेज में उसने रुकने का फैसला किया क्योंकि यहाँ उसे वह आज़ादी मिली थी जिसकी उसे तलाश थी।

रवि के पिता एक छोटे से व्यापारी थे, जो सालों से उसी शहर में टिके थे। उनके स्वभाव अलग थे, रुचियाँ अलग थीं, लेकिन आत्माएँ एक-दूसरे के पूरक थीं।

ये सब यादें आज मनोज के मन में एक टीस बनकर उठ रही थीं। मनोज याद कर रहा था कि कैसे ग्रेजुएशन खत्म होने के बाद वह बिछड़ गए थे।

ग्रेजुएशन खत्म हुआ। रास्ते अलग हो गए। रवि दूसरे शहर पोस्ट-ग्रेजुएशन के लिए चला गया। और मनोज, दिल्ली। उसके पिता चाहते थे, वह सिविल सर्विसेज की तैयारी करे। ताकि अपने पिता के सपने को पूरा करने के लिए संघ लोक सेवा आयोग (UPSC) की तैयारी कर सके।

शुरुआत में, दोनों ने संपर्क बनाए रखा। हर हफ्ते चिट्ठियाँ...लंबी बातें...यादें साझा करना...

“यार, तू यहाँ होता तो मजा आ जाता...” रवि लिखता।

मनोज जवाब देता, “हाँ... यहाँ सब अलग है...”

शुरुआत में दोनों ने एक-दूसरे को लंबी-लंबी चिट्ठियाँ लिखीं। उन चिट्ठियों में वही पुरानी गर्मजोशी होती थी। *"भाई, दिल्ली की भीड़ में तेरी बहुत याद आती है। यहाँ कोई फुटबॉल का मैदान नहीं है, बस किताबों का ढेर है,"* मनोज ने एक बार लिखा था।

लेकिन धीरे-धीरे, जिंदगी ने दोनों को अपने-अपने रास्तों में उलझा दिया।

चिट्ठियाँ कम हो गईं...फोन कम हो गए...और फिर, एक दिन, संपर्क लगभग खत्म हो गया।

वक्त बड़ा निर्दयी होता है। धीरे-धीरे नए शहर, नए दोस्त और नई व्यस्तताओं ने उनकी उस 'अमर दोस्ती' की डोर को ढीला कर दिया। सात साल बीत गए। सात साल, जिनमें उन्होंने एक-दूसरे की आवाज़ तक नहीं सुनी। और यादें, बस यादें बनकर रह गईं।

मनोज खिड़की के पास खड़ा था। उसकी आँखों में हल्की नमी थी।

“वह मनोज... कहाँ चला गया...?” उसने खुद से पूछा।

अब, वह खुद को पहचान नहीं पा रहा था। पहले, वह बिना सोचे जीता था। अब, हर पल सोच रहा था। पहले, वह खुद में था। अब, वह खुद को खोज रहा था।

“क्या मैं बदल गया हूँ...?”

या...

“मैं पहली बार खुद को देख रहा हूँ...?”

यह सवाल उसे और गहरा ले गया। बाहर अंधेरा हो चुका था। आसमान में तारे चमक रहे थे। हवा ठंडी थी। और उस ठंडक में, यादों की गर्माहट भी थी।

मनोज ने खिड़की से नज़र हटाई और कमरे के आईने में खुद को देखा। उसे अपनी आँखों में वह पुराना मनोज दिखाई नहीं दिया। उसे वह लड़का याद आया जो बैंड में गाते समय अपनी सुध-बुध खो देता था, जो वाद-विवाद में तर्कों के तीर चलाता था।

"वह लड़का कहाँ मर गया?" उसने फुसफुसाते हुए पूछा।

क्या वह जागृति, जिसे वह आज अनुभव कर रहा था, वास्तव में एक वरदान थी? या फिर वह पुरानी अज्ञानता ही सुखद थी, जहाँ उसे पता ही नहीं था कि उसके भीतर कोई 'अजनबी' भी रहता है? तब वह खुद को नहीं जानता था, इसलिए वह 'स्वयं' था। आज वह खुद को जानने की कोशिश कर रहा है, इसलिए वह खुद से दूर हो गया है।

अतीत की ये गलियाँ आज उसे सुकून देने के बजाय एक आईना दिखा रही थीं। उसे महसूस हुआ कि उसकी इस यात्रा का एक बड़ा हिस्सा उस पुरानी 'सहजता' को फिर से पाना है, लेकिन एक नई समझ के साथ।

उसने अपनी डायरी उठाई और पुराने पन्नों को पलटा। एक जगह उसने कॉलेज के दिनों में लिखा था: *"जीना वही है जिसमें खुद का पता न चले।"*

आज उसे उस वाक्य का असली अर्थ समझ आ रहा था। वह रात भी मनोज यादों के साए में जागा रहा। वह उस मित्र को याद कर रहा था जो आज भी उसके अस्तित्व का एक हिस्सा था।

बाहर रात गहरा गई थी, लेकिन मनोज के मन में अतीत का वह उजाला अभी भी टिमटिमा रहा था।

वह धीरे-धीरे बिस्तर पर बैठ गया। आँखें बंद कीं। और फिर, यादों और वर्तमान के बीच खड़ा हो गया। एक तरफ, हँसी, दोस्ती, सहजता...दूसरी तरफ, सवाल, जटिलता, खोज..."सच क्या है...?" उसने खुद से पूछा।

"वह पुराना मैं...?" "या यह नया...?" कोई जवाब नहीं आया। सिर्फ मौन। और उस मौन में, फिर वही सवाल उभरा, धीरे से...गहराई से..."मैं कौन हूँ?"

मनोज को नहीं पता था कि नियति ने एक बार फिर रवि से मुलाक़ात तय कर रखी है, एक ऐसी मुलाक़ात जो उसके जीवन की इस जटिल पहेली को सुलझाने का रास्ता दिखाएगी।

अध्याय 8
पुनर्मिलन

अचानक मुलाकात, एक पुरानी पहचान, एक नया अजनबी

मनोज के कॉलेज जीवन में कई मित्र बने, लेकिन उनमें से एक मित्र ऐसा था जिसने आगे चलकर अपने जीवन में असाधारण सफलता हासिल की उसका नाम था रवि। कॉलेज के दिनों में रवि एक साधारण लेकिन बेहद मेहनती और दूरदर्शी छात्र था। वह हमेशा कुछ बड़ा करने के सपने देखता था, और यही सपना धीरे-धीरे उसकी हकीकत बन गया।

कॉलेज के गलियारों में जब मनोज और रवि साथ चलते थे, तब कोई यह अंदाज़ा नहीं लगा सकता था कि दस साल बाद इन दोनों की दुनिया इतनी अलग होगी। रवि, जो कभी क्लास की पिछली बेंच पर बैठकर 'प्रैक्टिकल' दुनिया के सपने देखता था, आज पी.डब्ल्यू.डी. (PWD) और सिंचाई विभाग का सबसे बड़ा 'ए-क्लास' ठेकेदार और सप्लायर बन चुका था।

रवि का व्यक्तित्व शुरू से ही बहुत प्रभावशाली था। वह पढ़ाई में औसत था, लेकिन उसकी असली ताकत थी उसकी समझदारी, लोगों से जुड़ने की क्षमता और परिस्थितियों को अपने पक्ष में मोड़ने का हुनर। कॉलेज में रहते हुए ही उसने यह समझ लिया था कि केवल डिग्री हासिल करना ही सफलता का रास्ता नहीं है, बल्कि सही अवसरों को पहचानना और उनका सही उपयोग करना ज्यादा जरूरी है।

कॉलेज के बाद, जहाँ कई छात्र नौकरी की तलाश में लग गए, वहीं रवि ने कुछ अलग करने का निर्णय लिया। उसने ठेकेदारी (contracting) के क्षेत्र में कदम रखा। शुरुआत आसान नहीं थी, उसे कई कठिनाइयों का

सामना करना पड़ा, जैसे पूंजी की कमी, अनुभव की कमी और प्रतिस्पर्धा का दबाव। लेकिन रवि ने हार नहीं मानी। उसने छोटे-छोटे कामों से शुरुआत की, जैसे स्थानीय स्तर पर निर्माण कार्यों में सहयोग देना और छोटे सरकारी प्रोजेक्ट्स में भाग लेना।

धीरे-धीरे उसने अपने काम में ईमानदारी और गुणवत्ता के बल पर पहचान बनानी शुरू की। सरकारी विभागों में उसकी विश्वसनीयता बढ़ने लगी। रवि ने समय पर काम पूरा करने और उच्च गुणवत्ता बनाए रखने को अपनी प्राथमिकता बनाया। यही कारण था कि उसे बार-बार नए प्रोजेक्ट्स मिलने लगे।

कुछ वर्षों के भीतर ही रवि एक सफल ठेकेदार और सप्लायर बन गया। अब वह केवल निर्माण कार्य ही नहीं करता था, बल्कि विभिन्न सरकारी विभागों को आवश्यक सामग्री भी सप्लाई करता था जैसे निर्माण सामग्री, मशीनरी और अन्य आवश्यक संसाधन। उसकी कंपनी ने कई बड़े प्रोजेक्ट्स को सफलतापूर्वक पूरा किया, जिससे उसकी प्रतिष्ठा और भी मजबूत हो गई।

रवि की सफलता का एक महत्वपूर्ण पहलू उसका नेटवर्क था। उसने सरकारी अधिकारियों, इंजीनियरों और अन्य ठेकेदारों के साथ अच्छे संबंध बनाए। वह हमेशा पेशेवर व्यवहार करता और अपने वादों को निभाता। उसकी यही आदत उसे दूसरों से अलग बनाती थी।

हालांकि, सफलता के साथ जिम्मेदारियाँ भी बढ़ती गईं। अब रवि को अपने व्यवसाय का विस्तार, कर्मचारियों का प्रबंधन और नए प्रोजेक्ट्स की योजना बनानी पड़ती थी। उसने अपने काम को व्यवस्थित करने के लिए एक मजबूत टीम बनाई, जिसमें अनुभवी लोग शामिल थे। वह अपने कर्मचारियों का भी पूरा ख्याल रखता था और उन्हें एक परिवार की तरह मानता था।

मनोज और रवि की दोस्ती समय के साथ और भी मजबूत होती गई। जब भी मनोज रवि से मिलता, वह उसकी सफलता से प्रेरित होता। रवि भी मनोज को हमेशा आगे बढ़ने के लिए प्रेरित करता और उसे नए अवसरों के बारे में बताता। वह अक्सर कहता, "सफलता केवल मेहनत से नहीं, बल्कि सही दिशा में की गई मेहनत से मिलती है।"

रवि का जीवन इस बात का उदाहरण बन गया कि अगर इंसान में दृढ़ निश्चय, मेहनत और सही सोच हो, तो वह किसी भी क्षेत्र में सफलता प्राप्त कर सकता है। उसने यह साबित कर दिया कि साधारण शुरुआत भी असाधारण परिणाम दे सकती है।

आज रवि न केवल एक सफल ठेकेदार और सप्लायर है, बल्कि वह कई लोगों के लिए प्रेरणा भी है। उसकी कहानी यह सिखाती है कि जीवन में चुनौतियाँ कितनी भी क्यों न हों, अगर हम हार न मानें और लगातार प्रयास करते रहें, तो सफलता निश्चित रूप से हमारे कदम चूमती है।

रवि की फाइल आज सरकारी महकमों में सबसे ऊपर रहती थी। वह केवल एक ठेकेदार नहीं था; वह एक 'सिस्टम' बन चुका था। शहर के पॉश इलाके में उसका तीन मंजिला आलीशान दफ्तर था, जिसके बाहर काली एसयूवी (SUV) गाड़ियों का काफिला खड़ा रहता था।

उसके दफ्तर के भीतर का माहौल पी.डब्ल्यू.डी. के पुराने सरकारी दफ्तरों से बिल्कुल उलट था। कांच की दीवारें, महकते हुए केबिन और भागते हुए कर्मचारी। रवि के केबिन में प्रवेश करते ही उसकी सफलता की चमक आँखों में चुभती थी। बड़ी-बड़ी परियोजनाओं के फ्रेम किए हुए चित्र उसकी दीवारों पर सजे थे, वे पुल, वे सड़कें और वे सरकारी इमारतें जो उसने रिकॉर्ड समय में पूरी की थीं।

इंजीनियरिंग कॉलेज में मनोज अपनी मेधा और किताबी बारीकियों के

लिए जाना जाता था। वह नक्शों की शुद्धता और सिद्धांतों पर ध्यान देता था। इसके उलट, रवि का ध्यान इस बात पर रहता था कि 'नेटवर्किंग' कैसे की जाती है। वह प्रोफेसरों से लेकर कॉलेज के बाबू तक सबके साथ अच्छे संबंध रखता था।

रवि अक्सर मनोज से कहता था, "भाई मनोज, तू पुल की डिजाइन सीख, मैं पुल बनाने का धंधा सीखूँगा। याद रखना, दुनिया डिग्रियों से नहीं, 'मैनेजमेंट' से चलती है।" आज रवि ने अपनी उस बात को सच साबित कर दिया था।

रवि की सफलता का राज उसकी 'व्यावहारिक बुद्धिमानी' (Street Smarts) थी। वह जानता था कि किस अधिकारी को फाइल कैसे बढ़वानी है और किस मंत्री के साथ कब चाय पीनी है। जहाँ मनोज एक फाइल की तकनीकी खामियों पर हफ़्तों विचार करता, रवि उन खामियों का 'समाधान' घंटों में निकाल लेता था।

वह एक बड़ा सप्लायर भी था। सीमेंट से लेकर अत्याधुनिक मशीनों तक, विभाग की हर बड़ी खरीद रवि की फर्म के माध्यम से होती थी। उसके पास संसाधनों का अंबार था और रसूख ऐसा कि बड़े-बड़े अधिकारी उसे 'रवि भाई' कहकर संबोधित करते थे।

सूरज तेज़ था, लेकिन हवा में एक अजीब-सी थकान घुली हुई थी। जैसे दिन भी अपने बोझ को ढो रहा हो। दोपहर का सूरज अपने चरम पर था, और उसकी तपिश पी.डब्ल्यू.डी. (PWD) के उस पुराने सरकारी दफ्तर की दीवारों से टकराकर वापस लौट रही थी। हवा में धूल, पुरानी फाइलों की गंध और टाइपराइटरों की खट-खट की आवाज़ घुली हुई थी।

रवि PWD के दफ्तर के बाहर खड़ा था। एक छोटा-सा काम था, कुछ कागज़ों की औपचारिकता पूरी करनी थी। सरकारी दफ्तर...वही पुराना

माहौल। दीवारों पर उखड़ी हुई पुताई...कोनों में जमा धूल...लोगों की धीमी बातचीत...और हर चेहरे पर एक अलग-सी थकान। गलियारे की दीवारें पान की पीक और उखड़ी हुई सफेदी से अपनी बदहाली की कहानी बयां कर रही थीं।

रवि वहाँ अपने एक निजी काम के सिलसिले में गया था। गलियारे में चलते हुए उसे ऐसा लग रहा था जैसे वह समय के किसी थमे हुए गलियारे में घूम रहा था, जहाँ सब कुछ स्थिर है, सिवाय उन लोगों के जो अपनी फाइलों के बोझ तले दबे इधर-उधर भाग रहे थे।

रवि अंदर गया। गलियारे में धीरे-धीरे चलता हुआ। रवि 'सहायक अभियंता' (Assistant Engineer) के कक्ष की तलाश में था। हर कमरे के बाहर एक नामपट्टिका लगी थी। रवि यूँ ही चलते-चलते उन्हें पढ़ रहा था।

"शर्मा..." "तिवारी..." "गुप्ता..." नाम आते-जाते रहे। और फिर, रवि की नजर एक नाम पर ठहर गई। अचानक, रवि की नज़र एक दरवाज़े के पास लगी लकड़ी की पुरानी नामपट्टिका पर ठिठक गई।

काले रंग की पट्टी पर सफेद अक्षरों से लिखा था: "मनोज कुमार, सहायक अभियंता"।

रवि के कदम रुक गए। कदम वहीं जम गए। रवि के भीतर एक बिजली-सी कौंधी। जैसे समय अचानक थम गया हो।

रवि ने फिर से पढ़ा। "मनोज कुमार..." दिल की धड़कन थोड़ी तेज़ हो गई।

"क्या यह वही हो सकता है...?" सात साल...इतने सालों बाद...क्या यह सिर्फ एक संयोग है?

या...कुछ और? रवि के भीतर हलचल शुरू हो गई। यादें एक-एक करके सामने आने लगीं।

हॉस्टल...फुटबॉल...गाने...हँसी...और फिर, एक लंबा सन्नाटा।

'मनोज कुमार'... क्या यह वही मनोज हो सकता है? सात साल! सात साल का लंबा समय बीत चुका था। कॉलेज के उस आखिरी दिन के बाद दोनों की राहें ऐसी जुदा हुईं कि चिट्ठियों और फोन कॉल्स का सिलसिला भी धीरे-धीरे वक्त की धूल में दब गया था।

रवि दरवाज़े के सामने खड़ा था। हाथ उठाया...लेकिन खटखटाने से पहले ही रुक गया।

“अगर वह वही नहीं हुआ तो...?”

“और अगर वही हुआ... तो?”

एक अजीब-सी झिझक थी। उत्साह भी...और डर भी। रवि का मन एक अन्तर्द्वन्द में फँस गया।

"क्या मुझे अंदर जाना चाहिए?

क्या पता यह वह न हो? और अगर वह हुआ भी, तो क्या वह मुझे पहचान पाएगा?"

एक पल के लिए रवि को लगा कि उसे वापस लौट जाना चाहिए, लेकिन उस के भीतर की एक छोटी-सी आवाज़ ने कहा, 'बस एक बार देख लो'।

रवि ने अपनी घबराहट को पीते हुए दरवाज़े पर हल्की - सी दस्तक दी। कोई आवाज नहीं आई। रवि ने धीरे से दरवाज़ा खटखटाया।

“आइए...” अंदर से आवाज़ आई।

"आ जाइए," अंदर से एक गूँजती हुई, लेकिन थोड़ी थकी हुई आवाज़।

रवि ने धीरे से दरवाज़ा खोला। कमरा साधारण था। कमरा फाइलों के ऊंचे ढेरों से भरा था। मेज के पीछे एक व्यक्ति बैठा था, जिसका सिर नीचे की ओर झुका था और वह बड़ी तल्लीनता से किसी नक्शे का मुआयना कर रहा था। उसकी वेशभूषा शालीन थी, चेहरे पर हल्की दाढ़ी थी, और चश्मा उसकी आँखों के नीचे थोड़ा खिसक आया था।

टेबल, कुर्सी, फाइलों का ढेर...और उस टेबल के पीछे, एक व्यक्ति बैठा था। उसका सिर नीचे था। वह कुछ लिख रहा था।

“जी...?” उसने बिना ऊपर देखे कहा।

"जी, बताइए? क्या काम है?" उसने बिना ऊपर देखे पूछा।

रवि कुछ पल चुप रहा। कुछ क्षणों तक चुपचाप उसे देखता रहा। उसके बोलने का लहजा, उसके बैठने का ढंग... सब कुछ वही था, फिर भी कुछ बहुत अलग था।

फिर धीरे से बोला, “मनोज...?”

"मनोज?" मेरी आवाज़ में एक कंपकंपाहट थी।

उसने लिखना बंद किया। उसके हाथ वहीं ठहर गए। उसने लिखना बंद किया। उसने बहुत धीरे-धीरे अपना सिर उठाया। जैसे ही उनकी नज़रें मिलीं, कमरे का सन्नाटा और गहरा हो गया।

एक पल...दो पल...समय जैसे ठहर गया।

उसकी आँखों में पहले हैरानी की एक लहर उठी, और फिर, कुछ ऐसा...जो रवि समझ नहीं पाया। उसकी आँखों में, पहले पहचान आई। फिर आश्चर्य। फिर पहचान की चमक, और अंत में एक ऐसी नमी, जिसे वह चाहकर भी नहीं छुपा पाया।

"तू...?" उसने धीरे से कहा।

रवि के चेहरे पर मुस्कान आ गई।

"हाँ... मैं..."

"तू? यहाँ?" वह अपनी कुर्सी से लगभग उछल पड़ा।

"हाँ भाई, मैं!" मनोज की आँखों में भी आँसू तैर आए थे।

मनोज कुर्सी से उठा और मेज के घेरे से बाहर आया। धीरे-धीरे रवि की ओर आया। दोनों आमने-सामने खड़े थे।

उन्होंने एक-दूसरे को कसकर गले लगा लिया। उस आलिंगन में सात साल की दूरियाँ, अनकही बातें और पुरानी यादें सब सिमट आईं। वह क्षण ऐसा था जैसे कॉलेज के हॉस्टल का वह कमरा फिर से जीवंत हो उठा हो।

सात साल का फासला...सिर्फ कुछ कदमों में सिमट गया था।

"यार..." रवि ने कहा।

कुछ पल, बस खामोशी रही। लेकिन उस खामोशी में, कुछ अलग था। पहले जैसी गर्माहट नहीं थी। कुछ... अधूरा था।

हम अलग हुए। रवि ने उसे ध्यान से देखा। चेहरा वही था...लेकिन भाव

बदल गए थे। आँखें गहरी थीं...लेकिन उनमें एक थकान थी। जैसे वह बहुत कुछ सोच चुका हो। बहुत कुछ झेल चुका हो।

“कैसा है तू?” मैंने पूछा।

वह हल्का-सा मुस्कुराया, “ठीक हूँ...” उसकी आवाज़ में एक ठहराव था। लेकिन वह ठहराव...शांति का नहीं था।

“तू यहाँ...?” तू यहाँ कैसे? उसने पूछा।

"बैठ यार, बैठ! तुझे मेरा पता कैसे चला?" मनोज ने उत्साह में पूछा, लेकिन मैंने गौर किया कि उसके उत्साह में एक अजीब-सी कृत्रिमता थी, जैसे वह बहुत कोशिश कर रहा हो 'सामान्य' दिखने की।

“बहुत दिनों बाद, बस एक काम से आया था... और तेरा नाम देखा...” वह कुछ पल चुप रहा।

रवि ने उसे अपनी आने की वजह बताई और बताया कि कैसे नामपट्टिका देखकर उसे ढूँढा। दोनों बैठ गए। मनोज ने चपरासी को चाय लाने को कहा।

"तू बहुत बदल गया है, मनोज," रवि ने उसे ध्यान से देखते हुए कहा। वह दिखने में पहले से थोड़ा दुबला हो गया था, लेकिन उसके चेहरे पर एक ऐसी गंभीरता थी जो उसकी उम्र से कहीं ज़्यादा लग रही थी। उसकी आँखों में वह पुरानी शरारत गायब थी, उसकी जगह एक खालीपन ने ले ली थी।

"वक्त बदल देता है सबको," उसने एक फीकी मुस्कान के साथ कहा। "तू बता, तू कैसा है? सुना है तूने दूसरे शहर में अपना काम शुरू कर लिया है?"

हमने कुछ देर तक इधर-उधर की बातें कीं, पुरानी यादें, दोस्त, करियर। लेकिन मुझे महसूस हो रहा था कि मनोज पूरी तरह से बातचीत में मौजूद नहीं था। वह बार-बार अपनी उंगलियों को मेज पर थपथपा रहा था, या उसकी नज़रें अचानक खिड़की के बाहर किसी शून्य पर टिक जाती थीं। वह सुन रहा था, लेकिन उसका ध्यान कहीं और था।

फिर बोला, "अच्छा हुआ तू आ गया..." उसकी इस बात में एक हल्की-सी राहत थी। जैसे वह किसी का इंतजार कर रहा हो।

नौकरी...शहर...परिवार...लेकिन बीच-बीच में, खामोशी आ जाती। अजीब-सी। भारी। रवि उसे देख रहा था। और धीरे-धीरे, रवि को एहसास होने लगा, कि वह बदल गया है। बहुत बदल गया है।

"तू ठीक तो है न...?" रवि ने अचानक पूछा।

वह चौंका। "हाँ... क्यों?"

"पता नहीं... तू पहले जैसा नहीं लग रहा..."

"मनोज, सब ठीक तो है न?" रवि ने अचानक फिर पूछा।

वह चौंक गया। "हाँ... हाँ, बिल्कुल ठीक है। क्यों? तुझे ऐसा क्यों लगा?"

"पता नहीं, तेरी आँखों में वह पुरानी चमक नहीं दिख रही। तू बहुत थका हुआ लग रहा है," रवि ने अपनी शंका ज़ाहिर की।

मनोज ने एक गहरी साँस ली और अपनी नज़रें झुका लीं। "यार, सच कहूँ तो मैं खुद को भी थका हुआ ही महसूस करता हूँ। यह नौकरी, यह शहर... सब ठीक है, पर कुछ है जो मुझे अंदर ही अंदर मथ रहा है।"

वह चुप हो गया। उसकी नजरें नीचे झुक गईं।

कुछ सेकंड बाद, उसने धीरे से कहा, "मैं भी खुद को पहले जैसा नहीं महसूस करता..." उसकी यह बात, सीधे दिल में उतर गई।

"क्या हुआ है...?" मैंने पूछा।

वह कुर्सी पर पीछे टिक गया। आँखें बंद कर लीं। जैसे कुछ शब्द ढूँढ रहा हो। "तुझे कभी ऐसा लगा है..." वह धीरे-धीरे बोला, "कि तू अपने ही मन को समझ नहीं पा रहा...?"

रवि चुप रहा।

"कि... तू कुछ सोचता है... और फिर सोचता है कि यह सोच कौन रहा है..." उसकी आवाज़ हल्की काँप रही थी।

"कि... तू खुद को देख रहा है..." "जैसे... तू खुद नहीं है..."

रवि ने ध्यान से उसकी ओर देखा। यह वही मनोज था, जो कभी इतना सहज था। आज, वह खुद से ही उलझा हुआ था।

"मुझे समझ नहीं आता..." वह आगे बोला, "मैं कौन हूँ..." कमरे में सन्नाटा छा गया। यह वही सवाल था, जो उसे अंदर से खा रहा था।

रवि ने धीरे से कहा, "यार... यह सब कब से चल रहा है...?"

"कुछ महीनों से..."

"और तूने किसी से बात नहीं की...?"

वह हल्का-सा हँसा, एक थकी हुई हँसी। "कैसे बताता...?" "लोग क्या सोचते...?" मनोज ने गहरी साँस ली।

"और तू क्या सोचता है...?" रवि ने पूछा।

मनोज रवि की ओर देखता रहा। कुछ पल। फिर बोला, “मुझे लगता है... मेरा मन... मेरा नहीं है...” उसकी यह बात, कमरे की हवा को और भारी कर गई। “जैसे... वह एक अजनबी है...”

रवि ने पहली बार, उसकी आँखों में डर देखा। साफ़, गहरा डर।

“और रवि... उसे समझ नहीं पा रहा...” कुछ देर तक, दोनों चुप रहे। बाहर, सूरज ढल रहा था। खिड़की से आती रोशनी, धीरे-धीरे कम हो रही थी।

रवि ने उस क्षण महसूस किया कि यह मुलाकात सिर्फ एक संयोग नहीं थी। यह, जरूरी थी।

“मनोज...” रवि ने धीरे से कहा, “तू अकेला नहीं है...”

मनोज ने रवि की ओर देखा। उसकी आँखों में, पहली बार, एक हल्की-सी उम्मीद दिखी।

“मैं हूँ...” रवि ने धीरे से कहा।

उसने कुछ नहीं कहा। बस हल्का-सा सिर हिलाया। और उस क्षण, सात साल का फासला, वाकई खत्म हो गया। उसने अपनी बात अधूरी छोड़ दी। उसी समय रवि का फोन बज उठा।

रवि...”मेरी एक और अपॉइंटमेंट थी जिसके लिए मुझे निकलना था।” "देख भाई, अभी तो मुझे जाना होगा, लेकिन हम ऐसे नहीं बिछड़ सकते। हमारा मिलना तय था," रवि ने खड़े होते हुए कहा। उन्होंने उनके पते और फोन नंबर साझा किए।

"अगले रविवार मेरे घर आ," रवि ने आग्रह किया। "हम फुर्सत में बातें करेंगे। पुरानी यादें ताज़ा करेंगे।"

मनोज ने सिर हिलाया। "ज़रूर आऊँगा। मुझे भी शायद किसी अपने से बात करने की बहुत ज़रूरत है।"

जब रवि दफ्तर से बाहर निकला, तो मन पर एक भारीपन था। मनोज से मिलकर खुशी तो हुई थी, लेकिन उसके व्यवहार ने चिंतित कर दिया था। वह वही मनोज था जिसके साथ रवि ने अपनी ज़िंदगी के सबसे बेहतरीन साल बिताए थे, लेकिन उसके भीतर कोई ऐसा अजनबी प्रवेश कर गया था जिसे रवि नहीं जानता था।

उसकी आँखें कह रही थीं कि वह किसी युद्ध में है, एक ऐसा युद्ध जो वह अकेले ही लड़ रहा है। रवि को अंदाज़ा नहीं था कि यह 'अजनबी मन' का खेल उसे किस हद तक ले जा चुका है, लेकिन इतना यकीन था कि उनका पुनर्मिलन महज़ एक इत्तेफाक नहीं था। लेकिन अब रवि के सामने एक नई यात्रा थी। एक ऐसी यात्रा, जो बाहर नहीं...अंदर ले जाने वाली थी।

कमरे में हल्की रोशनी थी। और उस रोशनी में, दो दोस्त थे। एक, जो खुद को खो चुका था। दूसरा, जो उसे ढूँढने आया था। और उनके बीच, एक ही सवाल था, धीरे-धीरे गूँजता हुआ, “मैं कौन हूँ...?”

सूरज अब ढलने की ओर था, और रवि अपनी गाड़ी की ओर बढ़ते हुए यही सोच रहा था कि रविवार का दिन हम दोनों के लिए बहुत सारी अनकही सच्चाइयों के खुलने का दिन होगा। बाहर अंधेरा हो चुका था।

अध्याय 9
रविवार की प्रतीक्षा

मन की कहानी, भीतर का बाहर आता बोझ

शुक्रवार की रात मनोज के लिए किसी अनंत प्रतीक्षा की तरह शुरू हुई। जब से उसने अपने पुराने मित्र से रविवार को मिलने का वादा किया था, उसके भीतर एक अजीब-सी हलचल मच गई थी। उसे ऐसा लग रहा था जैसे उसके भीतर कोई भारी पत्थर रखा है, जिसे वह वर्षों से ढो रहा है और अब उसे उतारने की जगह मिल गई है।

रविवार आने में अभी दो दिन बाकी थे। लेकिन मनोज के लिए, हर दिन अब एक लंबा इंतज़ार बन गया था। शुक्रवार की रात...वह बिस्तर पर लेटा था। कमरे में हल्का अंधेरा था।

खिड़की से आती ठंडी हवा... बाहर गली में सन्नाटा था, सिर्फ कभी-कभी किसी कुत्ते के भौंकने की आवाज़ उस सन्नाटे को चीर देती थी। सब कुछ सामान्य था। लेकिन उसके भीतर कुछ भी सामान्य नहीं था।

वह अपने कमरे में बिस्तर पर लेटा था। कमरे में खिड़की से आती ठंडी हवा के झोंके उसे छूकर निकल रहे थे। लेकिन मनोज का ध्यान स्पर्श पर नहीं, बल्कि आने वाले 'रविवार' पर था।

“रविवार...” उसने धीरे से सोचा। “मैं सब बता दूँगा...” उसका मन जैसे किसी बोझ से भरा हुआ था। एक ऐसा बोझ, जिसे वह अकेले उठाते-उठाते थक चुका था।

"क्या वह मेरी बात समझेगा?" उसने अंधेरे में छत की ओर देखते हुए

सोचा। "अगर उसने मुझे पागल समझ लिया तो? अगर उसे लगा कि मैं सिर्फ कल्पनाओं के जाल में फँसा हूँ?"

"क्या वह समझ पाएगा...?" यह सवाल बार-बार आ रहा था। उसने करवट बदली। आँखें बंद कीं। लेकिन विचार...रुक नहीं रहे थे।

"मैं उसे कैसे समझाऊँ..." "कि मेरा मन... मेरा नहीं लगता..." अचानक, एक और विचार आया, "अगर मैं खुद ही नहीं समझ पा रहा... तो वह कैसे समझेगा...?" उसने आँखें खोल दीं। छत को देखने लगा।

"मैं कौन हूँ...?" यह सवाल फिर उभरा। लेकिन इस बार, उसमें डर ज्यादा था।

उसका मन, जो अब उसका अपना नहीं रहा था, तुरंत सक्रिय हो गया। *'तुम डर रहे हो... तुम अपनी कमजोरी किसी और के सामने रखने से डर रहे हो। क्या तुम्हें सच में लगता है कि कोई दूसरा तुम्हारे इस अजनबीपन को पहचान पाएगा?'*

मनोज ने करवट बदली और आँखें ज़ोर से बंद कर लीं। वह इस 'आंतरिक आवाज़' से भागना चाहता था। शनिवार का दिन ऑफिस में भी बड़ी मुश्किल से बीता। वह पहले से कहीं ज़्यादा खामोश था।

उसके सहकर्मी उसे देखते और फुसफुसाते, लेकिन मनोज को अब उनकी परवाह नहीं थी। उसके लिए अब सिर्फ एक ही लक्ष्य था, उस मित्र के घर पहुँचना जो शायद उसके बीते हुए कल का आखिरी सिरा था।

शनिवार का दिन, किसी तरह बीता। ऑफिस में वह और भी चुप था। लोगों ने बात करने की कोशिश की, लेकिन उसने टाल दिया। अब उसे किसी से बात करने का मन नहीं होता था। क्योंकि हर बातचीत उसे और उलझा देती थी।

लेकिन एक व्यक्ति था, जिससे वह बात करना चाहता था। जिससे वह सब कुछ कहना चाहता था।

रविवार। जब सुबह हुई। आसमान बिल्कुल साफ था। सूरज की गुनगुनी धूप ने कमरे को भर दिया था। हल्की धूप...एक नई शुरुआत का संकेत। लेकिन मनोज के भीतर एक घबराहट थी।

“आज...” उसने खुद से कहा, “आज सब साफ हो जाएगा...” या...शायद और उलझ जाएगा।

मनोज उठा और तैयार होने लगा। लेकिन इस साधारण-सी प्रक्रिया में भी उसका 'साक्षी भाव' उसे चैन नहीं लेने दे रहा था।

वह तैयार होने लगा। हर छोटी-छोटी चीज़ पर ध्यान जा रहा था। कपड़े पहनते समय, “मैं यह शर्ट क्यों पहन रहा हूँ...?” उसने अपनी उंगलियों की गति को देखा। *'मैं बटन बंद कर रहा हूँ... या हाथ खुद-ब-खुद काम कर रहे हैं? क्या यह जागरूकता मुझे मुक्त कर रही है या मुझे और ज़्यादा गुलाम बना रही है?'*

जूते बाँधते समय, “क्या मैं कर रहा हूँ... या यह अपने आप हो रहा है...?” वह रुक गया।

उसने एक गहरी साँस ली और खुद को झकझोरा। "आज नहीं... आज मुझे सिर्फ एक दोस्त बनकर जाना है," उसने आईने के सामने खुद से कहा। लेकिन आईने में खड़ा वह व्यक्ति उसे एक रहस्यमयी मुस्कान के साथ देख रहा था, जैसे कह रहा हो, 'तुम मुझसे बचकर कहाँ जाओगे?'

“नहीं...” “आज मुझे बस जाना है...” उसने खुद को रोका। और घर से निकल गया।

मनोज घर से निकला। रास्ते में, हर चीज़ जैसे उसे देख रही थी। पेड़...सड़क...लोग...और वह, सबको "देख" रहा था। जैसे पहली बार देख रहा हो।

रास्ते में हर पेड़, हर सड़क और हर राहगीर उसे एक नई रोशनी में दिखाई दे रहे थे। वह सबको 'देख' रहा था, लेकिन उस देखने में अब एक थकान थी। वह जागरूक रहते-रहते थक चुका था।

लेकिन इस "देखने" में, अब आनंद नहीं था।सिर्फ थकान थी। "क्या यह सामान्य है...?" उसने खुद से पूछा। कोई जवाब नहीं आया।

शहर के सबसे महंगे और प्रतिष्ठित 'सिविल लाइन्स' इलाके में, जहाँ सड़कों के दोनों ओर पुराने ऊँचे दरख़्त साया करते हैं, रवि की अट्टालिका खड़ी थी। इसका नाम था 'शिखर'। यह घर मनोज के PWD क्वार्टर से ठीक उलट, आधुनिक स्थापत्य कला (Architecture) और बेशुमार दौलत का एक मिला-जुला नमूना था।

रवि का घर 'वैभव' का प्रतीक था, और मनोज का क्वार्टर 'विराग' का। इन दोनों के बीच की दूरी ही इस उपन्यास का असली द्वंद्व है। रवि का घर उसकी सफलता, मेहनत और उसके सधे हुए व्यक्तित्व का एक जीवंत प्रतीक था। यह घर केवल ईंट-पत्थरों से बना एक ढांचा नहीं था, बल्कि उसकी वर्षों की लगन, संघर्ष और उपलब्धियों की कहानी अपने भीतर समेटे हुए था।

घर के बाहर काली ग्रेनाइट की ऊंची दीवारें थीं, जिन पर लोहे के नक्काशीदार बड़े फाटक लगे थे। फाटक पर सफारी सूट पहने सुरक्षाकर्मी तैनात रहते थे, जो आने-जाने वाली हर गाड़ी का हिसाब रखते थे। जैसे ही फाटक खुलता, सामने लंबी 'ड्राइव-वे' दिखाई देती, जिसके दोनों ओर विदेशी घास के मखमली लॉन थे।

शहर के इस अच्छे और विकसित इलाके में स्थित रवि का घर दूर से ही अपनी भव्यता और सादगी के संतुलन के कारण ध्यान आकर्षित करता था। घर के बाहर एक मजबूत और आकर्षक लोहे का गेट लगा था, जिस पर सुंदर डिज़ाइन उकेरे गए थे। गेट के पास ही एक नामपट्ट (नेम प्लेट) लगी थी, जिस पर साफ अक्षरों में "रवि कुमार" लिखा हुआ था, यह उसके आत्मविश्वास और पहचान का प्रतीक था।

वह रवि घर के बाहर खड़ा था। जब वह रवि के घर के दरवाज़े पर पहुँचा, तो उसका दिल ज़ोर-ज़ोर से धड़क रहा था। "क्या मैं सही कर रहा हूँ...?" कुछ सेकंड तक, वह वहीं खड़ा रहा।

उसने हाथ उठाया, कुछ पल झिझका, और फिर धीरे से दरवाजे पर लगी कॉलबेल के बटन को दबा दिया। अंदर एक सुंदर म्यूजिक गूंजा। रवि के चौकीदार ने दरवाजा खोला। रवि ने अपना परिचय दिया। वह उसे आदरपूर्वक गेट के अंदर ले गया।

गेट के अंदर प्रवेश करते ही एक सुसज्जित बगीचा दिखाई देता था। हरे-भरे लॉन में तरह-तरह के फूल खिले रहते थे, गुलाब, गेंदा, और चमेली की खुशबू वातावरण को सुगंधित बना देती थी। बगीचे के एक कोने में कुछ फलदार पेड़ भी लगे थे, जैसे आम और अमरूद, जो घर को एक प्राकृतिक और शांत वातावरण प्रदान करते थे। सुबह के समय रवि अक्सर यहीं टहलता और अपने दिन की शुरुआत सकारात्मक ऊर्जा के साथ करता।

पोर्टिको (Portico) में हमेशा रवि की पसंदीदा सफेद और काली एसयूवी (SUV) गाड़ियाँ खड़ी थीं, जिन पर लगे 'भारत सरकार' के अनुबंध वाले स्टिकर उसके रसूख की गवाही देते थे। घर का बाहरी हिस्सा सफ़ेद संगमरमर और कांच की बड़ी-बड़ी दीवारों से बना था, जो रात के वक्त पीली 'वार्म लाइट्स' में किसी जलमहल जैसा प्रतीत होता था।

घर का मुख्य दरवाजा लकड़ी का बना था, जिस पर बारीक नक्काशी की गई थी।

रवि ने दरवाज़ा खोला। मनोज को सामने देखकर एक अजीब-सी खुशी हुई, लेकिन उसकी आँखों में जो गहरा डर और बेचैनी थी, उसने रवि को तुरंत गंभीर कर दिया।

दरवाजा खोलते ही एक विशाल और सुंदर ड्राइंग रूम नजर आता था। इस कमरे की सजावट बेहद सलीकेदार थी। घर के भीतर प्रवेश करते ही एक विशाल 'लिविंग एरिया' था। यहाँ का फर्श इटालियन मार्बल से बना था, जो इतना चमकदार था कि उसमें छत पर लगे झाड़-फानूस (Chandeliers) का अक्स साफ़ दिखाई देता था। हवा में 'ऊद' (Oud) और महंगे 'रूम फ्रेशनर' की एक भारी गंध हर समय मौजूद रहती थी।

आरामदायक सोफे, एक बड़ा सेंटर टेबल, और दीवारों पर लगी पेंटिंग्स इस कमरे को और भी आकर्षक बनाती थीं। एक दीवार पर रवि की उपलब्धियों और सम्मान-पत्रों के फ्रेम लगे थे, जो उसकी मेहनत और सफलता की गवाही देते थे।

वहाँ रखे सोफे केवल बैठने के लिए नहीं थे; वे भारी मखमल और सागवान की लकड़ी से बने कला के नमूने थे। कोने में एक बड़ा 'ग्रैंड पियानो' रखा था, जिसे शायद ही कभी किसी ने बजाया हो, वह केवल रवि के बढ़ते हुए सामाजिक कद का एक प्रतीक था। दीवारों पर समकालीन कलाकारों की पेंटिंग्स थीं, जिनकी कीमत मनोज की साल भर की तनख्वाह से भी अधिक थी।

ड्राइंग रूम के एक कोने में एक बड़ा एलईडी टीवी और आधुनिक साउंड सिस्टम लगा था, जो मेहमानों के मनोरंजन के लिए था। वहीं पास में एक छोटा-सा बुकशेल्फ भी था, जिसमें बिजनेस, प्रबंधन और प्रेरणादायक

किताबें रखी हुई थीं, यह दर्शाता था कि रवि केवल काम ही नहीं करता, बल्कि सीखने में भी विश्वास रखता है।

घर के अंदर आगे बढ़ते ही एक विशाल डाइनिंग एरिया था, जहाँ एक बड़ी टेबल रखी थी, जिस पर पूरा परिवार एक साथ बैठकर भोजन करता था। यह जगह परिवार के आपसी संबंधों को मजबूत बनाने का केंद्र थी।

रवि की रसोई एक 'मॉड्यूलर किचन' थी, जहाँ हर चीज़ सेंसर से चलती थी। किचन पूरी तरह से आधुनिक सुविधाओं से सुसज्जित था। साफ-सफाई का विशेष ध्यान रखा जाता था। यहाँ हर चीज व्यवस्थित तरीके से रखी गई थी, जिससे काम करना आसान और सुखद बनता था।

डाइनिंग टेबल बारह सीटों वाली थी, जिस पर बेहतरीन कटलरी और क्रिस्टल के ग्लास सजे रहते थे। लेकिन विडंबना यह थी कि उस विशाल टेबल पर रवि अक्सर अकेला ही डिनर करता था, क्योंकि उसका परिवार या तो सामाजिक कार्यक्रमों में व्यस्त रहता था या वह खुद देर रात दफ्तर से लौटता था।

घर में कई कमरे थे, जिनमें से हर एक का अपना अलग महत्व था। रवि का बेडरूम बेहद आरामदायक और सादगीपूर्ण था। एक बड़ा बिस्तर, हल्के रंग के परदे और शांत वातावरण इस कमरे को विश्राम के लिए आदर्श बनाते थे। कमरे में एक वर्क-डेस्क भी था, जहाँ रवि कभी-कभी अपने काम से संबंधित योजनाएँ बनाता था।

रवि के घर का सबसे महत्वपूर्ण हिस्सा उसका निजी 'स्टडी रूम' या होम-ऑफिस था। इसकी एक पूरी दीवार उसकी सफलता की कहानियों को समर्पित थी। वहाँ रवि की बड़ी-बड़ी तस्वीरें थीं, मंत्रियों के साथ हाथ मिलाते हुए, किसी बड़े पुल का उद्घाटन करते हुए, और 'कांट्रेक्टर ऑफ द ईयर' के पुरस्कार ग्रहण करते हुए।

यहाँ अलमारियों में कानून की किताबें, टेंडर के दस्तावेज़ और तकनीकी फाइलों के ढेर लगे थे। यह कमरा हमेशा ठंडा (Air-conditioned) रहता था और यहाँ की शांति में भी एक 'व्यावसायिक तनाव' महसूस होता था। यह वह जगह थी जहाँ रवि अपने साम्राज्य की योजनाएं बनाता।

एक कमरा विशेष रूप से ऑफिस के रूप में बनाया गया था। यहाँ फाइलें, दस्तावेज़ और कंप्यूटर सिस्टम व्यवस्थित तरीके से रखे गए थे। यही वह जगह थी जहाँ रवि अपने व्यवसाय से जुड़ी महत्वपूर्ण बैठकों और निर्णयों को अंजाम देता था। इस कमरे की सजावट प्रोफेशनल थी, जो उसके काम के प्रति गंभीरता को दर्शाती थी।

घर की छत (टैरेस) भी बहुत सुंदर थी। यहाँ शाम के समय ठंडी हवा का आनंद लिया जा सकता था। कभी-कभी रवि अपने दोस्तों और परिवार के साथ यहाँ समय बिताता, छोटी-छोटी पार्टियाँ भी आयोजित करता था।

रवि के घर में आधुनिकता के साथ-साथ पारंपरिक मूल्यों की झलक भी साफ दिखाई देती थी। घर के एक कोने में एक छोटा-सा पूजा कक्ष (मंदिर) बना हुआ था, जहाँ रोज़ सुबह-शाम पूजा होती थी। यह दर्शाता था कि रवि अपनी जड़ों और संस्कृति से जुड़ा हुआ है।

सुरक्षा के लिए घर में सीसीटीवी कैमरे और अन्य आधुनिक सुरक्षा उपकरण भी लगे थे। इसके अलावा, एक छोटा गैरेज भी था, जहाँ उसकी गाड़ियाँ खड़ी रहती थीं।

कुल मिलाकर, रवि का घर उसकी सफलता, उसके संस्कार और उसकी सोच का एक सुंदर प्रतिबिंब था। यह घर न केवल उसे आराम और सुकून देता था, बल्कि हर आने वाले व्यक्ति को उसकी मेहनत और उपलब्धियों की कहानी भी सुनाता था।

मनोज पहली बार रवि के घर आया था, उसे अपनी इंद्रियों पर एक दबाव महसूस हुआ। यहाँ PWD क्वार्टर जैसा सन्नाटा नहीं था। यहाँ 'सेंट्रल एसी' की एक निरंतर दबी हुई गुनगुनाहट थी, दबे पाँव चलते नौकरों की आहट थी और रवि के तीन अलग-अलग स्मार्टफोन्स की निरंतर बजती रिंगटोन्स थीं।

यहाँ हर चीज़ 'पॉलिश्ड' थी। दरवाज़ों के पीतल के हैंडल, सीढ़ियों की कांच की रेलिंग, यहाँ तक कि सजावटी पौधे भी इतने साफ़ थे कि वे कृत्रिम (Artificial) लगते थे। यहाँ रंगों का एक संयोजित खेल था: सफेद, सुनहरा और काला। कुछ भी बिखरा हुआ नहीं था, कुछ भी 'अपूर्ण' नहीं था।

जब मनोज ने रवि के घर के भीतर कदम रखा, तो उसे लगा कि वह किसी 'कंक्रीट के जंगल' में आ गया है। जहाँ मनोज अपने भीतर 'शून्य' ढूंढ रहा था, रवि ने अपने बाहर 'पदार्थों' (Matter) का अंबार लगा दिया था।

मनोज ने सोचा, "रवि ने घर तो बना लिया, पर शायद वह घर के भीतर रहना भूल गया है।" रवि के घर की हर दीवार चीख-चीख कर कह रही थी कि यहाँ 'अहम' (Ego) का शासन है। यहाँ भावनाएं गौण थीं और उपयोगिता (Utility) सर्वोपरि थी। रवि का घर एक 'शोरूम' जैसा था, सुंदर, महंगा, चकाचौंध से भरा, लेकिन रूह से खाली।

रवि का घर उस 'अजनबी मन' की बाहरी अभिव्यक्ति थी जो बाहर की दुनिया को जीतने में इतना व्यस्त हो गया था कि उसे अपने भीतर के घर की कोई खबर नहीं थी। वह घर मनोज के लिए एक चेतावनी की तरह था कि सफलता के शिखर पर पहुँचकर भी इंसान कितना अकेला और यांत्रिक हो सकता है।

दोनों की नजरें मिलीं।

“आ गया...” रवि ने मुस्कुराते हुए कहा।

मनोज ने हल्का-सा सिर हिलाया। लेकिन उसकी आँखों में, स्पष्ट घबराहट थी।

"आओ मनोज, मैं तुम्हारा ही इंतज़ार कर रहा था," रवि ने उसे अंदर बुलाते हुए कहा।

दोनों अंदर ड्राइंग रूम में बैठे। कमरे में हल्की शांति थी। कोई शोर नहीं। कोई जल्दबाज़ी नहीं। कुछ पल, दोनों चुप रहे।

रवि ने उसे ध्यान से देखा। “आराम से...” धीरे से कहा। रवि ने चाय बनाई और हम दोनों चुपचाप अपनी प्यालियों से उठती भाप को देखते रहे। कुछ मिनटों का वह मौन बहुत भारी था। अंत में, रवि ने ही चुप्पी तोड़ी।

"मनोज... तुम कुछ कहना चाहते हो। उस दिन दफ्तर में तुम बहुत कुछ अधूरा छोड़ आए थे। यहाँ हम अकेले हैं, तुम जो चाहो कह सकते हो।"

मनोज ने अपनी चाय की प्याली मेज पर रखी। उसकी उंगलियाँ कांप रही थीं। उसने रवि की ओर देखा, उसकी आँखों में एक ऐसी याचना थी जैसे कोई डूबता हुआ व्यक्ति तिनके का सहारा माँग रहा हो।

"यार... मुझे समझ नहीं आ रहा कि मैं कहाँ से शुरू करूँ," उसकी आवाज़ फटी-सी थी। "मुझे डर लगता है कि अगर मैंने सब कह दिया, तो तुम मुझे अजनबी समझने लगोगे।"

"हम सात साल बाद मिल रहे हैं मनोज, हम पहले ही एक-दूसरे के लिए अजनबी हो चुके हैं। अब खोने को क्या बचा है? बस कह डालो, जो भी कहना है... कह दे..." रवि ने उसे ढाँढस बँधाया।

यह सुनते ही, जैसे उसके भीतर का बाँध टूट गया और बोलना शुरू किया। "मुझे समझ नहीं आ रहा... मेरे साथ क्या हो रहा है..." उसकी आवाज़ धीमी थी। लेकिन हर शब्द भारी था। "कुछ महीनों से..." "मैं... अपने ही विचारों को देख रहा हूँ..."

मनोज ने एक लंबी साँस ली और अपनी कहानी शुरू की। उसने बताया कि कैसे एक सुबह अचानक उसकी आँख खुली और उसे महसूस हुआ कि उसका मन उसकी अनुमति के बिना चल रहा है। उसने बताया कि कैसे वह अपने ही विचारों को एक 'अजनबी' की तरह देखने लगा है।

"तुझे पता है," वह आगे बोला, "सबसे डरावना क्या है? जब मैं चलता हूँ, तो मुझे लगता है कि पैर अपने आप चल रहे हैं। जब मैं बोलता हूँ, तो मुझे लगता है कि शब्द कहीं और से आ रहे हैं। मैं खुद को एक ऐसी फिल्म का हिस्सा महसूस करता हूँ जिसमें मैं एक्टर भी हूँ और दर्शक भी, लेकिन डायरेक्टर कोई और है जिसे मैं नहीं जानता।"

रवि चुपचाप, खामोश होकर उसकी बात सुन रहा था। मनोज का चेहरा अब पसीने से तर था। उसके भीतर का डर अब शब्दों के माध्यम से बाहर आ रहा था।

"पहले सब सामान्य था..." "मैं सोचता था... और बस..." "लेकिन अब..." "मैं सोचता हूँ... और फिर सोचता हूँ कि मैं क्यों सोच रहा हूँ..." मनोज की आँखें रवि की ओर थीं। जैसे वह जवाब ढूँढ रहा हो।

"और फिर..." "विचार अपने आप आने लगते हैं..." "तेज़... लगातार..." उसने माथे पर हाथ रख लिया।

"मैं उन्हें रोक नहीं पाता..." कुछ सेकंड की खामोशी।

“और सबसे डरावनी बात...” उसने धीरे से कहा, “मुझे लगता है... यह मन मेरा नहीं है...”

"मैं हर पल जागरूक रहने की कोशिश करता हूँ, लेकिन वह जागरूकता मुझे शांति देने के बजाय मुझे पागल कर रही है। मैं काम नहीं कर पाता, मैं परिवार से बात नहीं कर पाता। मुझे लगता है कि मैं एक अजनबी मन के साथ एक ही शरीर में कैद हो गया हूँ। मैं कौन हूँ, भाई? क्या मैं वह हूँ जो सोच रहा हूँ, या वह जो देख रहा हूँ?"

उसने अपना सिर दोनों हाथों में थाम लिया। कमरे में सन्नाटा छा गया। बाहर हवा का एक झोंका आया और खिड़की के पर्दे हिलने लगे। मनोज की व्यथा इतनी गहरी थी कि रवि को महसूस हो रहा था कि वह वास्तव में एक मानसिक और अस्तित्ववादी नरक से गुजर रहा है।

कमरे में सन्नाटा छा गया।

“जैसे...” “कोई और सोच रहा है...” “और मैं बस देख रहा हूँ...” उसकी आवाज़ अब काँप रही थी। “मैं खुद को भी अजनबी लगने लगा हूँ...” उसने आँखें नीचे कर लीं।

“कभी-कभी...” “मुझे लगता है कि मैं... खो जाऊँगा...” यह कहते-कहते, उसकी आवाज़ टूट गई। रवि ने उसे ध्यान से देखा। यह डर, सिर्फ शब्दों में नहीं था। यह उसके पूरे अस्तित्व में था।

“और फिर...” वह बोला, “मैं खुद से पूछता हूँ...” उसने रवि की ओर देखा। आँखों में नमी थी।

“मैंने कोशिश की...” “ध्यान देने की...” “हर चीज़ को समझने की...” “लेकिन...” “मैं और उलझ गया...”

वह थक चुका था। उसकी आवाज़ में हार थी।

“अब मुझे डर लगने लगा है...” “कि कहीं मैं... पागल न हो जाऊँ...” यह कहते ही, वह चुप हो गया। कमरे में फिर शांति छा गई।

“मैं कौन हूँ...?” यह सवाल, कमरे में गूँज गया। कुछ पल, रवि ने कुछ नहीं कहा। क्योंकि यह जवाब देने का समय नहीं था। यह, सुनने का समय था।

"लोग इसे 'जागृति' कह सकते हैं, लेकिन मेरे लिए यह एक सजा बन गई है," उसने सिसकते हुए कहा। "मुझे मेरी पुरानी अज्ञानता वापस चाहिए। मुझे वह मनोज वापस चाहिए जो बिना सोचे सो जाता था।"

बाहर, हल्की हवा चल रही थी। पेड़ों की पत्तियाँ हिल रही थीं। और अंदर, एक मन अपनी पूरी कहानी सुना चुका था।

रवि ने धीरे से उसकी ओर देखा। “बस...?” रवि ने पूछा।

वह हल्का-सा मुस्कुराया, एक थकी हुई मुस्कान। “अभी के लिए... बस...” मनोज ने सिर हिलाया।

“ठीक है...” कुछ सेकंड की खामोशी। फिर रवि ने धीरे से कहा, “मनोज...” वह रवि की ओर देखने लगा।

“जो तू महसूस कर रहा है...” रवि थोड़ा रुका। “वह डरावना है...” “लेकिन गलत नहीं है...”

उसकी आँखों में, हल्का-सा बदलाव आया। जैसे पहली बार, किसी ने उसके अनुभव को “नकारा” नहीं...बल्कि “स्वीकार” किया। और शायद, यही उसकी पहली राहत थी।

रवि ने धीरे से उसका हाथ पकड़ा। "मनोज, जो तू महसूस कर रहा है, वह पागलपन नहीं है। यह चेतना की एक ऐसी परत है जिसे बहुत कम लोग देख पाते हैं। तू बस एक ऐसी यात्रा पर निकल गया है जिसका रास्ता तुझे पता नहीं है।"

मनोज ने अपनी आँखें उठाईं। उनमें पहली बार एक हल्की-सी उम्मीद की किरण दिखी। "क्या सच में? क्या मैं पागल नहीं हूँ?"

"नहीं मनोज। तू बस बहुत ज़्यादा 'होश' में आ गया है, और अभी तुझे उस होश को सँभालना नहीं आता," रवि ने मुस्कुराते हुए कहा।

उस रविवार की दोपहर, उस कमरे में, मनोज ने पहली बार अपने अजनबी मन का बोझ साझा किया था। उसे जवाब तो नहीं मिले थे, लेकिन उसे एक 'सुनने वाला' मिल गया था। और कभी-कभी, जवाबों से ज़्यादा महत्वपूर्ण एक ऐसा कंधा होता है जिस पर सर रखकर आप अपनी उलझनों को स्वीकार कर सकें।

सूरज अब ढलने की ओर था, और उस कमरे में फैली शांति अब बोझिल नहीं, बल्कि थोड़ी राहत भरी थी। उस शांति में, एक नई शुरुआत छुपी थी। मनोज के भीतर का वह बड़ा सवाल, "मैं कौन हूँ?" अभी भी वहीं था, लेकिन अब उस सवाल में अकेलेपन का डर थोड़ा कम था।और उस शुरुआत के केंद्र में, फिर वही सवाल था।

भाग 4: साधना का मार्ग

अध्याय 10
संवाद की गहराई

ध्यान का मार्ग, देखने की कला, संवाद की गहराई

अगले रविवार की दोपहर शहर के शोर से दूर, रवि के ड्राइंग रूम के शांत कोने में सिमट आई थी। बाहर खिड़की से छनकर आती सुनहरी धूप फर्श पर मद्धम पड़ रही थी। सूरज अब तेज़ नहीं था। उसकी रोशनी नरम हो गई थी, जैसे दिन भी अब शांत होने की ओर बढ़ रहा हो। कमरे में हल्की खामोशी थी। खिड़की से आती हवा पर्दों को धीरे-धीरे हिला रही थी। और उस शांति के बीच, मनोज और रवि आमने-सामने बैठे थे।

मनोज ने जब अपनी व्यथा का बोझ शब्दों में खाली किया, तो कमरे का सन्नाटा और भी गहरा हो गया था। उसकी आँखों में एक ऐसी थकान थी जो रातों के जागने से नहीं, बल्कि अपने ही भीतर चल रहे अंतहीन युद्ध से उपजी थी।

रवि ने चाय का खाली कप मेज पर रखा और मनोज की ओर देखा। वह अभी भी अपने सिर को हाथों में थामे बैठा था। मनोज की आँखों में अब भी सवाल थे। लेकिन अब उनमें एक हल्की-सी उम्मीद भी थी।

“तो अब क्या करूँ मैं...?” मनोज ने धीरे से पूछा।

रवि कुछ क्षण चुप रहा। फिर मुस्कुराया। “कुछ मत कर...”

वह चौंक गया। “क्या मतलब...?”

"मतलब..." रवि थोड़ा आगे झुका, "जो तू कर रहा है... वही समस्या है..." मनोज ध्यान से सुन रहा था।

"तू हर चीज़ को पकड़ने की कोशिश कर रहा है..." "समझने की कोशिश कर रहा है..." "कंट्रोल करने की कोशिश कर रहा है..." "और यही कारण है कि तू थक गया है..."

मनोज चुप हो गया। उसके चेहरे पर विचारों की हलचल साफ़ दिख रही थी।

"मनोज," रवि ने उसे पुकारा। उसकी आवाज़ में एक अजीब-सा ठहराव था। "तुमने अभी जो कुछ भी कहा, वह मुझे पागलपन नहीं, बल्कि एक 'पुकार' लगती है। एक ऐसी पुकार जो तुम्हें उस सच की ओर ले जाना चाहती है जिसे हम पूरी ज़िंदगी नज़रअंदाज़ करते हैं।" रवि ने कहा।

मनोज ने धीरे से अपना सिर उठाया। "भाई, मुझे बस इस नरक से बाहर निकलना है। यह जागरूकता मुझे खा रही है। मैं हर पल खुद को देख रहा हूँ और हर पल मुझे डर लगता है कि मैं कोई मशीन हूँ।"

रवि ने एक गहरी साँस ली और उसे समझाने की कोशिश की। "समस्या जागरूकता नहीं है, मनोज। समस्या वह 'तरीका' है जिससे तुम जागरूक होने की कोशिश कर रहे हो। तुम अपने मन और शरीर से लड़ रहे हो। तुम उन्हें 'पकड़ने' की कोशिश कर रहे हो, और यहीं तुम चूक रहे हो।"

"लेकिन अगर मैं कुछ न करूँ..." मनोज ने पूछा, "तो ये सब कैसे रुकेगा...?"

रवि ने धीरे से सिर हिलाया। "यही तो समझना है..." "ये 'रोकने' से नहीं रुकेगा..." "ये 'देखने' से शांत होगा..."

"तो फिर मैं क्या करूँ?" उसने व्याकुलता से पूछा।

"वही तो बात है," रवि मुस्कुराया। "तुम्हें 'करना' कुछ नहीं है। तुम्हें सिर्फ 'होना' है। जिसे तुम अजनबी कह रहे हो, वह अजनबी इसलिए है क्योंकि तुम उसे एक दुश्मन की तरह देख रहे हो। ध्यान (Meditation) का मतलब मन को रोकना नहीं, बल्कि उसे उसकी पूरी नग्नता में देखना है, बिना किसी निर्णय (Judgment) के।"

“देखने से...?” मनोज ने दोहराया।

“हाँ...” रवि ने खिड़की की ओर इशारा किया। “बाहर देख...”

मनोज खिड़की की ओर देखने लगा। पेड़ हिल रहे थे...पत्तियाँ सरसराती थीं...हवा बह रही थी...“क्या तू हवा को रोक सकता है...?” रवि ने पूछा।

“नहीं...”

“तो फिर...” “तू उसे देख सकता है...”

वह धीरे-धीरे समझने लगा।

“तेरा मन भी ऐसा ही है...” “विचार हवा की तरह आते हैं...” “और चले जाते हैं...” “समस्या तब होती है...” “जब तू उन्हें पकड़ने की कोशिश करता है...”

मनोज ने गहरी साँस ली। “लेकिन...” “अगर मैं सिर्फ देखूँ...” “तो क्या मैं अलग हो जाऊँगा...?”

रवि मुस्कुराया। “तू पहले से ही अलग है...” वह चौंक गया।

“क्या मतलब...?”

“मतलब...”

रवि ने धीरे-धीरे कहा, “तू तीन हिस्सों में बंटा हुआ है...”

“तीन...?” उसने पूछा।

“हाँ...” रवि ने अपनी उँगलियों से तीन इशारे किए, “शरीर...” “मन...” “और...” रवि थोड़ा रुका, “वह... जो इन दोनों को देख रहा है...” कमरे में एक गहरी खामोशी छा गई।

मनोज की आँखों में उलझन थी। रवि ने उसे विस्तार से समझाना शुरू किया। "देखो मनोज, हमारा यह अस्तित्व तीन परतों में बंटा है। इसे समझना बहुत ज़रूरी है।" रवि ने अपनी उंगलियों से हवा में रेखाएं खींचते हुए कहा,

“पहला...” “शरीर...” “यह तेरी आँखें, हाथ, दिल, सांस...” “सब कुछ...” “यह काम करता है...” “चलता है...” "पहली परत है, शरीर। यह सबसे स्थूल हिस्सा है। यह एक जैविक यंत्र है जो प्रकृति के नियमों से चलता है। तुम्हारी साँसें, तुम्हारी धड़कन, तुम्हारी भूख, यह सब शरीर का हिस्सा है। तुमने जो महसूस किया कि शरीर अपने आप चल रहा है, वह सच है। लेकिन तुमने उसे 'खतरे' के रूप में देखा, जबकि वह उसकी 'प्रकृति' है।"

“महसूस करता है...” “लेकिन...” “क्या तू शरीर है...?”

मनोज ने सोचा। “अगर मैं शरीर हूँ...” “तो फिर मैं उसे ‘देख’ कैसे सकता हूँ...?” वह खुद ही उत्तर के करीब पहुँच रहा था। मनोज ध्यान से सुन रहा था।

“दूसरा...” “मन...” “विचार...” “भावनाएँ...” “डर...” “सवाल...” “यह सब मन है...” “और अभी...” “तू इन्हीं में उलझा हुआ है...”

मनोज ने सिर हिलाया। “हाँ...”

“लेकिन...” रवि ने धीरे से कहा, “अगर तू विचारों को देख सकता है...” “तो तू विचार नहीं हो सकता...”

उसकी आँखें थोड़ी बड़ी हो गईं।

रवि ने आगे कहा, "दूसरी परत है, मन। यह विचारों और भावनाओं का एक सतत प्रवाह है। यह एक ऐसी नदी है जिसमें कचरा भी है और साफ पानी भी। विचार अपने आप उठते हैं और चले जाते हैं। तुम विचारों को पैदा नहीं करते, तुम बस उन्हें अनुभव करते हो। जब तुम कहते हो कि 'मेरा मन मेरा कहना नहीं मानता', तो तुम यह भूल जाते हो कि मन का काम तुम्हारा कहना मानना है ही नहीं। उसका काम है, सोचना। जैसे आँखों का काम है देखना।"

“तो फिर...” “मैं कौन हूँ...?” मनोज का वह शाश्वत सवाल फिर गूँजा। यह सवाल फिर आया। लेकिन इस बार, इसमें सिर्फ डर नहीं था। इसमें जिज्ञासा भी थी।

"तो फिर 'मैं' कौन हूँ?" "वही तीसरी परत है," रवि ने धीमी आवाज़ में कहा। "तीसरी परत है, स्व (The Self) या साक्षी। वह जो शरीर की हरकतों को देख रहा है, वह जो मन के तूफ़ान को देख रहा है। वह 'मैं' न तो शरीर है और न ही मन। वह सिर्फ एक 'द्रष्टा' है। जिसे तुम अजनबी कह रहे हो, वह असल में तुम्हारा मन है, जिसे तुम पहली बार अलग होकर देख रहे हो। यह कोई बीमारी नहीं, यह तो तुम्हारी साधना की पहली सीढ़ी है।"

रवि ने मुस्कुराकर कहा, “तीसरा...” “वह...” “जो देख रहा है...” “वही तू है...”

उसके भीतर, कुछ गहरा चल रहा था। “मतलब...” “मैं शरीर नहीं हूँ...”

“मैं मन नहीं हूँ...” “तो फिर...” “मैं... देखने वाला हूँ...?” उसने धीरे से कहा।

रवि ने सिर हिलाया, “हाँ...” “और इसे ही...” “जागरूकता कहते हैं...”

मनोज चुप हो गया। मनोज कुर्सी पर थोड़ा पीछे झुका। उसके चेहरे का तनाव थोड़ा कम हुआ। "लेकिन यह देखना इतना दुखदायी क्यों है? मुझे शांति क्यों नहीं मिलती?"

"क्योंकि तुम देखते समय 'निर्णय' ले रहे हो," रवि ने स्पष्ट किया। "तुम सोचते हो कि यह विचार बुरा है, यह विचार अच्छा है। तुम खुद को कोसते हो। ध्यान की शुरुआत शरीर से होती है। जब तुम चलते हो, तो बस देखो कि पैर चल रहे हैं। यह मत कहो कि 'मैं' पैर चला रहा हूँ। बस देखो। जैसे तुम सड़क पर चलती गाड़ियों को देखते हो। क्या तुम हर गाड़ी को रोकने की कोशिश करते हो? नहीं ना? तुम बस फुटपाथ पर खड़े होकर उन्हें गुज़रते देखते हो। मन के साथ भी यही करो।"

रवि ने उसे एक प्राचीन तकनीक समझाई। "मनोज, भावनाओं से विचार बनते हैं, और विचारों से कर्म। जब तुम्हारे भीतर कोई भावना उठे, तो उसके स्रोत को देखो। उसे दबाओ मत। उसे रोको मत। बस देखो कि वह कहाँ से आ रही है। जब तुम बिना किसी विरोध के देखते हो, तो वह अजनबी (मन) धीरे-धीरे तुम्हारा मित्र बनने लगता है। वह शांत होने लगता है क्योंकि उसे अब किसी से लड़ना नहीं पड़ता।"

कमरे में अब एक अलग-सी शांति थी। जैसे कुछ समझ में आने लगा हो। “लेकिन...” मनोज ने फिर पूछा, “इसका अनुभव कैसे करूँ...?”

रवि थोड़ा सीधा बैठ गया। “यही ध्यान है...” “ध्यान कोई करने की चीज़ नहीं है...” “यह देखने की प्रक्रिया है...”

रवि ने धीरे-धीरे समझाना शुरू किया, “आँखें बंद कर...” उसने आँखें बंद कीं। “अब...” “अपनी सांस को देख...”

कुछ पल, सिर्फ खामोशी रही। “सांस आ रही है...” “जा रही है...” “कुछ मत कर...” “सिर्फ देख...”

मनोज का चेहरा धीरे-धीरे शांत होने लगा।

“अब...” “कोई विचार आए...” “तो उसे पकड़ मत...” “बस देख...”

कुछ सेकंड बाद, उसके चेहरे पर हल्की-सी हलचल हुई।

“विचार आ रहा है...” उसने धीरे से कहा।

“अच्छा...” रवि ने कहा, “अब उसे जाने दे...”

कुछ पल बाद, उसका चेहरा फिर शांत हो गया।

“वह चला गया...” रवि मुस्कुराया। “देखा...” “तूने कुछ किया नहीं...” “फिर भी...” “वह चला गया...”

मनोज ने आँखें खोलीं। उसकी आँखों में, अब एक अलग-सी चमक थी।

“यह...” “इतना आसान है...?”

रवि हँसा, “आसान है...”

“लेकिन...” “मन इसे मुश्किल बना देता है...”

“क्योंकि...” “वह खुद को खोना नहीं चाहता...”

कमरे में फिर हल्की हवा चली।

“तो...” मनोज ने पूछा, “क्या मेरा मन मेरा दुश्मन है...?”

रवि ने सिर हिलाया, “नहीं...” “वह दुश्मन नहीं है...” “वह सिर्फ...” “एक अजनबी है...”

यह शब्द सुनकर, वह थोड़ा मुस्कुराया।

“अजनबी...”

“जिसे तू पहली बार देख रहा है...”

“और...” “धीरे-धीरे...” “तू उसे समझ जाएगा...”

कुछ देर, दोनों चुप रहे।

बाहर शाम होने लगी थी। आसमान में हल्का अंधेरा उतर रहा था। मनोज खिड़की की ओर देखने लगा।

“तो...” उसने धीरे से कहा, “मैं अपने मन को नहीं बदलूँगा...” “सिर्फ देखूँगा...”

रवि ने सिर हिलाया, “हाँ...” “और धीरे-धीरे...” “तू देखेगा...” “कि तू कभी उलझा ही नहीं था...” “तू हमेशा से...” “मुक्त था...” कमरे में एक गहरी शांति फैल गई। और उस शांति में, पहली बार, मनोज ने खुद को थोड़ा-सा हल्का महसूस किया।

जैसे उसके अंदर का तूफ़ान, धीरे-धीरे थम रहा हो। उसने आँखें बंद कीं। और इस बार, सवाल नहीं था। सिर्फ एक अनुभव था। एक हल्की-सी जागरूकता। और उसी जागरूकता में, एक बहुत धीमी आवाज़ उभरी, “मैं... कौन हूँ...?”

लेकिन इस बार, यह सवाल डर नहीं था। यह, एक यात्रा की शुरुआत थी।

बाहर शाम का धुंधलका उतरने लगा था। कमरे में रोशनी थोड़ी कम हो गई थी। रवि ने उसे सुझाव दिया कि वह हर दिन सोने से पहले और जागने के बाद कुछ समय बिल्कुल स्थिर बैठकर सिर्फ अपनी साँसों और शरीर की संवेदनाओं को महसूस करे।

"याद रखना मनोज," रवि ने अपनी बात खत्म करते हुए कहा, "यह यात्रा एक 'एडवेंचर' है। डरो मत। तुम कोई मशीन नहीं हो, तुम उस मशीन के भीतर बैठे वह अनंत मौन हो जिसे शोर कभी छू नहीं सकता। जिस दिन तुम उस मौन से जुड़ जाओगे, उस दिन अजनबियों का यह डर खत्म हो जाएगा।"

मनोज कुछ देर तक खामोश बैठा रहा। उसकी साँसें अब पहले से कहीं ज़्यादा गहरी और शांत थीं। उसे लगा जैसे किसी ने उसके बोझ को हल्का कर दिया हो। उसे जवाब तो नहीं मिले थे, लेकिन उसे 'देखने' की एक नई कला का पता चल गया था।

"मैं कोशिश करूँगा," उसने उठते हुए कहा। उसकी आवाज़ में अब एक नया आत्मविश्वास था। "मैं आज से ही इसे शुरू करूँगा। मैं अब लड़ूँगा नहीं, मैं बस देखूँगा।"

जब वह रवि के घर से निकला, तो शाम की ठंडी हवा चल रही थी। मनोज ने अपनी जेबों में हाथ डाले और सड़क पर चलना शुरू किया। इस बार उसके हर कदम में वह पुरानी घबराहट नहीं थी। वह देख रहा था, सड़क की बत्तियाँ, लोगों का शोर, और अपने ही भीतर उठते विचारों के बुलबुले।

वह अजनबी अभी भी वहाँ था, लेकिन अब मनोज उसे पहचानने की कोशिश कर रहा था, उससे भागने की नहीं। वह जान गया था कि अजनबी

मन के साथ रहने का एक ही तरीका है, उसे अपना हिस्सा मानकर, साक्षी भाव से स्वीकार कर लेना।

उस रात मनोज जब अपने घर पहुँचा, तो उसने लाइट नहीं जलाई। वह अंधेरे में चुपचाप बैठ गया। उसने अपनी आँखें बंद कीं और पहली बार, उसने अपने मन को एक दोस्त की तरह आमंत्रित किया, "आओ, मुझे दिखाओ कि तुम आज क्या सोच रहे हो।"

रात के दस बज रहे थे। पी.डब्ल्यू.डी. के पुराने सरकारी क्वार्टर की छत पर लगा पंखा अपनी पुरानी आवाज़ में 'कचर-कचर' कर रहा था। मनोज बिस्तर पर चित लेटा था, उसकी आँखें छत की दरारों को ताक रही थीं। बाहर गली में एक कुत्ता रह-रहकर भौंक रहा था, जो उस सन्नाटे को और भी डरावना बना रहा था।

लेकिन मनोज का ध्यान बाहर नहीं था। उसके मन के परदे पर आज रवि का वह आलीशान बंगला 'शिखर' और उसका 'सफल जीवन' छाया हुआ था। उसने हाल ही में एक वीडियो देखा था जो रवि की जीवनशैली और उसकी सफलता के सिद्धांतों पर आधारित था। मनोज के लिए वह केवल एक वीडियो नहीं था; वह उसके अपने 'विफल' और 'बिखरे' हुए जीवन के सामने एक क्रूर आईना था।

मनोज सोच रहा था, "रवि कितना स्पष्ट है। वह जब बोलता है, तो उसके शब्दों में कंक्रीट जैसी मजबूती होती है। उसे पता है कि उसे क्या चाहिए और उसे कैसे पाना है। उसका व्यापार केवल ईंट और पत्थरों का नहीं है; उसका व्यापार तो 'भरोसे' और 'नेटवर्किंग' का एक अटूट किला है।"

मनोज ने महसूस किया कि रवि की सफलता केवल उसके बैंक बैलेंस में नहीं थी, बल्कि उसके उस 'प्रभाव' में थी जो वह कमरे में प्रवेश करते ही पैदा कर देता था। उसकी गाड़ियाँ, उसके कर्मचारी, उसका वह रसूख, सब

कुछ कितना 'ठोस' (Solid) था। और एक तरफ वह खुद (मनोज) था, जो एक फाइल पर हस्ताक्षर करने से पहले दस बार सोचता था कि "हस्ताक्षर करने वाला 'मैं' कौन है?"

"रवि के पास 'शून्य' के लिए समय नहीं है, क्योंकि उसने अपने 'होने' को 'करने' (Doing) से सिद्ध कर दिया है।"

मनोज के मन में रवि की पत्नी और उसके बच्चों की हँसी गूँज रही थी। उसने देखा था कि रवि का घर केवल महंगी चीज़ों से नहीं भरा था, बल्कि वहाँ 'प्रेम' और 'जीवन' की एक निरंतर गर्माहट थी।

"रवि की पत्नी... वह कितनी गरिमापूर्ण है। वह रवि के काम के तनाव को एक मुस्कान के साथ सोख लेती है। उसके बच्चे... वे कितने आत्मविश्वासी हैं। रवि का अपने माता-पिता के प्रति सम्मान और उनके साथ बिताया गया वह समय... वह सब कितना 'नॉर्मल' और 'सुखद' है।"

मनोज को अपनी पत्नी और बच्चों की याद आई, जिनसे वह महीनों से ठीक से बात नहीं कर पाया था। उसे अपराधबोध (Guilt) महसूस हुआ। वह खुद को खोजने निकला था, लेकिन इस चक्कर में उसने उन लोगों को खो दिया था जो वास्तव में उसके थे।

"रवि न केवल एक सफल ठेकेदार है, वह एक सफल पति, एक सफल पिता और एक सफल बेटा भी है। उसने उस संतुलन (Balance) को पा लिया है जिसे पाने में मैं पूरी तरह विफल रहा हूँ।"

मनोज ने महसूस किया कि रवि का स्वास्थ्य और उसकी ऊर्जा भी कमाल की थी। वह दिन में अठारह घंटे काम करता था, फिर भी शाम को अपने परिवार के साथ हँसता-खेलता था।

"क्या रवि का मन 'अजनबी' नहीं है? क्या उसे विभ्रम (Hallucinations)

नहीं होते? क्या उसे रात को 'साक्षी' बनने की ज़रूरत महसूस नहीं होती? शायद नहीं। क्योंकि वह पूरी तरह 'वर्तमान' में है। वह जब खाता है, तो वह सिर्फ़ खाता है; वह जब काम करता है, तो वह सिर्फ़ काम करता है। उसने अपने मन को अपना गुलाम बना लिया है, जबकि मैं अपने ही मन का शिकार बन गया हूँ।"

नींद आने से पहले मनोज के भीतर एक खतरनाक विचार उठा, "क्या मेरी यह 'जागरूकता' वास्तव में एक बीमारी है? क्या रवि ही असली 'जाग्रत' पुरुष है, जो संसार को उसकी पूरी जीवंतता में जी रहा है? और मैं... मैं तो बस अपनी ही छायाओं से डरकर भाग रहा हूँ।"

उसे लगा कि रवि का जीवन एक 'पूर्ण वृत्त' (Full Circle) है, और उसका अपना जीवन एक 'खंडित रेखा' (Broken Line)। रवि का घर 'रोशनी' से भरा था, और उसका अपना क्वार्टर 'धुंध' से।

उस रात मनोज को पहली बार अपनी स्थिति पर घृणा हुई। उसे लगा कि वह एक बहुत बड़ी भूल कर रहा है। वह 'अध्यात्म' के नाम पर अपने 'अस्तित्व' को नष्ट कर रहा था, जबकि रवि 'संसार' के नाम पर अपने 'अस्तित्व' को सार्थक कर रहा था।

मनोज ने अपनी आँखें बंद कीं, पर अंधेरे में भी उसे रवि का वह मुस्कुराता हुआ चेहरा और उसके घर की वह चकाचौंध दिखाई दे रही थी। उसने तकिए को जोर से जकड़ लिया।

रात का समय था। चारों तरफ शांति थी, लेकिन मनोज के मन में हलचल चल रही थी। वो बिस्तर पर लेटा था, छत को देख रहा था... और बार-बार उसके दिमाग में एक ही नाम आ रहा था, रवि।

“यार, रवि सच में अलग है...” मनोज ने मन ही मन सोचा। उसे याद आया आज की उनकी बातचीत, रवि कितनी आसानी से हर चीज़ को संभाल

लेता है। ऑफिस में भी सब उसे पसंद करते हैं, उसका काम हमेशा समय पर और बेहतर होता है और सबसे बड़ी बात... वो कभी तनाव में नहीं दिखता।

मनोज ने करवट बदली..."मैं भी तो मेहनत करता हूँ... फिर मुझमें और उसमें फर्क क्या है?"

थोड़ी देर चुप रहने के बाद उसे खुद ही जवाब मिलने लगा...रवि सिर्फ काम नहीं करता, वो सिस्टम से काम करता है। वो हर चीज़ को प्लान करता है...और सबसे खास वो खुद को लगातार बेहतर बनाता रहता है।

मनोज को याद आया, रवि ने कहा था, "ज़िंदगी सिर्फ पैसे कमाने के लिए नहीं है, उसे बैलेंस करना भी सीखो।"

और सच में...रवि की पर्सनल लाइफ भी उतनी ही अच्छी थी: परिवार के साथ समय बिताना, दोस्तों के साथ हंसना और खुद के लिए भी वक्त निकालना।

मनोज ने गहरी सांस ली..."शायद मैं सिर्फ भाग रहा हूँ... जी नहीं रहा।"

अब उसके मन में एक नया विचार आया, जलन नहीं, प्रेरणा।

"अगर रवि कर सकता है... तो मैं क्यों नहीं?"

उसने तय किया: कल से वो भी बदलाव शुरू करेगा, छोटे-छोटे कदमों से...अपने दिन की सही प्लानिंग, काम और जीवन में बैलेंस और खुद को बेहतर बनाने का प्रयास।

अब उसके चेहरे पर हल्की मुस्कान थी...नींद धीरे-धीरे आने लगी...और मनोज ने आखिरी बार सोचा, "कल से मेरी नई शुरुआत होगी..."

"मुझे रवि जैसा बनना चाहिए था... मुझे एक 'सामान्य' और 'सफल' इंसान होना चाहिए था..."

यह विचार उसके मस्तिष्क में एक हथौड़े की तरह बज रहा था। मेलाटोनिन अपना काम कर रहा था, शरीर को नींद की ओर खींच रहा था, लेकिन मनोज की ईर्ष्या और उसका अपराधबोध उसे जागने पर मजबूर कर रहे थे। उस रात, मनोज ने पहली बार यह स्वीकार किया कि वह रवि की सफलता से केवल प्रभावित नहीं था, वह उससे 'पराजित' महसूस कर रहा था।

और उस रात, पहली बार, मनोज को नींद के लिए दवाई या किसी संघर्ष की ज़रूरत नहीं पड़ी। ब्रह्ममुहूर्त के जागने वाले मनोज के लिए यह रात नई रात थी।

अध्याय 11
शरीर की जागरूकता

प्रथम स्तर, अभ्यास की शुरुआत

रविवार की उस लंबी और गहरी बातचीत के बाद मनोज के भीतर एक अजीब-सी बेचैनी थी, लेकिन यह वह पुरानी घबराहट नहीं थी जिसने उसे हिलाकर रख दिया था। यह एक खोजी की बेचैनी थी। उसे एक दिशा मिल गई थी। उस रात वह बहुत देर तक नहीं सोया, लेकिन जब सोया, तो नींद गहरी थी।

रात काफी गहरी हो चुकी थी। शहर की हलचल धीरे-धीरे शांत हो रही थी। मनोज अपने कमरे की हल्की रोशनी बंद करके बिस्तर पर लेट गया। लंबे समय बाद उसके भीतर एक अलग ही शांति थी न कोई भाग-दौड़, न कोई चिंता, बस एक साक्षी भाव। आज की रात कुछ अलग थी...आज मनोज सिर्फ सोना नहीं चाहता था, बल्कि नींद को महसूस करना चाहता था, उसकी हर परत, हर बदलाव को।

शुरुआत में उसका मन अभी भी जागृत अवस्था में था। विचार आ-जा रहे थे, दिनभर की बातें, अधूरे काम, छोटी-छोटी यादें। इस अवस्था में मस्तिष्क की तरंगें तेज़ थीं, इन्हें बीटा वेव्स कहा जाता है। लेकिन धीरे-धीरे, जैसे ही उसने अपनी सांसों पर ध्यान केंद्रित किया, ये तरंगें धीमी होने लगीं।

अब मस्तिष्क अल्फा वेव्स में प्रवेश कर रहा था, एक शांत, रिलैक्स अवस्था। मनोज को महसूस हुआ जैसे उसका शरीर धीरे-धीरे हल्का हो रहा है...जैसे कोई अदृश्य हाथ उसे भीतर की ओर खींच रहा हो।

अब वह नींद के पहले चरण में प्रवेश कर चुका था। यह वह स्थिति थी जहाँ जागना और सोना, दोनों के बीच की सीमा धुंधली हो जाती है। कभी-कभी हल्की-सी झटके जैसी अनुभूति होती है, जैसे गिरने का अहसास। यह शरीर का संकेत था कि वह नियंत्रण छोड़ रहा है।

इस समय: हृदय गति धीमी होने लगी, सांसें गहरी और नियमित होने लगीं और मांसपेशियाँ ढीली पड़ने लगीं। मनोज यह सब महसूस कर रहा था, जैसे वह अपने ही शरीर का दर्शक बन गया हो।

अब वह और गहराई में उतर गया। यह नींद का वह चरण था जहाँ शरीर पूरी तरह आराम की ओर बढ़ता है। मस्तिष्क में स्लीप स्पिंडल्स और K-कॉम्प्लेक्स बनने लगे, ये संकेत थे कि दिमाग बाहरी दुनिया से कट रहा है।

इस समय शरीर में हार्मोनल बदलाव भी शुरू हो गए: मेलाटोनिन का स्तर बढ़ गया जो नींद को गहरा बनाता है कॉर्टिसोल (तनाव हार्मोन) कम होने लगा और पैरासिम्पेथेटिक नर्वस सिस्टम सक्रिय हो गया, जो शरीर को "आराम और मरम्मत" मोड में ले जाता है।

मनोज के भीतर अब गहरी शांति थी...कोई विचार नहीं, बस एक मौन।

अब वह उस अवस्था में पहुँच चुका था जिसे "स्वप्नहीन गहरी नींद" कहते हैं। यहाँ मस्तिष्क की तरंगें बहुत धीमी हो जाती हैं, इनको डेल्टा वेव्स कहते हैं। यह शरीर की सबसे महत्वपूर्ण मरम्मत की अवस्था है: ग्रोथ हार्मोन (GH) का स्राव बढ़ता है, कोशिकाओं की मरम्मत होती है, इम्यून सिस्टम मजबूत होता है और मांसपेशियाँ और ऊतक पुनर्निर्मित होते हैं।

मनोज अब "सो" नहीं रहा था...वह एक गहरे शून्य में था, जहाँ न कोई सपना था, न कोई विचार। बस एक पूर्ण विश्राम... एक मौन... एक शांति...और इसी शून्य में, उसकी चेतना एक साक्षी की तरह बनी रही -

"स्वप्नहीन रात" का। वह अनुभव कर रहा था कि शरीर सो रहा है, लेकिन भीतर कुछ जाग रहा है।

इस गहरी नींद के दौरान शरीर का एंडोक्राइन सिस्टम पूरी तरह सक्रिय था: पीनियल ग्रंथि (Pineal Gland) से मेलाटोनिन का स्राव चरम पर था, पिट्यूटरी ग्रंथि (Master gland) शरीर की मरम्मत के लिए हार्मोन रिलीज कर रही थी, थायरॉयड गतिविधि धीमी थी, जिससे ऊर्जा बचाई जा सके और इंसुलिन सेंसिटिविटी बेहतर हो रही थी, जिससे मेटाबॉलिज्म संतुलित हो।

मनोज को ऐसा लग रहा था जैसे उसका शरीर खुद को "रीसेट" कर रहा हो, हर कोशिका, हर अंग, हर प्रणाली एक नई ऊर्जा से भर रही थी।

धीरे-धीरे, रात ढलने लगी...पूर्व दिशा में हल्की रोशनी उभरने लगी। मनोज के शरीर में भी बदलाव शुरू हो गए: कॉर्टिसोल का स्तर बढ़ने लगा, जो शरीर को जागने के लिए तैयार करता है। मेलाटोनिन कम होने लगा। मस्तिष्क की तरंगें डेल्टा से वापस अल्फा और फिर बीटा की ओर बढ़ने लगीं।

उसकी सांसें थोड़ी तेज़ हुईं...हृदय गति सामान्य होने लगी...शरीर हल्का-सा हिलने लगा...मनोज ने आँखें नहीं खोलीं, लेकिन वह महसूस कर सकता था, बाहर पक्षियों की हल्की चहचहाहट शुरू हो चुकी थी, हवा में ताजगी थी...सूरज की पहली किरणें धीरे-धीरे धरती को छू रही थीं...प्रकृति भी उसी तरह जाग रही थी जैसे उसका शरीर, धीरे-धीरे, कोमलता के साथ।

भीतर से बाहर की ओर साक्षी भाव जाग रहा था। अब मनोज पूरी तरह जाग रहा था, लेकिन इस बार कुछ अलग था। वह सिर्फ जाग नहीं रहा था...वह जागरण को देख रहा था।

उसने महसूस किया: पहले शरीर जागता है फिर सांसें बदलती हैं फिर इंद्रियाँ सक्रिय होती हैं और अंत में मन विचारों से भरने लगता है। उसने धीरे से आँखें खोलीं...और एक गहरी शांति उसके भीतर बनी रही।

यह रात सिर्फ नींद की नहीं थी, यह एक आंतरिक यात्रा थी। मनोज ने महसूस किया कि: “सच्चा आराम सिर्फ शरीर का नहीं, बल्कि मन और आत्मा का भी होता है।”

आज वह सिर्फ सोकर नहीं उठा था...बल्कि नया होकर उठा था। सुबह जब सूरज की पहली किरण ने उसके कमरे में दस्तक दी, मनोज जाग चुका था। उसने अलार्म नहीं लगाया था, लेकिन उसके भीतर की सजगता ने उसे जगा दिया था। उसने बिस्तर पर लेटे-लेटे ही अपनी पहली क्रिया शुरू की, साक्षी भाव से जागने का अनुभव।

शरीर की जागरूकता, पहला द्वार, सुबह का समय था। आसमान हल्का नीला था, और सूरज अभी पूरी तरह निकला नहीं था। हवा में एक ताजगी थी, जैसे प्रकृति खुद भी अभी जाग रही हो।

"मैं जाग रहा हूँ," उसने मन ही मन दोहराया। उसने महसूस किया कि कैसे उसकी पलकें भारी थीं, कैसे उसकी पुतलियाँ रोशनी के प्रति प्रतिक्रिया दे रही थीं। उसने अपने मित्र की बात याद की: *"शुरुआत शरीर से करो। यह सबसे स्थूल है, इसे पकड़ना आसान है।"*

वह धीरे से बिस्तर से उठा। फर्श की ठंडक जब उसके तलवों से टकराई, तो उसने उस संवेदना को पूरी तरह महसूस किया। उसने तुरंत 'ठंडा' शब्द का लेबल नहीं लगाया, उसने बस उस स्पर्श को होने दिया।

उसे महसूस हुआ कि उसका शरीर एक मशीन की तरह काम कर रहा है, हड्डियों का ढांचा, मांसपेशियों का खिंचाव और संतुलन बनाए रखने की वह अद्भुत कला जिसे वह सालों से नज़रअंदाज़ करता आया था।

मनोज अपने कमरे में बैठा था। फर्श पर। आँखें बंद। पीठ सीधी। आज, उसका पहला दिन था। "अभ्यास का..." लेकिन उसके भीतर, एक हल्की घबराहट थी।

"क्या मैं सही कर पाऊँगा...?" उसने धीरे से साँस ली। फिर खुद से कहा, "बस... देखना है..." उसे कल की बात याद आई, "कुछ मत कर... सिर्फ देख..." वह उसी को अपनाने की कोशिश कर रहा था।

उसने ध्यान अपने शरीर पर लाना शुरू किया। पहले, साँस। साँस अंदर जा रही है...बाहर आ रही है...कुछ सेकंड तक, सब ठीक था। फिर, विचार आ गया।

"मैं सही कर रहा हूँ...?" उसने आँखें खोलने का मन किया।

लेकिन फिर, उसे याद आया, "विचार को पकड़ना नहीं..." उसने उस विचार को देखा। बस देखा। कुछ पल बाद, वह चला गया।

"अच्छा..." उसने मन ही मन कहा, "यह काम कर रहा है..." लेकिन यह शांति ज्यादा देर नहीं रही।

अचानक, उसका ध्यान उसके पैर पर गया। हल्की-सी खुजली। "खुजली हो रही है..." उसका मन तुरंत सक्रिय हो गया, "खुजाओ..." उसने हाथ उठाने की कोशिश की।

फिर रुक गया। "नहीं..." "देख..." वह उस खुजली को देखने लगा। पहले, वह बहुत तेज़ लगी। फिर, धीरे-धीरे...वह कम होने लगी। और कुछ सेकंड बाद, गायब। उसकी आँखें अब भी बंद थीं। लेकिन उसके चेहरे पर हल्की-सी हैरानी थी।

"यह अपने आप चला गया..." उसे एक छोटी-सी समझ आई, "हर

sensation... स्थायी नहीं है..."

कुछ मिनट बीते। अब उसका ध्यान उसके हाथों पर था। हल्का-सा तनाव... "मैं हाथ पकड़कर बैठा हूँ..." "क्या मैं इसे ढीला कर सकता हूँ...?"

फिर, उसने खुद को रोका। "कुछ मत कर..." वह सिर्फ महसूस करता रहा। धीरे-धीरे, हाथ खुद ही ढीले हो गए।

लेकिन तभी, मन ने एक नया खेल शुरू किया।

"यह सब बेकार है..." "तू समय बर्बाद कर रहा है..." "इससे क्या मिलेगा...?" विचार एक के बाद एक आने लगे। अब वे तेज़ थे।

"तू पहले भी ठीक था..." "यह सब करने की जरूरत क्या है...?" मनोज के भीतर हलचल बढ़ने लगी।

"शायद यह सच कह रहा है..." वह डगमगाने लगा। आँखें खोलने का मन किया। अभ्यास छोड़ने का मन किया। लेकिन तभी, एक छोटी-सी आवाज़ आई,

"देख..." वह रुक गया। उसने उन विचारों को देखने की कोशिश की।

"यह विचार है..." "यह कह रहा है कि छोड़ दे..."

कुछ सेकंड बाद, एक और विचार आया, "नहीं... जारी रख..." अब वह समझने लगा, "दोनों ही विचार हैं..." "कोई भी मैं नहीं हूँ..." उसने एक गहरी साँस ली। और फिर, बस देखता रहा। समय धीरे-धीरे बीतता गया। अब उसका ध्यान पूरे शरीर पर था।

सिर...गर्दन...कंधे...हाथ...सीना...पेट...पैर...हर जगह, कुछ न कुछ चल रहा था। हल्की-हल्की संवेदनाएँ...कहीं गर्माहट...कहीं ठंडक...कहीं हलचल...और वह, सबको देख रहा था।

“शरीर अपने आप चल रहा है...” यह विचार आया। “मैं सिर्फ देख रहा हूँ...”

कुछ देर बाद, उसने आँखें खोलीं। कमरा वही था। लेकिन, उसका अनुभव बदल गया था। सब कुछ थोड़ा-सा हल्का लग रहा था। जैसे वह थोड़ा-सा दूर हो गया हो।

बाथरूम में नल खोलते समय उसने अपनी उंगलियों की हर हरकत को देखा। पानी जब उसके हाथों पर गिरा, तो उसने उस घर्षण और तापमान के बदलाव को महसूस किया।

'हाथ गीले हो रहे हैं... पानी की धारा उंगलियों के बीच से बह रही है...'

नाश्ते की मेज पर वह बिल्कुल शांत बैठा था। उसकी माँ, सुमित्रा जी, उसे देख रही थीं। उन्हें लगा कि शायद उनका बेटा अब थोड़ा बेहतर महसूस कर रहा है।

"मनोज, आज तुम कुछ शांत लग रहे हो," उन्होंने मुस्कुराते हुए पराठा उसकी प्लेट में रखा।

मनोज ने उनकी ओर देखा और एक हल्की मुस्कान दी। "हाँ माँ, बस आज मैं कुछ अलग तरीके से 'होने' की कोशिश कर रहा हूँ।"

उसने निवाला तोड़ा। उसने महसूस किया कि कैसे उसकी उंगलियाँ रोटी के टुकड़े को मोड़ रही हैं। जैसे ही उसने निवाला मुँह में रखा, उसने स्वाद की उन सूक्ष्म तरंगों को पहचाना जो जीभ पर फैल रही थीं। उसने चबाने

की आवाज़ सुनी। उसने महसूस किया कि कैसे निवाला गले से नीचे उतरा।

लेकिन यह अभ्यास जितना सरल लग रहा था, उतना था नहीं। कुछ ही मिनटों में उसका मन फिर से सक्रिय हो गया।

'तुम यह क्या कर रहे हो? क्या तुम पागल हो गए हो? रोटी को चबाते हुए देखने से क्या होगा? ऑफिस के प्रोजेक्ट का क्या होगा? खन्ना साहब क्या कहेंगे?'

विचारों का वह 'अजनबी' फिर से चिल्लाने लगा था। मनोज एक पल के लिए विचलित हुआ। उसे गुस्सा आया। उसने चाहा कि वह इन विचारों को चुप करा दे। लेकिन तभी उसे मित्र की चेतावनी याद आई: *"लड़ो मत। बस देखो।"*

उसने अपने भीतर उठते उस गुस्से को देखा। *'क्रोध आ रहा है... मन प्रतिरोध कर रहा है... यह भी एक विचार ही है।'* जैसे ही उसने गुस्से को एक 'वस्तु' की तरह देखा, उसका वेग कम हो गया। वह चकित रह गया। यह वैसा ही था जैसे किसी अंधेरी गली में टॉर्च जलाने पर साया गायब हो जाए।

ऑफिस जाते समय बस में उसने अपनी 'साधना' जारी रखी। वह खिड़की के पास वाली सीट पर बैठा था। उसने देखा कि बस के झटकों के साथ उसका शरीर कैसे प्रतिक्रिया दे रहा है। उसने महसूस किया कि कैसे उसकी कमर की मांसपेशियां खुद को संतुलित कर रही थीं। उसने देखा कि सड़क पर लोग भाग रहे हैं।

अचानक उसे एक गहरा अहसास हुआ: आदतों का जाल। उसने देखा कि कैसे वह हर रोज़ उसी तरह बैग पकड़ता है, उसी पैर से बस में चढ़ता है, और उसी तरह के झुके हुए कंधे लेकर चलता है। यह सब 'हो रहा था'। यह सब एक प्रोग्रामिंग थी।

दफ्तर में काम करते समय भी उसने खुद को 'शरीर' पर केंद्रित रखा। जब वह टाइप कर रहा था, तो उसका ध्यान उंगलियों के कीबोर्ड पर पड़ने वाले दबाव पर था। जब कोई उसे बुलाता, तो वह तुरंत गर्दन मोड़ने के बजाय, पहले उस इरादे (Intention) को देखता जो गर्दन मोड़ने के लिए जिम्मेदार था।

"मनोज, वह फाइल मिल गई?" नितिन ने पास आकर पूछा।

मनोज ने एक गहरी साँस ली। उसने नितिन के शब्दों को हवा की तरंगों की तरह कान के पर्दों से टकराते सुना। "हाँ नितिन, यह लो।"

उसने फाइल देते समय अपनी बांह के बढ़ाव और उंगलियों की पकड़ छोड़ने की प्रक्रिया को देखा। नितिन उसे कुछ अजीब नज़रों से देख रहा था, लेकिन मनोज को अब परवाह नहीं थी।

उसे महसूस हो रहा था कि इस 'शारीरिक जागरूकता' के कारण उसके भीतर का वह पुराना डर धीरे-धीरे कम हो रहा है। क्यों? क्योंकि डर एक 'विचार' था, और उसका ध्यान अब 'संवेदनाओं' (Sensations) पर था। शरीर और वर्तमान की संवेदनाओं में डर के लिए कोई जगह नहीं थी।

दोपहर में उसने एक प्रयोग किया। वह कैंटीन के पीछे वाले बगीचे में एक बेंच पर बैठ गया। उसने अपनी आँखें बंद कर लीं और सिर्फ शरीर के भीतर होने वाली हलचलों को महसूस करना शुरू किया।

उसे महसूस हुआ कि उसके पैर के तलवों में हल्की खुजली हो रही है। उसका हाथ तुरंत वहाँ जाने के लिए तड़पा। यह एक पुरानी 'आदत' थी, संवेदना हुई और प्रतिक्रिया (Reaction) हुई। लेकिन आज मनोज ने हाथ नहीं उठाया। उसने सिर्फ उस खुजली को देखा।

'खुजली हो रही है... यह एक तीव्र तरंग है... यह बढ़ रही है...'

उसने देखा कि कैसे वह संवेदना अपने चरम पर पहुँची और फिर धीरे-धीरे मद्धम पड़ने लगी। कुछ मिनटों बाद खुजली गायब हो गई। मनोज की आँखों में विस्मय था। उसने पहली बार जाना कि संवेदनाएँ आती हैं और चली जाती हैं, अगर हम उन पर प्रतिक्रिया न दें।

"मैं शरीर नहीं हूँ, मैं तो इस शरीर का स्वामी भी नहीं, मैं तो बस इसका गवाह हूँ," उसने फुसफुसाते हुए कहा।

शाम को मनोज रवि से मिलने गया।

“कैसा रहा...?” रवि ने पूछा।

मनोज कुछ सेकंड चुप रहा। फिर बोला, “अजीब...”

रवि मुस्कुराया, “अच्छा अजीब... या बुरा अजीब...?”

“दोनों...” दोनों हल्केसे हँस पड़े। फिर वह गंभीर हो गया।

“मैंने देखा...” “कि मेरा शरीर... अपने आप चलता है...”

“और...”

“मेरे विचार... भी...” “और मैं...” वह थोड़ा रुका, “बस देख रहा था...”

रवि ने सिर हिलाया। “यह शुरुआत है...”

“लेकिन...” उसने कहा, “यह आसान नहीं है...” “मन बहुत परेशान करता है...”

रवि ने धीरे से कहा, “वह करेगा...” “क्योंकि...” “तू अब उसे देख रहा है...” “पहले...” “तू उसका हिस्सा था...” “अब...” “तू उसे देख रहा है...” “और यही...” “उसके लिए खतरा है...”

मनोज चुप हो गया। उसके चेहरे पर अब डर कम था। जिज्ञासा ज्यादा थी।

"तो अब क्या करूँ...?"

रवि ने कहा, "बस यही..." "शरीर को देख..." "हर क्रिया को देख..." "चलना..." "खाना..." "हाथ उठाना..." "सब कुछ..." "और..." "धीरे-धीरे..." "तू देखेगा..." "कि हर क्रिया के पीछे..." "एक विचार है..." "और हर विचार के पीछे..." "एक भावना..." "और" "इन सब के पीछे..."

रवि थोड़ा रुका, "तू है..." कमरे में खामोशी फैल गई। मनोज ने धीरे से सिर हिलाया। उसकी आँखों में अब एक नई दिशा थी।

रात को वह जब घर लौटा, तो वह मानसिक रूप से थका हुआ नहीं था। जागरूकता ने उसे ऊर्जा दी थी, न कि उसे निचोड़ा था। उसने महसूस किया कि उसकी चाल अब पहले से अधिक संतुलित और शांत थी।

रात को, वह फिर अपने कमरे में बैठा। आँखें बंद कीं। इस बार, डर कम था। वह अपने शरीर को देख रहा था। हर छोटी-छोटी हलचल। और उसी देखने में, उसे एक अजीब-सी शांति महसूस हो रही थी। विचार अब भी आ रहे थे। लेकिन अब वे पहले जैसे भारी नहीं थे। वे आते...और चले जाते...जैसे, आसमान में बादल। और वह, आसमान था।

धीरे-धीरे, उसके भीतर एक समझ गहराने लगी, "मैं शरीर नहीं हूँ..." "मैं मन नहीं हूँ..." "मैं..." उसने आँखें बंद रखते हुए, धीरे से महसूस किया, "मैं... देखने वाला हूँ..." और उसी क्षण, बहुत गहराई से, एक सवाल फिर उभरा, "मैं कौन हूँ...?"

लेकिन इस बार, यह सवाल एक खोज था। डर नहीं।

उस रात उसने अपनी डायरी में लिखा: *"आज मैंने पहली बार अपने शरीर के साथ एक संवाद शुरू किया। मैंने जाना कि जिसे मैं अपनी मर्जी*

समझता था, वह अधिकतर आदतों का एक पुलिंदा था। आज मैंने शरीर के माध्यम से उस अजनबी मन की पहली परत को छुआ है। वह परत है, प्रतिक्रिया (Reaction)। अब मैं जानना चाहता हूँ कि इस शरीर के नीचे छिपे उस मन के तूफ़ान का अगला पड़ाव क्या है।"

मनोज ने अपनी आँखें बंद कीं। उसने महसूस किया कि उसका हृदय धड़क रहा है। उसने उस धड़कन को सुना। उसने उसे 'अपनी' धड़कन नहीं कहा, उसने उसे बस 'एक धड़कन' कहा। और उसी पल, उसे लगा कि वह कमरे की दीवारों, खिड़की से आती हवा और ब्रह्मांड के उस मौन के साथ एक हो गया है।

साधना का पहला द्वार खुल चुका था। शरीर अब एक बोझ नहीं, बल्कि एक प्रयोगशाला बन गया था।

अध्याय 12
मन की परतें - अंदर की यात्रा

द्वितीय स्तर, भावना से आदत तक का सफर

मन की परतें प्रतिक्रिया से जागरूकता तक, सुबह का समय था। सूरज की हल्की किरणें खिड़की से कमरे में आ रही थीं। हवा में एक स्थिरता थी, जैसे सब कुछ अपने आप में संतुलित हो। मनोज फर्श पर बैठा था। आँखें बंद। शरीर स्थिर। अब यह उसका रोज़ का अभ्यास बन चुका था। पहले दिन की बेचैनी अब उतनी तीव्र नहीं थी। विचार अब भी आते थे, लेकिन उनका प्रभाव कम हो गया था।

“कुछ बदल रहा है...” उसने महसूस किया। लेकिन यह बदलाव शोर में नहीं था। यह बहुत सूक्ष्म था। धीमा...गहरा...उसने अपनी सांस पर ध्यान रखा। साँस आ रही है...जा रही है...फिर, एक विचार आया, “आज ऑफिस में मीटिंग है...” पहले, वह इस विचार में खो जाता। लेकिन आज, उसने उसे सिर्फ देखा।

“यह एक विचार है...” कुछ सेकंड बाद, वह चला गया। मनोज के भीतर एक हल्की-सी मुस्कान आई।

“यह सच में काम कर रहा है...” लेकिन जैसे-जैसे वह गहराई में गया, उसे कुछ और दिखने लगा। विचार अकेले नहीं आते थे। उनके साथ, कुछ और भी आता था।

“भावना...” उसने महसूस किया, मीटिंग के विचार के साथ, एक हल्का-सा तनाव आया था।

“तो पहले भावना आई... या विचार...?” वह उलझ गया। उसने ध्यान से देखना शुरू किया। कुछ देर बाद, एक और विचार आया, “अगर मैं गलती कर गया तो...?” और उसी के साथ, एक डर। इस बार, उसने जल्दी पकड़ लिया।

“यह डर है...” “और यह विचार उसे बढ़ा रहा है...”

शरीर की जागरूकता ने मनोज के जीवन में एक अजीब-सा ठहराव पैदा कर दिया था। अब वह जब चलता, तो उसे अपनी मांसपेशियों का खिंचाव महसूस होता; जब वह बोलता, तो उसे अपने कंठ की कंपन सुनाई देती। लेकिन जैसे ही शरीर की यह परत पारदर्शी होने लगी, उसके नीचे छिपा हुआ 'मन का समुद्र' हिलोरे मारने लगा।

रविवार की अगली मुलाकात में शाम को, मनोज रवि से मिला। मनोज और रवि फिर से उसी ड्राइंग रूम में बैठे थे। बाहर बारिश हो रही थी, और खिड़की के कांच पर गिरती बूंदों की आवाज़ कमरे के सन्नाटे को एक लय दे रही थी। मनोज आज पहले से कहीं ज़्यादा गंभीर और जिज्ञासु लग रहा था।

"भाई," मनोज ने चुप्पी तोड़ते हुए कहा, "शरीर को देखना अब थोड़ा सहज हो गया है। लेकिन जैसे ही मैं शांत होता हूँ, मेरे भीतर विचारों का एक ऐसा बवंडर उठता है कि मैं उसमें खो जाता हूँ। ये विचार कहाँ से आते हैं? और ये इतनी ताकतवर क्यों होते हैं कि मुझे हिला देते हैं?"

रवि ने उसे गौर से देखा। "मनोज, तुम अब उस जगह पहुँच गए हो जिसे 'मन की प्रयोगशाला' कहते हैं। यहाँ पहुँचकर तुम्हें यह समझना होगा कि मन कोई ठोस चीज़ नहीं है, बल्कि एक 'प्रक्रिया' है। इस प्रक्रिया की चार मुख्य कड़ियाँ है - भावना, विचार, कर्म और आदत।"

“मुझे कुछ समझ आया...” उसने कहा।

“क्या?” रवि ने पूछा।

“विचार अकेले नहीं आते...” “उनके साथ भावना होती है...”

रवि मुस्कुराया।

“तू दूसरी परत में पहुँच गया है...” वह ध्यान से सुनने लगा।

“देख...” रवि ने कहा, “मन एक सीधी रेखा में नहीं चलता...” “यह एक चक्र है...” “पहले...” “एक भावना उठती है...” “जैसे डर...” “या लालच...” “या खुशी...” “फिर...” “उस भावना को सही ठहराने के लिए...” “विचार आते हैं...” “फिर...” “विचार के अनुसार...” “कर्म होता है...” “और...” “बार-बार वही कर्म...” “आदत बन जाता है...”

कमरे में शांति छा गई। मनोज गहराई से सोच रहा था।

“मतलब...” “मैं जो भी करता हूँ...” “वह एक चक्र का हिस्सा है...?”

“हाँ...” “और...” “यह चक्र अपने आप चलता रहता है...” “जब तक...” “तू उसे देख नहीं लेता...”

मनोज कुछ देर चुप रहा।

फिर बोला, “तो...” “अगर मैं बीच में देख लूँ...” “तो क्या यह रुक सकता है...?”

रवि ने सिर हिलाया, “हाँ...” “जागरूकता...” “इस चक्र को तोड़ देती है...” उसकी आँखों में चमक आ गई।

“तो...” “मैं अपने मन का गुलाम नहीं हूँ...?”

रवि मुस्कुराया, “तू कभी था ही नहीं...”

मनोज अपनी डायरी निकालकर नोट्स लेने लगा। रवि ने विस्तार से समझाना शुरू किया।

"देखो मनोज, सबसे पहली परत है, भावना (Feeling)। यह बीज की तरह है। तुम्हारे भीतर कोई सूक्ष्म संवेदना जागती है। मान लो, ऑफिस में किसी ने तुम्हारी आलोचना की। सबसे पहले तुम्हारे पेट में एक संकुचन होगा या छाती में एक भारीपन आएगा। यह 'भावना' है। यह विशुद्ध ऊर्जा है। लेकिन हमारा मन इसे अकेला नहीं छोड़ता। जैसे ही यह संवेदना होती है, मन उसे एक 'लेबल' दे देता है।"

"और वह लेबल ही विचार है?" मनोज ने बीच में पूछा।

"बिल्कुल!" रवि ने जवाब दिया। "जैसे ही संवेदना हुई, मन ने उसे शब्द दिए, 'उसने मेरा अपमान किया', 'मैं कमज़ोर हूँ', 'मुझे गुस्सा आना चाहिए'। यह दूसरी परत है, विचार (Thought)। विचार उस भावना को दिशा देते हैं। विज्ञान की भाषा में कहें तो न्यूरॉन्स का एक विशेष पैटर्न सक्रिय होता है। आध्यात्मिक दृष्टि से देखें तो तुम अपनी चेतना की शक्ति उस विचार को देने लगते हो।"

मनोज खिड़की के बाहर गिरती बूंदों को देखने लगा, जैसे अपने भीतर की कड़ियों को जोड़ रहा हो।

रवि ने आगे कहा, "जब तुम उस विचार पर अपना ध्यान (Attention) टिकाते हो, तो वह विचार और भी शक्तिशाली हो जाता है। अब आती है तीसरी परत, कर्म (Action)। जब तुम उस विचार को 'जैव-ऊर्जा' (Bio-energy) देते हो, तो तुम्हारा शरीर प्रतिक्रिया करता है। तुम चिल्लाते हो, या मेज पटकते हो, या गुस्से में ईमेल लिखते हो। विचार अब भौतिक संसार में प्रकट हो गया है।"

"और आदत?" मनोज के स्वर में अब एक समझ झलक रही थी।

"आदत अंतिम और सबसे खतरनाक परत है," रवि ने गंभीर होकर कहा। "जब तुम एक ही भावना पर एक ही तरह का विचार करते हो और वही कर्म बार-बार दोहराते हो, तो मस्तिष्क में 'न्यूरल पाथवे' (Neural Pathways) पक्के हो जाते हैं। अब तुम्हें उस कर्म को करने के लिए सोचना नहीं पड़ता। वह 'ऑटो-पायलट' मोड पर चला जाता है। इसे ही हम आदत (Habit) या 'संस्कार' कहते हैं। तुम्हारी पूरी शख्सियत असल में इन्हीं आदतों का एक पुलिंदा है। जिसे तुम 'मैं ऐसा ही हूँ' कहते हो, वह असल में सालों से दोहराई गई प्रतिक्रियाओं का एक मृत ढांचा है।"

मनोज कुछ क्षणों के लिए स्तब्ध रह गया। उसे लगा जैसे उसकी पूरी पहचान एक ताश के पत्तों के महल की तरह ढह रही हो। "तो इसका मतलब है कि मैं जिसे अपना 'स्वभाव' समझता था, वह सिर्फ एक प्रोग्रामिंग है? मैं सिर्फ एक आदतों का गुलाम हूँ?"

"हाँ मनोज, और इसी गुलामी के कारण तुम्हें वह 'अजनबी' डरावना लगता है। क्योंकि वह अजनबी तुम्हारी आदतों के खिलाफ जा रहा है। साधना का अर्थ है, इस चक्र को तोड़ना।"

रवि ने उसे अभ्यास की अगली विधि बताई। "अब जब तुम बैठो, तो विचारों को पकड़ने के बजाय, उस 'भावना' को पकड़ो जहाँ से विचार जन्म ले रहा है। विचार आने से ठीक पहले शरीर में कहीं न कहीं एक सूक्ष्म हलचल होती है। अगर तुम उस हलचल (Sensation) को देख लो और उस पर प्रतिक्रिया न करो, तो विचार का ईंधन खत्म हो जाएगा। वह विचार कर्म में नहीं बदलेगा, और धीरे-धीरे तुम्हारी पुरानी आदतें टूटने लगेंगी।"

मनोज ने आँखें बंद कीं। उसने महसूस किया कि उसके भीतर एक हल्की-सी बेचैनी उठ रही थी। उसने उसे दबाया नहीं। उसने देखा कि कैसे वह बेचैनी एक विचार बनने की कोशिश कर रही थी, *"क्या मैं यह सब कर*

पाऊँगा?" लेकिन इस बार मनोज ने उस विचार को पूरा होने नहीं दिया। उसने अपना ध्यान वापस उस बेचैनी की संवेदना पर लगा दिया। कुछ ही पलों में, वह संवेदना शांत हो गई। विचार बिना जन्म लिए ही विलीन हो गया।

"भाई, यह तो अद्भुत है!" मनोज ने आँखें खोलते हुए कहा। उसकी आवाज़ में एक बच्चे जैसी हैरानी थी। "मैंने अभी एक विचार को मरते हुए देखा।"

"वह मरा नहीं, मनोज, वह वापस अपनी ऊर्जा में लौट गया," रवि ने मुस्कुराते हुए कहा। "यही आध्यात्मिक विश्लेषण है, ऊर्जा को विचार बनने से पहले ही जान लेना। और वैज्ञानिक रूप से, तुम अपने मस्तिष्क को 'रि-वायर' (Re-wire) कर रहे हो। तुम अंधी प्रतिक्रिया के बजाय सचेत चुनाव (Conscious Choice) की शक्ति सीख रहे हो।"

उस शाम जब मनोज घर लौटा, तो बारिश रुक चुकी थी। पेड़ों की पत्तियों से पानी की बूंदें टपक रही थीं। मनोज ने महसूस किया कि उसकी दुनिया अब उतनी जटिल नहीं रही। उसे समझ आ गया था कि उसके भीतर का वह 'अजनबी' असल में वह पुरानी आदतें थीं जो अब अपनी सत्ता खो रही थीं।

वह जान गया था कि 'भावना' से 'आदत' तक के इस पुल पर जागरूकता का पहरा बिठाना ही मुक्ति का मार्ग है।

रात को, मनोज फिर अपने कमरे में बैठा। इस बार, उसका ध्यान सिर्फ शरीर पर नहीं था। वह भावनाओं को देखने लगा।

अचानक, एक बेचैनी आई। “कुछ गलत है...” पहले, वह तुरंत कोई कारण ढूँढता। लेकिन आज, वह रुक गया।

“यह सिर्फ एक भावना है...” वह उसे देखने लगा।

कुछ सेकंड...फिर, वह कम होने लगी। और धीरे-धीरे, गायब। उसके भीतर, एक गहरी शांति उभरी।

“मैंने कुछ नहीं किया...” “फिर भी...” “यह चला गया...” यह अनुभव छोटा था, लेकिन गहरा था।

उस रात उसने अपनी डायरी में लिखा: *"आज मैंने मन की परतों को उधेड़कर देखा। मैंने जाना कि मेरा क्रोध, मेरा डर और मेरी चिंताएं कोई ठोस सच नहीं हैं, बल्कि सिर्फ संवेदनाओं और शब्दों का एक खेल हैं। मैं उस खेल का हिस्सा नहीं हूँ। मैं तो वह आकाश हूँ जिसमें ये बादल आते-जाते हैं। आज से मेरी लड़ाई विचारों से नहीं, बल्कि अपनी बेहोशी की आदतों से है।"*

अगले कुछ दिनों में, वह यह अभ्यास करता रहा। धीरे-धीरे, उसे बदलाव महसूस होने लगा। पहले, कोई बात उसे तुरंत प्रतिक्रिया दे देती थी। अब, एक छोटा-सा अंतर आ गया था। “प्रतिक्रिया” और “देखने” के बीच। और उसी अंतर में, उसे स्वतंत्रता का पहला अनुभव हुआ।

ऑफिस में, एक दिन, उसका बॉस उस पर गुस्सा हुआ। पहले, वह तुरंत तनाव में आ जाता। लेकिन इस बार, उसने उस गुस्से को महसूस किया। सीने में हलचल...पेट में सिकुड़न...“यह भावना है...” वह उसे देखता रहा।

कुछ सेकंड बाद, वह शांत हो गया। “यह... नया है...” उसने सोचा।

अब, वह खुद को अलग महसूस करने लगा था। जैसे, वह अपने मन से थोड़ा दूर खड़ा हो। लेकिन, यह दूरी डरावनी नहीं थी।

यह...मुक्त करने वाली थी।

मनोज ने गहरी साँस ली। "मैं कौन हूँ?" यह सवाल अब उसे डराता नहीं था। अब वह इस सवाल के साथ खेलने लगा था। उसे लग रहा था कि वह

जल्द ही उस 'अजनबी' का हाथ थाम कर अपने ही घर के सबसे गुप्त कमरे में प्रवेश करने वाला है।

कुछ दिन बाद एक शाम वह फिर रवि से मिला।

"अब मुझे थोड़ा-थोड़ा समझ आ रहा है..." मनोज ने कहा।

रवि ने पूछा, "क्या?"

"कि..." "मैं हर चीज़ नहीं हूँ..." "मैं बस..." वह रुका, "देखने वाला हूँ..."

रवि ने उसकी ओर देखा। "यात्रा शुरू हो गई है..."

कमरे में शांति फैल गई। बाहर सूरज ढल रहा था। आसमान में हल्का अंधेरा उतर रहा था। और उसी अंधेरे में, एक नई रोशनी जन्म ले रही थी। मनोज ने आँखें बंद कीं। इस बार, कोई प्रयास नहीं था। सिर्फ देखना था। विचार आए...भावनाएँ आईं...और वह सबका साक्षी बना रहा।

धीरे-धीरे, उसके भीतर एक गहरी शांति फैलने लगी। और उसी शांति में, फिर वही सवाल उभरा, "मैं कौन हूँ...?" लेकिन इस बार, यह सवाल... एक दरवाज़ा था। डर नहीं।

रात का सन्नाटा गहरा था, लेकिन रवि के अध्ययन कक्ष में फैली वह मद्धम रोशनी आज कुछ और ही कह रही थी। मनोज, जो अब दवाओं के सहारे को छोड़ चुका था, रवि के चेहरे को एकटक देख रहा था।

रवि का चेहरा, जो कल तक उसे केवल व्यापारिक चालाकी का प्रतीक लगता था, आज एक अलौकिक ओज (Divine Glow) से भरा हुआ था। उसकी आँखों में वह गहराई थी जिसे मनोज 'शून्य' समझ रहा था, पर रवि के लिए वह 'पूर्ण' था।

"मनोज," रवि की आवाज़ कमरे के मौन को चीरती हुई निकली, "तू जिसे अजनबी मन कह रहा है और जिससे डरकर तू खंडित हो गया, वह योग और तंत्र की दृष्टि में केवल एक 'यंत्र' है। तूने यंत्र को ही 'यंत्री' मान लिया, यही तेरी भूल थी।"

रवि ने समझाना शुरू किया, "मन सिर्फ एक चीज़ नहीं है, मन एक पूरा तंत्र है।" योग और तंत्र के अनुसार, मन को मुख्यतः चार भागों में बाँटा गया है।

अंतःकरण चतुष्टय: मन की चार परतें, रवि ने एक कागज़ पर एक वृत्त बनाया और उसे चार हिस्सों में बांटा। उसने समझाना शुरू किया कि योग और तंत्र के अनुसार हमारा 'मन' (Mind) कोई एक इकाई नहीं है, बल्कि यह 'अंतःकरण चतुष्टय' है - चार अंगों का एक समूह:

मनस (Manas - संकल्प-विकल्पात्मक): यह मन की सबसे बाहरी परत है। यह संकल्प-विकल्प का क्षेत्र एक खिड़की की तरह है जिससे बाहरी दुनिया की सूचनाएँ अंदर आती हैं। इसका काम है, चाहना और न चाहना।

यह इंद्रियों का राजा है। जो मतिभ्रम तुझे हुए, वे इसी 'मनस' की स्क्रीन पर नाच रहे थे। यह वह हिस्सा है जो लगातार सोचता है, तुलना करता है, निर्णय लेने से पहले विकल्प बनाता है। इसका कार्य है, इंद्रियों से जानकारी लेना, विचार उत्पन्न करना, संदेह करना ("यह सही है या गलत?")

रवि बोला, "जब तू उलझन में होता है, वो मनस है जो खेल रहा होता है।"

बुद्धि (Buddhi - निश्चयात्मक): यह वह शक्ति है जो निर्णय लेती है। यह विवेक है। जब बुद्धि क्षीण हो जाती है, तो मनुष्य भ्रम और सत्य के बीच का अंतर भूल जाता है। तंत्र कहता है कि बुद्धि ही वह दीया है जो आत्मा के प्रकाश को दिशा देता है। यह मन का वह भाग है जो निर्णय करता है, क्या

सही है, क्या गलत।इसका कार्य है विवेक (Discrimination) से निर्णय लेना, सत्य को पहचानना।

“अगर मनस सवाल पूछता है, तो बुद्धि जवाब देती है।” रवि ने कहा।

अहंकार (Ahamkara - अभिमानात्मक): यह वह केंद्र है जो कहता है, "मैं हूँ।" यह ‘मैं’ की भावना हैं। पहचान (Identity) बनाता है। "मैं इंजीनियर हूँ", "मैं बीमार हूँ" यह सब अहंकार के कार्य हैं। तूने अपने 'साक्षी' होने को भी एक नया 'अहंकार' बना लिया था, इसीलिए तू डर गया। यह वह तत्व है जो “मैं” का बोध देता है, “मैं शरीर हूँ”, “मैं सोच रहा हूँ”, “मैं कर रहा हूँ”

इसका कार्य है पहचान बनाना, खुद को अलग समझना और अनुभवों को “मेरे” से जोड़ना। रवि ने समझाया, “अहंकार जरूरी है, लेकिन जब यह हावी हो जाता है, तब समस्या शुरू होती है।”

चित्त (Chitta - चेतना का भंडार): यह वह गहरा महासागर है जहाँ हमारी स्मृतियाँ, संस्कार और जन्म-जन्मांतर की वासनाएं दबी होती हैं। यह मन का सबसे गहरा हिस्सा है, जहाँ सभी अनुभव, भावनाएँ और संस्कार संग्रहित होते हैं।

जिसे तू 'अजनबी' कह रहा था, वे असल में तेरे ही चित्त के गहरे तलों से उठने वाले पुराने संस्कार थे, जो ध्यान के दबाव के कारण ऊपर आ गए थे। इसका कार्य है स्मृतियाँ संग्रहित करना, आदतें बनाना और प्रतिक्रियाओं को नियंत्रित करना।

“तेरी हर आदत, हर प्रतिक्रिया, चित्त में जमा संस्कारों से आती है।”

रवि ने आगे कहा, “मन कभी स्थिर नहीं रहता, उसमें हमेशा तरंगें उठती रहती हैं, इन्हें वृत्तियाँ कहते हैं।”

योग के अनुसार पाँच मुख्य वृत्तियाँ होती हैं: प्रमाण (सही ज्ञान), विपर्यय (गलत ज्ञान), विकल्प (कल्पना), निद्रा (नींद) और स्मृति (यादें) इन वृत्तियों के कारण ही मन अशांत रहता है।

मनोज ने पूछा, “तो क्या इन विचारों को रोकना ही योग है?”

रवि ने मुस्कुराकर कहा, “नहीं... विचारों को रोकना नहीं, उन्हें देखना सीखना ही योग है।”

मनोज ने पूछा, "साक्षीभाव का अर्थ है ?" विचारों को बिना जज किए देखना, उनसे जुड़ना नहीं, सिर्फ एक दर्शक बनना।

“जैसे तू फिल्म देखता है, तू स्क्रीन नहीं बन जाता, बस देखता है... वैसे ही अपने मन को देख।”

मनोज चकित था। उसने पूछा, "रवि, तूने यह सब कब और कैसे सीखा? तू तो दिन भर फाइलों और टेंडर्स में डूबा रहता है।" “तूने ये सब कहाँ सीखा?”

रवि ने धीमे स्वर में कहा, “मैंने यह सब कौल तांत्रिक योग परंपरा से सीखा...” परंपरा में: जीवन को त्यागा नहीं जाता, बल्कि समझा जाता है। हर अनुभव को साधना का हिस्सा माना जाता है। शरीर, मन और ऊर्जा तीनों का संतुलन किया जाता है।

“यहाँ कुछ भी गलत नहीं है...बस अज्ञान है, जिसे समझना है।”

रवि मुस्कुराया। "यही तो कौल तंत्र (Kaula Tantra) की विशेषता है, मनोज। पिछले सात वर्षों से, जब तू दिल्ली में UPSC की तैयारी कर रहा था, मैं गुप्त रूप से इस परंपरा के एक सिद्ध गुरु के सान्निध्य में था।

रवि ने अपनी साधना के अनुभव साझा किए: श्वास पर ध्यान (Breath Awareness) “मैंने शुरुआत सांस को देखने से की...सिर्फ आना-जाना देखना, बिना बदलने की कोशिश के।”

विचारों का निरीक्षण, “धीरे-धीरे मैंने विचारों को नोटिस करना शुरू किया, कौन-सा विचार बार-बार आता है, कौन-सा डर है, कौन-सी इच्छा है।”

अलगाव (Detachment) “फिर समझ आया, मैं ये विचार नहीं हूँ...मैं तो सिर्फ इन्हें देखने वाला हूँ।”

कौल मार्ग कहता है कि संसार से भागना नहीं, बल्कि संसार के बीच रहकर उसे 'साधना' ही असली जीत है। मैंने व्यापार किया, महल बनाया, परिवार पाला लेकिन ये सब मेरे लिए 'भोग' नहीं, बल्कि 'पूजा' के उपकरण थे। मैंने कंक्रीट के पुलों के साथ-साथ अपने भीतर चेतना के पुल भी बनाए।"

रवि ने मनोज की आँखों में झांकते हुए कहा, "तू साक्षी बनने की 'कोशिश' कर रहा था। कोशिश (Effort) हमेशा अहंकार से आती है। साक्षी बना नहीं जाता, साक्षी 'हुआ' जाता है। तंत्र के अनुसार, मन एक नदी है। तू नदी में कूदकर लहरों को शांत करने की कोशिश कर रहा था, जिससे तू डूबने लगा। तुझे बस तट पर बैठना था।"

अमानित्व (Non-identification): विचारों को 'मेरा' कहना बंद कर। विचार वैसे ही आते हैं जैसे सड़क पर गाड़ियाँ। तू गाड़ी नहीं है, तू सिर्फ़ खड़ा हुआ दर्शक है।

शून्य पथ: जब 'चित्त' की वृत्तियाँ शांत होती हैं, तो जो बचता है वह 'चित्त' (Pure Consciousness) है। यही तेरा असली घर है।

रवि ने महर्षि पतंजलि के सूत्र का उल्लेख किया,

"अभ्यासवैराग्याभ्यां तन्निरोधः"।

अभ्यास (Abhyas): रवि ने बताया, "मनोज, तूने एक दिन सुबह उठकर सोचा कि तू आत्मज्ञानी हो जाएगा। ऐसा नहीं होता। अभ्यास का अर्थ है, निरंतरता। बिना रुके, बिना थके, श्रद्धा के साथ हर पल सजग रहना। मैंने सालों तक शोर भरे दफ्तरों में भी अपनी श्वास को देखा है। यह 'तप' है।"

वैराग्य (Vairagya): लोग वैराग्य का अर्थ 'घर छोड़ना' समझते हैं, पर रवि ने इसे नया अर्थ दिया। "वैराग्य का अर्थ है, 'वितृष्णा'। जब तुझे समझ आ जाए कि मन के ये खिलौने (काम, नाम, क्रोध) तुझे कभी शाश्वत शांति नहीं दे सकते, तो उनसे तेरी पकड़ अपने आप ढीली हो जाती है। जब पकड़ ढीली होती है, तो तू गिरता नहीं, बल्कि तू 'उड़ने' लगता है।"

रवि ने गंभीर होकर कहा, "मन को समझना एक दिन का काम नहीं है... इसके लिए अभ्यास चाहिए।" नियमितता, धैर्य और निरंतर प्रयास। "हर दिन थोड़ा-थोड़ा... बिना रुके, बिना हार माने।"

रवि ने बताया कि उसने वर्षों तक रोज़ ध्यान किया, कभी मन शांत रहा, कभी बहुत अशांत...लेकिन उसने अभ्यास नहीं छोड़ा।

"सिर्फ अभ्यास काफी नहीं है..." रवि बोला - आसक्ति का त्याग, परिणाम से मुक्त होना और इच्छाओं के पीछे भागना छोड़ना।

"जब तक तू हर चीज़ से चिपका रहेगा, लोग, विचार, इच्छाएँ, तब तक मन शांत नहीं होगा।" रवि ने कहा, "योग का असली रहस्य है अभ्यास और वैराग्य का संतुलन।"

अभ्यास से मन स्थिर होता है और वैराग्य से मन हल्का होता है। दोनों मिलकर ही साक्षी भाव को जन्म देते हैं।

रवि ने पहली बार अपने पिछले सात सालों के अनुशासन का खुलासा किया। "मैं सुबह तीन बजे उठता हूँ, जब तू सो रहा होता है। मैं 'कुण्डलिनी' के षट्चक्रों का भेदन करता हूँ। मेरे लिए मेरा व्यापार एक 'यज्ञ' है।

मैंने कौल मार्ग से सीखा है कि कैसे अपनी काम-ऊर्जा को ओज में और अपने तनाव को तपस्या में बदलना है। तू जिसे मेरा 'वैभव' कह रहा है, वह मेरी साधना का 'सह-उत्पाद' (By-product) है। मुझे उसकी भूख नहीं है, पर वह मेरे पास है क्योंकि मैं उसके पीछे नहीं भागता।"

मनोज को अब समझ आया कि रवि का जीवन इतना 'परफेक्ट' क्यों था। वह कोई मशीनी सफलता नहीं थी; वह एक गहरा 'आंतरिक संतुलन' था। रवि अब उसके लिए कॉलेज का वह पुराना लंगोटिया यार नहीं था; वह एक जीवित ग्रंथ बन चुका था।

रवि ने मनोज का हाथ पकड़कर कहा, "मनोज, तूने जो अनुभव किया वह एक 'साधना-विघ्न' था। तेरा मन तैयार नहीं था और तूने बहुत गहरा गोता लगा दिया। अब तू फिर से शुरू कर, पर इस बार 'पागलपन' से नहीं, बल्कि 'विज्ञान' और 'साधना' के मेल से। दवाएं तेरे शरीर के रसायन को ठीक करेंगी, और यह ज्ञान तेरे मन के कुहासे को हटाएगा।"

उस रात, मनोज को पहली बार महसूस हुआ कि अध्यात्म कोई 'अकेलापन' नहीं है, बल्कि यह तो पूरी दुनिया के साथ लयबद्ध होने का नाम है। रवि की बातों ने उसके 'अजनबी मन' को एक नक्शा दे दिया था।

अब वह भटकने वाला मुसाफिर नहीं था; अब उसके पास एक 'गुरु' था और एक 'मार्ग' था। रात के उस शांत क्षण में, जब दुनिया धीमी पड़ जाती है और भीतर की आवाज़ स्पष्ट सुनाई देने लगती है, मनोज को दिन में हुई रवि के साथ बातचीत याद आने लगी।

आज रवि पहले जैसा नहीं लगा था...वह अब सिर्फ कॉलेज का दोस्त नहीं था, उसके भीतर एक गहराई थी, एक स्थिरता, जैसे कोई योगी वर्षों की साधना के बाद परिपक्व हो गया हो।

रवि अब सिर्फ दोस्त नहीं रहा था...वह एक मार्गदर्शक बन चुका था।

अध्याय 13
शून्य का अभ्यास

संघर्ष और संदेह, मौन का डर

शाम का धुंधलका खिड़की के पर्दों से छनकर कमरे में एक रहस्यमयी सन्नाटा भर रहा था। बाहर सूरज डूब चुका था, और आसमान का रंग गहरा सलेटी होता जा रहा था। मनोज अपने कमरे के बीचों-बीच फर्श पर लेटा था, हाथ शरीर से थोड़े दूर, पैर खुले हुए, आँखें बंद।

वह 'शवासन' का अभ्यास कर रहा था। दिखने में यह सबसे सरल आसन था, बस एक मृत शरीर की तरह पड़े रहना। लेकिन मनोज के लिए, यह दुनिया का सबसे कठिन युद्ध बन गया था। जैसे ही उसने अपने शरीर को ढीला छोड़ा, उसके भीतर का वह 'अजनबी' एक हिंसक जानवर की तरह जाग उठा।

"तुम यहाँ क्या कर रहे हो? क्या तुम सच में सोचते हो कि इस तरह पड़े रहने से तुम्हें भगवान मिल जाएगा? या शांति मिल जाएगी? देखो, तुम्हारी फाइलें अधूरी हैं, दफ्तर में तुम्हारी साख गिर रही है, और यहाँ तुम एक लाश की तरह लेटे हो। यह सब व्यर्थ है।"

मनोज ने एक गहरी साँस ली। उसने उन विचारों को 'ट्रैफिक' की तरह देखने की कोशिश की, जैसा कि रवि ने उसे समझाया था। उसने कल्पना की कि वह सड़क के किनारे खड़ा है और ये विचार गाड़ियाँ हैं जो गुज़र रही हैं। लेकिन समस्या यह थी कि वह खुद को उन गाड़ियों के नीचे आने से रोक नहीं पा रहा था। हर विचार उसे कुचलते हुए निकल रहा था।

वह उठकर बैठ गया। उसकी पीठ पसीने से भीग चुकी थी। "नहीं, इस तरह लेटकर मैं पागल हो जाऊँगा," उसने फुसफुसाते हुए कहा।

उसने मुद्रा बदली और 'लोटस पोस्चर' (पद्मासन) में बैठ गया। अपनी रीढ़ की हड्डी को सीधा किया और हाथों को ज्ञान मुद्रा में रखा। उसने फिर से अपनी आँखें बंद कीं। उसने तय किया कि वह अब किसी विचार को 'बुरा' नहीं कहेगा। वह बस उन्हें देखेगा।

लेकिन यह 'देखना' कितना डरावना था! जब हम अपनी आँखों को बाहरी दुनिया से बंद करते हैं, तो हमारे भीतर का शोर अचानक हज़ारों गुना बढ़ जाता है। मनोज को महसूस हुआ कि उसके भीतर विचारों का कोई क्रम ही नहीं है। बचपन की कोई धुंधली याद, फिर अचानक कल की चिंता, फिर कोई अधूरी दमित इच्छा, और फिर एक गहरा डर। यह एक ऐसा ट्रैफिक था जहाँ कोई सिग्नल नहीं था।

अचानक उसके भीतर एक गहरा संदेह उठा, *"क्या यह सब वाकई काम करता है? या मैं बस एक नए तरह के भ्रम में फँस गया हूँ? पहले मैं अज्ञानी था, पर कम से कम मैं काम तो कर पाता था। अब मैं न यहाँ का रहा, न वहाँ का।"*

उसे अपना पुराना जीवन याद आने लगा। वे शामें जब वह बिना किसी दार्शनिक बोझ के दोस्तों के साथ चाय पीता था, जब वह रात को बिना यह सोचे सो जाता था कि 'मैं कौन हूँ'। उसे वह सरलता बहुत सुखद लगने लगी। उसे लगा कि वह एक बहुत बड़ी गलती कर रहा है। वह अपनी 'नॉर्मल' जिंदगी को नष्ट कर रहा था।

हार मानने का विचार उसके मन में किसी मीठे जहर की तरह फैलने लगा। *"छोड़ दो, मनोज। वापस लौट जाओ। अभी भी वक्त है। कह दो कि तुम यह सब नहीं कर सकते।"*

अगले दिन शाम का समय था। आसमान में सूरज धीरे-धीरे ढल रहा था। नारंगी रोशनी कमरे की दीवारों पर फैल रही थी, जैसे दिन और रात के बीच कोई संवाद चल रहा हो। मनोज अपने कमरे में लेटा था। पीठ के बल। हाथ ढीले। पैर खुले। आज, वह शवासन में था। आँखें बंद। शरीर

पूरी तरह स्थिर। लेकिन, मन स्थिर नहीं था।

"यह क्या कर रहा हूँ मैं...?" विचार धीरे-धीरे नहीं, बल्कि तेज़ी से आ रहे थे।

"क्या सच में इससे कुछ बदल रहा है...?" "या मैं बस खुद को बहला रहा हूँ...?" उसने एक गहरी साँस ली।

उसे रवि की बात याद आई, "शवासन में... कुछ मत कर..." "बस शरीर को पूरी तरह छोड़ दे..." उसने अपने शरीर को ढीला छोड़ने की कोशिश की।

पैर...हाथ...चेहरा...लेकिन जितना वह छोड़ने की कोशिश करता, उतना ही उसे लगता, "मैं छोड़ नहीं पा रहा..." उसके भीतर हल्की-सी घबराहट उठी।

"अगर मैं सच में सब छोड़ दूँ तो...?" एक अजीब-सा डर। जैसे, वह गायब हो जाएगा। उसने अचानक आँखें खोल दीं। छत वही थी। कमरा वही। लेकिन उसका दिल तेज़ धड़क रहा था। "यह... क्या हो रहा है मेरे साथ...?"

वह उठकर बैठ गया। कुछ पल चुप रहा। फिर, धीरे से, वह पद्मासन में बैठ गया। पीठ सीधी। आँखें बंद। "चलो... फिर से..." इस बार, उसने अपने विचारों को देखने की कोशिश की। लेकिन, विचार शांत नहीं थे।

वे जैसे ट्रैफिक बन गए थे। एक के बाद एक, तेज़...बेतरतीब..."तू यह क्यों कर रहा है...?" "पहले सब ठीक था..." "तू बदल गया है..." "तू अजीब हो गया है..." उसका मन, जैसे एक अजनबी बन गया था। एक ऐसा अजनबी, जो उसे डराने की कोशिश कर रहा था।

“मैं कौन हूँ...?” यह सवाल अचानक उभरा। लेकिन इस बार, यह सवाल उसे शांति नहीं दे रहा था। यह उसे और उलझा रहा था।

“अगर मैं यह नहीं हूँ...” “तो मैं कौन हूँ...?” उसका सिर भारी होने लगा। वह उस ट्रैफिक को रोकना चाहता था। लेकिन जितना वह रोकने की कोशिश करता, वह उतना ही बढ़ जाता।

अगले दिन, वह रवि के पास आया। वह बहुत परेशान था। उसका चेहरा थका हुआ था। आँखों के नीचे हल्की सूजन। उसकी आँखों के नीचे काले घेरे थे और उसके हाथ कांप रहे थे।

“कुछ ठीक नहीं है...” उसने कहा।

रवि ने ध्यान से उसकी ओर देखा। “क्या हुआ...?”

“मैं कोशिश कर रहा हूँ...” “लेकिन...” “सब उल्टा हो रहा है...” “विचार और बढ़ गए हैं...” “डर भी...” “और...”

वह थोड़ा रुका, “कभी-कभी लगता है...” “कि मैं पागल हो जाऊँगा...” कमरे में खामोशी फैल गई।

"भाई, मैं हार मान रहा हूँ," उसने कहा। उसकी आवाज़ में एक गहरी निराशा थी। "यह शून्य, यह मौन... यह शांति नहीं है। यह तो एक अँधा कुआँ है। मैं जितना इसके करीब जाता हूँ, मुझे अपना अस्तित्व मिटता हुआ लगता है। मुझे डर लगता है कि कहीं मैं अपना मानसिक संतुलन न खो दूँ।"

रवि ने उसे शांत कराया और उसे अपने पास बैठाया। "मनोज, जिसे तुम 'पागलपन' समझ रहे हो, वह असल में तुम्हारी पुरानी प्रोग्रामिंग का विद्रोह है। जब तुम शून्य का अभ्यास करते हो, तो तुम अपने 'अहंकार' (Ego) की

जड़ों पर प्रहार करते हो। और अहंकार मरते समय सबसे ज़्यादा शोर मचाता है।"

रवि ने धीरे से कहा, “यह अच्छा संकेत है...”

वह चौंक गया। “अच्छा...?”

“हाँ...”

“तू अब पहली बार...” “मन को बिना फिल्टर के देख रहा है...” “पहले...” “यह सब अंदर चलता था...” “और तू उसे सच मान लेता था...” “अब...” “तू उसे देख रहा है...” “और इसलिए...” “वह और तेज़ हो गया है...”

"लेकिन यह शोर सहन से बाहर है," वह चिल्लाया।

"मनोज," रवि ने धीमे स्वर में कहा, "तुम अभी भी 'निर्णय' ले रहे हो। तुम कह रहे हो कि यह शोर 'बुरा' है। तुम शांति को 'पकड़ने' की कोशिश कर रहे हो। शून्य कोई ऐसी चीज़ नहीं है जिसे तुम पा सको; शून्य वह है जो तब बचता है जब तुम अपनी पसंद और नापसंद को छोड़ देते हो। विचारों का ट्रैफिक चलने दो। बस यह याद रखो कि तुम वह ट्रैफिक नहीं हो, तुम वह सड़क हो जिस पर यह सब चल रहा है।"

मनोज चुप हो गया। “तो...” “मैं क्या करूँ...?”

रवि ने कहा, “कुछ नहीं...” “बस एक चीज़...” “निर्णय मत कर...” “जो भी आए...” “उसे अच्छा या बुरा मत कह...” “बस देख...”

“लेकिन...” “यह बहुत मुश्किल है...”

“हाँ...” “क्योंकि...” “तू पूरी ज़िंदगी...” “हर चीज़ को जज करता आया

है...” “अब...” “पहली बार...” “तू सिर्फ देख रहा है...” “और यही...” “असली ध्यान है...”

रवि ने उसे 'गैर-निर्णयवादी जागरूकता' (Non-judgmental Awareness) का महत्व समझाया। "जब तुम पद्मासन में बैठो, तो विचार को यह मत कहो कि 'चले जाओ'। उससे कहो, 'तुम आए हो, ठीक है। मैं तुम्हें देख रहा हूँ।' जब तुम किसी चीज़ को बिना किसी विरोध के देखते हो, तो उसकी शक्ति खत्म हो जाती है। तुम लड़ रहे हो, इसलिए तुम थक रहे हो।"

रवि ने बताया, “शुरुआत में मैं भी तेरी तरह था, उलझा हुआ, परेशान, प्रतिक्रियाओं में फंसा हुआ...”लेकिन धीरे-धीरे: मैंने अपने मन को देखना शुरू किया, अपनी आदतों को समझा और खुद को बदलना शुरू किया।

“आज भी मैं सीख रहा हूँ...लेकिन अब मैं अपने मन का मालिक हूँ, गुलाम नहीं।”

मनोज को याद आया, जब उसने रवि से पूछा था, “तू इतना शांत और संतुलित कैसे रहता है? तेरे अंदर ये स्थिरता कहाँ से आई?”

रवि मुस्कुराया था... और धीरे से बोला, “मन को समझने से... और उससे अलग होने से।”

यह सब सुनकर मनोज चुप हो गया था...उसे लग रहा था जैसे वह किसी और ही दुनिया की बात सुन रहा है, एक ऐसी दुनिया, जहाँ शांति है, स्पष्टता है, और गहराई है।

मनोज ने पूछा, "क्या तू अभी भी साधना करता है ?"

रवि ने कहा, "मनोज यह निरंतर चलने वाली साधना है।" मैने इतने वर्षों में

अपनी एक साधना विधि विकसित की है जिसे, मैं मन को देखने की "रवि की विधि" दैनिक साधना कहत हूँ।

सुबह उठते ही तुरंत मोबाइल मत देखो। बस शांति से बैठ जाओ। आँखें बंद करो, अपनी सांस को देखो (ना बदलो, बस देखो) ध्यान दो, हवा अंदर जा रही है... बाहर आ रही है।

यहाँ लक्ष्य: सांस को कंट्रोल करना नहीं, उसे देखना है। अगर विचार आएं: उन्हें मत रोको, बस देखो: “यह विचार है” धीरे-धीरे तुम्हें महसूस होगा, तुम देखने वाले हो, विचार नहीं।

रवि ने कहा था: “असली साधना ध्यान में नहीं, जीवन में होती है।” पूरे दिन में 3 बार रुक कर खुद को देखो: अभी मैं क्या सोच रहा हूँ? मेरे अंदर कौन-सी भावना चल रही है? क्या मैं प्रतिक्रिया दे रहा हूँ या जागरूक हूँ?

बस 1 मिनट का विराम...लेकिन यह तुम्हें ऑटोमैटिक लाइफ से बाहर लाएगा।

रात की साधना, सोने से पहले, पूरे दिन को याद करो, कहाँ तुम जागरूक थे? कहाँ तुम बह गए? बिना जजमेंट के देखो, फिर, लेट जाओ, सांस को देखो और शरीर को ढीला छोड़ दो। धीरे-धीरे तुम नींद में भी “साक्षी भाव” महसूस करोगे। सबसे महत्वपूर्ण मंत्र: रोज़ थोड़ा करो, लेकिन छोड़ो मत। अगर एक दिन मन नहीं लगे, फिर भी बैठो यही अभ्यास है।

वैराग्य (Vairagya) को जीवन में लाना, इसका मतलब भागना नहीं है। इसका मतलब है - चिपकना छोड़ना प्रैक्टिकल तरीके: हर चीज़ को हल्के में लो, परिणाम की चिंता कम करो और “जो हो रहा है, उसे देखने” की आदत डालो। धीरे-धीरे: गुस्सा कम होगा, चिंता कम होगी और मन हल्का होगा।

पहला अनुभव क्या होगा? रवि ने मनोज से कहा था -

शुरुआत में: मन और ज्यादा भागेगा, बेचैनी बढ़ सकती है। फिर धीरे-धीरे, गैप दिखेगा (thoughts के बीच), शांति के छोटे-छोटे पल आएंगे और एक दिन:

तुम्हें महसूस होगा, तुम मन नहीं हो।

"मनोज, जल्दी मत कर...यह दौड़ नहीं है। बस रोज़ देख...और एक दिन सब अपने आप बदल जाएगा।"

रवि ने जाते-जाते कहा, "मनोज, मन को जीतना नहीं है...उसे समझना है। और जब तू उसे समझ लेगा, तो तू अपने आप उससे ऊपर उठ जाएगा।"

उस रात, मनोज ने पहली बार अपने मन को देखने की कोशिश की...और उसे एहसास हुआ, "शायद असली यात्रा बाहर नहीं, भीतर है..."

मनोज उस शाम बहुत देर तक चुप रहा। उसकी आँखों में अब थोड़ी समझ थी। उसे समझ आया कि उसका सबसे बड़ा शत्रु उसका अपना 'निर्णय' था। वह हर अनुभव को लेबल कर रहा था।

रात को, वह फिर अपने कमरे में गया। उस रात उसने फिर से अभ्यास शुरू किया। इस बार, कोई उम्मीद नहीं थी। कोई लक्ष्य नहीं। बस, बैठना था। उसने पद्मासन लगाया। आँखें बंद कीं। विचार आए।

"यह बेकार है..." इस बार, उसने कुछ नहीं कहा। वह पद्मासन में बैठा रहा।

विचार फिर आए। संदेह फिर आया। *"यह सब बेकार है।"*

न "अच्छा"...न "बुरा"...बस देखा।

फिर, एक और विचार, “तू समय बर्बाद कर रहा है...” वह उसे भी देखता रहा।

इस बार मनोज ने उस विचार को दबाया नहीं। उसने मन ही मन कहा, *"एक विचार आया है कि यह सब बेकार है। ठीक है। मैं इस विचार को भी देख रहा हूँ।"*

धीरे-धीरे, उसे एक अजीब-सी बात महसूस हुई, जब वह जज नहीं करता, तो विचार थोड़े हल्के हो जाते हैं। वे अब भी आते थे, लेकिन, उनका वजन कम था। जैसे, वे खुद ही थक रहे हों।

जैसे ही उसने उस विचार को 'देखा' और उसे 'सच' मानने से इनकार किया, विचार की तीव्रता कम हो गई। उसे महसूस हुआ कि विचारों के बीच में एक बहुत छोटा-सा 'खाली स्थान' (Gap) है। एक ऐसा क्षण जहाँ कोई विचार नहीं था, बस एक शुद्ध होना (Pure Being) था। वह क्षण बिजली की चमक जैसा छोटा था, लेकिन उसकी गहराई अनंत थी।

कुछ देर बाद, एक छोटा-सा मौन आया। बहुत छोटा। लेकिन स्पष्ट। उस मौन में, कोई विचार नहीं था। कोई डर नहीं। सिर्फ, शांति। लेकिन, जैसे ही उसने उसे पकड़ने की कोशिश की, वह चला गया।

“ओह...” उसे समझ आया, “इसे पकड़ा नहीं जा सकता...”

उस छोटे-से शून्य में उसे पहली बार एक ऐसी शांति का अहसास हुआ जो दुनिया की किसी भी खुशी से अलग थी। यह शांति सक्रिय नहीं थी, यह बस 'थी'।

अभ्यास के अंत में जब उसने आँखें खोलीं, तो कमरा अंधेरे में डूबा था। लेकिन मनोज को अंधेरे से अब डर नहीं लग रहा था। उसे अहसास हुआ

कि संघर्ष अभी खत्म नहीं हुआ है, संदेह अभी फिर आएंगे, लेकिन अब उसे पता था कि उन तूफानों के बीच कैसे स्थिर रहना है।

अगले कुछ दिनों तक यह संघर्ष चलता रहा। कभी शांति। कभी, अराजकता। कभी उम्मीद। कभी, निराशा।

एक दिन, वह अचानक रुक गया।

"क्या यह सब बेकार है...?" यह सवाल गहरा था। उसे अपना पुराना जीवन याद आया।

दोस्त...हँसी...साधारण दिन..."मैं पहले ठीक था..." "फिर मैंने यह सब क्यों शुरू किया...?"

उसके भीतर, हार मानने का विचार आया।

"बस... छोड़ दे..." वह कुछ देर चुप बैठा रहा।

फिर, धीरे से, उसने आँखें बंद कीं।

"देख..." एक आवाज़ आई।

उसने उस विचार को देखा, "छोड़ दे..."

फिर, उसने खुद से पूछा, "यह कौन कह रहा है...?"

कुछ पल के लिए, सब रुक गया।

विचार...भावनाएँ...जैसे, सबने एक कदम पीछे लिया। और उसी खाली जगह में, एक गहरी खामोशी उभरी। इस बार, वह उसे पकड़ने की कोशिश नहीं कर रहा था। बस, उसमें था। और उसी खामोशी में, एक बार फिर, वह

सवाल उभरा, “मैं कौन हूँ...?” लेकिन इस बार, कोई जवाब नहीं था। और पहली बार, उसे जवाब की ज़रूरत भी नहीं थी।

उसने अपनी डायरी में सिर्फ तीन शब्द लिखे: *"मौन में संगीत है।"*

वह समझ गया था कि 'शून्य का अभ्यास' खुद को मिटाना नहीं, बल्कि उस असली 'मैं' को ढूंढना है जो कभी नहीं मिटता। वह फिर से उस सवाल की ओर मुड़ा, लेकिन अब वह सवाल एक घाव नहीं, बल्कि एक सितारा बन गया था जो उसे अंधेरे में रास्ता दिखा रहा था, "मैं कौन हूँ?"

भाग 5 रूपांतरण की शुरुआत

अध्याय 14
मौन की शक्ति

प्रतिक्रिया से प्रतिसाद तक का सफर

सुबह की रोशनी आज कुछ अलग थी। वह पहले की तरह आँखों में चुभने वाली तीखी नहीं थी, बल्कि मखमली और शीतल थी। खिड़की के बाहर नीम के पेड़ की पत्तियाँ ओस की बूंदों से लदी थीं और सूरज की पहली किरणें उन्हें हीरों की तरह चमका रही थीं। मनोज अपने कमरे के कोने में पद्मासन में बैठा था।

आज वह किसी 'शून्य' को पाने की ज़िद लेकर नहीं बैठा था। आज उसके भीतर कोई 'लक्ष्य' नहीं था। उसने अपने मित्र की उस बात को आत्मसात कर लिया था, *"मौन को पकड़ने की कोशिश मत करो, बस शोर को गुजरने दो।"*

जैसे ही उसने आँखें बंद कीं, विचारों का पुराना 'ट्रैफिक' फिर से शुरू हुआ। *'आज ऑफिस में मीटिंग है... रिपोर्ट पूरी करनी है... शायद मुझे कल ही कर लेनी चाहिए थी...'*

पहले मनोज इन विचारों के साथ बह जाता था या उन्हें रोकने के लिए खुद से लड़ता था। लेकिन आज, उसने एक नया खेल शुरू किया। जैसे ही कोई विचार आता, वह मुस्कुराकर उसे एक नाम दे देता, *"एक विचार आया... दफ्तर की चिंता का। ठीक है।"*

जैसे ही उसने विचार को नाम दिया और उसे एक वस्तु की तरह देखा, वह

विचार अचानक अपनी शक्ति खो बैठा। मनोज ने पहली बार उस 'अंतराल' (Gap) को अनुभव किया जो दो विचारों के बीच होता है।

यह अंतराल बहुत छोटा था, किसी सेकंड के सौवें हिस्से जैसा। लेकिन उस छोटे से अंतराल में एक असीम शांति छिपी थी। वह अंतराल 'मौन' था। मनोज ने महसूस किया कि वह मौन कहीं बाहर से नहीं आ रहा था, वह तो हमेशा से वहीं था, जैसे बादलों के पीछे हमेशा नीला आसमान होता है। बादल (विचार) आते-जाते रहे, लेकिन वह आकाश (मौन) स्थिर रहा।

"मैं मन नहीं हूँ," उसने धीरे से फुसफुसाया। "मैं वह अंतराल हूँ।"

इस छोटे से अनुभव ने मनोज के भीतर एक गहरे रूपांतरण की नींव रख दी। उसे अपनी पहली सफलता का स्वाद मिल चुका था।

रूपांतरण की शुरुआत, विचारों के बीच की जगह। सुबह का समय था। आसमान साफ़ था। हल्की धूप खिड़की से कमरे में फैल रही थी, जैसे कोई नर्म रोशनी भीतर उतर रही हो।

मनोज अपने कमरे में बैठा था। पद्मासन में। आँखें बंद। शरीर स्थिर। लेकिन आज, कुछ अलग था। वह अब कोशिश नहीं कर रहा था। न विचारों को रोकने की...न शांति पाने की...बस, बैठा था। देख रहा था। विचार आए।

“आज क्या करना है...” वह आया...और चला गया। एक और विचार, “कल जो हुआ...” वह भी आया...और चला गया। पहले, वह इन विचारों के पीछे भागता था।

अब, वह सिर्फ देख रहा था। धीरे-धीरे, उसने कुछ नया महसूस किया। विचारों के बीच, एक छोटा-सा अंतर। एक खालीपन। पहले, यह इतना सूक्ष्म था कि दिखता नहीं था। लेकिन आज वह स्पष्ट था।

"यह... क्या है...?" उसने भीतर पूछा। उसने उस खालीपन पर ध्यान दिया। विचार आया...गया...फिर, खालीपन।

कुछ सेकंड, कुछ नहीं। और उसी "कुछ नहीं" में, एक अजीब-सी शांति थी। कोई प्रयास नहीं। कोई संघर्ष नहीं। सिर्फ, मौन।

उसका शरीर पूरी तरह ढीला था। साँस सहज थी। और मन, जैसे पीछे हट गया था।

"मैं... सोच नहीं रहा हूँ..." उसने महसूस किया। "फिर भी..." "मैं हूँ..." यह अनुभव नया था। गहरा। और थोड़ा डरावना भी। "अगर मैं मन नहीं हूँ..."

"तो मैं कौन हूँ...?" यह सवाल फिर उठा। लेकिन इस बार, यह बेचैनी नहीं ला रहा था। यह, जैसे किसी दरवाज़े के सामने खड़ा कर रहा था। कुछ देर बाद, उसने धीरे से आँखें खोलीं।

कमरा वही था। लेकिन उसकी दृष्टि बदल गई थी। सब कुछ, जैसे थोड़ा शांत था। आवाज़ें वही थीं, लेकिन उनका असर कम था। जैसे, वह उनके केंद्र में नहीं था।

ऑफिस की दुनिया बाहर से जितनी व्यवस्थित और प्रोफेशनल दिखती है, भीतर उतनी ही जटिल और परतदार होती है। मनोज पिछले कई वर्षों से उसी कंपनी में काम कर रहा था।

मेहनती, ईमानदार और अपने काम के प्रति पूरी तरह समर्पित, उसकी पहचान यही थी। उसने कभी शॉर्टकट नहीं अपनाया, कभी किसी की चापलूसी नहीं की, और हमेशा यह विश्वास रखा कि "अच्छा काम अपने आप पहचान बना लेता है।" लेकिन उस साल जो हुआ, उसने इस विश्वास को एक गहरी परीक्षा में डाल दिया।

साल का वह समय आ गया था जब प्रमोशन और appraisal की घोषणाएँ होनी थीं। ऑफिस में हलचल थी, लोग अपने-अपने अनुमान लगा रहे थे, उम्मीदें बाँध रहे थे।

मनोज के लिए यह साल खास था। उसने कई बड़े प्रोजेक्ट्स संभाले थे, टीम को लीड किया था, और हर टारगेट को समय से पहले पूरा किया था। उसके सहकर्मी भी मानते थे, "इस बार प्रमोशन तो मनोज का ही है।"

लेकिन जब रिज़ल्ट आया...तो एक अजीब-सी खामोशी छा गई। सोमवार की सुबह दफ्तर के वातावरण में एक अजीब सी भारीपन थी। हवा में फुसफुसाहटें तैर रही थीं और जब भी मनोज किसी केबिन के पास से गुजरता, बातचीत अचानक बंद हो जाती।

पी.डब्ल्यू.डी. के गलियारों में आज एक ऐसी खबर गूँज रही थी जिसने सबको चौंका दिया था। वार्षिक पदोन्नति (Promotion) की सूची बाहर आ चुकी थी।

मनोज, जो वरिष्ठता (Seniority), योग्यता और ईमानदारी में सबसे ऊपर था, उसका नाम उस सूची से गायब था। इसके विपरीत, नितिन, जो मनोज का कनिष्ठ (Junior) था और जिसका काम हमेशा औसत दर्जे का रहता था, उसे 'आउट ऑफ टर्न' प्रमोशन देकर वरिष्ठ अभियंता बना दिया गया था।

दफ्तर की इस बिसात के पीछे खन्ना साहब का हाथ था। खन्ना साहब को मनोज की वह 'शांत स्पष्टता' कभी पसंद नहीं आई थी। मनोज कभी उनकी चापलूसी नहीं करता था, न ही वह उनके साथ देर शाम की महफिलों में शामिल होता था।

इसके उलट, नितिन ने खन्ना साहब की पसंद और नापसंद को अपनी

प्राथमिकता बना लिया था। वह उनके घर के काम से लेकर दफ्तर की हर 'खास' खबर उन तक पहुँचाने का जरिया बन गया था।

नितिन भी उसी टीम में था, लेकिन उसका काम उतना प्रभावशाली नहीं था। वह औसत प्रदर्शन करता था, लेकिन एक चीज़ में माहिर था - बॉस के करीब रहना।

वह हर मीटिंग में बॉस की हाँ में हाँ मिलाता।ऑफिस के बाद भी उनके साथ समय बिताता। उनकी छोटी-बड़ी जरूरतों का ध्यान रखता। धीरे-धीरे उसने एक “प्रॉक्सिमिटी” बना ली थी, और यही उसकी सबसे बड़ी ताकत बन गई।

खन्ना साहब ने अपनी रिपोर्ट में मनोज को 'मानसिक रूप से अस्थिर' और 'निर्णय लेने में अक्षम' करार दिया था, जबकि नितिन को 'गतिशील और समर्पित' बताया था। यह एक सीधा प्रहार था, मनोज के करियर पर, उसके आत्मसम्मान पर और उसकी ईमानदारी पर।

जैसे ही मनोज ने नोटिस बोर्ड पर वह सूची देखी, तो उसके भीतर एक हलचल उठी। उसके भीतर का वह 'अजनबी मन' एक बार फिर चीख उठा।

जब मनोज ने यह देखा, “क्या मेरी मेहनत बेकार गई?” “क्या सच में काम से ज्यादा रिश्ते मायने रखते हैं?”

"देखो! तुम्हारी ईमानदारी का फल। तुम जिसे साधना कह रहे थे, उसने तुम्हें पीछे धकेल दिया। नितिन, जो कल तक तुमसे सलाह माँगता था, आज तुम्हारा बॉस बन गया। क्या तुम चुप रहोगे? लड़ो! अपना हक छीनो!"

मनोज ने महसूस किया कि उसके कान गर्म हो रहे हैं। उसके पेट में एक

मरोड़ उठी और धड़कनें तेज़ हो गईं। यह 'अपमान' और 'क्रोध' की पुरानी शारीरिक प्रतिक्रिया थी। उसका मन उसे उकसा रहा था कि वह खन्ना साहब के केबिन में जाए, चिल्लाए और अपना इस्तीफा मेज पर पटक दे।

एक पल के लिए गुस्सा आया...निराशा हुई...और एक गहरी चोट भी लगी।

लेकिन उसी क्षण, मनोज को रवि की आवाज़ याद आई, "मनोज, वैराग्य का अर्थ भागना नहीं है, वैराग्य का अर्थ है 'पकड़ ढीली करना'।" फिर... कुछ बदला।

पिछले कुछ समय से मनोज, रवि के मार्गदर्शन में वैराग्य और साक्षी भाव का अभ्यास कर रहा था। और उसी अभ्यास ने इस कठिन क्षण में अपना प्रभाव दिखाया। उसने खुद को रोका...अपनी सांसों पर ध्यान दिया... और अपने मन को देखने लगा।

उसने एक गहरी साँस ली। उसने अपनी बंद आँखों के पीछे उस क्रोध के तूफ़ान को उठते देखा। उसने खुद से कहा, "क्रोध उठ रहा है। अपमान का बोध हो रहा है। ये सब 'चित्त' की वृत्तियाँ हैं। मैं यह क्रोध नहीं हूँ। मैं तो वह हूँ जो इस क्रोध के नृत्य को देख रहा है।"

जैसे ही उसने अपने भावों को 'लेबल' किया, वह प्रचंड ऊर्जा धीरे-धीरे शांत होने लगी। उसने महसूस किया कि प्रमोशन न मिलना एक 'घटना' है, 'दुख' नहीं। दुख तब पैदा होता है जब हम उस घटना को अपने अहंकार से जोड़ लेते हैं।

वह समझ गया, “यह घटना बाहर की है, लेकिन मेरी प्रतिक्रिया अंदर से आएगी।”

मनोज ने खुद से कहा, “अभी मेरे अंदर गुस्सा है...अभी मेरे अंदर अन्याय

का भाव है...लेकिन मैं यह नहीं हूँ... मैं इसे देख सकता हूँ।"

धीरे-धीरे उसने अपने विचारों को अलग-अलग पहचानना शुरू किया, "मुझे यह मिलना चाहिए था"- अहंकार, "यह गलत हुआ है"- बुद्धि, "मुझे दुख हो रहा है" - चित्त की प्रतिक्रिया और इन सबको देखते हुए, वह भीतर से थोड़ा-थोड़ा मुक्त होने लगा।

कुछ समय बाद, जब मन शांत हुआ, तो मनोज ने इस घटना को एक अलग नज़र से देखा। ऑफिस सिर्फ काम की जगह नहीं है, यह एक सामाजिक संरचना भी है जहाँ संबंध, धारणा और प्रभाव भी भूमिका निभाते हैं

उसने समझा, "यह सिर्फ मेरे साथ नहीं हुआ... यह एक सिस्टम का हिस्सा है।" इस समझ ने उसके अंदर की कड़वाहट को कम कर दिया।

मनोज ने महसूस किया कि वैराग्य का मतलब यह नहीं है कि उसे फर्क ही न पड़े। वैराग्य का मतलब है, भावनाओं को दबाना नहीं, लेकिन उनसे चिपकना भी नहीं। उसने अपने दुख को स्वीकार किया...लेकिन उसे अपनी पहचान नहीं बनने दिया।

ऑफिस में कुछ लोग उसे उकसा रहे थे, "तू HR में शिकायत कर..." "बॉस से लड़ ले..." लेकिन मनोज ने प्रतिक्रिया नहीं दी।

नितिन, जो अपनी नई कुर्सी की खुशी और मनोज के प्रति अपराधबोध (Guilt) के बीच झूल रहा था, मनोज की डेस्क के पास आया। उसके पीछे चपरासी मिठाई का डिब्बा लिए खड़ा था। दफ्तर के बाकी लोग मजे लेने के लिए इकट्ठे हो गए थे।

"भाई... वो... मुझे खुद यकीन नहीं हो रहा। लिस्ट में कुछ गड़बड़ लगती

है। मुझे बहुत बुरा लग रहा है तुम्हारे लिए," नितिन ने नजरें चुराते हुए कहा।

मनोज धीरे से खड़ा हुआ। उसने नितिन की आँखों में देखा। वहाँ कोई द्वेष नहीं था, कोई ईर्ष्या नहीं थी। उसने नितिन के कंधे पर हाथ रखा और मुस्कुराते हुए एक लड्डू उठाया।

"बधाई हो नितिन। तुम्हारी तरक्की तुम्हारी यात्रा का हिस्सा है। मुझे बुरा लगने जैसी कोई बात नहीं है। पद केवल एक लेबल है, योग्यता भीतर होती है। तुम अच्छा काम करना," मनोज की आवाज़ में ऐसी सात्विक शांति थी कि नितिन के हाथ कांपने लगे।

उसने शांत रहकर अपने बॉस से एक मीटिंग ली। बिना आरोप लगाए, बिना गुस्से के, उसने सिर्फ इतना पूछा, “मैं और बेहतर क्या कर सकता हूँ?”

बॉस थोड़ा असहज हुए...लेकिन उन्होंने कुछ बातें बताईं, “तुम बहुत अच्छे हो काम में, लेकिन visibility कम है।” “तुम अपने achievements को highlight नहीं करते।” मनोज ने इसे एक सीख की तरह लिया, न कि आलोचना की तरह।

इस घटना के बाद मनोज के अंदर एक गहरा बदलाव आया, अब वह सिर्फ काम नहीं करता था, बल्कि समझदारी से काम करता था। वह अपने काम को सही जगह पर प्रस्तुत करना भी सीख गया। लेकिन उसने अपनी ईमानदारी नहीं छोड़ी। सबसे महत्वपूर्ण, अब उसका सुख प्रमोशन पर निर्भर नहीं था।

चाय की चुस्की लेते हुए बाकी कर्मचारी हैरान थे। वे एक ड्रामे की उम्मीद कर रहे थे, एक झगड़े की तलाश में थे, लेकिन उन्हें वहाँ एक 'पर्वत' जैसी स्थिरता मिली।

उसे रवि की बात याद आई, "वैराग्य का मतलब है, परिणाम से मुक्त होकर कर्म करना।" अब मनोज यही कर रहा था।

कुछ महीनों बाद...एक नया प्रोजेक्ट आया, बहुत महत्वपूर्ण। इस बार, मैनेजमेंट ने खुद मनोज को चुना। उसकी स्थिरता उसकी प्रोफेशनलिज़्म और उसका शांत स्वभाव, सब कुछ अब साफ दिख रहा था।

मनोज ने महसूस किया, ऑफिस पॉलिटिक्स हमेशा रहेगी लेकिन उसका असर हम पर कितना पड़ेगा, यह हमारे हाथ में है। अगर हम हर घटना से जुड़ जाते हैं, तो हम टूट जाते हैं। अगर हम उसे देख पाते हैं, तो हम मजबूत बनते हैं।

मनोज ने अपनी डायरी में लिखा, "आज मुझे प्रमोशन नहीं मिला...लेकिन मुझे खुद को समझने का अवसर मिला। शायद यही असली ग्रोथ है।"

उस दिन, ऑफिस में, एक छोटी-सी घटना हुई। उसने ऑफिस की घटना रवि को सुनाई।एक सहकर्मी ने उसकी गलती पर टिप्पणी कर दी। पहले, वह तुरंत प्रतिक्रिया देता। या तो चुप हो जाता या भीतर गुस्सा भर जाता। लेकिन इस बार, कुछ अलग हुआ। उसने उस क्षण को देखा। पहले, एक हल्की-सी गर्मी सीने में। फिर, एक विचार, "इसने ऐसा क्यों कहा...?"

लेकिन वह वहीं रुक गया। उसने उस भावना को देखा। न उसे दबाया। न उसे बढ़ाया। बस, देखा। कुछ सेकंड बाद, वह शांत हो गया। और फिर, उसने जवाब दिया।शांत। स्पष्ट। बिना गुस्से के।

"यह... नया है..." उसने मन ही मन कहा।

दफ्तर में उस दिन एक ऐसी घटना हुई जिसने उसकी इस नई समझ की परीक्षा ली। दोपहर के समय खन्ना साहब, जो अपने तुनकमिज़ाजी के लिए

जाने जाते थे, मनोज की डेस्क पर आए। उनके हाथ में वही प्रोजेक्ट रिपोर्ट थी जिस पर मनोज काम कर रहा था।

"मनोज! यह क्या है? मैंने तुम्हें इसे सुबह तक पूरा करने को कहा था। तुम्हारी इस ढिलाई की वजह से पूरी टीम का काम रुक रहा है। क्या तुम अब काम में ध्यान नहीं दे पा रहे हो?" खन्ना साहब की आवाज़ में तीखापन था और आसपास के लोग मुड़कर देखने लगे थे।

पुराना मनोज इस स्थिति में तुरंत 'प्रतिक्रिया' (Reaction) देता। या तो वह सफाई देने के लिए बहस करता, या उसके भीतर एक गहरा अपराध-बोध और गुस्सा भर जाता जो दिन भर उसे कचोटता रहता।

लेकिन आज कुछ अद्भुत हुआ।

जैसे ही खन्ना साहब के शब्द मनोज के कानों से टकराए, उसने अपने भीतर की हलचल को देखा। उसने महसूस किया कि उसकी छाती में एक हल्का सा खिंचाव हुआ और पेट में एक हल्की सी जलन उठी। यह 'क्रोध' की शारीरिक संवेदना थी।

मनोज ने उस संवेदना को देखा। उसने खुद से कहा, *"क्रोध उठ रहा है। संवेदना हो रही है।"*

उसने तुरंत मुँह नहीं खोला। उसने उस संवेदना को शांत होने के लिए तीन सेकंड का समय दिया। और उन तीन सेकंडों में, उसने प्रतिक्रिया के बजाय 'प्रतिसाद' (Response) को चुना।

जब वह बोला, तो उसकी आवाज़ बिल्कुल शांत और स्थिर थी। "सर, मैं आपकी परेशानी समझ सकता हूँ। रिपोर्ट का अस्सी प्रतिशत काम हो चुका है, बस अंतिम डेटा का मिलान बाकी है। अगले एक घंटे में यह आपकी मेज पर होगी। देरी के लिए मैं माफी चाहता हूँ।"

खन्ना साहब, जो एक बहस की उम्मीद कर रहे थे, मनोज की इस शांति को देखकर ठिठक गए। उनके गुस्से का गुब्बारा जैसे बिना शोर के फूट गया।

"ठीक है... एक घंटे में दे दो," उन्होंने धीमे स्वर में कहा और चले गए।

नितिन, जो पास ही खड़ा था, हैरान रह गया। "भाई, तूने उन्हें कैसे हैंडल किया? पहले तो तू ऐसे मौकों पर कांपने लगता था या बहस करता था।"

मनोज मुस्कुराया। "नितिन, मैंने बस उन्हें नहीं, बल्कि अपने भीतर की उस मशीन को देखा जो तुरंत रिएक्ट करना चाहती थी। मैंने उस मशीन को थोड़ा रोक दिया।"

उस शाम मनोज रवि से मिलने उसके घर 'शिखर' गया। उस शाम मनोज रवि को किसी जीते हुए योद्धा की तरह लग रहा था। उसके चेहरे पर आज एक अलग ही चमक थी।

“कुछ हुआ है...” उसने कहा।

रवि ने मुस्कुराकर पूछा, “क्या?”

“मैंने...” “मौन महसूस किया...” कमरे में एक गहरी शांति छा गई।

उसने ऑफिस की घटना रवि को सुनाई। उसने सारी बात बताई। रवि ने मनोज को गौर से देखा और मुस्कुराया।

"आज तूने अपनी सबसे बड़ी 'साइट विजिट' पूरी की है, मनोज। पुल बनाना आसान है, लेकिन अपमान के बीच अपने मानसिक संतुलन का पुल बनाए रखना असली इंजीनियरिंग है।"

रवि ने ध्यान से उसकी ओर देखा। “कैसा था...?”

वह कुछ पल चुप रहा। कुछ देर दोनों चुप रहे। फिर मनोज बोला, “जैसे...” “सब कुछ रुक गया हो...” “लेकिन...” “मैं था...” “बिना किसी विचार के...”

रवि ने धीरे से सिर हिलाया। “यही है...” “मौन...” “लेकिन...” “यह टिकता नहीं है...” रवि मुस्कुराया, “इसे टिकाना नहीं है...” “इसे पकड़ना नहीं है...” “बस...” “इसे आने देना है...” “और जाने देना है...” “जैसे विचार...” “वैसे ही मौन भी...”

मनोज ध्यान से सुन रहा था।

“और...” रवि ने आगे कहा, “धीरे-धीरे...” “तू समझेगा...” “कि तू मौन है...” “विचार नहीं...” उसकी आँखें गहरी हो गईं।

“मतलब...”

“मैं मन नहीं हूँ...?” रवि ने शांत स्वर में कहा, “तू कभी था ही नहीं...” कमरे में फिर से खामोशी छा गई।

"भाई," उसने उत्साह से कहा, "आज मैंने पहली बार जाना कि मौन केवल शांति में बैठकर नहीं मिलता, वह तो कोलाहल के बीच भी हमारे पास होता है। बस हमें उस तक पहुँचने का रास्ता पता होना चाहिए। 'प्रतिक्रिया' (Reaction) एक गुलामी है, और 'प्रतिसाद' (Response) एक स्वतंत्रता है।"

रवि ने आगे समझाया, "यह वैराग्य (Vairagya) है। तूने आज यह सिद्ध कर दिया कि तेरी खुशी अब बाहरी 'लेबल' (Promotion) पर निर्भर नहीं है। कौल तंत्र कहता है कि जो व्यक्ति लाभ-हानि, मान-अपमान में स्थिर रहता है, वही वास्तव में 'जागृत' है। नितिन को प्रमोशन मिला, यह उसकी कर्म-गति है। तुझे नहीं मिला, यह तेरे लिए अभ्यास का अवसर है।"

अगले कुछ दिनों में दफ्तर का माहौल बदल गया। नितिन अब 'बॉस' था, लेकिन वह मनोज को निर्देश देते समय हिचकिचाता था। मनोज ने अपना काम और भी कुशलता से करना शुरू कर दिया।

उसने दिखाया कि 'वैराग्य' काम से भागना नहीं है, बल्कि काम को 'फल' की चिंता के बिना उत्कृष्ट बनाना है। मनोज अब दफ्तर की राजनीति का हिस्सा नहीं था, वह उसका 'प्रेक्षक' (Observer) था।

वह देख पाता था कि कैसे लोग एक छोटी सी कुर्सी के लिए अपनी आत्मा बेच देते हैं। वह देख पाता था कि खन्ना साहब का अहंकार कितना खोखला है।

उस रात, मनोज जब अपने क्वार्टर में लेटा, तो उसने महसूस किया कि वह पहले से कहीं ज़्यादा 'हल्का' है। प्रमोशन का न मिलना उसके लिए एक वरदान बन गया था, जिसने उसके भीतर के अंतिम 'अहंकार' को भी गला दिया था। वह अब सिर्फ़ एक इंजीनियर नहीं था; वह एक ऐसा साधक था जिसने कोलाहल के बीच अपना 'अंदर का घर' पा लिया था।

रवि ने उसकी पीठ थपथपाई। "यही रूपांतरण है, मनोज। जब तुम अपनी आदतों और प्रोग्रामिंग के बीच में एक छोटा सा होश (Awareness) डाल देते हो, तो तुम एक नए मनुष्य बन जाते हो। मौन की शक्ति तुम्हें पत्थर नहीं बनाती, बल्कि तुम्हें और अधिक मानवीय और करुणामयी बनाती है।"

रवि ने उस शाम देर तक चर्चा की कि कैसे यह मौन धीरे-धीरे उसके रिश्तों में भी बदलाव ला रहा है। मनोज ने बताया कि अब वह अपनी पत्नी की बातों को ज़्यादा गहराई से सुन पाता है, क्योंकि उसके भीतर का 'निर्णय लेने वाला अजनबी' अब शांत होने लगा है।

बाहर सूरज ढल रहा था। आसमान में हल्का अंधेरा फैल रहा था। लेकिन उस अंधेरे में, एक स्थिरता थी। एक मौन।

जब वह घर जाने के लिए उठा, तो बाहर रात गहरी हो चुकी थी। आसमान सितारों से भरा था। मनोज ने एक लंबी और गहरी साँस ली।

रात को, मनोज फिर अपने कमरे में बैठा। इस बार, कोई सवाल नहीं था। कोई कोशिश नहीं। वह बस, बैठा था। विचार आए...गए...भावनाएँ आईं...गईं...और उनके बीच, मौन।

धीरे-धीरे, वह उस मौन में टिकने लगा। न उसे पकड़ने की कोशिश...न उसे खोने का डर...बस, उसी में रहना। और उसी गहराई में, एक स्पष्टता उभरी, "मैं मन नहीं हूँ..."

यह कोई विचार नहीं था। यह अनुभव था। और उसी अनुभव के साथ, एक बार फिर, वह सवाल उभरा, “मैं कौन हूँ...?”

लेकिन इस बार, उसके पीछे कोई बेचैनी नहीं थी। सिर्फ, एक शांत जिज्ञासा। जैसे, यात्रा अभी शुरू हुई हो।

उस रात उसने अपनी डायरी में लिखा: *"मौन कोई शब्द नहीं है, न ही यह आवाज़ों का अभाव है। मौन वह केंद्र है जहाँ मैं सुरक्षित हूँ। आज मैंने पहली बार अपने उस अजनबी मन का हाथ थामकर उसे शांत किया है। वह अब मेरा दुश्मन नहीं, मेरा सहयोगी बन रहा है। मैं अब भी नहीं जानता कि 'मैं कौन हूँ', लेकिन मैं यह निश्चित रूप से जानता हूँ कि मैं वह शोर नहीं हूँ जो मुझे डराता था।"*

नींद आने से पहले, मनोज ने एक बार फिर उस सवाल को अपने भीतर गूँजने दिया, "मैं कौन हूँ?"

लेकिन इस बार, वह सवाल उसे बेचैन नहीं कर रहा था। वह सवाल उसे

उस अनंत मौन की गोद में और गहरे ले जा रहा था, जहाँ उत्तर शब्दों में नहीं, बल्कि 'होने' के अहसास में छिपा था।

रूपांतरण शुरू हो चुका था। मनोज अब बदल रहा था, और उसके साथ-साथ उसकी पूरी दुनिया भी। अब मनोज पहले जैसा नहीं था। वह काम करता था, लेकिन उसमें खोता नहीं था। वह संबंध बनाता था, लेकिन उनसे बंधता नहीं था। वह आगे बढ़ रहा था, लेकिन भीतर से स्थिर था और यही उसकी सबसे बड़ी जीत थी।

अध्याय 15
अजनबी नहीं, स्वयं

मन, शरीर और आत्मा का सामंजस्य

सुबह की ताज़ा हवा खिड़की से छनकर कमरे में आ रही थी। पेड़ों की पत्तियाँ धीरे-धीरे हिल रही थीं। नीम के पत्तों की हल्की सरसराहट एक मद्धम संगीत की तरह गूँज रही थी - मन, शरीर और आत्मा का सामंजस्य। सुबह का समय था। हल्की ठंडी हवा खिड़की से भीतर आ रही थी।

मनोज खिड़की के पास खड़ा था, उसकी आँखें खुली थीं, लेकिन उसका ध्यान केवल बाहर के दृश्य पर नहीं था। आज वह केवल ध्यान की मुद्रा में बैठकर ही जागरूक नहीं था; वह तो अब हर क्षण, हर धड़कन के साथ 'जाग' रहा था।

अब, वह सिर्फ ध्यान में ही जागरूक नहीं था। वह चलते हुए...बोलते हुए...खाते हुए...हर पल, थोड़ा-थोड़ा जाग रहा था। “यह... अलग है...” उसने महसूस किया।

"यह अनुभव... यह तो पहले जैसा नहीं है," उसने मुस्कुराते हुए सोचा।

कुछ हफ्ते पहले तक 'जागरूकता' उसके लिए एक कठिन परिश्रम थी, एक ऐसी ज़िद जिसमें वह अपने ही मन से कुश्ती लड़ रहा था। लेकिन अब, वह जागरूकता उसके जीवन की एक सहज लय बन चुकी थी।

अब वह चलते हुए अपने पैरों के स्पर्श को केवल 'देखता' नहीं था, बल्कि उसे 'जीता' था। वह खाते हुए केवल स्वाद का विश्लेषण नहीं करता था, बल्कि उस ऊर्जा को अपने भीतर उतरते हुए महसूस करता था।

उसने अपनी साँस पर ध्यान केंद्रित किया। साँस भीतर गई... और बाहर आई। अब यह कोई 'प्राणायाम' की तकनीक नहीं थी, बल्कि यह तो अस्तित्व का सीधा अनुभव था। उसे महसूस हुआ कि उसका शरीर अब कोई लोहे की मशीन या कोई भारी बोझ नहीं रह गया है।

पहले, शरीर में होने वाली हर छोटी संवेदना, हर दर्द या हर खुजली उसे विचलित कर देती थी। वह तुरंत प्रतिक्रिया (Reaction) देता था। लेकिन अब, वह उन संवेदनाओं की भाषा समझने लगा था।

अगर शरीर में कहीं थकान होती, तो वह उसे एक तटस्थ दर्शक की तरह देखता और चुपचाप शरीर को विश्राम दे देता। अगर कहीं तनाव होता, तो वह केवल उस तनाव को 'महसूस' करता और आश्चर्यजनक रूप से वह तनाव खुद-ब-खुद ढीला हो जाता।

"शरीर कोई अजनबी नहीं है," मनोज ने फुसफुसाते हुए कहा। "यह तो मेरा सबसे पुराना और वफादार मित्र है, जो हर पल मुझे जीवित रखने के लिए काम कर रहा है।"

यही बदलाव उसके मन के साथ भी हुआ था। विचार अब भी आते थे, कभी क्रोध के, कभी चिंता के, कभी पुरानी यादों के। लेकिन अब उनमें वह 'चुंबकीय शक्ति' नहीं थी जो मनोज को अपने साथ बहा ले जाए। वह विचारों को बादलों की तरह देखता था।

मनोज के घर से कुछ ही दूरी पर एक सुंदर और शांत पार्क है, जहाँ वह अक्सर सुबह और शाम की सैर के लिए जाता है। यह पार्क सिर्फ हरियाली का एक टुकड़ा नहीं है, बल्कि शहर की भागदौड़ के बीच एक ऐसा स्थान है जहाँ मन, शरीर और आत्मा को विश्राम मिलता है।

दफ्तर की राजनीति, पदोन्नति का छलावा और फाइलों के अंबार से थककर मनोज जब शाम को अपने क्वार्टर लौटता, तो उसकी आत्मा एक

'विस्तार' की माँग करती थी। उसके घर से महज़ कुछ सौ मीटर की दूरी पर स्थित 'विश्राम उपवन' वह स्थान था जहाँ कंक्रीट की सीमाएँ समाप्त होती थीं और जीवन अपनी आदिम लय में सांस लेता था।

शाम के समय पार्क का माहौल बदल जाता है। अब यहाँ हलचल बढ़ जाती है, बच्चे झूले झूलते हैं। परिवार साथ में घूमते हैं। दोस्त हँसी-मजाक करते हैं। सूरज धीरे-धीरे ढलता है, और आसमान नारंगी और गुलाबी रंगों से भर जाता है। यह दृश्य इतना सुंदर होता है कि मनोज अक्सर वहीं रुककर उसे निहारता रहता है।

पार्क का मुख्य द्वार लोहे का एक पुराना और जंग लगा हुआ ढांचा था, जो खुलने पर एक मद्धम सी चरचराहट पैदा करता था जैसे कोई बूढ़ा दरबान आगंतुक का स्वागत कर रहा हो। भीतर कदम रखते ही, आँखों को एक राहत भरी ठंडक महसूस होती थी। सड़कों की मटमैली धूल की जगह अब आँखों के सामने 'धूप' (घास) का एक कालीन बिछा होता था, जिस पर ओस की अंतिम बूंदें शाम की ढलती रोशनी में मोतियों की तरह चमकती थीं।

पार्क की हवा शहर के बाकी हिस्सों से अलग होती है। यह साफ, ताज़ा और जीवन से भरी होती है। जब हवा पेड़ों के बीच से गुजरती है, तो पत्तों की सरसराहट एक मधुर संगीत जैसी लगती है। मनोज को यह आवाज़ बहुत सुकून देती है, जैसे कोई उसे धीरे-धीरे शांत कर रहा हो।

यह पार्क सिर्फ एक घूमने की जगह नहीं है। यह लोगों के जीवन का एक महत्वपूर्ण हिस्सा है। यहाँ लोग अपनी सेहत सुधारते हैं। मानसिक शांति पाते हैं और प्रकृति के करीब आते हैं।

पार्क के बीचों-बीच एक गोलाकार पैदल पथ (Walking Track) था, जिसके दोनों ओर कतार से लगे 'गुलमोहर' और 'अमलतास' के पेड़ खड़े

थे। वसंत के मौसम में जब ये पेड़ लाल और सुनहरे फूलों से लद जाते, तो लगता था जैसे धरती ने कोई रंगीन चुनर ओढ़ ली हो। लेकिन मनोज के लिए ये केवल पेड़ नहीं थे; ये उसकी चेतना के साक्षी थे।

अब, जब मनोज का 'अजनबी मन' धीरे-धीरे एक 'साक्षी' में बदल रहा था, पार्क का अनुभव उसके लिए पूरी तरह बदल चुका था। जैसे ही वह पार्क में प्रवेश करता, हवा का मिज़ाज बदल जाता। सड़कों पर जो हवा धुएं और पेट्रोल की गंध से भारी थी, यहाँ वह 'गीली मिट्टी' और 'रात की रानी' की तीखी खुशबू से महक रही होती थी।

मनोज ने महसूस किया कि मिट्टी की यह सोंधी महक सीधे उसके 'मूलाधार चक्र' को स्पर्श करती थी, जिससे वह स्वयं को 'ग्राउंडेड' (Grounded) महसूस करता था।

पार्क का शोर दफ्तर के शोर से अलग था। यहाँ बच्चों के खेलने की आवाज़ें थीं, जो चंचलता का प्रतीक थीं। बूढ़ों के ठहाके थे, जिनमें जीवन का अनुभव छिपा था।

लेकिन इन सबके बीच, मनोज का ध्यान उन सूक्ष्म ध्वनियों पर जाता जिन्हें लोग अक्सर अनसुना कर देते, सूखे पत्तों का हवा में उड़कर आपस में टकराना, गिलहरियों की 'चिर-चिर', और पीपल के पत्तों की वह विशेष सरसराहट, जो किसी झरने की आवाज़ जैसी लगती थी।

मनोज अक्सर जूतों को उतारकर नंगे पैर घास पर चलना पसंद करता था। रवि ने उसे बताया था कि घास पर नंगे पैर चलना 'अर्थिंग' (Earthing) की तरह है, जो मस्तिष्क के अतिरिक्त विद्युत आवेश (Static Charge) को शांत करती है। उसे महसूस होता कि घास की कोमल नोकें उसके तलवों के प्रेशर पॉइंट्स को दबा रही हैं, जिससे उसके पूरे शरीर में एक सुखद सिहरन दौड़ जाती थी।

मनोज पार्क की एक पुरानी सीमेंटेड बेंच पर बैठ जाता, जिसका पेंट अब जगह-जगह से उखड़ चुका था। वहाँ बैठकर वह 'वैराग्य' का अभ्यास करता। वह लोगों को देखता, पर उनसे जुड़ता नहीं था। वह देखता, एक कोने में रिटायर हो चुके बुजुर्गों की मंडली, जो देश की राजनीति और गिरती नैतिकता पर गरमागरम बहस कर रहे होते।

पहले मनोज को इन बातों में रस आता था, पर अब वह देख पाता था कि ये लोग भी अपने 'अहंकार' को पुष्ट करने के लिए शब्दों का सहारा ले रहे हैं। वह देखता, युवा प्रेमियों को, जो दुनिया से बेखबर एक-दूसरे की आँखों में भविष्य ढूंढ रहे थे। वह देख पाता था कि उनकी यह 'चाह' भी मन का ही एक खेल है।

वह देखता, एक छोटे बच्चे को, जो तितली पकड़ने के लिए पूरी एकाग्रता से दौड़ रहा था। मनोज को उस बच्चे में अपनी साधना दिखाई देती। बच्चा तितली को पकड़ने की 'कोशिश' में नहीं था, वह तो स्वयं 'दौड़' बन गया था। जब कर्ता और कर्म एक हो जाते हैं, तो वह 'ध्यान' बन जाता है।

पार्क के सबसे एकांत कोने में एक बहुत पुराना 'बरगद' का पेड़ था। इसकी जड़ें हवा में लटक रही थीं और तना इतना विशाल था कि जैसे कोई प्राचीन ऋषि ध्यानमग्न खड़ा हो। मनोज अक्सर इस पेड़ के नीचे बैठता था।

रवि ने उसे सिखाया था कि बरगद स्थिरता का प्रतीक है। मनोज अपनी पीठ पेड़ के तने से सटा देता और महसूस करता कि पेड़ की 'प्राण-ऊर्जा' उसके भीतर प्रवाहित हो रही है। उस विशाल वृक्ष के सान्निध्य में मनोज को अपना अस्तित्व बहुत छोटा, पर बहुत महत्वपूर्ण महसूस होता।

उसे लगता कि जैसे यह पेड़ सदियों से खड़ा होकर केवल देख रहा है, मौसमों का बदलना, पीढ़ियों का आना-जाना। "मैं भी इस बरगद की तरह

बनूँ," वह मन ही मन प्रार्थना करता, "जो सब कुछ देखता है, पर किसी से प्रभावित नहीं होता।"

जैसे-जैसे सूरज ढलता, पार्क का दृश्य बदल जाता। आसमान में चीलें अपने घोंसलों की ओर लौटतीं। नारंगी आकाश धीरे-धीरे सिंदूरी और फिर गहरे नीले रंग में डूब जाता। यह वह समय था जब पार्क में शांति और गहरी हो जाती थी।

मनोज के लिए तो यह पार्क उसकी "साधना का स्थान" बन चुका है। मनोज अपनी साँसों को लयबद्ध करता। वह देखता कि कैसे अंधेरा पेड़ों को निगल रहा है। यह दृश्य उसे 'लय' (Dissolution) की याद दिलाता। जैसे दिन का प्रकाश अंधेरे में खो जाता है, वैसे ही उसके विचार भी इस 'मौन' में खो जाने चाहिए।

जब पार्क का माली घंटी बजाकर सबको बाहर जाने का संकेत देता, तो मनोज एक नई ऊर्जा के साथ उठता। 'विश्राम उपवन' ने उसे केवल ताजी हवा नहीं दी थी, उसने उसे 'स्वयं' को देखने की एक व्यापक पृष्ठभूमि प्रदान की थी।

कभी-कभी मनोज रात में भी यहाँ आता है। तब पार्क बिल्कुल शांत होता है, सिर्फ झींगुरों की आवाज़। हल्की ठंडी हवा और आसमान में चमकते तारे। यह समय उसके लिए सबसे खास होता है क्योंकि यहाँ वह खुद के साथ पूरी तरह जुड़ पाता है।

समय के साथ, इस पार्क और मनोज के बीच एक गहरा रिश्ता बन गया है। यह जगह अब सिर्फ एक "लोकेशन" नहीं रही। यह उसके जीवन का एक हिस्सा बन चुकी है। जब वह खुश होता है तो यहाँ आता है। जब वह दुखी होता है तो भी यहाँ आता है और जब वह कुछ समझना चाहता है, तो भी।

पार्क से बाहर निकलते समय, मनोज को अपना PWD क्वार्टर अब एक जेल नहीं लगता था। उसने जान लिया था कि शांति पार्क में नहीं, बल्कि उसके देखने के नज़रिए में है। पार्क तो केवल एक माध्यम था, जिसने उसे सिखाया कि कैसे कोलाहल के बीच भी जड़ें गहरी जमाकर मौन में खड़ा रहा जा सकता है।

उस रात, मनोज जब अपने बिस्तर पर लेटा, तो उसकी बंद आँखों के पीछे वही 'विश्राम उपवन' लहरा रहा था। उसने महसूस किया कि उसका 'अजनबी मन' अब उस पुराने बरगद की तरह स्थिर होने लगा है।

सुबह के समय जब सूरज की पहली किरणें धीरे-धीरे धरती को छूती हैं, तब यह पार्क एक अलग ही रूप ले लेता है। हल्की ठंडी हवा चलती है, जिसमें फूलों की सुगंध घुली होती है।

मनोज जब वहाँ पहुँचता है, तो उसे सबसे पहले पक्षियों की चहचहाहट सुनाई देती है, जैसे प्रकृति खुद उसे "सुप्रभात" कह रही हो। घास पर ओस की छोटी-छोटी बूंदें चमकती हैं, मानो मोती बिखरे हों। वह जब उन पर चलता है, तो एक ठंडक उसके पैरों से होते हुए पूरे शरीर में फैल जाती है।

पार्क में चारों ओर बड़े-बड़े पेड़ लगे हैं, नीम, पीपल, अमलतास और गुलमोहर। इनकी छाया में बैठना अपने आप में एक ध्यान जैसा अनुभव है। कुछ पेड़ों पर तोते बैठे होते हैं। कहीं गिलहरियाँ दौड़ती नजर आती हैं। और कभी-कभी तितलियाँ फूलों के बीच मंडराती हैं।

फूलों की क्यारियाँ भी बहुत सुंदर हैं: गुलाब, गेंदा, चमेली और रजनीगंधा। हर मौसम में ये पार्क अलग रंगों से भर जाता है।

हर दिन की सैर के बाद, जब मनोज वापस घर लौटता है, तो वह पहले से हल्का, शांत और संतुलित महसूस करता है। उसे लगता है, "शायद

असली खुशी बड़ी चीज़ों में नहीं, बल्कि ऐसी छोटी-छोटी जगहों में छुपी होती है।"

यह पार्क मनोज के लिए सिर्फ हरियाली नहीं, बल्कि एक जीवंत अनुभव, एक शिक्षक और एक मित्र है।

सुबह के समय पार्क में अलग-अलग तरह के लोग दिखते हैं: बुजुर्ग लोग धीरे-धीरे टहलते हुए। कुछ लोग योग और प्राणायाम करते हुए। युवा दौड़ लगाते हुए और बच्चे खेलते हुए।

मनोज अक्सर एक कोने में बैठकर ध्यान करता है, जहाँ पेड़ों की छाया और हल्की हवा उसे पूरी तरह शांत कर देती है। इस पार्क में आते ही मनोज को लगता है जैसे उसकी सारी चिंताएँ धीरे-धीरे गायब हो रही हैं।

यहाँ बैठकर वह अपने विचारों को देखता है। अपनी सांसों को महसूस करता है और खुद के साथ समय बिताता है। यह पार्क उसके लिए सिर्फ एक जगह नहीं, बल्कि एक "शरण" बन चुका है।

पार्क में टहलते समय एक दिन एक पुरानी नकारात्मक स्मृति उभरी, *"तुम उस दिन असफल हुए थे... तुम फिर असफल हो सकते हो।"*

पुराना मनोज इस विचार के आते ही कांप जाता। लेकिन आज, वह इस विचार को देखकर केवल मुस्कुराया। उसने मन ही मन कहा, *"देखो, वह पुराना अजनबी फिर से वही पुरानी कहानी सुनाने आया है।"*

जैसे ही उसने उस विचार को पहचाना और उसे 'सच' मानने से इनकार किया, वह विचार धुएँ की तरह गायब हो गया। वह अब अपने ही मन के साथ एक खेल खेल रहा था, जिसमें जीत और हार का कोई अर्थ नहीं था।

पहले, जागरूकता एक अभ्यास थी। अब, वह धीरे-धीरे जीवन का हिस्सा बन रही थी। उसने अपनी साँस पर ध्यान दिया। साँस

अंदर...बाहर...लेकिन अब, यह कोई तकनीक नहीं थी। यह बस एक अनुभव था। उसका शरीर अब उसे बोझ नहीं लगता था।

पहले, हर sensation उसे परेशान करती थी। अब, वह उन्हें समझने लगा था।कभी हल्की थकान आती है, तो वह उसे देखता। शरीर को आराम देता। कभी, तनाव आता, वह उसे महसूस करता। और धीरे-धीरे, वह खुद ही ढीला हो जाता।

“शरीर... दुश्मन नहीं है...” “यह तो बस... संकेत दे रहा है...” उसके भीतर, एक नया रिश्ता बन रहा था।

मन के साथ भी। वह अब भी विचारों को देखता था। लेकिन, अब उनमें उलझता नहीं था। कभी, कोई नकारात्मक विचार आता, “तू यह नहीं कर पाएगा...”

वह मुस्कुराता। “फिर से आ गया...” जैसे, वह किसी पुराने दोस्त को पहचान रहा हो।

एक दिन, वह पार्क में बैठा था। बच्चे खेल रहे थे। लोग टहल रहे थे। और वह बस देख रहा था। अचानक, एक पुरानी याद आई।

कॉलेज केदिन...दोस्त...हँसी...पहले, यह याद उसे खींच ले जाती। लेकिन आज, वह उसे देख रहा था। “यह सिर्फ एक स्मृति है...” वह आई...और चली गई। उसके भीतर, एक गहरी स्थिरता थी। जैसे, अब कुछ भी उसे पूरी तरह हिला नहीं सकता।

उस शाम वह जब रवि से मिलने आया, तो उसका चेहरा किसी शांत झील की तरह स्थिर था। उसकी चाल में एक गरिमा थी और उसकी आँखों में एक ऐसी स्पष्टता थी जिसे शब्दों में बयान करना कठिन था।

“कुछ बदल गया है...”उसने कहा।

रवि ने पूछा, “क्या?”

“अब...” “मन... अजनबी नहीं लगता...”

रवि मुस्कुराया। “तो अब क्या लगता है...?”

वह कुछ पल चुप रहा। फिर धीरे से बोला, “जैसे...” “वह भी मैं ही हूँ...” कमरे में एक गहरी शांति छा गई।

रवि ने कहा, “यही समझ है...” “पहले...” “तू मन से जुड़ा हुआ था...” “फिर...” “तू उससे अलग हुआ...” “और अब...” “तू उसे समझ रहा है...” “वह अजनबी नहीं था...” “बस...” “अपरिचित था...” मनोज ध्यान से सुन रहा था।

“और...” रवि ने आगे कहा, “शरीर...” “मन...” “और तू...” “तीनों अलग नहीं हैं...” “बस...” “तीन स्तर हैं...”

उसने धीरे से सिर हिलाया। “तो...” “डर क्यों था...?”

रवि ने शांत स्वर में कहा, “क्योंकि...” “तू नहीं जानता था...” “अज्ञान...” “हमेशा डर पैदा करता है...” “और...” “समझ...” “डर को खत्म कर देती है...”

उसकी आँखों में, अब कोई घबराहट नहीं थी। सिर्फ, एक स्थिर विश्वास।

"भाई, अब मुझे वह 'अजनबी' डराता नहीं है," उसने फिर कहा। "सच तो यह है कि अब मुझे कोई अजनबी दिखाई ही नहीं देता।"

रवि ने उसे गौर से देखा। "तो अब तुम्हें क्या दिखाई देता है, मनोज?"

वह कुछ पल चुप रहा, जैसे शब्दों को उस गहरे अनुभव के साथ तौल रहा हो। फिर धीरे से बोला, "अब मुझे सब 'अपना' लगता है। वह मन जो कल तक मुझे डराता था, वह अब मेरा छोटा बच्चा जैसा लगता है जो बस अपनी चंचलता दिखा रहा है। वह शरीर जो मुझे एक मशीन लगता था, वह अब मेरे 'होने' का एक सुंदर मंदिर लगता है। और वह 'मैं', जो इन सबको देख रहा है... वह अब एक शांत मौन बन गया है।"

कमरे में एक गहरी शांति छा गई। बाहर ढलते सूरज की नारंगी रोशनी मेज पर रखी किताबों को छू रही थी।

"मनोज," रवि ने कहा, "यही वास्तविक सामंजस्य (Harmony) है। डर केवल तब तक होता है जब तक हम किसी चीज़ को 'अलग' (Other) मानकर देखते हैं। जब तुम यह जान लेते हो कि शरीर, मन और साक्षी, ये तीनों तुम्हारे ही अस्तित्व के अलग-अलग स्तर हैं, तो 'अजनबी' शब्द ही मिट जाता है। अज्ञान हमेशा डर पैदा करता है, और बोध (Understanding) उस डर को करुणा में बदल देता है।"

मनोज ने सिर हिलाया। "हाँ भाई। अब मैं जब लोगों के बीच जाता हूँ, तो मुझे उनकी आवाज़ों या उनके शोर से डर नहीं लगता। मैं उन्हें भी अपने ही मौन का एक हिस्सा महसूस करता हूँ। मेरा काम अब बोझ नहीं है, बल्कि एक कर्म-योग बन गया है।"

रात को मनोज जब अपने घर लौटा, तो उसने कमरे की लाइट नहीं जलाई। वह चाँदनी रात में अपने बिस्तर पर चुपचाप बैठ गया। उसने आँखें बंद कीं।

विचार आए, *"कल की फाइलें... परिवार की ज़िम्मेदारियाँ..."* उसने उन्हें देखा और कहा, *"ठीक है, हम कल निपट लेंगे।"*

संवेदनाएँ आईं, *"पीठ में हल्का दर्द... मन में हल्की बेचैनी..."* उसने उन्हें भी स्वीकार किया।

अब कोई संघर्ष नहीं था। न कुछ पाने की बेचैनी थी, न कुछ खोने का डर। वह बस एक 'उपस्थिति' (Presence) थी। उसने अपने भीतर की गहराइयों में झांका।

शरीर... शांत और स्थिर था। मन... एक पारदर्शी झरने की तरह बह रहा था। और इन सबके पीछे वह 'साक्षी'... जो अब एक विराट आकाश की तरह फैला हुआ था।

"मैं..." यह विचार उसके भीतर एक लहर की तरह उठा। लेकिन यह 'मैं' अब वह पुराना अहंकारी मनोज नहीं था। यह 'मैं' तो अस्तित्व का एक हिस्सा था।

और उसी मौन की चरम सीमा पर, वह शाश्वत सवाल फिर से गूँजा, "मैं कौन हूँ?"

लेकिन इस बार, वह सवाल कोई उत्तर नहीं माँग रहा था। इस बार वह सवाल खुद ही एक उत्तर बन चुका था। मनोज ने महसूस किया कि वह सवाल और वह जवाब, दोनों एक ही बिंदु पर मिल गए हैं। वह अब अजनबी नहीं था; वह स्वयं था। वह अकेला तो था, लेकिन तन्हा नहीं था। वह पूरे ब्रह्मांड के साथ एक था।

रात को, वह अपने कमरे में बैठा। आँखें बंद कीं। विचार आए... “कल क्या होगा...” वह मुस्कुराया। “देख लेंगे...” भावनाएँ आईं...हल्की बेचैनी...वह उसे महसूस करता रहा। और फिर, वह खुद ही शांत हो गई।

अब कोई संघर्ष नहीं था। न कुछ पाने की चाह...न कुछ खोने का डर...बस, एक सहजता। उसने धीरे से भीतर देखा। शरीर...शांत। मन...हल्का। और

भीतर, एक गहरी उपस्थिति। "मैं..." यह शब्द उभरा। लेकिन इस बार, यह कोई पहचान नहीं थी।

यह एक अनुभव था। और उसी अनुभव में, एक बार फिर, वह सवाल उभरा, "मैं कौन हूँ...?" लेकिन अब, यह सवाल अधूरा नहीं था। यह, पूर्ण था। जैसे सवाल और जवाब, दोनों एक ही हो गए हों। बाहर, रात गहरी हो चुकी थी। आसमान में तारे चमक रहे थे। और उसी मौन में, मनोज बैठा था। अब अकेला नहीं। अपने साथ।

बाहर रात गहरा चुकी थी, आसमान तारों से जगमगा रहा था। और उस मौन में, मनोज एक गहरी और शांतिपूर्ण नींद की गोद में समा गया, एक ऐसे इंसान के रूप में जिसने अपने भीतर के अजनबियों से दोस्ती कर ली थी।

अध्याय 16
स्वयं का साक्षात्कार

तृतीय स्तर, वह जो हमेशा से था

वह रात नहीं थी, सुबह नहीं थी। न ही वह भोर थी। वह समय था, जब सब कुछ शांत होता है। जब दुनिया सो रही होती है और भीतर कुछ जागता है। रात का अंतिम पहर जब अपनी विदाई की तैयारी कर रहा होता है और सूर्य की पहली किरण अभी क्षितिज के बहुत नीचे होती है, रात और दिन के बीच एक ऐसा सूक्ष्म क्षण होता है, जब अंधकार धीरे-धीरे विलीन हो रहा होता है और प्रकाश अभी पूरी तरह प्रकट नहीं हुआ होता।

वह समय की वह संधि थी जिसे 'ब्रह्ममुहूर्त' कहा जाता है, जब पूरी दुनिया एक गहरी निद्रा में होती है और प्रकृति स्वयं को मौन के हवाले कर देती है। भारतीय योग और तांत्रिक परंपराओं में इसे अत्यंत पवित्र, शक्तिशाली और साधना के लिए सर्वोत्तम समय माना गया है।

मनोज के लिए, जो कल तक मशीनी जीवन जी रहा था, रवि के मुख से निकली 'ब्रह्म मुहूर्त' की व्याख्या किसी प्राचीन मंत्र की तरह गूँज रही थी।

रवि ने उसे समझाया, "मनोज, ब्रह्म मुहूर्त केवल सुबह जल्दी उठना नहीं है। “ब्रह्म” का अर्थ है परम सत्य, चेतना या सृष्टि का मूल स्रोत। “मुहूर्त” का अर्थ है, समय का एक विशेष खंड। इस प्रकार, ब्रह्म मुहूर्त का अर्थ हुआ: वह समय जब चेतना के उच्चतम स्तर को स्पर्श करना सबसे सहज होता है। समय का एक विशेष खंड। यह वह क्षण है जब बाहरी संसार शांत होता है और भीतर का संसार जागृत होने के लिए तैयार होता है। यह

वह समय है जो स्वयं विधाता (ब्रह्म) ने आत्म-साक्षात्कार के लिए निर्धारित किया है।"

भारतीय काल-गणना के अनुसार, रात्रि के अंतिम प्रहर के तीसरे भाग को ब्रह्म मुहूर्त कहते हैं। सूर्योदय से लगभग 1 घंटा 36 मिनट (दो मुहूर्त) पूर्व का समय इसका आरंभ माना जाता है। यदि सूर्योदय प्रातः 6 बजे है, तो ब्रह्म मुहूर्त का समय 4:24 से शुरू होकर 5:12 तक रहता है।

ब्रह्म मुहूर्त में प्रकृति एक विशेष अवस्था में होती है: रात का तमस (जड़ता) समाप्त हो रहा होता है। दिन का रजस (क्रियाशीलता) अभी शुरू नहीं हुआ होता। सत्त्व (शुद्धता और संतुलन) अपने चरम पर होता है। योग के अनुसार, सत्त्व गुण ही मन को शांत, स्पष्ट और ध्यान के योग्य बनाता है।

यह समय प्रकृति, शरीर और मन, तीनों के लिए एक अद्भुत सामंजस्य का क्षण होता है। योग शास्त्र के अनुसार, हमारे शरीर में 72,000 नाड़ियाँ हैं, जिनमें तीन प्रमुख हैं - इड़ा (चंद्र स्वर), पिंगला (सूर्य स्वर) और सुषुम्ना (मध्य स्वर)।

इड़ा और पिंगला का संतुलन: सामान्यतः दिन में हमारा एक स्वर प्रधान होता है। लेकिन ब्रह्ममुहूर्त वह संधि-काल है जब इड़ा और पिंगला दोनों शांत होती हैं और प्राण 'सुषुम्ना' नाड़ी में प्रवाहित होने लगता है। यह साधना का स्वर्ण-अवसर कहा जाता है।

जब सुषुम्ना जाग्रत होती है, तो एकाग्रता अनायास ही लग जाती है। मनोज ने अनुभव किया था कि जो ध्यान उसे दिन के शोर में असंभव लगता था, वह इस समय स्वतः ही घटित हो जाता है।

कौल तंत्र की परंपरा में, ब्रह्म मुहूर्त को 'संध्या' का काल माना जाता है। तंत्र कहता है कि यह वह समय है जब ब्रह्मांड की 'शिव' (स्थिरता) और 'शक्ति' (गतिशीलता) एक-दूसरे के आलिंगन में होते हैं।

ब्रह्मांडीय ऊर्जा का प्रवाह: इस समय प्रकृति में 'सत्त्व' गुण की प्रधानता होती है। रात्रि का 'तमस' विदा हो रहा होता है और दिन का 'रजस' अभी सक्रिय नहीं हुआ होता।

साधक इस 'सत्त्व' का लाभ उठाकर अपनी कुण्डलिनी शक्ति को ऊर्ध्वगामी (ऊपर की ओर) कर सकता है। तंत्र के अनुसार, इस समय मन के विचार न्यूनतम होते हैं।

'विज्ञान भैरव तंत्र' के अनुसार, विचारों के बीच का जो अंतराल है, वही परमात्मा है। ब्रह्म मुहूर्त में यह अंतराल सबसे अधिक स्पष्ट होता है।

मनोज के भीतर का इंजीनियर हमेशा तर्क खोजता था। रवि ने उसे इसके वैज्ञानिक कारण भी समझाए:

अमृत बेला (Ozone Layer): इस समय वायुमंडल में 'नवजात ऑक्सीजन' (Ozone) की मात्रा अधिक होती है। यह वायु अत्यंत शुद्ध और स्फूर्तिदायक होती है, जो फेफड़ों और रक्त के शुद्धिकरण में सहायक है।

हार्मोनल संतुलन: चिकित्सा विज्ञान (Chronobiology) कहता है कि ब्रह्म मुहूर्त में पीनियल ग्रंथि (Pineal Gland) से मेलाटोनिन का स्तर गिरता है और कोर्टिसोल की पहली लहर शुरू होती है। शरीर "रीसेट" होकर नई ऊर्जा के लिए तैयार होता है। यह संक्रमण काल मस्तिष्क को 'हाइपर-अवेयर' (अति-सजग) बना देता है।

मस्तिष्क की तरंगें: इस समय मस्तिष्क 'थीटा' और 'अल्फा' तरंगों के बीच होता है। यह वह अवस्था है जहाँ अवचेतन मन (Subconscious Mind) सबसे अधिक सक्रिय और ग्रहणशील होता है। इस समय उठकर साधना करने से मेटाबॉलिज्म बेहतर होता है। मानसिक स्पष्टता बढ़ती है और

दिनभर ऊर्जा बनी रहती है।

ब्रह्म मुहूर्त में मन एक विशेष अवस्था में होता है: नींद से जागने के कारण विचारों की गति धीमी होती है। मस्तिष्क की तरंगें डेल्टा से अल्फा और थीटा की ओर होती हैं। यह अवस्था ध्यान और गहरे चिंतन के लिए सबसे अनुकूल होती है।

इस समय मन कम विक्षिप्त होता है। अधिक ग्रहणशील होता है और आसानी से एकाग्र हो सकता है। इसलिए कहा जाता है, "जैसा मन ब्रह्म मुहूर्त में होता है, वैसा पूरे दिन नहीं होता।"

तंत्र में ब्रह्म मुहूर्त को और भी अधिक महत्वपूर्ण माना गया है। कौल और अन्य तांत्रिक परंपराओं के अनुसार, यह समय शक्ति और चेतना के मिलन का होता है। सूक्ष्म ऊर्जा (कुंडलिनी) को जागृत करने के लिए यह सबसे उपयुक्त क्षण है।

मंत्र साधना, जप और ध्यान इस समय अत्यधिक प्रभावशाली होते हैं। तांत्रिक दृष्टिकोण में, ब्रह्म मुहूर्त वह "द्वार" है जहाँ स्थूल और सूक्ष्म जगत के बीच की दूरी कम हो जाती है। सुबह के समय मन पर जो छाप (संस्कार) पड़ती है, वह पूरे दिन को प्रभावित करती है।

रवि ने मनोज को चार प्रमुख कारण बताए कि क्यों एक योगी के लिए यह समय अनिवार्य है:

कोलाहल का अभाव: न केवल बाहरी शोर (गाड़ियाँ, लोग), बल्कि मानसिक कोलाहल (विचारों की भीड़) भी इस समय शांत होती है। सामूहिक चेतना सो रही होती है, इसलिए 'विचारों का प्रदूषण' न्यूनतम होता है।

प्राण शक्ति की प्रचुरता: योग के अनुसार, भोर के समय आकाश तत्व और वायु तत्व में 'प्राण' का संचार सबसे अधिक होता है। इस समय किया गया प्राणायाम शरीर की ऊर्जा को कई गुना बढ़ा देता है।

संकल्प की शक्ति: जो व्यक्ति अपनी निद्रा (तमस) को जीतकर इस समय जागता है, उसका 'इच्छा-शक्ति' (Will Power) प्रबल हो जाती है। यह साधना का पहला 'विजयी कदम' है।

प्रकृति के साथ लयबद्धता: पक्षियों का चहचहाना और फूलों का खिलना, पूरी प्रकृति जागृत हो रही होती है। साधक जब प्रकृति के साथ तालमेल बिठाता है, तो उसकी अपनी जीवनी शक्ति खिलने लगती है।

ब्रह्म मुहूर्त में साक्षी भाव का अभ्यास करना बहुत आसान होता है क्योंकि: मन अभी पूरी तरह सक्रिय नहीं हुआ होता। विचार कम होते हैं। चेतना भीतर की ओर मुड़ी होती है। इस समय: सांस को देखना। विचारों को बिना जजमेंट के देखना। “मैं कौन हूँ?” जैसे प्रश्नों पर चिंतन करना, बहुत गहराई से किया जा सकता है।

मनोज ने जब रवि के निर्देशन में ब्रह्ममुहूर्त का नियमित अभ्यास शुरू किया, तो उसे 'अभ्यास' और 'वैराग्य' का असली अर्थ समझ आया। सर्दी हो या थकान, मनोज ने तय किया कि वह 4 बजे बिस्तर छोड़ देगा।

मनोज ने जब रवि की सलाह पर ब्रह्म मुहूर्त में उठना शुरू किया, तो शुरुआत में कठिन लगा। शुरू में उसका मन (अजनबी) विरोध करता था,नींद छोड़ना आसान नहीं था...लेकिन धीरे-धीरे उसने बदलाव महसूस किया, और यह उसकी प्रकृति बन गई। मन शांत रहने लगा। दिनभर ऊर्जा बनी रहती और ध्यान गहरा होने लगा। उसे महसूस हुआ, “यह समय सच में अलग है... जैसे कोई अदृश्य शक्ति साथ दे रही हो।”

वैराग्य: सुबह उठकर जब उसने प्रकृति के उस विराट मौन को देखा, तो उसे एहसास हुआ कि दफ्तर की राजनीति और पदोन्नति का छलावा कितना छोटा है। उस 'विराट' के सामने 'क्षुद्र' के प्रति मोह स्वतः ही टूटने लगा। यही वास्तविक वैराग्य था। ब्रह्म मुहूर्त केवल एक समय नहीं, बल्कि एक 'अवसर' है। यह वह समय है जब अजनबी मन अपना नकाब उतारता है और 'स्व' (Self) के दर्शन संभव होते हैं।

रवि ने कहा, "मनोज, अगर तू सच में खुद को जानना चाहता है, तो ब्रह्म मुहूर्त को अपना मित्र बना ले। यह समय तुझे तेरे सबसे करीब ले जाएगा।"

रवि ने अंत में कहा, "मनोज, ब्रह्म मुहूर्त में जागने वाला व्यक्ति समय से आगे होता है। जो सूर्य के उगने के बाद जागता है, वह दिन के पीछे भागता है; लेकिन जो ब्रह्म मुहूर्त में जागता है, वह दिन को अपने साथ चलाता है।"

उस दिन मनोज ने जान लिया कि PWD की सड़कों और पुलों से कहीं अधिक महत्वपूर्ण है, ब्रह्म मुहूर्त की शांति में अपने भीतर की चेतना का पुल बनाना।

मनोज अपने कमरे के मध्य में बैठा था। आज उसने कोई मोमबत्ती नहीं जलाई थी, न ही कोई अगरबत्ती। कमरे में केवल बाहर से आती तारों की हल्की, शीतल रोशनी थी।

वह पद्मासन में बैठा था; उसकी रीढ़ की हड्डी एक सीधे स्तंभ की तरह थी। आँखें बंद। लेकिन आज यह कोई अभ्यास नहीं था। यह बस होना था। न साँस पर ध्यान...न शरीर पर...न विचारों पर...कुछ भी पकड़ने की कोशिश नहीं। वह बस था।

आज उसके भीतर कोई 'कोशिश' नहीं थी। उसने साँसों को गिनना छोड़ दिया था, उसने शरीर की संवेदनाओं को देखना भी छोड़ दिया था। उसने सब कुछ 'होने' के लिए छोड़ दिया था।

"आज मैं कुछ नहीं करूँगा," उसने बैठने से पहले खुद से कहा था। "आज मैं केवल 'हूँ'।"

जैसे ही उसने आँखें बंद कीं, विचारों की पुरानी भीड़ आई, लेकिन वह आज एक पारदर्शी पर्दे की तरह लग रही थी। विचार आ रहे थे और जा रहे थे, जैसे किसी वीरान स्टेशन से कोई सुपरफास्ट ट्रेन गुज़र जाती है, बिना रुके, बिना कोई निशान छोड़े। मनोज उस स्टेशन पर खड़ा वह अकेला यात्री था जो कहीं जाने के लिए उत्सुक नहीं था।

धीरे-धीरे, वह 'देखने वाला' (Observer) भी पीछे हटने लगा। अब तक मनोज 'साक्षी' बनने का अभ्यास कर रहा था, जहाँ वह अपने मन को देख रहा था। लेकिन आज एक नया सवाल उसके भीतर बिजली की तरह कौंधा, *"जो देख रहा है, उसे कौन देख रहा है?"*

इस सवाल ने उसके भीतर एक गहरा विस्फोट कर दिया। जैसे ही उसका ध्यान उस 'द्रष्टा' (Seer) पर गया, उसके अस्तित्व की सीमाएं टूटने लगीं। उसे महसूस हुआ कि उसका शरीर अब केवल मांस और हड्डियों का ढांचा नहीं है, बल्कि वह उस कमरे की हवा, उस सन्नाटे और उस अंधकार के साथ घुल गया है।

उसे अपनी देह की सीमा (Body Boundary) महसूस होना बंद हो गई। उसे ऐसा लगा जैसे वह एक विशाल महासागर है और उसके विचार उस पर उठने वाले छोटे-छोटे बुलबुले हैं।

वह बुलबुले उसके भीतर ही बन रहे थे और उसके भीतर ही विलीन हो रहे थे। उसे पहली बार उस 'तीसरी परत' का अहसास हुआ, वह परत जो न तो

बदलती है, न पैदा होती है और न ही मरती है। वह परत थी, विशुद्ध चेतना (Pure Consciousness)।

उस क्षण में कोई 'मनोज' नहीं था। कोई 'सहायक अभियंता' नहीं था। कोई 'पति' या 'बेटा' नहीं था। वहाँ केवल एक 'होना' (Being) था। एक ऐसा मौन जो इतना गहरा था कि उसमें पूरी दुनिया समा सकती थी।

उसे ऐसा लगा जैसे वह वर्षों के सफर के बाद आखिरकार अपने असली घर पहुँच गया है। जिस 'अजनबी' से वह भाग रहा था, वह अजनबी तो केवल एक मुखौटा था। उस मुखौटे के पीछे जो था, वह तो अनंत काल से यहीं था, शांत, अछूता और पूर्ण।

"मैं वह मौन हूँ," उसने बिना शब्दों के अपने भीतर जाना।

उस अनुभव की तीव्रता इतनी अधिक थी कि मनोज की आँखों से आँसू बहने लगे। ये दुख के आँसू नहीं थे, न ही ये खुशी के थे। ये तो उस कृतज्ञता के आँसू थे जो तब निकलते हैं जब सागर की एक बूंद को पता चलता है कि वह स्वयं सागर है।

जब उसने अपनी आँखें खोलीं, तो बाहर हल्का उजाला होने लगा था। कमरे की हर चीज़ जीवंत लग रही थी। उसे मेज, कुर्सी, किताबें, सब कुछ एक नई रोशनी में दिखाई दे रहे थे।

उसे लगा जैसे वह पहली बार इस दुनिया को देख रहा है। वह उठा और खिड़की के पास गया। बाहर एक चिड़िया चहचहा रही थी। मनोज को लगा कि वह चहचहाहट उसके अपने ही भीतर से गूँज रही है।

अगले दिन शुरुआत में, सब सामान्य था। विचार आए...गए...भावनाएँ आईं...गईं...लेकिन धीरे-धीरे, कुछ बदलने लगा। जैसे, वह पीछे हट रहा हो। शरीर...दूर। विचार...और दूर। और वह सबको देख रहा था।

“मैं... देख रहा हूँ...” यह हल्की-सी समझ उभरी। लेकिन इस बार, वह “देखने” को भी देख रहा था। यह नया था।

“जो देख रहा है...” “उसे कौन देख रहा है...?” यह सवाल गहराई में गया। अचानक, सब कुछ धीमा हो गया। विचार...लगभग रुक गए। साँस...बहुत हल्की। शरीर...जैसे गायब। और उसी क्षण, एक गहरा मौन उभरा। यह पहले जैसा नहीं था। यह सिर्फ “विचारों के बीच का खालीपन” नहीं था।

यह, पूरा अस्तित्व था। कोई हलचल नहीं। कोई पहचान नहीं। कोई “मैं” नहीं, जैसा वह पहले समझता था। फिर भी, एक उपस्थिति थी। स्पष्ट। जाग्रत।

“यह... क्या है...?” लेकिन यह सवाल भी बहुत हल्का था। जैसे वह खुद ही उसमें घुल रहा हो। कुछ पल या शायद समय ही नहीं था।

फिर, धीरे-धीरे, विचार वापस आए। साँस गहरी हुई। शरीर फिर महसूस हुआ। और उसने धीरे से आँखें खोलीं। कमरा वही था। लेकिन, सब कुछ अलग था।

दीवारें...शांत। हवा...जीवंत। जैसे, हर चीज़ में एक गहराई हो।

“मैं... कौन हूँ...?” यह सवाल फिर आया। लेकिन इस बार, यह अलग था। यह, जैसे उत्तर के करीब था। उस दिन, वह बाहर गया। सड़क वही थी। लोग वही। लेकिन उसकी दृष्टि बदल गई थी। अब, वह सिर्फ देख नहीं रहा था। वह जुड़ा हुआ था। हर चीज़ से। एक बच्चा हँस रहा था, उसे लगा कि वह हँसी उसके भीतर भी है। एक पेड़ हिल रहा था, उसे लगा कि वह भी उसी हवा में हिल रहा है। “मैं अलग नहीं हूँ...” यह समझ अचानक आई।

उस रविवार जब वह रवि के पास आया, तो वह पूरी तरह से मौन था। उसका चेहरा शांत था। वह मेरे सामने बैठा रहा, उसकी आँखों में एक ऐसी

शांति थी जिसे देखकर रवि भी निशब्द हो गया। दोनों घंटों चुपचाप बैठे रहे। उस चुप्पी में जो संवाद हुआ, वह दुनिया के किसी भी प्रवचन से बड़ा था।

लेकिन उसकी आँखों में कुछ और था। गहराई।

"कुछ हुआ है..." रवि ने कहा।

वह धीरे से मुस्कुराया। "हाँ..." "लेकिन..." "मैं उसे समझा नहीं सकता..."

रवि चुप रहा। "कोशिश कर..."

वह कुछ देर सोचता रहा। फिर बोला, "जैसे..." "मैं नहीं था..." "फिर भी..." "सब कुछ था..." कमरे में खामोशी फैल गई।

रवि ने धीरे से कहा, "पहली झलक है..."

"किसकी...?"

रवि ने उसकी आँखों में देखा, "स्व की..."

वह चुप हो गया। "लेकिन..." "यह चला गया..."

रवि मुस्कुराया, "जो आया और गया..." "वह अनुभव था..." "जो नहीं गया..." "वह तू है..."

उसने गहराई से सुना। "तो..." "मुझे इसे पकड़ना नहीं है...?"

"नहीं..." "बस..." "जागरूक रह..." "और..." "धीरे-धीरे..." "यह स्थिर हो जाएगा..."

"भाई," मनोज ने अंततः बहुत धीमी और कोमल आवाज़ में कहा, "आज मुझे वह मिल गया जिसे मैं ढूंढ रहा था। या शायद वह मुझे मिल गया।"

रवि ने मुस्कुराकर उसकी ओर देखा। "उसे पाया नहीं जाता मनोज, उसे केवल 'पहचाना' जाता है। वह हमेशा से वहीं था, बस तुम्हारे विचारों का कोलाहल उसे ढक लेता था।"

"हाँ," उसने सिर हिलाया। "अब मुझे समझ आया कि 'अजनबी' कौन था। अजनबी वह 'मैं' था जिसे मैंने समाज, शिक्षा और आदतों से बनाया था। वह 'मैं' मर गया है, और जो बचा है, वह अजनबी नहीं है। वह 'स्व' है। अब मुझे अकेले रहने में डर नहीं लगता, क्योंकि अब मैं अकेला नहीं हूँ। मैं तो पूरे अस्तित्व के साथ एक हूँ।"

रवि ने उससे पूछा, "अब तुम्हारा वह पुराना सवाल 'मैं कौन हूँ?' कहाँ है?"

मनोज हँसा, एक ऐसी हँसी जो गहरी शांति से निकली थी। "वह सवाल अब एक उत्तर बन गया है। अब मैं यह नहीं पूछता कि मैं कौन हूँ। अब मैं बस 'हूँ'। और उस 'होने' में ही सब कुछ समाया हुआ है। अब मुझे अपने मन से लड़ने की ज़रूरत नहीं है, क्योंकि मन भी अब उसी अनंत चेतना का एक छोटा सा हिस्सा लगता है।"

मनोज अब अपने जीवन में वापस लौट चुका था, लेकिन एक नए दृष्टिकोण के साथ। ऑफिस में वह अब भी काम करता था, लेकिन अब वह काम का बोझ नहीं था। वह फाइलों के पीछे छिपे अस्तित्व को देख पाता था। वह लोगों से मिलता था, लेकिन अब वह उनके शब्दों को नहीं, बल्कि उनकी आत्माओं के मौन को सुन पाता था।

उसका रूपांतरण अब पूरा हो चुका था। वह उस अजनबी मन का स्वामी बन गया था जिसे वह कभी अपना दुश्मन समझता था।

उस रात उसने अपनी डायरी के अंतिम पन्ने पर लिखा: *"साधना का अंत वहाँ होता है जहाँ साधक ही मिट जाता है। आज से मेरी कोई कहानी नहीं है, क्योंकि मैं अब काल (Time) से परे हूँ। अजनबी मन अब मेरा मित्र बन गया है, क्योंकि मैंने उसके घर के मालिक को पहचान लिया है। वह मालिक मौन है, वह मालिक प्रेम है, वह मालिक मैं हूँ।"*

रात को, वह फिर बैठा। इस बार, कोई खोज नहीं थी। सिर्फ, एक खुलापन। विचार आए...वह उन्हें देखता रहा। भावनाएँ आईं...वह उन्हें महसूस करता रहा। और उनके पीछे, एक स्थिर मौन था।

अब, वह मौन नया नहीं था। यह, जैसे हमेशा से था। उसने धीरे से भीतर महसूस किया, "मैं..."

लेकिन इस बार, यह "मैं" अलग था। यह शरीर नहीं था। यह मन नहीं था।

यह, सिर्फ उपस्थिति थी। और उसी उपस्थिति में, एक अंतिम बार, वह सवाल उभरा, "मैं कौन हूँ...?" और इस बार, सवाल उठते ही, जैसे, वह घुल गया। कोई उत्तर नहीं आया। लेकिन, पूरी शांति थी। पूर्ण।

बाहर, रात गहरी थी। तारे चमक रहे थे। और भीतर, वह, जिसे शब्दों में नहीं बाँधा जा सकता।

मनोज ने खिड़की से बाहर चमकते चाँद को देखा। उसे लगा कि वह चाँद भी उसके अपने ही 'स्व' का एक प्रतिबिंब है। वह अब सुरक्षित था। वह अब घर पर था।

भाग 6: निष्कर्ष

अध्याय 17
शाम की विदाई

अंत... जो एक शुरुआत है

शाम अब पूरी तरह ढल चुकी थी। अंत... जो एक शुरुआत है। आसमान में सूरज धीरे-धीरे नीचे उतर रहा था। खिड़की के बाहर आसमान में नारंगी और हल्के बैंगनी रंग मिलकर एक अजीब-सी शांति बना रहे थे, रंगों की अंतिम लकीरें भी धीरे-धीरे गहरे सलेटी रंग में विलीन हो रही थीं।

जैसे दिन और रात के बीच कोई मौन संवाद चल रहा हो। शहर की बत्तियाँ एक-एक करके जलने लगी थीं, जो दूर से जुगनूओं के किसी झुंड जैसी लग रही थीं।

दोनों छत पर बैठे थे। रवि और मनोज। काफी देर से, दोनों चुप थे। पहले, यह चुप्पी अजीब लगती। आज, यह स्वाभाविक थी। हवा धीरे-धीरे बह रही थी। पास के पेड़ की पत्तियाँ हिल रही थीं। और उस हलचल के बीच, एक गहरा मौन था।

“अजीब है...” मनोज ने धीरे से कहा।

“क्या?” रवि ने पूछा।

“पहले...” “मैं इस तरह की खामोशी से डरता था...”

“और अब...” “यही सबसे सुकून देती है...”

रवि हल्का-सा मुस्कुराया।

“क्योंकि अब...” “तू उससे भाग नहीं रहा...” “तू उसमें है...” वह कुछ देर तक आसमान को देखता रहा।

“क्या यह खत्म हो जाएगा...?” उसका सवाल धीमा था। लेकिन गहरा।

रवि ने उसकी ओर देखा। “क्या?”

“यह...” “जो मैं महसूस कर रहा हूँ...”

रवि ने कुछ सेकंड सोचा। फिर धीरे से कहा,“जो बदल सकता है...” “वह खत्म होगा...” “जो नहीं बदलता...” “वह हमेशा रहेगा...”

वह चुप हो गया। शायद, वह इस बात को महसूस कर रहा था।

“तो...” “मुझे क्या करना है...?”

रवि ने उसकी ओर देखा। “कुछ नहीं...” “बस...” “याद रखना...” “कि तू कौन नहीं है...”

वह हल्का-सा मुस्कुराया। “और...” “मैं कौन हूँ...?” यह सवाल फिर आया। लेकिन इस बार दोनों हँस पड़े।

“यह सवाल...” रवि ने कहा, “जवाब के लिए नहीं है...” “यह...” “जागने के लिए है...”

शाम अब और गहरी हो चुकी थी। सूरज लगभग डूब चुका था। आसमान में हल्का अंधेरा उतर रहा था। लेकिन, उस अंधेरे में कोई डर नहीं था।

मनोज ने धीरे से कहा, “तूने मेरी बहुत मदद की...”

रवि ने सिर हिलाया। “नहीं...” “तूने खुद को देखा...” “मैं बस...” “तुझे याद दिला रहा था...”

कुछ पल, दोनों चुप रहें। कमरे में अब मध्यम अंधेरा था, लेकिन रवि और मनोज दोनों में से किसी ने भी उठकर लाइट जलाने की ज़रूरत नहीं समझी। उस धुंधलके में एक अजीब-सा सुकून था, एक ऐसी आत्मीयता जो शब्दों की मोहताज नहीं थी।

ड्राइंग रूम के कोने में मेज पर रखी चाय की प्यालियाँ अब खाली और ठंडी हो चुकी थीं। रवि और मनोज काफी देर से खामोश बैठे थे।

यह वह खामोशी नहीं थी जो किसी बातचीत के टूट जाने से आती है, बल्कि यह वह शांति थी जो तब पैदा होती है जब सब कुछ कह दिया गया हो और समझने के लिए केवल 'होना' ही काफी हो।

"अजीब है ना..." मनोज ने उस शांति को तोड़ते हुए बहुत धीरे से कहा।

"क्या मनोज?" रवि ने उसकी ओर देखा। अंधेरे में उसकी आँखों की चमक अभी भी साफ दिखाई दे रही थी।

"पहले मैं इस तरह की खामोशी से भागता था। मुझे अकेलेपन से डर लगता था क्योंकि अकेले होते ही मेरा मन मुझ पर हावी हो जाता था। लेकिन आज... आज इस शांति में मुझे संगीत सुनाई दे रहा है। मुझे लग रहा है कि मैं अकेला हूँ, लेकिन तन्हा नहीं।"

रवि मुस्कुराया। "यही तो यात्रा है मनोज। जब तुम खुद को जान लेते हो, तो तुम्हारा 'अकेलापन' (Loneliness) तुम्हारी 'कैवल्य' (Solitude) बन जाता है। अब तुम्हें किसी दूसरे की ज़रूरत नहीं है खुद को पूर्ण महसूस करने के लिए।"

मनोज कुर्सी पर थोड़ा आगे झुका। "भाई, तुमने उस दिन दफ्तर में मुझे नहीं पहचाना होता, तो शायद मैं आज किसी मानसिक अस्पताल में होता या फिर पूरी जिंदगी उस डर के साए में गुज़ार देता। तुमने मुझे रास्ता दिखाया।"

रवि ने उसका हाथ धीरे से थपथपाया। "मैंने कुछ नहीं किया, मनोज। मैंने तो बस तुम्हें आईना दिखाया था। उस आईने में उतरने का साहस तुम्हारा अपना था। हर इंसान के भीतर एक अजनबी मन रहता है, लेकिन बहुत कम लोग उस अजनबी का चेहरा देखने की हिम्मत जुटा पाते हैं। तुमने वह हिम्मत दिखाई।"

शाम अब और गहरी हो चुकी थी। हवा थोड़ी ठंडी हो गई थी और कमरे के पर्दे धीरे-धीरे हिल रहे थे। मनोज खड़ा हुआ और खिड़की के पास जाकर बाहर देखने लगा।

रात के आठ बज रहे थे। 'शिखर' बंगले के सबसे ऊपरी तल पर बना वह कमरा आज एक ब्रह्मांडीय गर्भ (Cosmic Womb) की तरह प्रतीत हो रहा था। रवि के कमरे की लाइट बंद थी।

वहाँ अब कोई खिड़की खुली नहीं थी, कोई दरार नहीं थी जहाँ से बाहरी दुनिया का प्रकाश प्रवेश कर सके। मनोज और रवि एक-दूसरे से महज़ तीन फीट की दूरी पर पद्मासन में बैठे थे। यह वह अंधकार था जिसे 'निबिड़' (Dense) कहा जाता है, इतना सघन कि आँखों के खुले होने या बंद होने में कोई अंतर शेष नहीं रह गया था।

अंधकार का रहस्य बहुत गहरा होता है। यह हमें वह दिखाता है जो प्रकाश में दिखाई नहीं देता, हमारे भीतर का संसार। दिन के उजाले में हम बाहरी चीज़ों में उलझे रहते हैं, पर जैसे ही अंधेरा आता है, हमारा ध्यान भीतर की ओर मुड़ जाता है।

यह भीतर का अंधकार, जो अक्सर डरावना लगता है, वास्तव में आत्म-चिंतन का द्वार होता है। यही वह समय होता है जब विचार स्पष्ट होते हैं, भावनाएँ गहरी होती हैं और आत्मा अपने आप से संवाद करती है।

रात का अंधकार ठंडा होता है, सिर्फ तापमान के अर्थ में नहीं, बल्कि भावनात्मक रूप से भी। यह ठंडक एक प्रकार की शांति लेकर आती है। दिन की गर्माहट और हलचल के बाद यह ठंडक हमें सुकून देती है।

यह ठंडक हमें धीमा करती है, हमें रुककर महसूस करने का अवसर देती है। यह वह ठंडक है जिसमें सांसों की आवाज़ भी स्पष्ट सुनाई देती है, जिसमें दिल की धड़कनें भी किसी संगीत की तरह प्रतीत होती हैं।

और फिर आती है अंधकार की निस्तब्धता, वह गहरी, घनी चुप्पी जो किसी भी शब्द से अधिक प्रभावशाली होती है। यह चुप्पी खाली नहीं होती; इसमें अनगिनत अनकहे शब्द, अधूरी भावनाएँ और अनसुनी कहानियाँ होती हैं। यह वही चुप्पी है जिसमें प्रकृति भी धीरे-धीरे सांस लेती है, जिसमें समय भी धीमा पड़ जाता है।

इसी अंधकार और निस्तब्धता के बीच, एक छोटे से अंधेरे कमरे में रवि और मनोज बैठे हैं। कमरे में कोई रोशनी नहीं है, इतनी कि वे एक-दूसरे का चेहरा भी नहीं देख सकते।

लेकिन उन्हें देखने की आवश्यकता भी नहीं है। वे एक-दूसरे की उपस्थिति को महसूस कर सकते हैं, सांसों की लय से, शरीर की हल्की-सी हरकत से, और उस अदृश्य ऊर्जा से जो उनके बीच बह रही है।

मनोज ने पहले कभी अंधकार को इस तरह 'महसूस' नहीं किया था। उसके लिए अंधेरा हमेशा 'प्रकाश की अनुपस्थिति' मात्र था, जिससे उसे डर लगता था।

लेकिन आज, रवि के सानिध्य में, वह अंधकार एक भौतिक भार की तरह उसकी त्वचा को छू रहा था। उसे लगा जैसे अंधेरा कोई रिक्त स्थान नहीं है, बल्कि एक तरल पदार्थ (Liquid) है जिसने उसे चारों ओर से घेर लिया है।

इस सघन कालिमा में आकृतियाँ मिट चुकी थीं। न कोई दीवार थी, न फर्श, न छत। मनोज को अपनी देह की सीमाएं भी धुंधली महसूस होने लगीं।

जब आँखों को कुछ देखने के लिए नहीं मिलता, तो वे थककर भीतर की ओर मुड़ जाती हैं। मनोज ने अनुभव किया कि यह बाहरी अंधेरा वास्तव में उसके भीतर के 'अपरिचित' को बाहर बुला रहा था। अंधेरा वह परदा था जो दृश्य जगत के भ्रम को ढंककर 'वास्तविकता' को नग्न कर देता है।

जैसे-जैसे समय बीत रहा था, कमरे का तापमान जैसे गिरने लगा। यह वह ठंडक नहीं थी जो कँपकँपी पैदा करे; यह तो एक 'दिव्य शीतलता' थी।

रवि ने बताया था कि प्रकाश में 'ऊष्मा' (Heat) होती है जो विचारों को उत्तेजित करती है, जबकि पूर्ण अंधकार में एक मौलिक शीतलता होती है जो स्नायु तंत्र (Nervous System) को शांत करती है।

मनोज ने महसूस किया कि उसकी दफ्तर की राजनीति से उपजी जलन, पदोन्नति न मिलने का दंश और उन दवाओं की रासायनिक कड़वाहट, सब कुछ उस अंधेरे की शीतलता में घुलकर शांत हो रहे थे।

उसके मस्तिष्क की अति-सक्रिय कोशिकाएं (Hyperactive Cells) अब विश्राम की मुद्रा में आ रही थीं। उसे लगा जैसे वह बर्फ की किसी गहरी गुफा में बैठा है, जहाँ विचार भी ठिठक कर रुक गए हैं।

सन्नाटा अक्सर डरावना होता है, लेकिन यहाँ वह 'सुखद' था। जब बाहर

का शोर पूरी तरह विदा हो जाता है, तो 'मौन' अपनी आवाज़ सुनाना शुरू करता है। मनोज ने पहली बार 'सन्नाटे की आवाज़' सुनी एक निरंतर बजने वाली बारीक 'सीं-सीं' की ध्वनि (Anahata Nada), जो ब्रह्मांड के स्पंदन की गूँज थी।

उस सन्नाटे में उसे सुनाई देने लगीं रवि की साँसों की एक लयबद्ध, गहरी और शांत आवाज़। खुद के हृदय की धड़कन, जो अब एक सधे हुए तबले की तरह बज रही थी।

अपनी ही नसों में दौड़ते हुए रक्त की एक मद्धम सी सरसराहट। मौन यहाँ केवल आवाज़ का अभाव नहीं था; वह तो एक 'उपस्थिति' (Presence) थी। एक ऐसी भाषा जिसे कान नहीं, बल्कि रूह सुनती है।

कमरे में कोई शब्द नहीं बोला गया था, फिर भी मनोज और रवि के बीच एक गहरा संवाद चल रहा था। इसे ही तंत्र में 'पश्यन्ती' या 'मध्यमा' वाणी का सूक्ष्म रूप कहा जाता है।

वे चुप हैं, लेकिन यह चुप्पी बोझिल नहीं है। यह एक गहरी, समझदार चुप्पी है, जैसे दोनों जानते हों कि शब्द यहाँ अनावश्यक हैं। कभी-कभी शब्द भावनाओं को सीमित कर देते हैं, जबकि यह चुप्पी उन्हें अनंत बना देती है।

मनोज को स्पष्ट महसूस हो रहा था कि रवि कहाँ बैठा है। उसे रवि के शरीर से निकलती हुई एक स्थिर ऊर्जा की तरंगें अपनी ओर आती महसूस हुईं। वह रवि की 'अवस्था' को अनुभव कर पा रहा था, एक ऐसी अवस्था जो पूर्णतः संतुलित और अभय थी।

बिना किसी शारीरिक स्पर्श के, मनोज को रवि का 'हाथ' अपने कंधों पर महसूस हुआ। यह कोई भ्रम (Hallucination) नहीं था; यह रवि की चेतना का विस्तार था जो मनोज के खंडित व्यक्तित्व को जोड़ रहा था।

"डरो मत, मनोज... मैं यहाँ हूँ... तुम भी यहीं हो... हम दोनों उस 'एक' का हिस्सा हैं," रवि के ये अनकहे शब्द मनोज के अंतर्मन में बिजली की तरह चमक रहे थे।

मनोज ने भी अपना 'प्रतिसाद' भेजा, शब्दों में नहीं, बल्कि 'समर्पण' के एक भाव में। उसने अपनी घबराहट रवि की ऊर्जा के हवाले कर दी। यह दो मित्रों के बीच का संवाद नहीं था; यह एक 'सिद्ध' और एक 'साधक' के बीच होने वाली आध्यात्मिक टेलीपैथी थी।

रवि अपने हाथों को धीरे-धीरे हिलाता है, जैसे हवा में कुछ खोज रहा हो। मनोज उस हलचल को महसूस करता है। बिना कुछ कहे, वह अपना हाथ आगे बढ़ाता है। उनके हाथ एक-दूसरे को छूते हैं, हल्के से, सावधानी से, जैसे कोई नाज़ुक चीज़ हो। उस स्पर्श में एक गर्माहट है जो अंधकार की ठंडक को काट देती है।

यह स्पर्श एक संवाद है, बिना शब्दों का, बिना ध्वनि का, लेकिन पूरी तरह स्पष्ट। रवि का हल्का दबाव जैसे कह रहा हो, "मैं यहाँ हूँ।" और मनोज का उत्तर, उसी दबाव में छिपा हुआ, "मैं भी।"

कमरे की निस्तब्धता अब और गहरी हो जाती है, लेकिन अब वह खाली नहीं है। अब उसमें उनकी उपस्थिति, उनके भाव, उनके अनकहे शब्द भर गए हैं। यह चुप्पी अब संवाद बन गई है।

रवि अपनी आँखें बंद कर लेता है, हालाँकि अंधकार में आँखें खुली या बंद होने का कोई अंतर नहीं है। वह मनोज की सांसों की आवाज़ सुनता है, धीमी, नियमित, स्थिर। यह आवाज़ उसे सुकून देती है। उसे लगता है जैसे वह अकेला नहीं है, जैसे इस अंधकार में भी एक संबंध है जो उसे थामे हुए है।

मनोज भी उसी तरह सुन रहा है, रवि की सांसों को, उसके दिल की धड़कनों को, और शायद उसके मन की आवाज़ को भी। यह सुनना केवल कानों से नहीं हो रहा; यह एक गहरी अनुभूति है जो पूरे अस्तित्व से जुड़ी हुई है।

मनोज ने महसूस किया कि वह अब अपनी आँखों से नहीं देख रहा है। उसके माथे के बीचों-बीच (आज्ञा चक्र) एक सूक्ष्म खिंचाव हुआ। अचानक, उस सघन अंधेरे के बीच भी उसे रवि का अक्स दिखाई देने लगा, प्रकाश की रेखाओं से बना हुआ एक पारदर्शी ढांचा।

उसे समझ आया कि 'अपरिचित मन' का भय केवल तब तक था जब तक वह उजाले के प्रति आसक्त था। उजाला हमें भेद सिखाता है, मैं, तुम, यह मेज, वह दीवार। अंधकार सब कुछ एक कर देता है। अंधकार में कोई 'अजनबी' नहीं बचता, क्योंकि 'अलग' होने का बोध ही समाप्त हो जाता है।

रवि की उपस्थिति मनोज के लिए एक प्रकाश-स्तंभ (Lighthouse) की तरह थी, जो उसे बता रही थी कि तूफ़ान अब शांत हो चुका है। रवि का मौन मनोज को सिखा रहा था कि कैसे बिना किसी सहारे के अपनी ही 'होने' की गहराई में उतरा जाता है।

अंधकार का रहस्य यही है; यह हमें देखने से अधिक महसूस करना सिखाता है। प्रकाश में हम आँखों पर निर्भर होते हैं, लेकिन अंधकार में हमारी अन्य इंद्रियाँ जागृत हो जाती हैं। हम सुनते हैं, महसूस करते हैं, और समझते हैं, बिना किसी दृश्य प्रमाण के।

कमरे की ठंडक धीरे-धीरे उनके शरीरों में उतर रही है, लेकिन उनके बीच का वह छोटा-सा स्पर्श एक गर्माहट बनाए हुए है। यह गर्माहट केवल

शारीरिक नहीं है; यह भावनात्मक है, मानसिक है, और शायद आध्यात्मिक भी।

वे अब भी चुप हैं। समय जैसे रुक गया है। न कोई जल्दी है, न कोई अपेक्षा। बस यह पल है, अंधकार से भरा हुआ, लेकिन फिर भी किसी गहरी रोशनी से प्रकाशित।

रवि के मन में कई विचार आते हैं, लेकिन वह उन्हें शब्दों में नहीं ढालता। उसे लगता है कि अगर वह बोलेगा, तो यह जादू टूट जाएगा। मनोज भी यही महसूस करता है। दोनों के बीच एक मौन समझ है कि इस क्षण को वैसे ही रहने देना चाहिए, जैसा यह है।

अंधकार अब डरावना नहीं लगता। यह अब एक मित्र की तरह है, जो उन्हें अपने भीतर सुरक्षित रखे हुए है। यह उन्हें दुनिया की हलचल से दूर ले गया है, जहाँ केवल वे दोनों हैं और उनका यह अनोखा संवाद।

इस अंधकार में, वे एक-दूसरे को शायद पहले से अधिक स्पष्टता से समझ रहे हैं। बिना किसी शब्द के, बिना किसी अभिव्यक्ति के, वे एक-दूसरे की भावनाओं को पढ़ रहे हैं। यह वही क्षण है जहाँ भाषा की सीमाएँ समाप्त हो जाती हैं और अनुभूति का संसार शुरू होता है।

धीरे-धीरे, उनकी सांसें एक ही लय में आ जाती हैं जैसे दो अलग-अलग अस्तित्व एक ही ताल में धड़क रहे हों। यह एकता, यह सामंजस्य, अंधकार की देन है। रात का अंधकार उन्हें अलग नहीं करता; वह उन्हें जोड़ता है। उसकी ठंडक उन्हें दूर नहीं करती; वह उन्हें पास लाती है।

उसकी निस्तब्धता उन्हें मौन नहीं करती; वह उन्हें एक नए प्रकार के संवाद में ले जाती है। और शायद यही अंधकार का सबसे बड़ा रहस्य है कि वह हमें हमारे सबसे गहरे संबंधों से मिलवाता है, बिना किसी शोर के, बिना किसी दिखावे के।

रवि और मनोज अब भी वहीं बैठे हैं, चुप, स्थिर, लेकिन पूरी तरह जीवंत। उनके बीच कोई शब्द नहीं हैं, लेकिन एक पूरी कहानी है, जो केवल महसूस की जा सकती है, कही नहीं जा सकती।

उस अंधकार भरे कमरे में बैठकर मनोज ने जाना कि वह अब 'पैरानॉयड' नहीं था। उसे अब कोई मतिभ्रम नहीं हो रहा था। उसे तो 'सत्य का भ्रम' हो रहा था।

उसने अनुभव किया कि जिसे वह अपना 'अजनबी मन' कह रहा था, वह वास्तव में इस अनंत मौन की एक लहर मात्र थी। अंधेरा अब उसे निगल नहीं रहा था; अंधेरा तो उसे 'पाल' रहा था।

शीतलता अब उसे डरा नहीं रही थी; वह तो उसे 'ताजगी' दे रही थी। और मौन अब उसे काट नहीं रहा था; वह तो उसे 'पूर्ण' कर रहा था।

जब रवि ने अंततः एक छोटा सा दीया जलाया, तो मनोज को वह प्रकाश 'भारी' लगा। उसने अपनी आँखें खोलीं, लेकिन वह 'दृष्टि' अब बदल चुकी थी। उसने रवि की ओर देखा। रवि मुस्कुरा रहा था।

क्या तूने सुना, मनोज?" रवि ने बहुत धीमे से पूछा।

"हाँ, रवि," मनोज की आवाज़ में एक असीम शांति थी।

"मैंने वह सुना जो शब्द कभी नहीं कह पाए।"

रात का अंधकार केवल प्रकाश की अनुपस्थिति नहीं है; यह अपने आप में एक जीवंत, गूढ़ और संवेदनशील अनुभव है। जब दिन का शोर, रंग और हलचल पीछे छूट जाते हैं, तब अंधकार अपनी चादर फैलाकर संसार को अपने भीतर समेट लेता है।

यह चादर केवल आँखों को नहीं ढँकती, बल्कि मन, आत्मा और संवेदनाओं को भी एक अलग ही दुनिया में ले जाती है, एक ऐसी दुनिया जहाँ शब्दों की आवश्यकता कम हो जाती है और अनुभूतियाँ स्वयं भाषा बन जाती हैं।

उस रात, उस अंधेरे कमरे में, दो मित्रों ने एक-दूसरे को नहीं, बल्कि उस 'मौन' को छुआ था जो पूरी सृष्टि का आधार है। मनोज अब अजनबी नहीं था; वह अब 'स्व' के करीब था।

"क्या यह स्थिति हमेशा बनी रहेगी?" उसने अचानक पूछा। उसकी आवाज़ में अब डर नहीं था, बस एक जिज्ञासा थी। "क्या मैं फिर से उसी पुराने चक्र में नहीं फँसूंगा?"

"बदलाव ही जीवन का नियम है मनोज," रवि ने शांति से उत्तर दिया। "विचार फिर आएंगे, चुनौतियाँ फिर खड़ी होंगी। शायद किसी दिन तुम फिर से थोड़ा सा भटक जाओ। लेकिन अब तुम्हारे पास एक 'कुंजी' है। अब तुम जानते हो कि वापस उस केंद्र पर कैसे लौटना है। जो एक बार जाग गया, वह फिर से पूरी तरह नहीं सो सकता।"

मनोज ने गहरी साँस ली। उसने महसूस किया कि उसके भीतर का वह 'अजनबी' अब उसे डरा नहीं रहा था। वह तो अब उसका एक हिस्सा बन चुका था, एक ऐसा हिस्सा जिसे उसने स्वीकार कर लिया था। अब उसके भीतर शरीर, मन और आत्मा के बीच कोई युद्ध नहीं था, बल्कि एक सुंदर और सामंजस्यपूर्ण मौन था।

"अब मुझे चलना चाहिए," मनोज ने पीछे मुड़कर देखा। उसकी मुस्कान में अब वह पुरानी सहजता लौट आई थी जिसे उसने सात साल पहले कहीं खो दिया था।

फिर, मनोज खड़ा हुआ। “चलूँ...?”

रवि ने मुस्कुराकर कहा, “हाँ...” वह सीढ़ियों की ओर बढ़ा। कुछ कदम चलकर, रुक गया। पीछे मुड़ा। “अगर मैं फिर खो गया तो...?”

रवि ने उसकी आँखों में देखा। “तो...” “फिर से देख लेना...” “और...” “याद रखना...” “जो देख रहा है...” “वह कभी नहीं खोता...”

उसने धीरे से सिर हिलाया।

रवि उसे छोड़ने के लिए दरवाज़े तक आया। बाहर गली में ठंडी हवा चल रही थी। दूर कहीं किसी घर से संगीत की हल्की आवाज़ आ रही थी।

"रविवार को फिर मिलते हैं?" रवि ने पूछा।

"ज़रूर। लेकिन अब मैं सिर्फ़ सवाल लेकर नहीं, बल्कि कुछ अनुभव लेकर आऊँगा," मनोज ने हाथ मिलाते हुए कहा।

जब वह अपनी गाड़ी की ओर बढ़ा, तो रवि ने उसे गौर से देखा। उसकी चाल में अब वह बोझ नहीं था। वह अब एक ऐसा इंसान लग रहा था जिसने अपनी परछाईं से डरना छोड़ दिया था। वह अजनबियों के घर से निकलकर अब अपने 'स्व' के घर में प्रवेश कर चुका था।

गाड़ी के स्टार्ट होने की आवाज़ आई और उसकी हेडलाइट्स की रोशनी अंधेरे को चीरते हुए आगे बढ़ गई। मनोज जा चुका था, लेकिन उसकी मौजूदगी का वह शांतिपूर्ण प्रभाव अभी भी मेरे घर की हवा में महसूस हो रहा था।

रवि वापस अपने कमरे में आया और कुर्सी पर बैठ गया। रवि ने लाइट नहीं जलाई। रवि भी उसी मौन में डूब जाना चाहता था। कमरे में वही सन्नाटा था, वही अंधेरा था। लेकिन आज, उस सन्नाटे में मुझे भी अपना अस्तित्व एक नई गहराई में महसूस हो रहा था।

मनोज की कहानी यहाँ समाप्त नहीं हुई थी। सच तो यह था कि उसकी असली कहानी तो अब शुरू हुई थी। एक ऐसी कहानी जहाँ वह अपने जीवन का स्वयं रचयिता था, जहाँ वह अपने मन का स्वामी था और जहाँ वह हर पल को उसकी पूर्णता में जीने के लिए तैयार था।

रवि ने अपनी डायरी निकाली और खिड़की से आती चाँद की मद्धम रोशनी में अंतिम वाक्य लिखा: *"साधना का मार्ग कठिन हो सकता है, लेकिन इसका अंत उस स्वतंत्रता में होता है जिसे दुनिया का कोई भी वैभव नहीं खरीद सकता। हम सब अपने भीतर एक अजनबी के साथ रहते हैं। सवाल यह नहीं है कि वह अजनबी कौन है; सवाल यह है कि क्या हम उससे मिलने के लिए तैयार हैं?"*

रात अब जवान हो चुकी थी। आसमान में अनगिनत तारे अपनी चमक बिखेर रहे थे। मैंने अपनी आँखें बंद कीं और उस मौन को अपने भीतर उतरने दिया।

रवि कमरे में अकेला रह गया। लेकिन अकेलापन नहीं था। आसमान अब पूरी तरह अंधेरा हो चुका था। तारे चमक रहे थे। और उसी मौन में, रवि ने अपनी आँखें बंद कीं।

विचार आए...गए...और उनके बीच, वही शांति। वही मौन। और उसी मौन में, एक सवाल फिर उभरा, “मैं कौन हूँ...?” लेकिन इस बार यह रवि का सवाल नहीं था।

यह, जैसे अस्तित्व खुद पूछ रहा था। और शायद आपसे भी। क्योंकि कहानी यहाँ खत्म नहीं होती। यह, यहीं से शुरू होती है।

अध्याय 18
नई शुरुआत

अकेला... लेकिन अजनबी नहीं

सुबह का समय था। सूरज धीरे-धीरे उग रहा था। हल्की सुनहरी रोशनी सड़कों पर फैल रही थी, सुबह की सुनहरी धूप सड़कों पर बिछी हुई थी, मानो रात के अंधेरे ने जाते-जाते उजाले के लिए रास्ता छोड़ दिया हो।

मनोज अपने घर के दरवाज़े के सामने खड़ा था। कई दिनों बाद, वह वापस लौटा था। उसने दरवाज़े को देखा। वही पुराना दरवाज़ा। वही दीवारें। लेकिन कुछ बदल गया था।

कई दिनों की उस मानसिक और आध्यात्मिक उथल-पुथल के बाद वह वापस लौटा था। उसने सामने लगे उस पुराने काठ के दरवाज़े को देखा। वही खुरदरापन, वही फीका पड़ता हुआ रंग, वही पीतल का हैंडल, सब कुछ वैसा ही था, जैसा वह छोड़कर गया था।

लेकिन उसे छूने वाले हाथ आज नए थे। "क्या मैं वही मनोज हूँ जो यहाँ से भागा था?" उसने खुद से पूछा।

इस बार यह सवाल किसी उलझन या डर से नहीं उपजा था। उसके होठों पर एक हल्की, रहस्यमयी मुस्कान थी।

“मैं...” वह थोड़ा रुका। “वही हूँ...?”

यह सवाल आया, लेकिन इस बार, उसमें कोई उलझन नहीं थी। बस, एक हल्की मुस्कान।

उसने ताला खोला और दरवाज़ा खोला। अंदर कदम रखा। अंदर, सब कुछ वैसा ही था। घर के भीतर की हवा में एक पुरानी पहचान थी, वही हल्की-सी धूल की गंध, वही सोफे के कवर का अहसास। लेकिन आज उसे सब कुछ 'पहली बार' जैसा लग रहा था।

सोफ़ा...टेबल...किताबें...लेकिन उसे सब कुछ नया लग रहा था। जैसे, पहली बार देख रहा हो।

वह ड्राइंग रूम के बीचों-बीच खड़ा हो गया। उसने उन दीवारों को देखा जो कल तक उसे कैद लगती थीं। उसने उस टेबल को देखा जहाँ बैठकर वह घंटों व्यर्थ की चिंताओं में डूबा रहता था। आज वही निर्जीव वस्तुएँ उसे एक मूक-मौन में डूबी हुई प्रतीत हो रही थीं।

वह धीरे-धीरे अंदर आया। बैग को एक तरफ रखा। और खिड़की के पास जाकर खड़ा हो गया। बाहर, लोग अपने-अपने काम में व्यस्त थे। जीवन, जैसा हमेशा चलता है। “कुछ भी नहीं बदला...” उसने सोचा।

“फिर भी...” “सब बदल गया है...” वह कुर्सी पर बैठ गया। आँखें बंद कीं। विचार आए... “अब क्या करना है...” वह उन्हें देखता रहा। कोई जल्दी नहीं थी। कोई बेचैनी नहीं। सिर्फ, एक शांत उपस्थिति।

“अकेला हूँ...” यह विचार आया। कुछ सेकंड, वह उसे देखता रहा। फिर, एक और समझ आई, “लेकिन...” “अजनबी नहीं हूँ...” उसके चेहरे पर एक हल्की-सी मुस्कान आ गई। पहले, अकेलापन उसे डराता था। अब, वही अकेलापन एक मित्र जैसा लग रहा था।

पहले, उसे इस घर के सन्नाटे से डर लगता था। उसे लगता था कि जैसे ही वह अकेला होगा, उसके भीतर का वह 'अजनबी मन' उसे डराने लगेगा।

वह टीवी चला देता था या फोन पर व्यस्त हो जाता था ताकि उसे खुद का

सामना न करना पड़े। लेकिन आज, उसने खिड़की के पर्दे हटाए और सूरज की रोशनी को अंदर आने दिया। उसने कोई आवाज़ नहीं की, न ही कोई संगीत बजाया। वह बस उस शांति का हिस्सा बन गया।

रात के उस गहरे अंधकार में, जहाँ पहले केवल मौन और अनुभूतियाँ थीं, अब एक नई जिज्ञासा जन्म ले चुकी थी।

एक शांत शाम, जब सूरज की अंतिम किरणें रवि के बगीचे के फव्वारे पर पड़ रही थीं, मनोज ने वह प्रश्न पूछ ही लिया जिसने हफ़्तों से उसके मन को मथ रखा था।

रवि और मनोज जब अगले रविवार को मिले तब शुरू में वे शांत बैठे थे, लेकिन इस बार मौन के भीतर एक प्रश्न धीरे-धीरे आकार ले रहा था।

कुछ क्षणों की निस्तब्धता के बाद मनोज ने धीमी आवाज़ में पूछा, "रवि, तूने उस रात 'कौल तंत्र' का नाम लिया था... तुमने 'कौल परंपरा' के बारे में सुनाया था?"

रवि ने हल्की-सी साँस ली, जैसे वह इस प्रश्न की प्रतीक्षा कर रहा हो।

"सिर्फ सुनाया ही नहीं," उसने शांत स्वर में कहा, "बल्कि उसके बारे में थोड़ा-बहुत जाना भी है।"

कमरे की ठंडक अब भी वैसी ही थी, लेकिन इस संवाद ने उसमें एक हल्की-सी ऊष्मा भर दी।

"मैंने किताबों में इस मार्ग के बारे में बहुत भ्रांतियां पढ़ी हैं। कोई इसे जादू-टोना कहता है, तो कोई इसे भोग का मार्ग। तूने इसे 'साधना' कैसे बनाया? इस परंपरा का मूल क्या है?"

रवि ने अपनी आँखें मूंद लीं, जैसे वह किसी प्राचीन स्मृति के तार जोड़ रहा हो। उसने बोलना शुरू किया, और उसकी आवाज़ में एक ऐसी गुरुता थी जो केवल अनुभव से आती है। रवि ने कहना शुरू किया,

“कौल परंपरा, तंत्र की एक अत्यंत गूढ़ और रहस्यमयी शाखा है। इसका संबंध केवल बाहरी अनुष्ठानों से नहीं, बल्कि आंतरिक जागरण से है। ‘कुल’ शब्द का अर्थ है ऊर्जा का समूह, चेतना का परिवार। और ‘कौल ’ वह है जो इस ऊर्जा को पहचानता है, उसे जागृत करता है, और उसके साथ एकाकार हो जाता है।”

"मनोज, 'कुल' का अर्थ होता है शक्ति, और 'अकुल' का अर्थ है शिव। जो इन दोनों के सामरस्य (Equilibrium) को जान लेता है, वही 'कौल' है। यह मार्ग भागने का नहीं, बल्कि 'समाहित' करने का मार्ग है। कौल परंपरा का मानना है कि यह शरीर ही वह प्रयोगशाला है जहाँ ब्रह्मांड के सारे रहस्य छिपे हैं। यदि सत्य यहाँ (शरीर में) नहीं है, तो वह कहीं नहीं है।"

मनोज ध्यान से सुन रहा था। उसकी आँखें अंधकार में भले ही कुछ देख नहीं रही थीं, लेकिन उसका मन हर शब्द को पकड़ रहा था।

“इस परंपरा की जड़ें बहुत पुरानी हैं,” रवि ने आगे कहा,

“यह शिव और शक्ति के मिलन की अवधारणा पर आधारित है, जहाँ चेतना और ऊर्जा एक-दूसरे में विलीन हो जाते हैं। कौल साधना का उद्देश्य है इस मिलन को अपने भीतर अनुभव करना।”

रवि ने उसे बताया कि कैसे महायोगी मत्स्येन्द्रनाथ और परवर्ती आचार्यों ने इस मार्ग को 'वीर भाव' की साधना बताया। "यह कमज़ोरों का मार्ग नहीं है, मनोज। यहाँ 'पाश' (बंधन) को काटकर 'पशु' से 'शिव' बनने की प्रक्रिया होती है। जिसे तू 'अजनबी मन' कह रहा था, वह कौल तंत्र की दृष्टि

में केवल 'चित्त' की धूल थी। जब धूल हटती है, तो जो बचता है वह 'स्वयंप्रकाशित चेतना' है।"

रवि ने धीरे-धीरे कौल साधना की विधियों का वर्णन करना शुरू किया।

रवि ने मनोज को कौल साधना की उन बारीकियों के बारे में बताया जो आमतौर पर गुप्त रखी जाती हैं:

भूत शुद्धि (Purification of Elements): शरीर के भीतर के पांच तत्वों, पृथ्वी, जल, अग्नि, वायु और आकाश को उनके मूल बीज मंत्रों के माध्यम से शुद्ध करना। रवि ने समझाया, "जब तक तेरा 'पृथ्वी तत्व' संतुलित नहीं होगा, तू पागलपन (Psychosis) का शिकार होता रहेगा। ग्राउंडिंग ही पहली सीढ़ी है।"

न्यास (Nyasa): शरीर के विभिन्न अंगों में दैवीय ऊर्जा की स्थापना करना। "अपने हाथों को सिर्फ़ हाथ मत देख, इन्हें शक्ति का विस्तार देख।"

चक्र भेदन और कुण्डलिनी: सुषुम्ना नाड़ी के भीतर सोई हुई उस महाशक्ति को जाग्रत करना, जो मूलाधार से उठकर सहस्रार में शिव से मिलती है।

भाव-साधना: कौल मार्ग में 'पंचमकार' का उल्लेख आता है, लेकिन रवि ने इसका 'दिव्य भाव' (Symbolic meaning) स्पष्ट किया। मद्य (अमृत), मांस (वाणी का नियंत्रण), मत्स्य (साँसों का खेल), मुद्रा (सत्संग) और मैथुन (शिव-शक्ति का मिलन)।

“इसमें ध्यान, मंत्र, यंत्र, और विशेष प्रकार की साधनाएँ शामिल होती हैं। लेकिन सबसे महत्वपूर्ण है, स्वयं को जानना। साधक को अपने भय, अपनी इच्छाओं, और अपनी सीमाओं का सामना करना पड़ता है।”

“क्या यह कठिन होता है?” मनोज ने पूछा।

“बहुत,” रवि ने उत्तर दिया, “क्योंकि यह साधना केवल बाहरी नहीं, बल्कि आंतरिक होती है। इसमें कोई दिखावा नहीं चलता। साधक को अपने भीतर के अंधकार से गुजरना पड़ता है और उसी में प्रकाश खोजना होता है।”

मनोज के भीतर एक अजीब-सी बेचैनी और आकर्षण एक साथ पैदा हो रहा था।

“क्या मैं... इसे अनुभव कर सकता हूँ?” उसने संकोच से पूछा।

रवि कुछ क्षण चुप रहा, फिर बोला, “अगर तुम्हारे भीतर सच्ची जिज्ञासा है, तो क्यों नहीं?”

मनोज यह सब सुनकर एक ऐसे आकर्षण से भर गया जिसे शब्दों में बयान करना मुश्किल था। उसे लगा जैसे उसके भीतर का वह 'अजनबी' ज़ोर-ज़ोर से चिल्ला रहा है, "यही वह जगह है जहाँ मुझे जाना है!"

उस रात के बाद मनोज का मन कहीं और नहीं लगा। ऑफिस में बैठा भी वह उसी विचार में खोया रहता, कौल परंपरा, तंत्र साधना, और वह अज्ञात अनुभव जो उसका इंतज़ार कर रहा था।

मनोज ने तय कर लिया था। उसने रवि से कहा, "मुझे उस स्रोत तक जाना है जहाँ से तूने यह ज्योति प्राप्त की। मुझे उस आश्रम जाना है।"

रवि ने पहले उसे परखा, फिर मुस्कुराकर सहमति दी। "ठीक है मनोज, तू तैयार है। मैं आचार्य जी से बात करता हूँ।"

कुछ दिनों बाद उसने निर्णय ले लिया। अगले दिन मनोज पी.डब्ल्यू.डी. दफ्तर पहुँचा। खन्ना साहब और नितिन उसे देख रहे थे। मनोज ने पंद्रह दिनों की छुट्टी का आवेदन मेज पर रखा।

"छुट्टी? इस समय? प्रोजेक्ट्स का काम कौन देखेगा?" खन्ना साहब ने अपनी पुरानी आदत के अनुसार चिल्ला कर पूछा।

मनोज ने उनकी आँखों में वही शांत, अविचल दृष्टि देखी। "सर, पुलों का काम चलता रहेगा। मुझे अपने भीतर के एक बड़े प्रोजेक्ट पर काम करना है। यह आवेदन स्वीकार करें।"

खन्ना साहब अवाक रह गए। मनोज के भीतर का वह आत्मविश्वास इतना प्रबल था कि उन्होंने बिना किसी तर्क के फाइल पर हस्ताक्षर कर दिए। नितिन ने पीछे से पूछा, "भाई, कहाँ जा रहे हो?" मनोज ने सिर्फ़ इतना कहा, "घर लौट रहा हूँ, नितिन। अपने असली घर।"

उसने ऑफिस से छुट्टी ली। रवि ने उसके लिए एक कौल आश्रम का प्रबंध किया, एक ऐसा स्थान जो शहर की हलचल से दूर, पहाड़ों और जंगलों के बीच स्थित था।

रवि ने मनोज की यात्रा का प्रबंध विंध्याचल के घने जंगलों में स्थित 'कौल-शक्तिपीठ' आश्रम में करवाया था। ट्रेन के सफर में मनोज ने खिड़की के बाहर भागते पेड़ और शहरों को देखा। उसे महसूस हुआ कि वह सिर्फ एक शहर से दूसरे शहर नहीं जा रहा, वह 'संसार' से 'मौन' की ओर जा रहा है।

जैसे-जैसे बस पहाड़ी रास्तों पर चढ़ने लगी, मोबाइल के सिग्नल गायब होने लगे। मनोज को एक अजीब सी राहत महसूस हुई। आधुनिक दुनिया का वह जाल, जो उसे हर समय 'कनेक्टेड' रखता था, अब टूट चुका था। अब वह सिर्फ़ प्रकृति और अपनी साँसों के साथ था।

जब मनोज वहाँ पहुँचा, तो सबसे पहले उसे वहाँ की शांति ने छू लिया। न कोई शोर, न कोई भाग-दौड़, बस प्रकृति की ध्वनियाँ और एक गहरी स्थिरता।

आश्रम साधारण था, मिट्टी और पत्थरों से बने छोटे-छोटे कक्ष, बीच में एक खुला प्रांगण, और चारों ओर पेड़-पौधे। वहाँ के साधक कम बोलते थे। उनकी आँखों में एक अलग ही चमक थी जैसे वे कुछ ऐसा जानते हों जो शब्दों में नहीं कहा जा सकता।

मनोज को एक छोटा-सा कक्ष दिया गया। वह कक्ष भी उसी अंधकार से भरा था, जैसा उसने उस रात महसूस किया था लेकिन इस बार वह अंधकार डरावना नहीं था।

आश्रम का वातावरण किसी दूसरे ग्रह जैसा था। वहाँ न तो मंदिर की घंटियों का शोर था, न ही कोई दिखावटी कर्मकांड। वहाँ था गहरा सन्नाटा, धूनी की महक और साधकों की स्थिर आँखें।

वहाँ के आचार्य, जिन्हें सब 'भैरव' कहते थे, ने मनोज को देखा और सिर्फ़ इतना कहा, "तुम देर से आए, पर सही आए। यहाँ तुम 'इंजीनियर' नहीं हो, तुम सिर्फ़ 'मिट्टी' हो जिसे फिर से गढ़ा जाना है।"

आश्रम में मनोज ने तंत्र शास्त्रों का अध्ययन शुरू किया। आश्रम के पुस्तकालय में मनोज ने 'कुलार्णव तंत्र', 'महानिर्वाण तंत्र' और 'विज्ञान भैरव तंत्र' की पांडुलिपियों का अध्ययन किया। उसने पढ़ा कि कैसे "भैरव" ने 112 विधियों के माध्यम से चेतना के द्वारों को खोलने की बात कही है। उसने जाना कि तंत्र कोई डरावनी विद्या नहीं, बल्कि जीवन को उसकी समग्रता में स्वीकार करने का विज्ञान है।

वह प्राचीन ग्रंथ, जिसमें प्रतीकों, मंत्रों और रहस्यमयी संकेतों का वर्णन था। शुरुआत में उसे कुछ समझ नहीं आया। लेकिन धीरे-धीरे, जैसे-जैसे वह पढ़ता गया, उसके भीतर कुछ खुलने लगा। उसे एहसास हुआ कि ये शास्त्र केवल पढ़ने के लिए नहीं हैं इन्हें अनुभव करने के लिए हैं।

आश्रम में उसकी दिनचर्या बदल गई। सुबह ब्रह्ममुहूर्त में उठना, ध्यान करना, मंत्र जप करना, और फिर दिनभर साधना में लीन रहना।

मौन व्रत: पहले तीन दिन मनोज को पूर्ण मौन में रहना पड़ा। उसे अपने विचारों के उस कचरे को देखना पड़ा जो दवा बंद होने के बाद फिर से उभर रहा था। लेकिन इस बार उसके पास 'गुरु' की उपस्थिति का कवच था।

पंच-भूत साधना: उसे रोज़ सुबह ब्रह्ममुहूर्त में उठकर ठंडे झरने के नीचे नहाना पड़ता और नंगे पैर मिट्टी पर बैठकर सूर्य की पहली किरण का स्वागत करना पड़ता।

अजपा-जप: उसे सिखाया गया कि कैसे हर श्वास के साथ 'सो-हम्' (वही मैं हूँ) का अनुसंधान किया जाता है।

कभी-कभी उसे अपने भीतर अजीब-सी बेचैनी महसूस होती जैसे कोई पुरानी परतें टूट रही हों। कभी वह गहरे शांत हो जाता जैसे सब कुछ थम गया हो। उसने अपने भय का सामना किया।

एक रात, जब मनोज आश्रम की धूनी के पास बैठा था, उसे अचानक वह अनुभव हुआ जिसे वह हफ़्तों से ढूंढ रहा था। उसने देखा कि उसका मन अब उससे अलग कोई 'अजनबी' नहीं था। वह तो सिर्फ़ एक लहर थी, और वह स्वयं वह अगाध महासागर था।

उसे अहसास हुआ कि जिसे वह 'मतिभ्रम' समझ रहा था, वह असल में उसकी चेतना की वह खिड़कियाँ थीं जो बिना तैयारी के खुल गई थीं। अब, आचार्य के मार्गदर्शन में, उसने उन खिड़कियों को 'कपाट' (Shutters) की तरह नियंत्रित करना सीख लिया था। वह अब जब चाहे भीतर जा सकता था, और जब चाहे बाहर संसार में लौट सकता था।

अपने अंधकार को देखा। और धीरे-धीरे, उसमें एक प्रकाश की झलक मिलने लगी। उसने शास्त्रों में पढ़ा, "यत्र यत्र मनो याति तत्र तत्र परा पदम्" (जहाँ-जहाँ मन जाता है, वहीं-वहीं परमात्मा का पद है)। उसे अब संसार और निर्वाण में कोई अंतर नहीं दिख रहा था।

कुछ हफ्तों के बाद मनोज को महसूस हुआ कि वह बदल रहा है। अब वह पहले जैसा नहीं था। उसके भीतर एक स्थिरता आ गई थी। वह छोटी-छोटी बातों पर विचलित नहीं होता था। उसकी सोच गहरी हो गई थी। सबसे बड़ा परिवर्तन यह था कि अब वह स्वयं को बेहतर समझने लगा था।

आखिरकार, वह दिन आया जब उसे लौटना था। आश्रम छोड़ते समय उसे एक अजीब-सी अनुभूति हुई जैसे वह कुछ पीछे छोड़ रहा है, और कुछ अपने साथ ले जा रहा है।

पंद्रह दिन बीत गए। मनोज जब आश्रम से विदा ले रहा था, तो उसकी आँखों में एक नई चमक थी और उसके चलने के ढंग में एक सिंह जैसी गरिमा। उसने आचार्य के चरण स्पर्श किए।

"जाओ मनोज," आचार्य ने कहा, "अब तुम्हारी असली साधना दफ्तर की उन फाइलों के बीच और समाज के उस शोर में होगी। कौल वही है जो कीचड़ में कमल की तरह खिला रहे।"

वापसी के सफर में मनोज ने फिर वही शहर देखे, वही लोग देखे, लेकिन आज उसकी दृष्टि बदल चुकी थी। जब वह अपने PWD क्वार्टर में वापस पहुँचा, तो कमरा अब उसे जेल नहीं लग रहा था। उसने खिड़की खोली, और उसे महसूस हुआ कि वही हवा, वही धूप और वही सन्नाटा अब उसके मित्र बन चुके हैं।

जब वह अपने घर पहुँचा, तो सब कुछ वैसा ही था लेकिन वह वैसा नहीं था। उसके भीतर अब भी वह शांति थी, वह गहराई थी, और वह मौन संवाद था जो उसने वहाँ सीखा था।

मनोज की यह यात्रा केवल एक स्थान की यात्रा नहीं थी; यह उसके भीतर की यात्रा थी। कौल परंपरा ने उसे कोई चमत्कार नहीं दिया, लेकिन उसने उसे स्वयं से मिलवाया।

और शायद यही सबसे बड़ा चमत्कार है। अब जब वह फिर से रवि के साथ बैठता है चाहे अंधकार में या प्रकाश में, उनके बीच शब्दों की आवश्यकता और भी कम हो गई है। क्योंकि वे जानते हैं कि सच्चा संवाद शब्दों से नहीं, अनुभव से होता है।

उसने अपना लैपटॉप खोला और अधूरे प्रोजेक्ट्स की फाइलें देखीं। उसने मुस्कुराकर काम शुरू किया। अब वह 'मशीन' की तरह काम नहीं कर रहा था, वह 'चेतना' के साथ कर्म कर रहा था।

उस रात, जब वह बिस्तर पर लेटा, तो उसे 'अजनबी' की कोई आवाज़ नहीं आई। उसे सिर्फ़ अपनी शांत धड़कनें सुनाई दीं। मनोज अब अजनबी नहीं था; वह अब 'कुल' (शक्ति) और 'अकुल' (शिव) के सामरस्य में प्रतिष्ठित एक साधक था। उसकी यात्रा समाप्त नहीं हुई थी, वह तो बस अब सही दिशा में शुरू हुई थी।

अगली दोपहर में, उसकी माँ का फोन आया।

“कैसे हो..."मनोज, कैसे हो बेटा?”

पहले, वह जल्दी-जल्दी जवाब देता। आज, उसने ध्यान से सुना।

“मैं ठीक हूँ...” उसका स्वर शांत था।

“कुछ अलग लग रहे हो...” माँ ने कहा।

वह हल्का-सा हँसा। “शायद...”

आवाज़ बहुत बदली हुई लग रही है तुम्हारी," माँ ने चिंता और ममता भरे स्वर में पूछा।

मनोज ने मुस्कुराकर जवाब दिया, "माँ, मैं बहुत ठीक हूँ। सच कहूँ तो, मैं पहली बार वास्तव में ठीक हूँ। बस अब जीवन को थोड़ा अलग तरीके से देख रहा हूँ।"

माँ को शायद उसकी बात पूरी तरह समझ नहीं आई, लेकिन उन्हें उसकी आवाज़ में वह 'ठहराव' महसूस हुआ जिसकी कमी पिछले कई महीनों से उन्हें खल रही थी।

शाम को वह बाहर टहलने निकला। सड़क वही थी। लोग वही। लेकिन अब वह उन्हें अलग तरह से देख रहा था। हर व्यक्ति अपनी कहानी में खोया हुआ। हर चेहरा कुछ खोजता हुआ।

“सब खोज रहे हैं...” उसने महसूस किया।

“जैसे मैं खोज रहा था...”

मनोज पार्क में पंहुचा। वही पार्क जहाँ वह पहले भी जाता था, लेकिन तब वह वहाँ होकर भी नहीं जाता था। उसका मन दफ्तर की फाइलों या भविष्य की चिंताओं में भटकता रहता था।

आज, वह हर कदम को महसूस कर रहा था। उसने एक बच्चे को खिलखिलाकर हँसते हुए देखा। उसने उस हँसी को केवल सुना नहीं, बल्कि उसे अपने भीतर अनुभव किया। उसने देखा कि कैसे हवा पेड़ों की पत्तियों के बीच से सरसराती हुई गुज़र रही है।

एक बच्चा हँसते हुए दौड़ा। मनोज रुक गया। उसने उस हँसी को सुना। पूरी तरह। और उस क्षण, उसे लगा, वह भी उसी हँसी का हिस्सा है।

“मैं अलग नहीं हूँ...” यह समझ फिर आई।

अचानक उसे एहसास हुआ कि अजनबी वह मन नहीं था, अजनबी तो उसकी वह 'बेहोशी' थी। जब तक वह सो रहा था, सब कुछ अजनबी था। अब जब वह जाग गया है, तो पूरी दुनिया उसकी अपनी है।

रात हुई। रात को वह अपने कमरे में बैठा। लाइट बंद थी। हल्का अंधेरा। मनोज अपने कमरे में फर्श पर बैठ गया। उसने लाइट नहीं जलाई। कमरे में केवल खिड़की से आती चाँदनी का धुंधलाका था। उसने पद्मासन लगाया और अपनी आँखें मूंद लीं।

कोई तकनीक नहीं। कोई प्रयास नहीं। बस, होना। विचार आए...गए...भावनाएँ आईं...गईं...और उनके पीछे वही मौन।

अब, वह मौन नया नहीं था। यह, जैसे घर था।

“मैं...” यह शब्द उभरा। लेकिन इस बार, कोई पहचान नहीं जुड़ी। न नाम...न भूमिका...सिर्फ एक उपस्थिति। और उसी उपस्थिति में एक अंतिम बार वह सवाल उभरा, “मैं कौन हूँ...?” लेकिन इस बार, कोई खोज नहीं थी। कोई प्रयास नहीं। बस, एक शांत स्वीकार। जैसे सवाल और उत्तर एक ही हो गए हों।

विचार आए, *"कल ऑफिस जाना है... कुछ प्रोजेक्ट्स पेंडिंग हैं..."* मनोज ने उन्हें देखा। उसने उन्हें न तो दबाया, न ही उनमें उलझा। उसने बस उन्हें बादलों की तरह गुजर जाने दिया।

भावनाएँ आईं, *"एक हल्की-सी उदासी... एक गहरी शांति..."* उसने उन्हें भी

स्वीकार किया।

वह अब उस अजनबी मन के घर का मालिक बन चुका था। वह जान गया था कि मन एक अद्भुत यंत्र है, यदि आप उसके स्वामी हों; और एक क्रूर मालिक है, यदि आप उसके गुलाम हों।

मौन और गहरा होता गया। वह उस बिंदु पर पहुँच गया जहाँ 'विचार' समाप्त हो जाते हैं और केवल 'होना' (Being) बचता है। उस शून्य में, जहाँ कोई नाम नहीं था, कोई पद नहीं था, कोई कहानी नहीं थी।

और उसी विराट सन्नाटे में, वह शाश्वत सवाल एक अंतिम बार गूँजा, *"मैं कौन हूँ?"*

इस बार मनोज ने जवाब देने की कोशिश नहीं की। वह खुद ही उस सवाल का जवाब बन गया। वह जान गया कि वह वह 'मौन' है जो इन सब लहरों के नीचे स्थिर खड़ा है। वह 'प्रकाश' है जो अजनबियों को रोशनी दिखाता है।

बाहर, रात गहरी थी। लेकिन, अंदर, एक उजाला था। और उस उजाले में मनोज बैठा था। अकेला। एकान्त में। लेकिन अब...अजनबी नहीं।

बाहर रात शांत थी। आसमान में चाँद अपने पूर्ण वैभव के साथ चमक रहा था। और भीतर, मनोज एक ऐसी नींद की गोद में समा गया जिसे अब 'अजनबी' का डर नहीं था। वह अब अकेला था, पर तन्हा नहीं। वह जागृत था, पर शांत था। मनोज का असली जीवन अब शुरू हुआ था। एक ऐसा जीवन जहाँ हर सुबह एक खोज थी और हर शाम एक उत्सव।

भाग 7: रूपांतरण का विस्तार

अध्याय 19
संबंधों में सहजता

परिवार के साथ नया जुड़ाव

मनोज का नया जीवन केवल एकांत की शांति तक सीमित नहीं था; उसका असली परीक्षण तो उसके पुराने रिश्तों की गूँज में होना था। वह जानता था कि उसकी वर्षों की 'बेहोशी' ने उसके और उसके परिवार के बीच एक अदृश्य दीवार खड़ी कर दी थी।

पहले वह घर में एक चिड़चिड़े साये की तरह रहता था, जो हमेशा या तो दफ्तर की चिंताओं में होता था या अपने ही मन के शोर में खोया हुआ।

कुछ हफ़्तों के निरंतर अभ्यास के बाद, मनोज ने अपने परिवार को एक विशेष डिनर पर आमंत्रित किया। वह चाहता था कि वे उस 'नए मनोज' से मिलें जो अब अजनबियों के साथ नहीं, बल्कि अपने 'स्व' के साथ रह रहा था।

जब उसकी पत्नी और बच्चे घर आए, तो कमरे की ऊर्जा पहले से भिन्न थी। मनोज सोफे पर बैठा था, पूरी तरह स्थिर और शांत। उसके चेहरे पर वह पुरानी शिकन नहीं थी।

डिनर के दौरान, उसकी पत्नी ने एक पुरानी शिकायत छेड़ी, "मनोज, तुम्हें याद है पिछले साल तुम बच्चों के स्कूल फंक्शन में भी फोन पर लगे थे? तुम्हें कभी हमारी परवाह नहीं रही।"

पुराने मनोज के भीतर यह सुनते ही एक 'अजनबी' जाग जाता। वह तुरंत रक्षात्मक (Defensive) हो जाता, पुरानी दलीलें देता और बात बहस में बदल जाती। लेकिन आज, मनोज ने उस 'प्रतिक्रिया' के उठने को देखा।

उसने महसूस किया कि उसके भीतर एक हल्की सी तड़प उठी, लेकिन उसने उसे पकड़ा नहीं। उसने अपनी पत्नी की आँखों में देखा और उन शब्दों के पीछे छिपे 'दर्द' को पहचाना।

"तुम सही कह रही हो," मनोज ने बहुत कोमलता से कहा। "उस वक्त मैं वहाँ होकर भी नहीं था। मेरा मन कहीं और भटक रहा था। मुझे दुख है कि मैंने तुम्हें अकेला महसूस कराया।"

मेज पर अचानक सन्नाटा छा गया। उसकी पत्नी स्तब्ध रह गई। उसने जिस 'जवाब' की उम्मीद की थी, वह नहीं मिला; उसके बजाय उसे 'स्वीकार्यता' मिली थी। मनोज की इस शांति ने शिकायत की आग को बुझा दिया।

बच्चों ने गौर किया कि उनके पिता अब उनकी बातें सुन रहे थे। वे अब केवल सिर नहीं हिला रहे थे, बल्कि उनकी छोटी-छोटी कहानियों में पूरी तरह मौजूद थे। जब उसका छोटा बेटा खिलौने के बारे में बता रहा था, तो मनोज की आँखों में वही कौतूहल था जो एक बच्चे की आँखों में होता है।

उस रात, विदा होते समय उसकी पत्नी ने उसका हाथ थामा। "मनोज, मुझे नहीं पता कि इन सात सालों के अंतराल और इस साधना ने तुम्हें क्या दिया है, लेकिन आज पहली बार मुझे लगा कि मैं अपने पति के साथ हूँ, किसी अजनबी के साथ नहीं। तुम्हारी आँखों में एक ऐसी शांति है जो मुझे भी सुरक्षित महसूस कराती है।"

मनोज मुस्कुराया। उसने जान लिया था कि 'जागरूकता' केवल खुद को जानना नहीं है, बल्कि दूसरों के भीतर की 'अचेतन मशीन' को समझकर उनके प्रति करुणामयी होना है।

अंदर का घर - सुबह के चार बजे थे। शहर अभी सो रहा था। सड़कें शांत थीं...हवा स्थिर...और आकाश में हल्की-सी नीली आभा उभर रही थी। मनोज की आँखें अपने आप खुल गईं।

कोई अलार्म नहीं। कोई मजबूरी नहीं। बस, एक स्वाभाविक जागना। वह बिस्तर पर ही कुछ देर शांत लेटा रहा।

पहले, जागते ही विचारों का शोर शुरू हो जाता था, "आज क्या करना है..." "ऑफिस का काम..." "परिवार..."

लेकिन अब, वह उस पहले क्षण को देख पाता था, जब कोई विचार नहीं होता। सिर्फ, होना। "यही है..." उसने भीतर महसूस किया।

"यही मेरा असली घर है..." वह धीरे-धीरे उठकर खिड़की के पास गया। आसमान अब थोड़ा उजला हो रहा था। एक पक्षी की पहली आवाज़ सुनाई दी। और उस आवाज़ के साथ मनोज के भीतर भी एक हलचल हुई। लेकिन अब वह उस हलचल से जुड़ता नहीं था।

मनोज के भीतर, एक हल्की मुस्कान आई। "मन..." "तू सच में अजनबी था..."

"अब..." "तू दोस्त जैसा लगने लगा है..." यह कोई शब्दों का संवाद नहीं था। यह एक अनुभव था। धीरे-धीरे, उसने आँखें खोलीं। सूरज अब उग चुका था। कमरे में रोशनी भर गई थी।

लेकिन अब, वह उस पहले क्षण को देख पाता था, जब कोई विचार नहीं होता। सिर्फ - होना।

"यही है..." उसने भीतर महसूस किया।

वह देखता था। वह फर्श पर बैठा बैठ रहा । आँखें बंद। कोई तकनीक नहीं। कोई प्रयास नहीं। बस, जागरूकता। विचार आए, “आज मीटिंग है...” वह उन्हें देखता रहा। फिर एक और विचार, “क्या मैं सच में बदल गया हूँ...?” कुछ सेकंड, उसने उस विचार को देखा। और फिर वह चला गया।

आसमान अब थोड़ा उजला हो रहा था। एक पक्षी की पहली आवाज़ सुनाई दी। और उस आवाज़ के साथ, मनोज के भीतर भी, एक हलचल हुई।

लेकिन अब, वह उस हलचल से जुड़ता नहीं था। वह उसे देखता था। वह फर्श पर बैठ गया। आँखें बंद। कोई तकनीक नहीं। कोई प्रयास नहीं। बस - जागरूकता।

विचार आए - “आज मीटिंग है...” वह उन्हें देखता रहा।

फिर एक और विचार - “क्या मैं सच में बदल गया हूँ...?”

कुछ सेकंड, उसने उस विचार को देखा।

और फिर, वह चला गया। मनोज के भीतर, एक हल्की मुस्कान आई।

“मन...” “तू सच में अजनबी था...”

“अब...”

“तू दोस्त जैसा लगने लगा है...” यह कोई शब्दों का संवाद नहीं था। यह एक अनुभव था। धीरे-धीरे, उसने आँखें खोलीं। सूरज अब उग चुका था। कमरे में रोशनी भर गई थी।

वह रसोई में गया। चाय बनाई। हर क्रिया, धीरे...सजगता के साथ। पानी

उबल रहा था; उसने उसकी आवाज़ सुनी। भाप उठ रही थी; उसने उसे देखा।

“पहले...” “मैं कभी यह सब नहीं देखता था...”

“मैं कभी यह सब नहीं देखता था...” अब, हर छोटी चीज, जैसे एक अनुभव बन गई थी।

“यही मेरा असली घर है...” वह धीरे-धीरे उठकर खिड़की के पास गया।

दिन की शुरुआत हो चुकी थी। ऑफिस जाने का समय। वह तैयार हुआ, लेकिन इस बार, कोई जल्दी नहीं थी। सड़क पर चलते हुए, उसने लोगों को देखा। हर कोई कहीं पहुंचने की जल्दी में।

हर कोई, कुछ पाने की तलाश में। “मैं भी ऐसा ही था...” उसने सोचा। “हम सब...” “कहीं पहुंचने की कोशिश में...” “खुद से दूर चले जाते हैं...”

अब, हर छोटी चीज जैसे एक अनुभव बन गई थी। ऑफिस पहुँचा। काम शुरू हुआ। लेकिन अब, काम अलग था। वह सिर्फ परिणाम के लिए काम नहीं कर रहा था। वह हर क्रिया को देख रहा था। कभी-कभी, तनाव आता। कोई समस्या...कोई दबाव...लेकिन अब, वह तुरंत प्रतिक्रिया नहीं देता। वह रुकता। देखता। और फिर उत्तर आता।

“प्रतिक्रिया नहीं...” “प्रतिसाद...” यह अब उसका स्वभाव बन रहा था।

शाम को वह घर लौटा। कमरा शांत था। कोई शोर नहीं। पहले, यह सन्नाटा भारी लगता था। अब, यही सन्नाटा, एकान्त, उसका साथी था। वह बालकनी में बैठ गया।

आसमान में सूरज ढल रहा था। नारंगी रंग, धीरे-धीरे अंधेरे में बदल रहा था।

"जीवन भी ऐसा ही है..." उसने महसूस किया।

"हर क्षण बदल रहा है..." "और मैं..." "मैं वह नहीं हूँ जो बदलता है..." उसकी आँखें धीरे-धीरे बंद हो गईं।

भीतर, फिर वही मौन। विचार आते...जाते...भावनाएँ उठतीं...गिरतीं...लेकिन, अब, एक दूरी थी। एक साक्षी। और उसी साक्षी में, एक गहरा अनुभव उभरा,

"मैं..." यह शब्द आया, लेकिन इस बार कोई कहानी नहीं थी। कोई पहचान नहीं।

सिर्फ, एक उपस्थिति। और उसी क्षण, वह सवाल फिर उभरा, "मैं कौन हूँ...?"

लेकिन इस बार, यह सवाल भी मौन में घुल गया। अब न सवाल था...न जवाब...सिर्फ, एक शांति। एक पूर्णता।

मनोज ने आँखें खोलीं। रात हो चुकी थी। तारे चमक रहे थे। वह मुस्कुराया।

"मैं अकेला नहीं हूँ..." "मैं अपने साथ हूँ..." और शायद, यही सबसे बड़ा परिवर्तन था।

रात का सन्नाटा गहरा था। विंध्याचल के आश्रम से लौटने के बाद मनोज के भीतर एक नई स्थिरता थी, लेकिन दफ्तर की राजनीति और प्रमोशन न मिलने की घटना ने उसके मन में कुछ बुनियादी सवाल छोड़ दिए थे।

वह रवि के साथ 'शिखर' की छत पर बैठा था। सामने शहर की रोशनियाँ टिमटिमा रही थीं, पर उन दोनों के बीच एक अलग ही 'प्रकाश' जन्म ले रहा था।

रात का वही शांत, गहरा और रहस्यमयी वातावरण... आसमान अंधकार में डूबा हुआ था। बाहर कहीं दूर हवा की हल्की सरसराहट थी, और भीतर, रवि और मनोज की उपस्थिति। इस बार मौन के भीतर एक गहन जिज्ञासा थी, जैसे कोई प्राचीन प्रश्न फिर से जन्म लेने वाला हो।

कुछ क्षणों तक दोनों चुप बैठे रहे। फिर मनोज ने धीरे से कहा,

"रवि... मेरे मन में एक प्रश्न उठ रहा है, बिल्कुल वैसा ही जैसा कभी अर्जुन के मन में उठा होगा।

मनोज: (गहन चिंतन के बाद) "रवि, आश्रम में मैंने जो शांति महसूस की, वह अद्भुत थी। लेकिन जब मैं दफ्तर लौटता हूँ, तो वही पुरानी फाइलें, वही खन्ना साहब की कड़वाहट और वही षड्यंत्र सामने होते हैं। मैंने अपमान को सहा, पर भीतर एक जिज्ञासा अब भी शेष है। गीता में अर्जुन ने भगवान कृष्ण से एक बहुत व्यावहारिक सवाल पूछा था,

स्थितप्रज्ञस्य का भाषा समाधिस्थस्य केशव ।

स्थितधीः किं प्रभाषेत किमासीत व्रजेत किम् ।।

रवि, मैं भी वही पूछना चाहता हूँ। उस व्यक्ति की परिभाषा क्या है जो समाधि में स्थित है? बताओ... जो साधक 'स्थितप्रज्ञ' होता है, वह कैसा होता है? वह कैसे सोचता है, कैसे बोलता है, कैसे चलता-फिरता है? उसकी पहचान क्या है?" वह 'स्थितप्रज्ञ' (Stable Intellect) वह बैठता कैसे है? और सबसे बड़ी बात, वह इस जटिल संसार में चलता (व्यवहार करता) कैसे है? क्या वह हम जैसा ही दिखता है, या वह कुछ और ही हो जाता है?"

उसकी आवाज़ में केवल जिज्ञासा नहीं थी, एक खोज थी, एक आंतरिक प्यास।

रवि ने हल्की-सी मुस्कान के साथ उसकी ओर देखा, जैसे वह इस प्रश्न की गहराई को समझ रहा हो।

रवि ने कहा, "मनोज... तुमने वही प्रश्न पूछा है जो जीवन के सबसे गहरे रहस्यों की ओर ले जाता है। 'स्थितप्रज्ञ', यह केवल एक शब्द नहीं है, यह एक अवस्था है...एक ऐसी अवस्था जहाँ मन स्थिर हो जाता है, जहाँ व्यक्ति स्वयं में ही पूर्ण हो जाता है।"

कमरे में फिर से एक गहरी शांति छा गई। रवि ने धीमे, लेकिन स्पष्ट स्वर में कहना शुरू किया, इच्छाओं का त्याग, आत्म में संतोष।

रवि: (मंद मुस्कान के साथ) "मनोज, तेरा यह सवाल ही तेरी प्रगति का प्रमाण है। तू अब सिर्फ़ 'अनुभव' नहीं करना चाहता, तू उस अनुभव को 'आचरण' में ढालना चाहता है। भगवान कृष्ण ने जो जवाब दिया, वह किसी चमत्कार के बारे में नहीं था, बल्कि वह एक 'आंतरिक इंजीनियरिंग' का नक्शा था।"

रवि: "देख मनोज, कृष्ण सबसे पहले जड़ पर प्रहार करते हैं -

प्रजहाति यदा कामान् सर्वान्पार्थ मनोगतान् ।

आत्मयेवात्मना तुष्टः स्थितप्रज्ञस्तदोच्यते ।।

इसका अर्थ है कि जब मनुष्य अपने मन की समस्त कामनाओं का त्याग कर देता है और 'स्वयं' के द्वारा 'स्वयं' में ही संतुष्ट रहता है, तब वह स्थितप्रज्ञ कहलाता है।

इसे अपने दफ्तर के उदाहरण से समझ। तुझे प्रमोशन नहीं मिला। तेरा मन कामना कर रहा था कि तुझे पद मिले, सम्मान मिले। लेकिन स्थितप्रज्ञ वह है जो कहता है, 'पद मेरा परिचय नहीं है। मेरा आनंद मेरे भीतर की शांति

से आता है, न कि खन्ना साहब के हस्ताक्षर से।' जब तू अपनी खुशी के लिए बाहरी वस्तुओं पर निर्भरता छोड़ देता है और अपनी आत्मा में ही तृप्त रहता है, तो तू स्थितप्रज्ञ की ओर बढ़ रहा है।"

रवि: “सोचो मनोज... जब कोई व्यक्ति अपने मन में उठने वाली सभी इच्छाओं को त्याग देता है...जब वह बाहरी चीज़ों से सुख ढूँढना बंद कर देता है...और अपने भीतर ही संतोष अनुभव करने लगता है, तब वह ‘स्थितप्रज्ञ’ कहलाता है।”

मनोज: “क्या यह संभव है? मन तो हमेशा कुछ न कुछ चाहता रहता है... कभी सुख, कभी सफलता, कभी प्रेम...” "लेकिन रवि, क्या बिना इच्छा के कर्म संभव है? एक इंजीनियर के रूप में मेरा लक्ष्य पुल बनाना है। क्या वह इच्छा नहीं है?"

रवि: "लक्ष्य और कामना में अंतर है, मनोज। लक्ष्य 'कर्म' का हिस्सा है, कामना 'अहंकार' का। पुल बनाना तेरा कर्तव्य है, लेकिन उस पुल के बदले 'वाह-वाही' की भूख तेरी गुलामी है। स्थितप्रज्ञ पुल बनाता है, पर उसका सुख उस निर्माण की प्रक्रिया में होता है, न कि उसके फीता काटने के समारोह में।"

रवि: “यही तो साधना है। स्थितप्रज्ञ वह नहीं है जिसके पास इच्छाएँ नहीं उठतीं...बल्कि वह है जो उन इच्छाओं का गुलाम नहीं बनता। वह उन्हें देखता है... समझता है... और जाने देता है।”

मनोज कुछ देर चुप रहा। उसे अपने भीतर उठती अनगिनत इच्छाएँ याद आईं, छोटी-छोटी, बड़ी-बड़ी... अंतहीन। सुख-दुःख से परे

मनोज: “और जब दुःख आता है? क्या स्थितप्रज्ञ को भी दुःख होता है?”

रवि: “दुःख तो हर इंसान के जीवन में आता है। लेकिन अंतर यह है कि स्थितप्रज्ञ का मन दुःख में विचलित नहीं होता।”

रवि: "आगे कृष्ण कहते हैं -

दुःखेष्वनुद्विग्नमनाः सुखेषु विगतस्पृहः ।

वीतरागभयक्रोधः स्थितधीर्मुनिरुच्यते ।।

जिसका मन दुखों की प्राप्ति पर उद्विग्न (तनावग्रस्त) नहीं होता और सुखों की प्राप्ति में जिसकी लालसा (Spruha) खत्म हो गई है, जिसके राग, भय और क्रोध नष्ट हो गए हैं, वही स्थितप्रज्ञ मुनि है।

मनोज, तूने दफ्तर में यही तो किया। प्रमोशन न मिलने का 'दुख' आया, पर तेरा मन उद्विग्न नहीं हुआ। तूने नितिन को मिठाई खिलाई, यानी तूने 'क्रोध' को जीत लिया।

तू डरा नहीं कि अब तेरा करियर क्या होगा, यानी तूने 'भय' को देख लिया। जब तू घटनाओं को केवल घटनाओं की तरह देखता है और उन्हें अपनी 'पीड़ा' नहीं बनने देता, तब तेरी बुद्धि स्थिर होने लगती है।"

मनोज: “मतलब... वह भावनाहीन हो जाता है?” "रवि, क्या इसका मतलब यह है कि मैं पत्थर बन जाऊँ? क्या मैं खुश न होऊँ?"

रवि (धीरे से): “नहीं... वह भावनाहीन नहीं होता, बल्कि भावनाओं से परे हो जाता है। दुःख आता है, लेकिन उसे डुबोता नहीं। सुख आता है, लेकिन उसे बांधता नहीं।” “और जब सुख की लालसा समाप्त हो जाती है...जब राग, भय और क्रोध जैसे विकार समाप्त हो जाते हैं, तब वह व्यक्ति ‘स्थितधी मुनि’ कहलाता है।”

मनोज ने गहरी साँस ली। “राग... भय... क्रोध... ये तो हर समय हमारे भीतर होते हैं...”

रवि: “हाँ, लेकिन स्थितप्रज्ञ उन्हें पहचानता है... और उनसे ऊपर उठ जाता है।”

रवि: "तीसरा लक्षण और भी गहरा है-

यः सर्वत्रानभिस्नेहस्तत्तत्प्राप्य शुभाशुभम् ।

नाभिनंदति न द्वेष्टि तस्य प्रज्ञा प्रतिष्ठिता ।।

जो व्यक्ति हर स्थिति में 'अनभिस्नेह' (बिना आसक्ति के) रहता है। उसे शुभ मिले तो वह पागल होकर नाचता नहीं (अभिनंदन नहीं करता) और अशुभ मिले तो वह उससे घृणा (द्वेष) नहीं करता।

हम अक्सर अच्छी खबर मिलने पर अहंकार से भर जाते हैं और बुरी खबर पर अवसाद में डूब जाते हैं। स्थितप्रज्ञ वह है जो जानता है कि 'यह भी बीत जाएगा'। तूने कौल आश्रम में पढ़ा था न, 'समत्वं योग उच्यते'? यह समत्व ही प्रज्ञा की प्रतिष्ठा है।"

रवि: "नहीं, मनोज। स्थितप्रज्ञ पत्थर नहीं है, वह 'दर्पण' है। दर्पण के सामने फूल आए तो वह उसे दिखाता है, कूड़ा आए तो उसे भी। पर दर्पण न फूल से चिपकता है, न कूड़े से। वह बस 'साक्षी' रहता है। तू भी दफ्तर में एक दर्पण बन जा। काम कर, प्रेम कर, पर अपनी शांति की चाबी किसी और को मत दे।"

कुछ देर बाद मनोज ने फिर पूछा, “तो क्या वह किसी से प्रेम नहीं करता? क्या वह किसी से जुड़ाव महसूस नहीं करता?”

रवि: “प्रेम करता है... लेकिन आसक्ति नहीं रखता।”

मनोज: “यह कैसे संभव है?”

रवि: “देखो...स्थितप्रज्ञ हर परिस्थिति में समान रहता है। जब कुछ अच्छा होता है, वह अत्यधिक प्रसन्न नहीं होता। और जब कुछ बुरा होता है, वह दुःखी होकर टूटता नहीं है।” “वह न किसी शुभ में अत्यधिक आसक्त होता है, न अशुभ से द्वेष करता है। इसलिए उसकी बुद्धि स्थिर हो जाती है।”

मनोज के चेहरे पर हल्की-सी समझ की झलक आई, “मतलब... वह हर परिस्थिति को स्वीकार करता है?”

रवि: “हाँ...वह जीवन को वैसे ही स्वीकार करता है जैसा वह है।”

कमरे में एक हल्की ठंडक और गहराई बढ़ गई थी। रवि ने अपनी बात को और गहराई से समझाते हुए कहा, “अब एक और महत्वपूर्ण बात समझो...” “जैसे एक कछुआ खतरे को देखकर अपने सभी अंगों को अपने खोल में समेट लेता है...ठीक वैसे ही, स्थितप्रज्ञ व्यक्ति अपनी इन्द्रियों को नियंत्रित कर लेता है।”

रवि: "और अंत में, कृष्ण वह उदाहरण देते हैं जो एक इंजीनियर के लिए समझना बहुत आसान है -

यदा संहरते चायं कूर्मोऽङ्गनीव सर्वशः ।

इन्द्रियाणीन्द्रियार्थेभ्यस्तस्य प्रज्ञा प्रतिष्ठिता ।।

जिस प्रकार एक कछुआ (कूर्म) खतरा देखते ही अपने अंगों को अपने मजबूत खोल के भीतर समेट लेता है, उसी प्रकार स्थितप्रज्ञ व्यक्ति अपनी इंद्रियों को विषयों से खींच लेता है।

दफ्तर में जब राजनीति का 'खतरा' बढ़े, जब लोग एक-दूसरे की बुराई

कर रहे हों, जब काम का अनावश्यक तनाव तुझे घेरने लगे, तब तू अपनी इंद्रियों को भीतर समेट ले।"

मनोज: “मतलब वह दुनिया से दूर भाग जाता है?”

रवि: “नहीं...वह भागता नहीं है, बल्कि नियंत्रित करता है।” “जब उसे लगता है कि कोई विषय उसे विचलित कर सकता है, वह अपने मन को वहाँ से हटा लेता है।” “यह भागना नहीं है... यह जागरूकता है।”

“तू वहाँ मौजूद रहकर भी वहाँ मत रह। तू अपने 'मौन' के खोल में सुरक्षित हो जा। यह भागना नहीं है, यह अपनी 'ऊर्जा' का संरक्षण (Conservation of Energy) है। इंद्रियाँ बाहर भागेंगी ही, पर तू उनका मालिक बन, गुलाम नहीं।”

मनोज: (एक लंबी शांति के बाद) "रवि, आज मुझे समझ आया। स्थितप्रज्ञ कोई ऐसा व्यक्ति नहीं है जो किसी गुफा में बैठा है। वह तो दफ्तर में फाइलों के बीच भी हो सकता है। वह 'प्रभाषेत' (बोलता) है, पर उसके शब्द सत्य और प्रेम से भरे होते हैं, अहंकार से नहीं। वह 'आसीत' (बैठता) है, पर उसका बैठना स्थिर होता है; वह बेचैनी में पैर नहीं हिलाता। वह 'व्रजेत' (चलता) है, पर उसके कदम होश से भरे होते हैं, वह अंधी दौड़ का हिस्सा नहीं होता।"

रवि: "बिल्कुल सही! कौल मार्ग भी यही कहता है, 'भोगो योगायते'। तू अपनी इंजीनियरिंग को ही अपनी योग-साधना बना ले। जब तू एक पुल की ड्राइंग बना रहा हो, तो उस समय सिर्फ़ ड्राइंग हो, तू (अहंकार) न हो। जब तू किसी कर्मचारी को निर्देश दे रहा हो, तो उसमें दया हो, अधिकार नहीं। यही स्थितप्रज्ञ का व्यवहार है।"

मनोज अब पूरी तरह इस संवाद में डूब चुका था।

मनोज: “रवि... क्या यह अवस्था केवल साधकों के लिए है? या कोई भी इसे प्राप्त कर सकता है?”

रवि: “यह हर उस व्यक्ति के लिए है जो स्वयं को जानना चाहता है।” “यह कोई बाहरी उपलब्धि नहीं है...यह भीतर की यात्रा है।”

मनोज: "रवि, तूने आज मुझे भगवद्गीता का वह पन्ना पढ़ाया है जिसे मैं सालों से सिर्फ़ सुनता आया था। तू खुद उस स्थितप्रज्ञ का उदाहरण है। तेरा इतना बड़ा व्यापार, इतने टेंडर, इतनी गाड़ियाँ, पर तू उन सबके बीच वैसे ही है जैसे कीचड़ में कमल। तूने 'शिखर' बनाया है, पर तू 'शिखर' पर चढ़कर दुनिया को नीचा नहीं देखता।"

रवि: "मनोज, हम सब यात्री हैं। बस फर्क इतना है कि कोई सोकर चल रहा है, कोई जागकर। अब तू जाग चुका है। अब तेरे लिए दफ्तर का वह गलियारा एक युद्धभूमि नहीं, बल्कि एक 'प्रयोगशाला' है जहाँ तू अपनी स्थिरता की परीक्षा लेगा।"

कुछ देर दोनों चुप हो गए। कमरे में वही गहरा अंधकार था...लेकिन अब वह अंधकार ज्ञान से भरा हुआ था।

मनोज ने धीरे से कहा, “मुझे लगता है...मैंने कभी अपने मन को इस तरह से नहीं देखा।”

रवि: “अधिकतर लोग नहीं देखते। वे बस प्रतिक्रियाएँ देते हैं, सोचते नहीं।”

मनोज: “तो मुझे क्या करना चाहिए? कैसे शुरू करूँ?”

रवि: “बस देखना शुरू करो...” “अपने विचारों को...अपनी इच्छाओं

को...अपनी प्रतिक्रियाओं को...” “उन्हें बदलने की कोशिश मत करो, बस उन्हें समझो।”

मनोज: “अगर मैं असफल हो गया तो?”

रवि: “यह कोई प्रतियोगिता नहीं है। यह एक प्रक्रिया है।” “हर बार जब तुम अपने मन को समझने की कोशिश करोगे, तुम एक कदम आगे बढ़ोगे।”

अंतर्मन की शांति, अब दोनों फिर से चुप हो गए। लेकिन इस बार चुप्पी अलग थी, यह ज्ञान की चुप्पी थी...समझ की चुप्पी...मनोज ने महसूस किया कि उसके भीतर कुछ बदल रहा है। कोई हलचल शांत हो रही है...कोई खोज शुरू हो रही है...

कुछ समय बाद, मनोज (धीरे से): “रवि... क्या तुम स्थितप्रज्ञ हो?”

रवि हल्का-सा मुस्कुराया, “अगर मैं होता...तो शायद तुम्हें यह बताने की ज़रूरत ही नहीं पड़ती।”

दोनों हल्के से हँस पड़े। उस रात का अंधकार अब भी वैसा ही था, लेकिन मनोज के भीतर एक नया प्रकाश जल चुका था। उसे अब समझ आने लगा था कि ‘स्थितप्रज्ञ’ होना कोई रहस्यमयी या दूर की चीज़ नहीं है, यह एक आंतरिक स्थिति है, जिसे धीरे-धीरे, समझ और अभ्यास से प्राप्त किया जा सकता है। और सबसे महत्वपूर्ण, यह यात्रा बाहर नहीं, भीतर होती है।

उस रात मनोज जब 'शिखर' से वापस अपने PWD क्वार्टर की ओर चला, तो उसके चलने में एक नई लय थी। शहर का शोर अब उसे परेशान नहीं कर रहा था; वह शोर को भी एक 'ध्वनि तरंग' की तरह देख पा रहा था।

उसने महसूस किया कि उसका 'अजनबी मन' अब उसका 'मित्र' बन चुका है, जो अब उसे भटकाता नहीं, बल्कि उसे सचेत करता है।

मनोज ने अपने कमरे में पहुँचकर आईने में देखा। आईने में वही 35 साल का इंजीनियर था, लेकिन उसकी आँखों में अब वह गहराई थी जो किसी शांत झील की होती है। उसने जान लिया था कि 'स्थितप्रज्ञ' होना कोई मंजिल नहीं, बल्कि हर पल की एक 'साधना' है।

उसने अपनी डायरी में लिखा:

"आज मैंने जाना कि मैं शरीर नहीं हूँ, मैं पद नहीं हूँ, मैं अपमान नहीं हूँ। मैं वह 'प्रज्ञा' हूँ जो इन सबका साक्षी है। मैं स्थितप्रज्ञ हूँ, या कम से कम, मैं उस मार्ग पर पहला कदम रख चुका हूँ।"

बाहर भोर की पहली किरण फूटने को थी। एक नया 'ब्रह्ममुहूर्त' इंतज़ार कर रहा था। मनोज ने आँखें मूँदीं और उस अगाध मौन में डूब गया, जहाँ न कोई सवाल था, न कोई जवाब, सिर्फ एक अनंत 'होना' था।

अध्याय 20
कर्म ही पूजा

कार्यस्थल पर मौन का प्रभाव

सुबह के चार बजे थे। शहर अभी भी नींद की चादर ओढ़े हुए था। सड़कों पर सन्नाटा फैला था, जैसे समय कुछ क्षणों के लिए ठहर गया हो। दूर कहीं किसी कुत्ते के भौंकने की हल्की-सी आवाज़ आई और फिर सब कुछ फिर से शांत हो गया।

इसी गहरे मौन के बीच, मनोज की आँखें खुलीं। कोई अलार्म नहीं। कोई झटका नहीं। कोई अधूरी नींद नहीं।

यह जागना अलग था। पहले, आँख खुलते ही विचारों की भीड़ दरवाज़ा तोड़कर भीतर घुस आती थी, "आज की मीटिंग..." "बॉस क्या कहेंगे..." "बच्चों की फीस..." "माँ की तबियत..."

लेकिन आज कुछ नहीं था। सिर्फ, एक शांत, कोमल जागना। जैसे कोई फूल धीरे-धीरे खिलता है। वह कुछ क्षण वैसे ही लेटा रहा। उसने अपने शरीर को महसूस किया। कंधों में कोई तनाव नहीं था...चेहरे पर कोई सिकुड़न नहीं...उसने अपनी साँसों को देखना शुरू किया। साँस अंदर आई...रुकी...और फिर बाहर चली गई।

जैसे कोई अतिथि आया हो...कुछ देर ठहरा हो...और फिर चला गया हो। "साँस भी..."उसने भीतर सोचा, "मेरी नहीं है..." "यह भी आती है...और चली जाती है..."

उसके चेहरे पर एक हल्की-सी मुस्कान आ गई। वह धीरे-धीरे उठकर

बालकनी की ओर चला गया। दरवाज़ा खोला। हल्की ठंडी हवा ने उसका स्वागत किया। आसमान गहरा नीला था, लेकिन क्षितिज पर एक हल्की सफेदी उभरने लगी थी।

यह वह समय था, जब रात और सुबह एक-दूसरे को छूते हैं। मनोज ने उस दृश्य को कुछ देर तक देखा। पहले, वह ऐसे क्षणों को कभी नहीं देख पाता था।

वह या तो सो रहा होता था, या भाग रहा होता था। लेकिन आज, वह वहाँ था। पूरी तरह। वह फर्श पर बैठ गया। पद्मासन में। रीढ़ सीधी। शरीर स्थिर।

लेकिन भीतर, कोई प्रयास नहीं। कोई तकनीक नहीं। कोई लक्ष्य नहीं।

तभी, वह सवाल फिर उभरा, "मैं कौन हूँ...?"

पहले, यह सवाल उसे उलझा देता था। यह एक पहेली बन जाता था, जिसका कोई उत्तर नहीं मिलता था।

लेकिन आज, यह सवाल अलग था। यह कोई विचार नहीं था। यह एक अहसास था। जैसे कोई दरवाज़ा, धीरे-धीरे खुल रहा हो। उसने अपनी आँखें बंद कर लीं। भीतर झाँका। विचार आए, "आज दफ्तर में मीटिंग है..." "कल माँ को डॉक्टर के पास ले जाना है..." "बिजली का बिल भरना है..."

मनोज ने उन्हें देखा। बस देखा। न रोका...न पकड़ा...न पीछा किया...वह मुस्कुरा दिया।

"तुम अभी भी आते हो...""लेकिन अब..." "मैं तुम्हारे साथ नहीं जाता..." विचार आते रहे।

लेकिन उनकी पकड़ कमजोर होती गई। जैसे -कोई दूर से बोल रहा हो और आवाज़ धीरे-धीरे फीकी पड़ रही हो। फिर, एक क्षण आया, जब दो विचारों के बीच का अंतराल, थोड़ा बड़ा हो गया। पहले, यह अंतराल इतना छोटा होता था कि दिखता ही नहीं था।

लेकिन अब, वह स्पष्ट था। उस अंतराल में, कुछ था। या शायद कुछ भी नहीं था। और उसी "कुछ भी नहीं" में, मनोज ने खुद को पाया। वहाँ कोई नाम नहीं था। कोई पहचान नहीं थी। न वह "मनोज" था...न "इंजीनियर"...न "पिता"...न "पति"...वहाँ सिर्फ एक होना था। एक शुद्ध उपस्थिति। एक ऐसा मौन, जो शब्दों से परे था।

एक ऐसा खालीपन, जो खाली नहीं था। जैसे, उसमें सब कुछ समा सकता हो।

मनोज उस अनुभव में कुछ क्षण या शायद, कुछ समय रहा। समय का एहसास भी धुंधला हो गया था। फिर, धीरे-धीरे, विचार फिर से लौटने लगे। लेकिन इस बार, कुछ बदल चुका था।

अब, वह जानता था कि वह विचार नहीं है। वह वह भी नहीं है, जो विचारों को रोकने की कोशिश करता है। वह, सिर्फ देखने वाला है। एक साक्षी। उसने धीरे-धीरे आँखें खोलीं।

सूरज की पहली किरण उसके चेहरे पर पड़ी। उस रोशनी में, सब कुछ नया लग रहा था। दीवार...फर्श...हवा...जैसे, हर चीज़ पहली बार देख रहा हो। उसने पास रखा पानी का लोटा उठाया।

धातु का ठंडा स्पर्श...पानी की हल्की लहर...उसने एक घूँट लिया। और उस साधारण क्रिया में, एक गहरा आनंद था। "जीवन..." "इतना सरल है..." उसने भीतर महसूस किया।

धीरे-धीरे, दिन शुरू हुआ। ऑफिस पहुँचा। काम शुरू हुआ। वह अपने काम में लगा।

लेकिन अब काम बोझ नहीं था। हर क्रिया, जागरूकता के साथ थी। कपड़े पहनना...जूते बाँधना...दरवाज़ा बंद करना...सब कुछ, एक ध्यान जैसा था। सड़क पर चलते हुए, उसने लोगों को देखा। हर कोई जल्दी में। हर कोई कहीं पहुँचने की कोशिश में।

"मैं भी ऐसा ही था..." "हम सब..." "किसी मंज़िल की तलाश में..." "इस क्षण को खो देते हैं..."

लेकिन अब, काम अलग था। वह सिर्फ परिणाम के लिए काम नहीं कर रहा था। वह हर क्रिया को देख रहा था।

कभी-कभी, तनाव आता। कोई समस्या...कोई दबाव...

लेकिन अब, वह तुरंत प्रतिक्रिया नहीं देता। वह रुकता। देखता। और फिर, उत्तर आता।

"प्रतिक्रिया नहीं..." "प्रतिसाद..."

ऑफिस में भी मनोज का रूपांतरण एक चर्चा का विषय बन गया था। पी.डब्ल्यू.डी. का वह दफ्तर, जो हमेशा राजनीति और तनाव का केंद्र रहता था, मनोज के केबिन में पहुँचते ही जैसे शांत हो जाता था। खन्ना साहब अब भी वैसे ही जल्दबाज़ अधिकारी थे, लेकिन मनोज अब उनके लिए एक अभेद्य किला बन गया था।

एक सोमवार की सुबह, दफ्तर में एक बड़ा संकट खड़ा हो गया। एक निर्माणाधीन पुल की डिजाइन में तकनीकी त्रुटि की खबर आई। चारों ओर

अफरा-तफरी मची थी। कनिष्ठ अभियंता (Junior Engineers) घबराए हुए थे और खन्ना साहब अपने केबिन में चिल्ला रहे थे।

मनोज उस भीड़ और शोर के बीच बिल्कुल स्थिर खड़ा था। उसने अपनी मेज पर नक्शा फैलाया। उसका मन उसे डराने की कोशिश कर रहा था, *"अगर यह ठीक नहीं हुआ तो तुम्हारी नौकरी जा सकती है, बदनामी होगी।"* लेकिन मनोज ने इन विचारों को बादलों की तरह गुज़रते देखा। उसने अपना ध्यान वर्तमान की समस्या पर केंद्रित किया।

उसने बिना किसी उत्तेजना के अपनी टीम को बुलाया। "शांत हो जाइए। घबराहट से समाधान नहीं, केवल गलतियाँ बढ़ेंगी। नक्शे को यहाँ देखिए।"

उसकी आवाज़ की स्थिरता ने जादू की तरह काम किया। जो कर्मचारी कुछ देर पहले चिल्ला रहे थे, वे अब ध्यान से सुनने लगे। मनोज ने समस्या की जड़ को पकड़ा और शांत भाव से निर्देश देने शुरू किए। काम जो घंटों में भी असंभव लग रहा था, वह कुछ ही समय में व्यवस्थित हो गया।

शाम को खन्ना साहब ने मनोज को अपने पास बुलाया। वे कुछ देर तक उसे देखते रहे। "मनोज, आज जिस तरह तुमने स्थिति को संभाला, वह अद्भुत था। आमतौर पर लोग ऐसे समय में अपना आपा खो देते हैं। तुम इतने शांत कैसे रह लेते हो? क्या तुम कोई गुप्त साधना कर रहे हो?"

मनोज ने बड़ी विनम्रता से सिर झुकाया। "सर, मैं बस अब यह देख पाता हूँ कि समस्या बाहर नहीं, बल्कि हमारे उस तनाव में होती है जिसे हम समस्या मान लेते हैं। जब मन का शोर कम होता है, तो समाधान खुद ही सामने आ जाता है। अब मैं काम नहीं करता, बस काम को 'होते हुए' देखता हूँ।"

उस दिन के बाद से, मनोज का काम उसके लिए बोझ नहीं रहा। वह

फाइलों के ढेर में भी वही मौन अनुभव करता था जो उसे हिमालय की गुफाओं में मिल सकता था। उसके लिए अब 'कर्म' ही 'ध्यान' बन गया था।

यह अब उसका स्वभाव बन रहा था। शाम को, वह घर लौटा। कमरा शांत था। कोई शोर नहीं। पहले, यह सन्नाटा भारी लगता था। अब, यही सन्नाटा, उसका साथी था।

वह बालकनी में बैठ गया। आसमान में सूरज ढल रहा था। नारंगी रंग, धीरे-धीरे अंधेरे में बदल रहा था। “जीवन भी ऐसा ही है...” उसने महसूस किया।

“हर क्षण बदल रहा है...” “और मैं...” “मैं वह नहीं हूँ जो बदलता है...”उसकी आँखें धीरे-धीरे बंद हो गईं। भीतर, फिर वही मौन। विचार आते...जाते...भावनाएँ उठतीं...गिरतीं...

लेकिन, अब, एक दूरी थी। एक साक्षी। और उसी साक्षी में, एक गहरा अनुभव उभरा, “मैं...” यह शब्द आया, लेकिन इस बार कोई कहानी नहीं थी। कोई पहचान नहीं। सिर्फ एक उपस्थिति। और उसी क्षण, वह सवाल फिर उभरा, “मैं कौन हूँ...?” लेकिन इस बार, यह सवाल भी मौन में घुल गया।

अब, न सवाल था...न जवाब...सिर्फ, एक शांति। एक पूर्णता। मनोज ने आँखें खोलीं। रात हो चुकी थी। तारे चमक रहे थे। वह मुस्कुराया।

“मैं अकेला नहीं हूँ...” “मैं अपने साथ हूँ...” और शायद यही सबसे बड़ा परिवर्तन था। यही है, मनोज का असली जीवन।

रात फिर से उसी गहराई में डूबी हुई थी। वही अंधकार, वही शांति... लेकिन इस बार मनोज के भीतर एक नई जागरूकता थी। पिछली

बातचीत ने उसके भीतर एक द्वार खोल दिया था, अब वह केवल सुनने वाला नहीं था, वह अनुभव करना चाहता था। कमरे में हल्की ठंडक थी। दोनों फिर आमने-सामने बैठे थे।

साधना का प्रारंभ

मनोज को रवि के साथ बहुत पहले हुए संवाद की याद हो आई। जब उसने बहुत भावुक हो कर रवि से पूछा था -

मनोजः "रवि... मैं तैयार हूँ। मैं केवल समझना नहीं चाहता... मैं अनुभव करना चाहता हूँ। बताओ, मुझे क्या करना होगा?"

रवि ने कुछ क्षण उसे ध्यान से देखा था, जैसे वह उसकी गंभीरता को परख रहा हो।

रविः "अगर तुम सच में तैयार हो, तो पहला कदम बहुत साधारण है... लेकिन सबसे कठिन भी।"

मनोजः "क्या?"

रविः "अपने आप को देखना... बिना किसी निर्णय के।"

पहला अभ्यास - साक्षी भाव

रविः "आज से... तुम अपने हर विचार को देखोगे। जब कोई इच्छा उठे, तुम उसे पकड़ने की कोशिश नहीं करोगे, बस उसे देखोगे... जैसे कोई दर्शक।"

मनोजः "और अगर मैं बह गया तो?"

रविः "तो वापस आ जाना। हर बार गिरना भी साधना का हिस्सा है।"

भीतर की हलचल अगले कुछ दिन मनोज के लिए आसान नहीं थे। वह अकेले बैठता, आँखें बंद करता...और जैसे ही वह अपने विचारों को देखने की कोशिश करता, उसका मन और भी तेज़ भागने लगता। पुरानी यादें, अधूरी इच्छाएँ, डर, गुस्सा...सब एक साथ सामने आने लगे।

कुछ दिन बाद वह फिर रवि के पास आया।

मनोज (थोड़ा व्याकुल): "रवि... यह बहुत कठिन है। जैसे ही मैं शांत बैठता हूँ, मेरा मन और भी बेचैन हो जाता है।"

रवि (शांत स्वर में): "यह अच्छा संकेत है।"

मनोज (चौंककर): "अच्छा?"

रवि: "हाँ...पहले यह सब भीतर छिपा हुआ था। अब तुम उसे देख पा रहे हो।"

दूसरा अभ्यास - स्वीकृति

रवि: "अब अगला कदम है - स्वीकार करना।" "जो भी विचार आए...उसे न अच्छा कहो, न बुरा...बस स्वीकार करो कि वह है।"

मनोज: "अगर बहुत नकारात्मक विचार आएँ तो?"

रवि: "उन्हें भी...क्योंकि जब तुम उनका विरोध करते हो, तब वे और मजबूत हो जाते हैं।"

अनुभव की गहराई, धीरे-धीरे मनोज ने अभ्यास जारी रखा। पहले जहाँ वह अपने विचारों में उलझ जाता था, अब वह उन्हें थोड़ा-थोड़ा दूरी से देखने लगा। एक दिन, ध्यान के दौरान उसे एक अनोखा अनुभव हुआ; कुछ क्षणों के लिए उसका मन बिल्कुल शांत हो गया। कोई विचार नहीं... कोई इच्छा

नहीं...बस एक गहरी शांति।

पहली झलक, वह तुरंत रवि के पास गया।

मनोज (उत्साहित): “रवि! आज कुछ अलग हुआ...कुछ पल के लिए सब शांत हो गया था...

जैसे मैं था... लेकिन मेरा मन नहीं था।”

रवि ने हल्की मुस्कान के साथ कहा, “वही पहली झलक है...”

मनोज: “किसकी?”

रवि: “स्थितप्रज्ञता की।”

इन्द्रियों पर नियंत्रण

रवि:“अब तुम्हें एक और अभ्यास करना होगा।”

मनोज: “क्या?”

रवि: “अपने इन्द्रियों को देखना।” “जब तुम कुछ देखते हो, सुनते हो, या अनुभव करते हो, तो ध्यान दो कि तुम्हारा मन कैसे प्रतिक्रिया देता है।”

बाहरी दुनिया में अभ्यास

अब मनोज ने केवल ध्यान में ही नहीं, बल्कि रोज़मर्रा के जीवन में भी अभ्यास शुरू किया। ऑफिस में, जब कोई उसकी आलोचना करता, वह तुरंत प्रतिक्रिया देने के बजाय उसे देखता। घर में जब कोई बात उसे गुस्सा दिलाती, वह उस गुस्से को महसूस करता, लेकिन उसमें बहता नहीं।

परिवर्तन की शुरुआत, कुछ हफ्तों बाद।

मनोज: “रवि...अब मुझे लगता है कि मैं पहले जैसा नहीं रहा।”

रवि: “कैसे?”

मनोज: “पहले मैं हर बात पर प्रतिक्रिया देता था...अब मैं पहले देखता हूँ... फिर निर्णय लेता हूँ।”

सुख-दुःख से परे

मनोज: “और एक और बात...अब जब कुछ अच्छा होता है, तो मैं खुश होता हूँ, लेकिन वह खुशी मुझे पकड़ नहीं पाती।” “और जब कुछ बुरा होता है, तो मैं टूटता नहीं हूँ।”

रवि ने संतोष से सिर हिलाया।

रवि: “तुम सही दिशा में जा रहे हो।”

गहरी परीक्षा, लेकिन साधना की राह सीधी नहीं होती। एक दिन मनोज को ऑफिस में बड़ी समस्या का सामना करना पड़ा। उसकी मेहनत का श्रेय किसी और को मिल गया। उसके भीतर गुस्सा उठा, बहुत तीव्र। उसने तुरंत रवि से मिलने का निर्णय लिया।

क्रोध का सामना

मनोज (व्यथित): “रवि...मैंने बहुत कोशिश की...लेकिन आज मैं अपने गुस्से को रोक नहीं पाया।”

रवि: “तुमने क्या किया?”

मनोज: “मैंने कुछ नहीं कहा...लेकिन भीतर बहुत उथल-पुथल थी।”

रवि: “यही तो प्रगति है।”

मनोज: “कैसे?”

रवि: "पहले तुम तुरंत प्रतिक्रिया देते...अब तुमने उसे देखा... रोका...और समझने की कोशिश की।"

गहराई की ओर

रवि: "स्थितप्रज्ञ बनना एक दिन का काम नहीं है। यह एक निरंतर यात्रा है।" "हर बार जब तुम अपने मन को समझते हो, तुम एक कदम आगे बढ़ते हो।"

कुछ महीनों की साधना के बाद, एक दिन मनोज फिर उसी अंधेरे कमरे में बैठा था। लेकिन इस बार कुछ अलग था। अंधकार अब उसे खाली नहीं लगता था...वह पूर्ण लगता था। मौन अब उसे भारी नहीं लगता था...वह जीवंत लगता था। उसके भीतर एक स्थिरता थी, जैसे सब कुछ शांत हो गया हो।

मनोज (धीरे से): "रवि...क्या यह वही है...?"

रवि: "क्या?"

मनोज: "जहाँ मन शांत हो जाता है...जहाँ कोई चाह नहीं बचती...जहाँ बस 'होना' रह जाता है..."

रवि ने उसकी ओर देखा।

रवि: "अगर तुम यह पूछ रहे हो...तो तुम उसके बहुत करीब हो।"

मनोज अब वही व्यक्ति नहीं था जो पहले था। उसने सीखा था, कैसे देखना है, कैसे स्वीकार करना है, और कैसे स्वयं में स्थिर रहना है। उसकी यात्रा अभी समाप्त नहीं हुई थी, लेकिन उसने दिशा पा ली थी। और शायद यही सबसे महत्वपूर्ण है। कमरे में फिर से वही अंधकार था...लेकिन अब उस अंधकार में प्रकाश छिपा हुआ था।

अध्याय 21
स्वयं के साथ जीवन

वर्तमान का उत्सव

सुबह के चार बजे थे। शहर अभी भी नींद की चादर ओढ़े हुए था। मनोज की आँखें बिना किसी अलार्म के, एक स्वाभाविक लय में खुल गईं। यह जागना पहले जैसा नहीं था, जहाँ आँख खुलते ही चिंताओं का अंबार लग जाता था। आज का जागना एक 'खिलने' जैसा था।

वह बिस्तर पर ही कुछ क्षण शांत लेटा रहा। उसने महसूस किया कि उसका शरीर पूरी तरह विश्राम में है। उसने अपनी साँसों के आने-जाने को देखा, जैसे कोई मेहमान आता है और चला जाता है।

वह धीरे-धीरे उठकर अपनी बालकनी में आया। बाहर का सन्नाटा उसे डराता नहीं था, बल्कि उसे आमंत्रित करता था। वह फर्श पर पद्मासन लगाकर बैठ गया।

"मैं कौन हूँ?" यह सवाल अब उसके भीतर गूँजा। लेकिन अब यह सवाल कोई मानसिक पहेली नहीं थी। यह एक 'अहसास' था।

उसने अपने भीतर झांका। विचार आए, *"आज दफ्तर में वह मीटिंग है... कल माँ को डॉक्टर के पास ले जाना है..."* मनोज ने इन विचारों को देखा और मुस्कुरा दिया। उसने उन्हें न तो रोका, न ही उनमें रुचि ली। धीरे-धीरे विचारों की गति धीमी हो गई।

एक ऐसा क्षण आया जब दो विचारों के बीच का अंतराल (Gap) बड़ा हो गया। उस अंतराल में मनोज ने खुद को पाया। वहाँ कोई 'मनोज' नहीं था,

कोई 'इंजीनियर' नहीं था। वहाँ केवल एक 'होना' था। एक ऐसा मौन जो इतना गहरा था कि उसमें पूरे ब्रह्मांड की आवाज़ें समा सकती थीं।

उसने महसूस किया कि वह अजनबी मन अब उसका दुश्मन नहीं, बल्कि उसका सबसे वफादार सेवक बन चुका था। शरीर अब एक बोझ नहीं, बल्कि उसकी चेतना का एक सुंदर मंदिर था।

सूरज की पहली किरण ने जब उसके चेहरे को छुआ, तो मनोज ने आँखें खोलीं। उसकी आँखों में एक ऐसी स्पष्टता थी जो केवल सत्य के साक्षात्कार से आती है। उसने पास रखे पानी के लोटे को उठाया। पानी का स्पर्श, लोटे का ठंडा अहसास, सब कुछ एक उत्सव जैसा था।

मनोज ने जान लिया था कि मुक्ति किसी भविष्य में नहीं, बल्कि 'अभी' और 'यहीं' है। वह अब अकेला था, लेकिन अजनबी नहीं। वह अपने सबसे अच्छे दोस्त, स्वयं, के साथ रह रहा था।

उसका 'असली जीवन' अब शुरू हुआ था। एक ऐसा जीवन जहाँ हर कदम एक प्रार्थना थी और हर साँस एक धन्यवाद। वह अजनबियों के घर से निकलकर अब अपने असली घर, 'स्व', में प्रवेश कर चुका था।

शाम को, वह घर लौटा। कमरा शांत था। कोई आवाज़ नहीं। पहले, यह सन्नाटा भारी लगता था। जैसे, कुछ कमी हो। लेकिन अब, यही सन्नाटा, पूरा था।

वह बालकनी में बैठ गया। सूरज ढल रहा था। नारंगी रंग, धीरे-धीरे अंधेरे में बदल रहा था। “जीवन भी ऐसा ही है...” “हर चीज़ बदल रही है...”

“लेकिन...” “कुछ है...” “जो कभी नहीं बदलता...”

उसने आँखें बंद कीं। भीतर, फिर वही मौन। विचार आए...गए...भावनाएँ

उठीं...गिरीं...लेकिन, अब, कोई उलझन नहीं थी।

कोई संघर्ष नहीं था। सिर्फ, एक सहज स्वीकार। और उसी स्वीकार में, वह सवाल फिर उभरा - "मैं कौन हूँ...?"

लेकिन इस बार, यह सवाल भी मौन में घुल गया। न कोई खोज थी...न कोई जवाब...सिर्फ, एक शांति। एक गहराई। एक घर। मनोज ने धीरे से आँखें खोलीं। रात हो चुकी थी। तारे चमक रहे थे। वह मुस्कुराया।

"मैं अकेला नहीं हूँ..." "मैं अपने साथ हूँ..."

और इस बार, यह कोई विचार नहीं था। यह, एक सच्चाई थी। वह अब, अजनबियों के बीच नहीं रह रहा था। वह अपने घर में था। अपने स्व में। यही है, मनोज का असली जीवन।

समय अपनी गति से बीतता गया। मनोज अब एक ऐसा केंद्र बन गया था जहाँ से शांति और करुणा की किरणें निकलती थीं। वह अक्सर शाम को पार्क की उसी बेंच पर बैठता जहाँ उसने पहली बार अपने मन के तूफ़ान को देखा था।

कभी-कभी कोई पुराना परिचित उससे पूछता, "मनोज, तुम इतने शांत और खुश कैसे रहते हो? क्या तुम्हें कोई चिंता नहीं सताती?"

मनोज आकाश की ओर देखता और कहता, "चिंताएं तो आती हैं, जैसे बादल आते हैं। लेकिन अब मैं बादलों के पीछे छिपे उस नीले आकाश को देख पाता हूँ। मैं अब भविष्य में नहीं जीता, न ही अतीत में। मैं तो बस 'अभी' में हूँ।"

मनोज का 'असली जीवन' अब एक निरंतर साधना बन गया था। वह जान गया था कि मुक्ति कहीं और नहीं, बल्कि हमारे हर विचार और हर क्रिया

के प्रति होश में रहने में है। अजनबी मन अब उसका सबसे प्रिय मित्र था, क्योंकि उसने जान लिया था कि वह मन भी उसी विराट चेतना का एक हिस्सा है।

मनोज अब अकेला था, अपनी साधना में, लेकिन वह पूरी मानवता के साथ जुड़ा हुआ था। वह समझ गया था कि "मैं कौन हूँ?" का अंतिम उत्तर शब्द नहीं, बल्कि वह प्रेम और शांति है जिसे वह हर पल बाँट रहा था।

उसका जीवन अब एक कविता बन चुका था, जिसका हर शब्द 'सत्य' की ओर इशारा करता था। और इस तरह, मनोज का अजनबी मन अंततः 'स्व' में विलीन हो गया।

अब...जब आप यह पढ़ रहे हैं, एक पल रुकिए। आँखें बंद कीजिए। और खुद से पूछिए, “मैं कौन हूँ...?”

शायद कोई जवाब न आए। और शायद वही उत्तर है। और उसी मौन की अतल गहराइयों से, एक आखिरी बार फिर वह शाश्वत सवाल गूँजा, "मैं कौन हूँ?"

लेकिन इस बार, वह सवाल रवि या मनोज के लिए नहीं था। वह सवाल तो अब हर उस पाठक के लिए है जो पढ़ने की इस यात्रा को अभी-अभी समाप्त कर चुका है। वह सवाल अब आपके लिए है।

उपन्यास का यह सफर यहाँ थम गया, लेकिन क्या आप तैयार हैं अपने भीतर के अजनबी से मिलने के लिए? उस मौन को सुनिए। शायद जवाब वहीं कहीं छिपा है।

- शुभम -

उपन्यास का संक्षिप्त विवरण

शीर्षक: अपरिचित मन की परछाईयाँ - अन्तर्द्वन्द
लेखक: डॉ. रवीन्द्र पस्तोर

कथा-सार:

यह उपन्यास 'मनोज' नामक एक 35 वर्षीय सिविल इंजीनियर की कहानी है, जो लोक निर्माण विभाग (PWD) में एक मशीनी और नीरस जीवन व्यतीत कर रहा है। कहानी का निर्णायक मोड़ तब आता है जब एक सुबह 'ब्रह्ममुहूर्त' (प्रातः 4 बजे) में उसकी चेतना अचानक जागृत हो उठती है। वह पहली बार अपने शरीर, अपनी साँसों और अपने विचारों को एक 'अजनबी' की भाँति अनुभव करता है।

यह आध्यात्मिक जागृति शीघ्र ही एक मनोवैज्ञानिक संकट का रूप ले लेती है। मनोज 'मतिभ्रम' (Hallucination) और 'डीपर्सनलाइजेशन' का शिकार होने लगता है, जहाँ उसे अपना ही मन एक भयावह अपरिचित प्रतीत होता है। उसका मित्र नितिन उसे चिकित्सक के पास ले जाता है, जहाँ उसकी स्थिति को 'पैरानॉयड स्किज़ोफ्रेनिया' बताया जाता है। यहाँ उपन्यास विज्ञान (मनोविज्ञान) और आध्यात्मिकता के बीच की उस सूक्ष्म रेखा को उजागर करता है, जिसे पार करना जितना आकर्षक है, उतना ही जोखिमपूर्ण भी।

मनोज का दूसरा मित्र 'रवि', जो बाहर से एक सफल ठेकेदार प्रतीत होता है, वास्तव में 'कौल तंत्र' का एक गुप्त साधक है। रवि मनोज को 'स्थितप्रज्ञ' बनने की कला सिखाता है और उसे समझाता है कि कैसे संसार के मध्य रहते हुए भी 'साक्षी भाव' और 'वैराग्य' का अभ्यास किया

जा सकता है। दफ्तर की राजनीति, प्रमोशन न मिलने का अपमान और पारिवारिक दूरियों के बीच मनोज अपनी आंतरिक शांति की खोज में आगे बढ़ता है।

मुख्य विषय (Key Themes):

- **स्व-बोध (Self-Inquiry):** "मैं कौन हूँ?" के शाश्वत प्रश्न की खोज।
- **योग और तंत्र:** कौल तंत्र की परंपरा, अंतःकरण चतुष्टय (मन, बुद्धि, चित्त, अहंकार) तथा अभ्यास-वैराग्य का महत्व।
- **मानसिक स्वास्थ्य बनाम आध्यात्मिकता:** दिव्य दृष्टि और मानसिक विकार (Psychosis) के मध्य द्वंद्व का वैज्ञानिक विश्लेषण।
- **स्थितप्रज्ञता:** विपरीत परिस्थितियों में भी स्वयं को स्थिर बनाए रखने की कला।
- **ब्रह्ममुहूर्त का विज्ञान:** भोर के समय होने वाले हार्मोनल एवं चेतनात्मक परिवर्तनों का सूक्ष्म वर्णन।

संदेश (The Message):

'अपरिचित मन' यह संदेश देता है कि वास्तविक स्वतंत्रता संसार से पलायन में नहीं, बल्कि अपने ही मन के रहस्यों को समझने में निहित है। यह उपन्यास आधुनिक मनुष्य को 'कोल्हू के बैल' जैसी जीवनशैली से बाहर निकलकर एक 'सजग साक्षी' के रूप में जीने का निमंत्रण देता है। यह सिखाता है कि सजगता (Awareness) के बिना विज्ञान अधूरा है और विज्ञान के बिना सजगता अपूर्ण।

www.ingramcontent.com/pod-product-compliance
Lightning Source LLC
LaVergne TN
LVHW052250200926
848481LV00002B/321
* 9 7 9 8 9 0 3 9 2 4 8 6 8 *